張恨水精品集 7

秦淮世家

典藏新版

張恨水 著

張愛玲與張恨水：新文學史上的兩大傳奇

- 張愛玲是新文學史上傳奇性的作家，然而，她在其名著《流言》中，明晃晃地寫道：「我喜歡張恨水」。她甚至連張恨水小說《秦淮世家》《夜深沉》中的小配角都如數家珍；則她對張恨水的優質代表作像《啼笑因緣》《金粉世家》等的喜愛，自不待言。
  後來有評論家說張愛玲是張恨水的「粉絲」，這或許言過其實；但她明示對張恨水的讚佩和投契，確有惺惺相惜之意，畢竟是新文學史上的一段佳話。
- 張愛玲的文風，華麗、濃稠，卻又蒼涼；張恨水的文風，則是華麗、灑落，而又惆悵。名字適成對仗，文風亦恰可互映。由於作品皆以寫情為主，二人均曾被歸為鴛鴦蝴蝶派；事實上，他們的文學成就和境界均遠遠超越了鴛蝴派。二人均以抒寫古典轉型社會的繁華與破落見長，然張愛玲作品往往喻指文明的精美與崩毀，而張恨水作品則涵納了人生的滄桑與頓悟。張愛玲的《傾城之戀》，張恨水的《啼笑因緣》，皆予人以「萬古長空，一朝風月」的感慨。
- 當初，張愛玲的作品抗衡了四十年代整個左翼文壇的巨流；而張恨水的作品牽動了萬千多情讀者的心緒，同被來勢洶洶的左翼作家視為異己和頑敵。
- 但文學品位終究不會泯滅，所以魯迅、林語堂、老舍、冰心等名家衷心揄揚張恨水，正如夏志清、劉紹銘、水晶、張錯等學者熱烈稱頌張愛玲。
- 張愛玲在台港及海外華人圈早已炙手可熱，帶動小說風潮；張恨水卻因種種詭譎莫名的緣故，受到不合理的封禁。如今，本社毅然突破封禁，推出精選的張恨水作品集，以饗喜愛優質小說的廣大讀者，庶免愛書人有遺珠之憾！

秦淮世家

目錄

一　前因

這是很多年以前的事了。秦淮河在一度商業蕭條之後，又大大地繁榮起來。自然，到了晚上，是家家燈火，處處笙歌。便是一大早上，那趕早市上夫子廟吃茶的人，也就擠滿了茶樓的每一個角落。

一個秋初的早上，太陽帶了淡黃的顏色，照在廟門前廣場上，天上沒有風，也沒有雲，半空裡含著一些暴躁的意味，所以市民起得早，光景不過是六點多鐘，廟附近幾所茶樓，人像開了水閘似的向裡面湧著。

夫子廟廣場的左手的「奇芳閣」，是最大的一家茶樓，自然是人更多。後樓的欄桿邊，有四五個男子，夾了一位中年婦女，圍了一張方桌坐著。桌上擺了三只有蓋茶碗、兩把茶壺、四五個茶杯、大碗干絲湯汁、六七個空碟子，另有兩個碟子裡，還剩著兩個菜包子和半個燒餅。再加上火柴盒、捲煙盒、包瓜子花生的紙片，還有幾雙筷子，堆得桌上一線空地沒有。

茶是喝得要告終了，那婦人穿了件半舊的青綢夾袍，垂著半長的頭髮，右角上斜插了一把白骨梳子，長長的臉兒，雖不抹胭脂，倒也撲了一層香粉。兩隻手臂上，帶了兩只黃澄澄的金鐲子。在座的人，年紀大的叫唐大嫂，都不住地恭維她。

唐大嫂在身上摸出兩元鈔票，放在空碟子裡，站起來，兩手撲撲胸襟上的煙灰，正待會鈔*要走，一轉眼看到斜對過桌上坐了一個青年漢子，不由得咦了一聲，這就低聲向在座的一個麻子道：「老劉，你去把窗戶前那個人請過來，我有話和他說。」

劉麻子向那邊桌上望道：「是哪一個？」

唐大嫂道：「穿了灰布長衫，戴了鴨舌帽，團團臉，兩隻大眼睛的那個就是。」

劉麻子站起來道：「他姓什麼？」

唐大嫂笑道：「我要知道他姓什麼，還用得著你去請嗎？他倒是認得我，你就說唐小春的娘請他說話，他就會來的。」

劉麻子果然走過去，向那人一點頭，笑道：「朋友，我們那邊桌上，唐大嫂子請你說話，她就是唐小春的娘。」說著，將手向這邊一指，那人站起身來看著。

唐大嫂就向他笑著連點了幾個頭。

那人取下帽子在手，隨了劉麻子走到這邊來。

唐大嫂向他笑道：「這位大哥，你還認得我嗎？」

他笑著點點頭，連說：「認得認得。」

唐大嫂騰開左手一只方凳子請他坐下，斟了一碗茶，送到他面前，笑道：「人生何處不相逢，我們到底又遇著了。以後，我們總還有見面的日子，為什麼不肯告訴我你的姓名呢？」

他笑著欠欠身道：「這事何足掛齒！」

唐大嫂向同座的人看了一眼，笑道：「我暫且不追問這位的姓名，先把我認識他這一段歷史，向大家介紹介紹：是前一個多月的事，我要到上海去，是我省錢，坐公共汽車到下關，偏是不湊巧，這一車子人始終是擠得要命。到了火車站下車的時候，大家一陣狂擠，把我擁下了車子。我一看車站鐘樓上的鐘，已經四點多，離開車只有十幾分鐘了，我也來不及想什麼，一口氣就跑到賣票的地方去買票。這一下子，把我嚇慌了！我手上帶來的那個皮包丟了，身上另外沒有錢買票；就是有錢買票，我也不能上車，因為那皮包裡的東西，太值錢了！那裡有一百多塊錢鈔票，一個鑽石戒指，那都罷了；最要緊的，是這裡面有兩張很要緊的字據。我就是為了這兩張字據要到上海去的，這個皮包丟了，真害了我半條命！我明知道車站上的扒手比蒼蠅還多，這東西丟了，哪裡還有還原的指望？但是我已不能上車了！不死這條心，依然跑出站來到公共汽車站去找。」

劉麻子插嘴笑道：「漫說一只皮包，十只皮包也沒有了。」

唐大嫂道：「是呀，我想那汽車上的人已經走個乾淨；就是坐來的那輛車子，也已經開回了城，哪裡有法子找皮包。但我想著下汽車的時候，手上還拿著皮包的，大概這是下了車子，在路上丟的。我到了汽車站，見四五輛汽車並排放著，我是坐哪輛車子來的，已經認不出來。看著地面上，真是事出意外……」

同座的人，不約而同地答道：「皮包在地上放著呢？」

唐大嫂笑道：「哪有那種便宜事！車站上的人，你想想有多少，漫說是皮包，就是一個銅板，在地面上也放不住。我說的事出意外，是那柏油路像水洗了一樣，連橘子皮、花生殼也找不到一塊，我站在路上不免發呆。喏，這位大哥就過來了，他問我，是不是丟了東西？我說，丟了一個皮包。他問裡面有什麼？我說裡面有鈔票，有鑽戒，有兩張字據，還有幾張唐小春的名片。他問我，唐小春就是你大嫂的名字嗎？我說，那是我的女孩子。他就一點不遲疑，在衣襟底下抽出一隻手來，手上拿著我的皮包呢。他把皮包交還了我，還叫我點一點東西，看是少不少。我真感激得了不得，打開皮包來，連紙角都沒有少一片。」

在座的人聽到這裡，哄然一聲笑著，向那人連說：「難得難得。」

那人只是微笑了笑，並沒有作聲。

唐大嫂將桌上的香煙盒打開，抽出一支煙，放在那人面前，笑道：「這位大哥，你現在可以告訴我姓名了吧！那天我要用點小意思謝謝你，你不要，那還罷了，我要問你尊姓大名，住在哪裡，你也不肯告訴，說是要趕火車，立刻跑進火車站了。」說著，擦了一根火柴，站將起來遞過去。

那人口銜了煙捲，就著火吸了煙，點點頭說是多謝！

唐大嫂道：「抽我一支煙，就說多謝，你還了我那些東西，我要怎樣謝你呢？」

他笑道：「實不相瞞，那天撿到這個皮包，打開來一看，我也有些動心。後來我看那兩張字紙，我想這關係很大，無論如何，我要歸還原主。就是那天沒有尋到唐大嫂子，我也會登報招領的。」

劉麻子道：「這字紙很要緊嗎？是什麼字紙呢？」

唐大嫂立刻向那人瞟了一眼，那人笑道：「無非銀錢往來的憑據。」

唐大嫂這倒像心裡落下一塊石頭一般，又眼對他看了一下。

座中有個胖子，坐在那人對面，立刻站起來，隔了桌面伸過手來，笑道：

「朋友，我們握握手吧，我叫趙胖子。」

那人自然也就站起來和他握手。

趙胖子笑道：「朋友，我初次見面，雖然很佩服你，可是也要說你一點短處！我們雖然說講義氣不是做買賣，但只能說有好處給人，不要人家報答；若是姓名也不告訴人，叫人家一輩子心裡頭過不去，就不近人情。」

那人笑道：「趙大哥，請坐請坐！彼此坐下來。」他又起起身，向在座的人點了個頭，因道：「兄弟倒不是故意不近人情，因為我窮得不得了，只靠擺一個破書攤子餬口，不想在社會上談什麼交情，免得讓人家瞧不起。」

唐大嫂笑道：「這就不對了，你看，我們這一桌的人，也沒有哪個做了先生老爺，都是在秦淮河邊上混飯吃的人，有什麼身分不身分，敢瞧不起人。」

他這才笑道：「我也混到秦淮河邊上來了，免不了要請諸位關照一二，當然不能不說出姓名來，我叫徐亦進，是南滁州人。實不相瞞，也進過幾年學校，只因遭了一點意外，落得饑寒交迫，只好做小販，原來是在下關擺攤子，因為生意不大好，現時在夫子廟裡擺攤子了。」

趙胖子只管睜著一雙肉眼泡，看著他說話，這就搖了搖頭道：「夫子廟擺攤子，這是你錯了算盤了。**一個陌生的人想在夫子廟裡做生意，那是要碰釘子的。**」

徐亦進道：「這個我知道的，我有兩位朋友是老夫子廟，他已經給我關照過了。喏，他們就坐在那邊，也許各位有認得的。」說時，回轉臉來，向原坐的地方望著。

劉麻子看過了，回轉頭來笑道：「那個和尚頭矮胖子，倒是很眼熟。三毛，你廟裡情形比我們熟，認得不認得？」

同座的一個二十來歲的瘦禿子，穿了青短夾襖，嘴裡一粒金牙，笑起來常常露著，他笑道：「我認得他，他是一個紕漏*。」

徐亦進知道紕漏這個名詞，是說人不務正經，因道：「他是販賣水果的呀。現在，他在門東賣烤山薯。」

三毛笑道：「他天天去賣嗎？」

徐亦進道：「偶然也停一兩天。」

三毛笑道：「這就是他做外快的時候，他家裡養了一隻八哥會說話，是不是？」

徐亦進道：「是的，你老哥認得他？」

三毛笑道：「我不認得他，那隻鳥就是……」

趙胖子睃了他一眼，唐大嫂也攔著道：「這孩子就是這張嘴不好。」

三毛伸了一伸舌頭，不說了。

唐大嫂道：「徐大哥，我想請你吃頓飯，你賞臉不賞臉？」

徐亦進抱了拳頭一拱手，笑道：「大家都在夫子廟，見面的日子多，有機會，下次再叨擾吧！」

唐大嫂道：「不，你非讓我專誠請一頓，我心裡不安。我也不請外人作陪，就是現在同座的人。」

趙胖子笑道：「徐大哥，你就恭敬不如從命吧，我們也好沾沾光，喝唐大嫂子兩杯。」

徐亦進笑道：「其實是不必這樣客氣。」

唐大嫂道：「就是今天正午十二點鐘，也不上館子，我們這一群不三不四的人跑進館子去，鬧得不好，又要警察先生費神了。我就是在館子裡叫幾樣菜到家裡吃，大家有說有笑，一點不受拘束，你看好不好？」

在座的除了徐亦進之外，都同聲叫著好。

唐大嫂道：「徐大哥，在座的人都贊成了，難道你還不賞臉！」

徐亦進笑道：「唐大嫂既是這樣客氣，我就準於十二點鐘的時候來叨擾。」

唐大嫂道：「你可不許不來，回頭叫好了酒菜，讓我自家人來吃不成！」

徐亦進道：「決不決不！」

當時唐大嫂還謙讓著要替他會茶帳，徐亦進說那桌也都是陌生朋友，人家不便叨擾，這才分手下樓去了。

徐亦進回到自己的茶桌上，那三毛說的毛猴子先笑道：「喂，老徐要走桃花運了，唐小春的娘和你談上了交情，你怎麼會認得她的？」

徐亦進把過去的事略微說了一說。毛猴子將手一拍桌子，把茶碗裡的水拍得濺了起來，接著道：

「你真是個馬老闆，有財不會發。別人的錢，你退還他罷了；唐小春娘的錢，你還她幹什麼？**她自小就在秦淮河上混事，也不知道讓多少公子王孫在她身上花了整千整萬的冤枉錢**，於今年紀大了，又把她的小女兒在廟上賣唱。那丫頭拜過名師，很會兩句，頭子又長得好，在夫子廟是第一二把交椅的紅歌女，又賺了不少的冤枉錢。**這老蟹有名的糖大蒜，又甜又辣，她那樣穿金戴銀，我看了也紅眼，就是沒法子咬她一點元寶邊**！你有機會撿到她一筆大款，不但不應該還她，你說那皮包裡有兩張要緊的字據，你就該拿在手裡，狠狠地敲她一筆竹槓。」

徐亦進笑著，沒有作聲。

毛猴子向對過坐的矮胖子笑道：「王大狗子，你說我的話對不對？」

王大狗道：「論起你這個說法，那是沒有錯的！糖大蒜得來的也是不義之財，為什麼不能分她幾個用用。不過徐二哥撿到了皮包，怎麼知道這是不義之財呢？」

毛猴子道：「怎麼不知道，他自己說的，皮包裡有唐小春的名片。」

王大狗道：「徐二哥到夫子廟來了幾天，他又知道唐小春是紅的是綠的。」

徐亦進笑道：「你們兩個人，大概是窮瘋了，不勸勸你二哥做好人，只要我得那非分之財。」

毛猴子道：「有道是『人無混財不富，馬無野草不肥。』要像你這個樣子做道學君子，你望到哪一年發財？」

徐亦進笑道：「有碗飯吃，不把我們餓死，也就心滿意足了，還想發財呢。」

王大狗道：「過去的事，後悔也是無用，讓二哥去做一個好人吧。不過現在糖大蒜請你吃飯，你倒不要失掉這個機會，**我們這窮朋友，你認得兩打三打，又有什麼用，不如認得這麼有錢的人一個半個，還可以救救急。**」

徐亦進笑道：「人還有半個的嗎？」

毛猴子道：「怎麼沒有，那個趙胖子，他就是半個有錢的人。他自己手上沒錢，在夫子廟市面上很是活動，他要和你談交情，你就和他談交情吧，難道他還能在你身上捉了一隻蝨子去？」

徐亦進對於唐大嫂這番招待，本來在可去不去之間，現在經這兩位朋友一再的慫恿，便回去換了一件乾淨些的藍布長衫，還同毛猴子掉換了一頂新呢帽，然後按了時間，到唐大嫂家裡來。

唐家已是有點手面的人家了，在桃葉渡對面，挨著秦淮河的一所舊式房子裡居住。她們是住著房子最後的兩進，內堂屋就是河廳，是沿河住家最講究的房屋。

徐亦進打聽得她們家的所在，到了大門門，就感到心裡有些不安。偏偏他們家又住在最後的兩進，進了大門，在前進屋子裡走過，臉就紅著，低頭向自己身上看看，這件藍布大褂，下襟擺還有兩塊灰白的痕跡，其舊可知。

這樣的打扮，向人家紅歌女家裡跑，未免荒唐，正這樣想著，迎面一陣香風吹了過來，抬頭看時，由天井走過來一位仙女似的小姑娘，她長長的頭髮，在後腦勺上燙著飛機式的捲髮，額頂心裡卻梳得溜光，越發把那張鵝蛋臉子襯托得像海棠花一般，有紅有白；身上穿了淡黃薄呢的夾大衣，在大衣下面，拖出桃紅色銀灰斑點的綢衫，淡中帶豔，已覺得不是平常人物；加之她穿著玫瑰紫皮的高跟鞋，走起路來，如風擺楊柳一般。

徐亦進不用估量，知道這就是唐小春了，且把身子閃了一閃，讓到一邊去。

她倒不怕人家看她，站住了腳，向徐亦進望著，問道：「找哪一家的？」

看她那雙水樣靈活的眼睛，定了黑眼珠，微微吊起兩隻鳳眼式的眼角，分明是在生著氣。不過她雖在生氣，然而她那嬌滴滴的樣子，並不覺得可惱。這就取下頭上的帽子，半鞠著躬答道：「是唐大媽叫我來的。」

她哦了一聲道：「你姓徐？」隨著這話，往他周身上下打量了一番，接著也就微微地一笑。

在她笑的時候，由紅嘴唇裡露出那兩排雪琢成的牙齒，實在可愛。因答道：「是，我姓徐。」

她將手向後面一指道：「由這堂屋裡一直穿了過去，就是唐大媽家裡。」她說完了，也沒有向他再打招呼，扭轉頭徑自走了。

徐亦進望了她的後影，倒出了一會神，心想，美是美極了，怎麼這樣大的架子！正這樣出著神呢，後面有人叫道：「徐大哥！徐大哥！都在這裡等著你呢！」回頭看時，唐大嫂正站在堂屋向後進的屏門口，連連招手。

徐亦進笑道：「這屋子太深，我不敢冒昧進來。」

唐大嫂笑道：「屋子深，怕什麼？從那百年起，秦淮河上，也沒有什麼大小老爺在這裡打過公館，還沒有什麼人家掛上閒人免進的牌子呢。」說笑著，將徐亦進向裡面讓著。

這裡是個長長的天井，東頭有一棵說不出名字的老樹，彎著樹幹，沒有什麼枝葉。兩邊地上，七歪八倒地躺了幾塊太湖石。也有兩三個瓦缽子養著菊花，一叢芭蕉，有四五個莧子，並不見肥大，只是那葉子，四面顛倒著，占了半個天井，所以地下都是陰濕濕的。

對著這天井，有一道雕花欄桿，沒有了漆，也沒有了下半截，年代是相當的遠了。在欄桿裡，是窄窄的廊子，那裡擺了水缸、破茶几、半簍子木炭，一隻破的方凳子，上面放了個爐子，把靠爐子的一堵牆都熏黑了。那爐子燒著炭，熬著開水壺呢。

有個廿歲上下的姑娘，穿了件青布長夾袍，站在那裡等水開，沒有燙髮，光頭髮剪得短短的，倒是前面養了一道長劉海髮，配襯得雪白的一個圓臉子。亦進對她倒是加倍注意著，因為她到書攤子上去買過兩三回小唱本，在腦筋裡早就有下這一個印象了。

隨著唐大嫂子走了進去，便是河廳，趙胖子、劉麻子、三毛都在這裡候著，除了上午茶樓上見過的楊老四、李少泉之外，唐大嫂又介紹了一位汪老太和揚州老馬一塊兒見面。

這裡完全是舊家庭的擺式，河廳朝著秦淮河，一式是四方格子的玻璃窗，現在已經完全關閉起來了。

屏門反過來，背對天井，朝了玻璃窗靠屏壁，有一張琴桌，上面放著座鐘、帽筒、膽瓶、小架鏡，琴桌下套住一張方桌，上面擺了六個糕餅碟子。兩旁六把太師椅，夾了四張茶几，另擺了兩個方凳，這些男女分在兩邊坐著。

徐亦進看看，只有最下方一張椅子是空的，就在那裡坐著。

唐大嫂道：「徐大哥，你可不要拘禮，我們隨便談談，請你隨便吃點東西。」

徐亦進手上還拿了帽子，又站起來欠了一欠身子，在走廊子下的那位姑娘就進來了，笑著點點頭道：「徐老闆，帽子交給我。」

劉麻子怕他誤會，立刻搶上前一步，介紹著道：「這是唐家媽的二小姐。」

徐亦進也就和她點點頭道：「不敢當！」

二小姐笑道：「不要客氣。」

她說著話，終於是把帽子接過去了。

隨著這位小姐拿了一只蓋碗，放在上面桌上，再由外面提了開水壺來，在桌邊泡過了茶，回著頭笑道：「徐老闆，請上坐吧！」

徐亦進道：「這樣子招待，我就不敢當。」說著，又把兩手抱了拳頭，連拱了兩下。

唐大嫂道。「徐大哥，你不用客氣，我家裡大大小小許多事，都是我這二丫頭做，家裡用了個老媽子，伺候我們三小姐一個人就夠累了。她倒是會燒兩樣小菜，除了在菜館子裡叫了幾樣菜之外，我又叫王媽也做兩樣，這時候讓她在廚房裡忙吧。」

徐亦進道：「做晚輩的，現時在夫子廟做生意，少不得請唐大嫂和各位老前輩攜帶一二，這樣子客氣，以後我倒不便來了。」

唐大嫂笑道：「這也不算客氣，要客氣，我就請徐大哥到菜館子裡，恭恭敬敬喝幾杯了。」

她說著話，走到桌子邊，抓了一把瓜子，放到放茶碗的所在，向他點點頭道：「請這裡坐，吃瓜子。」

徐亦進笑道：「在這裡坐是一樣。」

趙胖子坐在他上手，便拍了椅子靠道：「這是主位，你在這裡，你看，唐家媽不便坐下，只好站著說話了。」

劉麻子更是率直，就來牽著徐亦進的衣袖，向上面推著。

唐大嫂也道：「徐大哥，你就上座吧。說起來，我們都是一洞神仙，拉拉扯扯，就覺著不脫俗套了。」

徐亦進聽了這話，不便一味地謙辭，只好在那地方坐下。

大家先說了幾句閒話，唐大嫂手裡拿了煙捲，坐在下方，斜了身子向他望著，因笑道：「徐大哥就是一個人在南京嗎？」

徐亦進道：「便是一個人，也就無法維持哩！」

唐大嫂道：「家裡還有什麼人嗎？」

徐亦進道：「家裡就只有一個胞兄。」

唐大嫂道：「沒有嫂子嗎？」

徐亦進道：「唉！說起來慚愧！愚兄弟兩個，都到了這樣大歲數了，還是光人兩個。」說到這裡，二小姐正由外面進來，到屋子裡去拿什麼東西，向他看了一眼。

唐大嫂笑道：「這麼說，我們應當叫你徐二哥。」

徐亦進笑道：「我是個老二的命，在南京和人家拜把子，算起來，也還是老二。」

唐大嫂向他看看，又向趙胖子、汪老太笑道：「做老二的人，大概在忠厚一邊的居多。你看我們二春，不就是個老實孩子嗎？所以我沒有放她出去。」

這位汪老太穿了件舊青緞子短夾襖，可又下擺長齊了膝蓋，半白的頭髮，還挽了個小圓髻，手捧了一桿水煙袋，不住地向外噴著煙，已是將徐亦進打量個三四回。

她聽了唐大嫂的話，將一張長臉連連點了幾下，在七八條皺紋的臉上，告訴了人她處世的經驗很深，這就插嘴道：「你們二小姐，只能說一句穩重，你要說她老實，那是看小了她；她肚子裡比什麼人也精靈哩！二十歲的姑娘，比人家四五十歲的人還要牢靠些。」

唐大嫂笑道：「還是二十歲啦，望哪輩子了，今年二十四歲了。」

徐亦進這才知道二小姐芳名二春，是二十四歲。當二春再由屋子裡出來的時候，徐亦進不免對她臉上多看了一眼。

二春這就紅著臉笑道：「汪老太和我算命呢！」

汪老太正燃了紙煤，燒著煙袋頭上的煙絲，隨了說話，噴出一口煙來，笑道：「可不是，我在給你算命，我正在這裡算著，你是哪一天紅鸞星照命。」

二春輕輕啐了一聲，自走出去了。有了這句話以後，她就不進屋子來了。直到酒菜預備齊了，王媽進來搬桌整椅，她才進來安排杯筷。

菜端上了桌，唐大嫂就請徐亦進上座，他還要謙讓時，大家都說，唐家媽說了，不要拘俗套，今天總是徐二哥的主客，若讓我們上座，就沒有這個禮。

汪老太放下了水煙袋，上前一步，扯著徐亦進的衣襟，笑道：「今天你就受恭敬一回吧，難得唐家媽很喜歡你，這就是你的運氣，將來你就把她當一個長輩，遇事都恭敬些，包有你的好處。」

徐亦進覺得這位老太婆雖是話裡有話，倒是真情，便又向大家一揖，說聲有僭了，只好在上首坐著。

唐大嫂坐在下方，親自提壺斟了一遍酒。

劉麻子就接過壺去，笑道：「唐家媽，交給我吧。」

唐大嫂並沒有謙遜，由他代斟了。

徐亦進這也就看出來了，唐大嫂是這一群人的首領，大家都捧著她呢，於是自己也在大家恭維之下，順了口叫唐大媽。

這菜肴是相當豐盛，除了在館子裡叫來的菜之外，家裡還有燉雞、燉鴨、紅燒蹄膀、紅燒青魚，一色是大碗。

徐亦進站起來幾回，只笑說菜太多了。

家裡幾樣菜，是二春送來的，徐亦進於她每送一碗菜來，就起身一下，說聲不敢當！唐大嫂笑道：「徐二哥，你這樣子客氣，請你吃一頓飯，是請你來受一頓飯的罪了，快不要這樣子！」

趙胖子也坐在鄰近下方的所在，當二春送菜來的時候，伸手一把將她扯住，笑道：「二小姐也坐下來吃吧，除了徐老闆，這裡都是自己人，要什麼緊，事讓王媽做吧。」

二春低頭笑著，只說等一會兒吃。

唐大嫂道：「你就坐下來吃，徐二哥也是一位正人君子，你現在倒又怕起生人來了。」

二春背轉臉來，輕聲道：「你看娘說話，我怕什麼生人，廚房裡的事還沒有做清楚呢。」

唐大嫂道：「那就交給王媽吧。」說著，將椅凳向旁邊擠了一擠，騰出一角空位來。二春抿了嘴微笑著，搬了一個方凳子，挨著唐大嫂坐了。

徐亦進坐在上面，正對了她望著，心裡可就想著：一個開堂子養娼妓的人家，有這樣含羞答答的姑娘出現，倒也是難得。心裡想著，又不免多看二春兩眼。

酒到這時，大家夠了，都捧了飯碗吃飯。

徐亦進扶起筷子碗，只扒了一口，卻將碗筷放下，突然站了起來。這一番客氣，全桌人都有些莫名其妙呢！

二 書香傳情

徐亦進自到唐大嫂家裡以後，越受到恭維，卻越是客氣，大家已覺到他有些多禮了，現時，他在吃到酒醉飯飽的當兒，無緣無故又站了起來，都不免向他望著。

但是他沒有計較到眾人的態度，只是朝著後面天井裡笑著。大家回頭看時，是唐小春小姐回來了，徐亦進點著頭道：「三小姐回來了，多謝得很，我在府上打擾多時了。」

唐小春比出去的時候，更要漂亮了，臉上帶了兩個桃花瓣子似的紅暈，兩隻雙眼皮兒只管向下合著，見徐亦進向她客氣著，也就直走到桌子邊來，向他笑道：「沒有什麼好菜，多喝兩杯酒吧。王媽，拿酒壺來，讓我敬三杯。」說時，身子微微地有點晃盪。

唐大嫂立刻站起來，將她攙住，皺了眉道：「這又是哪一班促狹鬼請客，把她灌醉到這種樣子。」說著，就在小春的大衣袋裡抽出一條花綢手絹來，要替她擦嘴。

手絹抽出來了，兩個蜜橘滴溜溜地在地面上轉著，小春很快地彎腰到地面上去撿橘子。偏是她手未到之先，一腳踢去，把那橘子踢到桌子下面去了。

徐亦進低頭看時，那橘子已經到了自己椅子腳下，這就趕快撿了起來，走出座席，向小春送了去。

不想是那麼巧，正當他走近了身邊，小春哇地一聲嘔吐出來，卻把肚子裡一切不能消化的酒飯菜，標槍似的向徐亦進身上射了過去，把徐亦進的藍布大褂吐濕了大半邊。那還不算，便是他的臉上，也還濺了不少的點子。

唐大嫂哦喲了一聲，搶上前就把花綢手絹交給徐亦進，徐亦進笑道：「不要緊，不要緊！我這樣破布衣服，用這樣好的綢手巾來擦，那太不合算了。」

二春也放了筷子碗，皺了眉道：「妹妹怎麼醉到這種樣子。」說著，也就在衣袋裡掏出一方白紗手絹，交給徐亦進道：「徐老闆，你快拿去揩揩臉上吧，不要客氣了。」

徐亦進見是一條白紗手絹，這就無須痛惜，自拿了擦臉。

二春轉身進房去，立刻擰了一把熱手巾，兩手捧著，送到徐亦進面前，見他衣襟上還是水汁淋漓的，便笑道：「實在是對不起，你就用手絹擦吧。」

徐亦進笑道：「我說了，不必介意，這樣一件藍布大褂，毀了也不值什麼，而況這一點也礙不著什麼，回去下水一洗就好了。」

二春道：「媽呢，找一件舊衣服來給徐老闆換換吧。」

唐大嫂很機靈，已由外面親自端了一臉盆熱水來，笑道：「真是對不起！你看小春這丫頭，我不知道說她什麼是好，惹了這樣大一件禍事，她倒不管，扭轉身子就跑了。」

二春看到母親打了水來，自己也一扭轉身子走了。徐亦進再三地說不要緊，將臉盆接過來，放在茶几上，搓手巾擦抹了身上，一回頭正待入座，可是二春手捧了一件折疊得很平整的灰色嗶嘰長夾袍，在面前站著。

徐亦進道：「二小姐，不必不必！我身上已經擦乾了。」

二春沒開口，臉上先飛紅了一陣，低聲笑道：「換一換吧，那件衣服指得兩大塊濕跡，怎樣穿？」

在座的人都說：「二小姐的面子，徐二哥把濕衣服換下來吧。」這樣說著，二春的臉子更是紅了。

徐亦進只好點著頭，把衣服接了過去，走到窗戶下，背了身子把衣服換過，低頭看去，竟是相當的合身。

趙胖子笑道：「真是的，人是衣衫馬是鞍，徐二哥把衣服一換，人都年輕了好幾歲。」

二春在一邊向他周身看過，也就抿嘴微笑。

這樣忙亂了一陣，湯也涼了，菜也不大熱，二春和王媽重新端去回了一次鍋。

徐亦進雖然客氣，趙胖子、三毛這些人卻要等著吃個通量，這樣一混，就是大半下午。

徐亦進陪著趙胖子這班人閒話了一陣，站起來望望天上的太陽，便向唐大嫂道：「我那件衣服是二小姐拿去曬了，大概乾了吧？」

唐大嫂道：「我看見她去洗了，明天衣服乾了，我叫王媽送到府上去。這件夾袍子雖然是舊的，倒還乾淨，徐二哥若是不嫌棄的話，你就留著穿吧。」

徐亦進低頭看看自己的衣襟，笑著搖了搖頭道：「一個擺書攤子的人，穿這樣好的衣服，那不是惹人家笑話嗎？」

二春這時站在房門口，手扶了門框，向了大家笑著。

趙胖子笑道：「二小姐有什麼意見發表嗎？」

二春本來想說句什麼的，被他問著，倒有些不好意思，紅了臉道：「我有什麼意見發表，這位徐老闆太客氣罷了。我也就怕徐老闆客氣，就在箱子裡翻了這樣一件很舊的衣服出來，不想徐老闆還是嫌漂亮。」

三毛坐在旁邊，將頸脖子一伸，笑道：「徐老闆，你看二小姐都這樣說了，你就收下吧。」

徐亦進這就向她笑著拱了一拱手，回頭對唐大嫂道：「打擾得很，我要告辭了。那件藍布衣服，就請放在這裡，哪天有工夫我來拿。」再又向大家說聲少陪，方才向天井裡走。

二春拿了他的帽子，追到天井外面來，笑道：「還有你的帽子呢。」

徐亦進接過帽子，笑道：「你看我自從進門起，就累著二小姐，一直到現在要走，還是累著二小姐。」

二春微微一笑。等他走了，回身進屋來，向唐大嫂道：「媽，你太大意，人家早就要走的了，只為了想等著那件藍布大褂，延到這時候，你若早說把那件嗶嘰夾袍子送他，他老早就走了。」

唐大嫂笑道：「我又不是他肚子裡的蛔蟲，我怎樣會知道這意思呢？」

二春道：「妹妹也是不好，我們感謝人家，特意請人家來吃飯，不想會吐了人家那樣一身的齷齪，真是讓人心裡過不去。」

唐大嫂道：「你不要說了，我心裡正難受。小春雖然醉過，從來也沒有醉到這種樣子。真是騎牛撞到親公家，她一害羞，倒在床上睡去了，明天我親自到徐老闆家裡去向人家賠個不是吧。」

二春道：「這件事，我們實在做得不大漂亮，向人家說什麼是好呢？」說著，只管皺了眉頭子。

唐大嫂笑道：「你看這孩子說話，這件事，也不是我叫小妹妹做的，她已經做出來了，我有什麼法子呢，你倒只管嘮叨著我。」

二春鼓著腮幫子，扭轉身子回房間去了。她是心裡這樣過不去，可是那惹禍的唐小春，卻是放頭一場大睡，醒過來的時候，屋子裡的電燈已經是亮著火了。打了個呵欠，在床柱上靠了坐著，將手揉揉眼睛，向桌上看去，那裡已是放下了好幾張請客條子，便撅了嘴道：「請客請客，我恨死這請客的了，天王來請我，我也不去。」

隨了這話，是二春進來了，笑著一句話還沒有說出來。小春便笑道：「真是要命，媽恭恭敬敬請來一位客，我倒吐了人家一身。」

二春笑道：「你心裡倒還明白。」

小春笑道：「我怎樣不明白。不過胃裡頭只是要向上翻，無論怎麼著，忍也忍不住，人家沒有見怪吧？」

二春道：「人家見什麼怪。你唐小姐吐出來的東西，人家要留在身上當香水用，能夠見怪嗎？」

小春道：「我給人家灌醉了，也是不得已，你拿話俏皮我做什麼？」

二春道：「我為什麼俏皮你，本來人家笑嘻嘻的，一點兒不介意。」

小春道：「這樣子說起來，我明天見了他，倒要和他說兩句客氣話。」

二春道：「媽說你自己去他家裡客氣兩句。我想那倒不必，他天天在夫子廟裡擺攤子的，我知道他的地方，明天上街去，彎兩步路，到廟裡向他打個招呼就是了。」

小春道：「你怎麼知道他擺攤子的地方？」

二春道：「前兩天，我到他攤子上買過小唱本，所以我知道。」

小春道：「一個擺書攤子的人，也不必和他太客氣了。」說著，走下床來，對了衣櫥子上的鏡子，理著耳朵邊的鬢髮。

在鏡子裡見母親進來，只管撇著嘴，回轉頭來道：「我這話錯了嗎？」

唐大嫂道：「不說別的，只看你手指頭上戴的那個戒指，就是人家撿到了奉還你的。四五百塊錢那還是小事，你費了多少心血才得到手？這種年月，見**財不動心，有幾個人？他有這種好心，就可以佩服，管他是做什麼的呢！**哪怕他是做賊的，對你娘兒總算對得起。就是你今天吐了人家一身，人家臉紅都沒有紅一下。」

小春道：「我正在這裡和姐姐說呢，明天出門去，彎一步路，到他書攤子上客氣兩句。」

唐大嫂點點頭道：「這倒像話，順便把他留下來的那件藍布大褂也給送了去。我們要搭架子，也犯不上在這種人面前搭架子。今天你在家裡休息一天吧，臉上哪裡還有一點血色啊。」

正說著，自己的包車夫在堂屋裡叫道：「三小姐條子，六華春姓陳的，一共是五張條子了，該預備出去了。」說時，由門簾子外面伸進一隻手來，手上就拿了那張請客條子。

小春搶上前一步接了過來，三把兩把將紙條子撕個粉碎，向地下丟去，又將腳在上面連連踏了幾腳，咬著牙道：「以後我不當歌女了，我讓人家灌醉了，現在酒還沒有醒，又要叫我去灌醉，我是個垃圾箱……」

唐大嫂攔著道：「不用說了，你醉了沒醒，我知道了。我不是對你說了，叫你在家裡休息一天嗎！」

小春道：「我從來沒有這樣丟過人，今天在新朋友進門，我糊裡糊塗地吐人家一身，實在不好意思。」

二春笑道：「還好，你已經明白過來了。」

唐大嫂道：「我們二丫頭，就是這樣死心眼，有件事過意不去，總是掛在口裡。」

小春道：「這是我過意不去的事，要她多什麼事？姐姐看中了那個姓徐的，你要去報他的德嗎？」

二春紅著臉呸了一聲，自走了。自這以後，她就不提到徐亦進的事了。

到了次日下午，小春當著二春飯後，洗過了手臉，就迎上前向她賠笑道：「姐姐，你陪我上街去一趟，好嗎？」心裡猜著，她一定要用一句很厲害的話碰回來了。

可是二春很平和的問了一句不相干的話：「現在幾點鐘了？」

小春道：「一點多鐘了，無論他擺書攤子在幾時起，這個時候也擺出攤子來了，我們一路去吧。」

二春道：「媽出去上會去了，沒有留下什麼話；不過那件衣服，媽倒是說過讓我送去的。」

小春道：「既是媽叫你送去的，我不去了，你替我向他說兩句道歉的話吧。」

二春紅了臉道：「怎麼你避開了，讓我一個人去，那不是……」她說到這裡，頓了一頓，小春倒沒有明白她的意思，笑道：「你真沒有出息，這點事情也辦不了，我就同你去吧。」

二春聽說，立刻跑回自己屋子裡去，提了一隻白布包袱出來，臉上白了些，似乎又是撲過一回香粉了。她似乎怕小春追問什麼，先道：「夾一件衣服在脅下去送給人，怪難為情的，拿一塊白包袱包著好看些，並沒有送什麼給他。」

小春也沒理會，自隨了她走。

走到夫子廟，二春也不用多打量，順了東側門裡的小街，徑直向前走。在那轉角的所在，一列書攤子，橫斜著對了人行路，攤子裡面，有個人坐在矮凳子上看書，二春回轉頭笑道：「這個人倒相當用功，每次跑來，我都看到他在這裡看書。」

小春道：「你都常看到他嗎？」

二春道：「我哪裡……」一句話未了，徐亦進已是抬起頭來，看到二春姊妹，立刻站起身，連連地點了頭笑著。

二春本是走在前面的，到了這時，就不知不覺地向後退了兩步，把小春讓上前一步。

小春倒沒有什麼感覺，也就走近了書攤子，笑著向他點點頭道：「徐老闆，昨天對不住得很！」

二春雖是也靠住妹妹站著的，但是只對他微笑了一笑，沒有將話說出來。

徐亦進放下了書本，兩手抱了拳頭，連連拱了幾下，笑道：「這就實在不敢當得很！」

二春這才把布包袱放在書攤子上，因道：「徐老闆衣服洗乾淨了。」

小春也笑道：「我本來不好意思來見徐老闆的，可是想到自己做的事，未免太不像話，總要自己向你表示一下歉意。」

說到這裡，不免低了頭，將手去翻弄攤子上的書。

徐亦進道：「三小姐，你要說這話，我在這裡站不住了。」說話時，眼見她只管翻弄書頁，便笑道：「三小姐喜歡看小說書嗎？」

小春道：「讓徐老闆問著了，我就有這點嗜好。」

徐亦進道：「那好極了，我這滿書攤子都是小說，三小姐愛看哪一種的書，隨便挑吧。」

小春一看眼前擺的書，倒有好幾種是沒有看過的，就一齊撿著疊在一堆。

徐亦進道：「不好拿，就把這白布包袱包了去吧。」說著，透開包袱來，在自己的衣服下面，還露著兩盒點心，便哎喲了一聲，二春紅著臉笑道：「這是家裡現成的東西，我覺空著手來，怪不好意思的。」

徐亦進笑道：「既然拿來了，諒著二位小姐不肯帶回去，在唐家媽面前給我道謝吧。」一面說著，一面將書包了起來。

小春背過身去，打開手皮包，掏出一張五元鈔票捏在手上，回轉身來，先把書包提著，然後將那張五元鈔票向攤子上一丟，笑道：「徐老闆，請你收下書錢吧。」說畢，扭頭就走。

徐亦進拿了鈔票，繞過書攤子來追她們時，她們已經走得遠了，站在路頭上，倒發了一陣呆。

自己回到書攤子上，將書整理了一會子，又站著發起癡來。忽然有人叫道：「老徐，你這是怎麼了？」

徐亦進抬頭看時，卻見毛猴子站在面前，他手裡提了一隻鳥籠子，裡面關了一隻八哥兒，那籠子門是敞開的，鳥並不向外飛。籠子上面，插了一根竹片，頭上挽個圈圈，表示是賣的意思。因道：「你改了行了，賣鳥？」

毛猴子笑了一笑，沒有覆他這句問話，回轉頭來，向廟外一努嘴道：「唐小春剛才過去了，你看見了嗎？」

徐亦進道：「怎麼沒有見到，我正為她來了一趟，為起難來了。」

毛猴子道：「你吃了她家一頓，想還禮，是不是？我告訴你，不必在人家面前丟人了，唐小春在夫子廟酒席館裡一天進進出出的，也不知道經過了多少酒席，魚翅海參只當了豆腐白菜吃，你……」

徐亦進連連搖了手道：「不對！不對！我也不是那樣不知進退的人。她剛才到這裡來，丟了一張五元鈔票在書本上，只拿了兩三套書走，那差得太遠了。」

毛猴子笑道：「你這個大傻瓜，她們家裡那樣有錢，多花她幾文，有什麼關係。而且你送還她們好幾千塊錢，就盡花她五元錢，也不值九牛之一毛。」

徐亦進道：「唯其是我送還過她們這些錢和東西，不應該再收她們這點小惠。」

毛猴子搖搖頭笑道：「你這個人的脾氣，我真是沒有話說，我替你出個主意吧，你明天挑揀值得五塊錢的書，送到她家去就是了。規規矩矩，做她五塊錢生意，有什麼不可以？」

徐亦進笑道：「這倒使得。你怎麼要把這八哥賣了？這鳥會說話，又很乖，賣了可惜！」

毛猴子笑道：「你是個傻瓜，晚上請你喝酒吧。」說著，他自提著鳥籠子走了。

徐亦進想著，這兩天生意不大好，照了他的話辦也好。因之早些收拾書攤子，到批發書莊上去，挑選了幾部內容比較好的小說。次日上午，算著小春還沒有出門去應酬，把書送了去。

這時，小春正在窗戶邊梳妝檯邊洗臉抹粉，隔了玻璃，就看到徐亦進夾了一大包書進來，便由屋子裡迎了出來，笑道，「徐老闆真是個君子，一定不肯占別人一點兒便宜，給我送書來了。」

徐亦進見她穿了一件舊紅綢短袖夾衫，頸脖子上圍了一方很大的白綢手絹，將肩上蓋了，長的捲髮披在白手絹上，臉上只淡淡地抹了香粉，透著淡雅之中，還有些天真，情不自禁地笑了一笑。

小春道：「徐老闆，你笑什麼？」

徐亦進笑道：「這句話，也許說得冒昧一點，我在一本書的封面上，看到一個時妝美女畫，就像唐小姐這個樣子。」

小春噗嗤一笑道：「那個書封面上，是一個醜八怪罷了，什麼時妝美女。」說著，將徐亦進的書接了過去，就放在堂屋桌上，一本本的翻弄著，笑道：「很好，只有兩本是我看過的。」

徐亦進道：「現在上海書鋪子，翻印舊小說很多，有些書，從前花了大價錢全買不到的，現在都可以買得到。」

小春道：「我想看一兩部豔情小說，你有法子可以找得到嗎？」說時，微微一笑，瞅了徐亦進一眼。

他看到，心裡就十分明白，躊躇了一會兒道：「也許可以找得到。」說到這裡，覺得身後有人走過來，回頭看時，卻是二春，送了一杯茶在旁邊茶几上，笑道：「多謝多謝！」說著，點了點頭。

二春向小春看看，微微瞪了一眼，沒作聲。小春不理會，還向徐亦進道：

「明天同我送書來，好嗎？不一定要舊小說，新出的也好。」

徐亦進點頭答應是，卻向二春問道：「唐家媽在家嗎？」

二春道：「不在家，請坐會吧。」

徐亦進退了兩步，坐在椅子上，微微咳嗽了兩聲，笑道：「唐家媽也很忙。」

二春微笑著，小春卻把一個指頭蘸了桌上的水漬，在塗抹著字，身子斜靠了桌沿站著。

徐亦進端起茶杯來喝了一口茶，站了起來，笑道：「請在唐家媽面前替我說一聲，看看她老人家來了，再會吧！」說時，順眼向桌上看去，映了天井的光線，看得清楚，小春在桌面塗寫的有「金瓶」兩個字，也有個完好的「性」字，其餘是抹糊塗了，也不便問什麼，點頭向外走。

她姊妹們都沒有送，只是小春卻抬起一隻手來，連連地舉了幾下，笑道：「明天，你要送書來的呀！」

徐亦進也就遠遠地點了點頭，答應著去了。

二春向小春笑道：「你輕輕地對人家說，你怕我沒有聽到嗎，叫人家送豔情小說你看呢。上次陸影送你一本不好的書，媽知道了大罵你一頓，你忘記了嗎？」

小春板了臉道：「她不認識字的人，聽她的話做什麼！」說完，她自拿著書進房去了。隔了房門道：「姐姐，這件事，你不許對媽說，她要嘮叨我，我就同你不依。」

二春道：「我是好話，聽不聽在你，我告訴媽做什麼！」

小春隔了門簾子嘻嘻地笑著，二春把這事放在肚裡，也沒有作聲。

到了次日上午，二春坐在天井裡的矮凳上，靠了洗衣盆搓洗衣服，兩隻眼睛卻不住地對門外望著。

果然，在十一點鐘的時候，徐亦進夾了一個四四方方的報紙包兒，由外帶著笑容走了進來，二春由水盆裡拿出濕淋淋的一雙手來，自掀起胸前的藍布圍襟，互擦了兩隻手，徐亦進見她青綢夾襖的袖子外，露出雪藕似的兩隻手臂，不由得站定了腳，向她發出桃紅色的手掌望了去。

二春道：「徐老闆，你真信了我妹妹的話，又送著書來了。你不要信她，她是個小孩子。」

徐亦進笑道：「二小姐，你放心，我送來的書，沒有不能看的。」

小春聽到徐亦進說話，一掀門簾子，直跳了出來，走到徐亦進面前，雙手把那個書包由他脅下奪了過去，笑道：「多謝你了！」第二句話不曾交代完，就跑進房去了。

二春道：「徐老闆，請坐下喝杯茶吧。」

徐亦進笑道：「我請人看著攤子呢。」說時，在懷裡又掏出一個小紙包來，笑道：「這是我找到的幾種文明小唱本，裡面有女俠秋瑾，有西太后，都很新鮮，這比《二度梅》昭君和番那些東西好得多。」說著，把包書本子送了過來。

二春笑道：「我認不了三個大字，看什麼書，不過睡覺的時候，拿著當安眠藥罷了。」說話時，搭訕著又將圍襟分別地擦手。

徐亦進見她沒有接著，就將一小包書放在廊簷下破茶几上，點頭道：「再見吧！」一句話畢，就出去了。

二春將書本拿到屋裡去翻了一陣，再悄悄地走到小春屋子門口，隔了門簾，向裡張望著，見她把書放在桌上，攤開了一本，站在桌子邊，隨便翻動著。二春又悄悄地走進來，站在她身邊看。

小春還是看書，很從容地道：「你輕輕地走進來，以為我不知道呢？你看吧，這並不是什麼壞書。」說著，把看的書本向前一推。

二春看時，都是些印刷很美麗的書，封面上印著時妝美女畫，有的題著《家庭雜誌》，有的題著《戲劇月刊》，有的題著《家庭常識大全》。

二春笑道：「這些書，你不大合意吧？」

小春道：「怎麼不合意！這家庭常識就很有意思，什麼去油漬法，做雞蛋糕法，我五分鐘工夫就學會了好幾樣。」

二春笑道：「那也罷了，這個人看起樣子來倒很老實，做事倒很有深心。」

小春道：「這裡有六本雜誌，全是三四毛錢一本的，合計起昨日的書，五塊錢，人家要蝕本了。」

二春道：「終不成我們又送他五塊錢，可是你要送他五塊錢，這一筆帳，永遠沒有法子算清了。」

小春道：「等媽回來，我們再和她商量吧。讓媽送些東西給他就是了。我真沒有看過這種做小生意的人，這樣君子，一點便宜也不肯占人家的。我倒想起來了，你送了他兩盒點心，他又送你一些什麼呢？」

二春道：「他送東西給我做什麼，那兩盒點心，也不能算是我送給他的。」

兩人正談論著這事，唐大嫂走進屋子來了，見桌上堆了許多書本子，便說道：「小春又買了許多書回來了。買來了，也不好好放著，床上桌上到處丟，連馬子桶上也放著，我倒天天替你收拾。」

小春道：「這是我買的嗎，是那個姓徐的送的。」

唐大嫂道：「大概是他不願白得那五塊錢吧？這人倒是這樣乾淨，送的是些什麼書？小春亂看書，看了胡思亂想，我就不贊成。」說著隨手在桌上掏起一本書來翻弄著。

二春也擠上前來，見是一本家庭常識，便用手指著書頁道：「這書很不壞，專門教女人怎樣管理家務。」

唐大嫂笑道：「我曉得，這是《烈女傳》。」

二春笑道：「媽就只知道《女兒經》《烈女傳》，人家徐老闆也不會送這樣的舊書給小春看，這是家庭常識。」

唐大嫂翻翻著書上幾頁插圖看看，見有的是裁衣服的樣子，有的是栽花盆的樣子，因笑道：「這個我明白，以前我們家裡也有一本，叫萬寶全書，認得字的管家人，是應該看一本的。」

二春笑道：「你看明白起來，我媽是什麼都知道的。」

唐大嫂兩眉一揚，笑道：「你媽就是不認識幾個字，要說……」

小春一撇嘴，笑道：「又來了，要說夫子廟上的事，你是件件精通。」

唐大嫂道：「豈但是夫子廟，除非外國的事我不知道，中國的事，我總不怎樣糊塗。」

二春笑道：「那就好了，我們就請教你老人家吧，白收人家許多書，怎樣謝人家呢？」

唐大嫂道：「呵，你倒這樣急，彼此都住在秦淮河邊上，往後來往的日子長著呢，忙什麼？」

二春碰了母親一個釘子，紅著臉子走了。自己有了戒心，就沒有再提到徐亦進送書的事了。

過了兩天，是個黃昏時候，小春在綢衣上罩了件藍布大褂，在門口閒望，約莫十分鐘，見徐亦進脅下又夾了一包書走來，小春就在大門口攔著路站定，笑道：「徐老闆，你真不失信。」

徐亦進道：「昨天三小姐在馬路上喊著我，我沒有聽清楚，你的車子就跑過去了。」

小春低聲道：「徐老闆，你不要到裡面去，我有話對你說呢。」說著臉一紅，這種言行出之於一個少女，徐亦進對之，怎不愕然呢。

三 雨夜神女

唐小春是秦淮河上一位頭等歌女，年紀又很輕，無論怎麼樣傻，也不會愛上一個擺書攤的人。徐亦進那分愣然，倒有些不自量力。

不過這情形，小春立刻看出來了，倒也覺到他誤會得可笑，便沉著面孔，帶了一分客氣的笑容，向徐亦進點點頭道：「也沒有什麼了不得的事，我有一封信，要請你面交一個人，為什麼不由郵政局寄去？因為信裡面有點東西，若是別人接著了，恐怕不會轉交本人，徐二哥是個君子人，一定可以帶到。」

徐亦進見她說得這樣鄭重，便也正了顏色道：「唐小姐，你放心，我一定送到。送到了，請收信人回你一封信。」

小春笑道：「那就更好了。不過這封信，最好還是你親自交到我手上。你若是遇不著我，遲一點時候，那倒是不要緊的。」說了這句話，她臉上又紅了一陣。

徐亦進看這樣子，顯然是有點尷尬，便鎮住了臉色道：「那是當然。」

小春笑道：「也許我順便到廟裡去看看。」

徐亦進道：「這倒用不著，我自然知道三小姐什麼時候在家裡，那個時候，我說是送書來，把信夾在書裡，親手交給三小姐就是了。三小姐看著還有什麼不妥當的嗎？」

小春抿了嘴微笑，又點了點頭，於是伸手到懷裡去掏摸了一陣，掏出一個粉紅色的洋式信封，交給徐亦進。

徐亦進接過來，捏住信封一隻角舉起來，剛待看看姓名、地點，小春回頭張望了一下門裡，努努嘴，向他連連搖了兩下手。

徐亦進明白著，立刻揣到懷裡去，正還想同她交代一句什麼呢，小春低聲笑道：「你請便吧，也許我姐姐就要出來。」

徐亦進聽到說二春要出來，不免站著愣了一愣，但是看到小春皺了兩道眉毛，卻是很著急的樣子，便點了個頭，低聲道：「明天上午會吧。」說畢，立刻轉身走了。

自己也是很謹慎，直等走過了兩三條街，方才把那封信掏出來看，見是鋼筆寫的，寫著「請交鼓樓務仁里微波社，陸影先生親啟。」

徐亦進不由得驚悟一下，這微波社和陸影這個名字腦筋裡很熟，好像在哪裡見過，一面走著，心裡頭一面想去。

順了這封信上的地址，搭了公共汽車，先到了鼓樓，下車之後，轉入那條務仁里。見牆上釘了一塊木牌子，畫了手指著，用美術字寫著「微波劇社由此前去」，自己不覺得哦了一聲。

同時，也就停住了腳，自言自語地沉吟道：「**一個歌女向一個演話劇的小夥子送信，可瞞著人，這件事正當嗎？**若是這件事不正當，自己接了這一件美差來幹，不但對不起唐家媽那番款待，就是唐二小姐也把自己當個好人。這樣著，勾引人家青春幼女，實在良心上說不過去。」於是在懷裡掏出那封信來，兩手捧著，反覆看了幾遍。

忽然有人在身旁插嘴道：「咦！這是我的信。」

徐亦進抬頭看時，迎面來了一個穿西服的少年，白淨長圓的面孔，兩隻烏眼珠轉動著，透著幾分圓滑，頭髮梳得烏油滑亮，不戴帽子，大概就是為了這點，頸脖子上用黑綢子打了個碗大的領結子，結子下，還拖著尺來長的兩根綢子，垂在衣領外面，人還沒有到身邊，已然有一種香氣送過來。

他見徐亦進望了他發愣，便道：「你這信不是唐小姐叫你送來的嗎？我就是陸影，你交給我得了。」

他操著一口北平話，有時卻又露出一點上海語尾。徐亦進因道：「信確是送交陸先生的，不過我並不認識你，怎好在路上隨便就交出去？」

陸影瞪了兩隻眼睛，向那封信望著，因道：「你這話也有理，你可以同我到寄宿舍裡去，由社裡蓋上一個圖章，再給你一張收條，你總可以放心交給我了吧。」

徐亦進道：「那自然可以，並不是我過分小心，唐小姐再三叮囑過，叫將這封信面交本人，再討一封回信，信裡似乎還有點東西呢！」

陸影笑道：「自然，這是你謹慎之處，不能怪你，回頭我多賞你幾個酒錢就是了。」

徐亦進只是微笑著，跟了他走去。

到了那個劇社，卻是一所弄堂式的房子，進門便是一所客堂，空空的，陳設了一張寫字檯，隨便地放了幾張籐椅子，白粉牆上貼了幾張白紙，寫著劇社規則和排戲日期之類。此外釘了釘子，一排排地掛著衣服。也有西服，也有褲衩，也有女人旗袍，這就代替了人家牆上的字畫古董。

寫字檯上，並沒有國產筆墨，不知是什麼人，穿了一身舊西服，伏在椅上，用鋼筆在寫信。他抬頭看到陸影，微笑道：「老陸，借兩毛錢給我，好不好？」說著，伸出兩個指頭，作個夾煙捲的樣子，在嘴唇邊比了一比。接著道：「我又斷了糧了。」

陸影笑道：「你斷了糧了，我的銀行還沒有開門呢！」他說這句話時，眼光已是射到徐亦進臉上，突然把話停住，臉也隨著紅了起來。

徐亦進雖然少和這種人來往，但是他們是一種什麼性格，那是早已聞名的。便搭訕，向四處張望著，表示並沒有聽到他們說什麼。

陸影笑道：「現在你可以放心把信交給我了吧！老王，你在抽屜裡，把那劇社收發處的橡皮戳子拿出來，給我蓋上一個章。」

那老王更不搭話，把中間抽屜使勁向外一扯，將浮水印盒子、四五個橡皮戳子一齊放到桌上，笑道：「劇務股、宣傳股、編輯股的戳子都在這裡，你愛用哪個戳子，就用哪個戳子。」

陸影在桌上拿了一張劇社印的信紙，接過老王手上的鋼筆，就在紙上斜斜歪歪地寫著幾個橫行的中國字——茲收到交來唐先生信一封。順手摸起了一個戳子，在浮水印盒子裡的篤的篤亂印一陣，然後在信封正中蓋了一個印，他也不看看，就將這信紙交給了徐亦進。

徐亦進看時，那戳子正正當當地來一個字腳朝天，倒過紙條來看那字，卻是演出股的戳子。

陸影見他只管捧了字條出神，便笑道：「戳子都在桌上，你若是不滿意，請你順便拿一個再蓋上。」

徐亦進笑道：「不必了，陸先生我們也是早已聞名的。」說著，也就把那封信遞給了他。

陸影接過信，托在手心掂了掂，立刻就透出了滿臉的笑容，背過身去，拆著信看。

老王手撐了桌沿站起來，拍著手道：「老陸，老陸，快拿過來我看看，信裡有多少鈔票，我們見財有分。」

陸影笑道：「你犯了錢迷了，這又不是什麼掛號信、保險信，你怎麼說起鈔票兩個字來。」

老王道：「你早就缺著錢，盼望唐小姐接濟你，現在小唐的信來了，而且是派專人送來的，絕不能是一封空信，而且你接著這封信的時候，臉上笑嘻嘻的，分明是有了收穫。」口裡說著，奔出了桌子來，老遠地伸著手，就要去搶陸影的信。

陸影似乎也有了先見之明，已是把那封信揣到懷裡去了。

徐亦進看到他們這種情形，實在有些不入目，便和悅著臉色，向陸影道：「陸先生可以回一封信讓我帶去嗎？」

陸影被他一句話提醒了，想起了小春在信上介紹的話，這就向徐亦進彎了一彎腰，笑道：「原來你就是徐老闆，我聽到唐小姐說道，你是個拾金不昧的人，佩服佩服！請你在這裡坐一會兒，我到樓上去寫信。」說著，又將眉頭皺了兩皺，微笑道：「我們社裡人多，一時又找不到適當的房子，大家擠在一處，連一個會客的地方也沒有。」

徐亦進笑道：「藝術家都是這樣的，陸先生只管去寫信，我在這裡等一會兒就是了。」

陸影急於要寫回信，他是更不打招呼，一徑向後面上樓去了。

那個老王見徐亦進一身布衣，又是個送信的，並不同他客氣，大模大樣地坐著，笑道：「你在唐小春家裡拿多少錢一月的工錢？」

徐亦進笑道：「三五塊錢吧。」

老王笑道：「遇到送密碼電報的時候，你就有好處了，至少要賞你一塊錢酒錢。上兩次送信來的，怎麼不是你？」

徐亦進笑道：「我也是初在他們家上工。」

老王笑道：「聽說有幾個闊人捧唐小春捧得厲害，你知道花錢最多的是哪一個？」

徐亦進笑道：「我剛才說了，是初在她家上工，哪知道這些詳情呢！」

老王搖搖頭笑道：「**哪一個歌女，都有她們的秘密，花冤錢的花冤錢，撿便宜的撿便宜。**」說著又低了頭去忙他的事。

徐亦進在屋子裡站了十分鐘，有些不耐煩，就步行到屋子外面去站了一會。因為陸影那封信，始終不曾交出來，又推了門進屋去看看，屋子裡那位老王，不知道到哪裡去了，通後面屋子的門是大大地開著，那裡有一道扶梯轉折著上樓去，在樓梯下面地板之上，卻是一方挨著一方的鋪了地鋪，還有兩位青年睡在地鋪上，兩手高舉了一本書在看著。他們一抬頭，看到有一位生人進來，立刻將門掩上。

徐亦進本來想闖到樓上去看看的，這時見樓下就是這情形，樓上不會好到哪裡去，只得依然在外面屋子裡坐著。

這樣足耗了一小時之久，才見陸影手上拿了一封信笑嘻嘻地出來，他雖然穿了西裝，卻也很沉重地抱了拳頭，向他作上一個揖，笑道：「徐老闆，一切拜託！」然後將那封信遞到徐亦進手上。

徐亦進看也不看，就揣到懷裡去。

陸影笑道：「這封信裡已經說明，送來的東西，我已經收到了；不過這封信務必請你私下給她，我想徐老闆總有辦法掩藏著吧？」

徐亦進笑道：「這個你放心，我一兩天就要給唐小姐送一回書去的，我把信夾在書裡頭送去就是了。今天這封信，是她等著要看的，我可以拿了這封信在莫愁軒門口等著她，晚上十點鐘，她上場子的時候，總可以在門口遇著她的，那時，我不用說什麼，她就會知道是送回信來的了。」

陸影笑道：「很好很好！徐老闆這樣細心，一切容我改日道謝。」

徐亦進道：「我這完全是為了唐小姐的重託，瞞著唐家媽，那是擔著相當干係的，陸先生要謝我，那倒教我不便說什麼了。」他說著，把臉色正了一正，然後就點著頭走了。

到了當日晚上，果然照著白天說的話，在夫子廟一帶街上，來往地蹓躂著。不多一會子工夫，看到小春坐了雪亮的包車走到一家館子門口停住，徐亦進趕上兩步，還不曾近前，小春早是看到了，就站在街邊的便道上向他招了招手。徐亦進走過去，她故意高聲笑著道：「徐老闆，我託你找的書，現在找好了沒有？」

徐亦進也高聲答道：「書都找好了，我這裡有一張書單子，請唐小姐看看，有合意的書，請你告訴我一聲，我就將書送來。」說著，在懷裡掏出那封信來，很快地就遞過去了。

小春也知道這話裡藏著機鋒，立刻伸手接過去，打開小提包來，將信封藏著，向亦進點了點頭道：「多謝你費神！明天下午，我到夫子廟你攤子上去拿書。」說著，向他丟了一個眼色，徐亦進不曾說什麼，小春已經走進酒館子去了。

徐亦進站著呆了一呆，覺得鼻子頭嗅到一種香氣，將手送到鼻尖上聞了一聞，還不是手上的香味嗎？這香氣由哪裡來，一定是陸影那封信上的。**一個男子寫信給女人，灑著許多香水在上面，那是什麼意思**，當時心裡起了一種反應。把微波社那房子裡的情形，同那封信漂亮的成分聯合在一處，便覺**陸影這個人行為上是一個極大的矛盾**。心裡想著，老是不自在。回得家去，情不自禁地卻連連地嘆了幾口氣。

他所住的屋子，是一種純粹的舊式房屋，中間是一間堂屋，兩邊卻是前後住房，房又沒有磚牆，隔壁的燈光由壁縫裡射了過來，一條條的白光照到徐亦進這黑暗的屋子裡。

隨了他這一聲嘆氣，隔壁屋子王大狗問道：「二哥，你今天生意怎麼樣？老嘆著氣。」

徐亦進道：「雖然嘆氣，卻不是為我本身上的事。」說著，擦起火柴，把桌上煤油燈亮了，燈芯點著了，火焰只管向下挫著，手托燈檯搖晃了幾下，沒一點響聲，咦了一聲道：「我記得出去的時候，清清楚楚地加滿了油，怎麼漏了個乾淨？」

隔壁王大狗隨著這聲音打了個哈哈。徐亦進望了木壁子道：「我這門鎖著的，是你倒了去了嗎？」

王大狗笑道：「對不起，我娘不好過，有兩天沒出去做生意，什麼錢都沒有了，天黑了，一時來不及想法子打煤油，把你燈盞裡的油倒在我燈盞裡了。」

徐亦進道：「怎麼你這雙手腳還沒有改過來。」

王大狗笑道：「我的老哥，對不起。自己兄弟，這不算我動手，你身上總比我便得多，你借幾毛錢給我，讓我買幾兩麵來下給我娘吃，順便就給你打一壺火油回來。」

徐亦進還沒有答言，又聽到隔壁屋子裡有人重重地哼了一聲。徐亦進伸手到衣袋裡摸索著，掏出手來一看，卻只有五毛錢和幾個銅元，因道：「我就要睡覺，不點燈了。這裡有五毛多錢，你都拿去吧。」

王大狗手裡提了油壺走過來，見徐亦進將那些錢全托在手心裡，便道：「你只有這些錢嗎？」說時，伸手轉了一下燈芯的扭子。

徐亦進道：「沒有油，你只管轉著燈芯有什麼用。那還不是轉起來多少，燒完多少嗎！老娘病了，想吃點什麼，趕快拿錢買去。」說著，把錢都交給了王大狗。他接著錢，向徐亦進道：「二哥，你到我屋子裡去坐一下子吧，也不知道我娘的病怎麼了，老說筋骨痛，時時刻刻哼著。」

徐亦進道：「你去吧，我在你屋裡陪著老太坐坐就是了。」

王大狗還不放心這句話，直等徐亦進走到自己屋子裡，然後才出大門來。

這時，天色黑沉沉的，飛著滿天空的細雨煙子，那陰涼的夜風，由巷子頭俯衝過來，帶了雨霧，向人身上臉上撲了過來，直覺身上冷颼颼的。於是避了風，只在人家屋簷下走著。

他因為母親要吃花牌樓蔣復興糖果店裡的甜醬麵包，自己顧不得路遠，就放開大步子向太平路奔了去，當自己回來的時候，馬路上的店家十有八九是關上了門，剩下兩三處的霓虹燈在陰暗的屋簷下懸著，反而映著這街上的淒涼意味。

兩三輛人力車子悄悄地在空闊的馬路中心走去，只有他們腳下的草鞋，踏著柏油路面上的水泥，唧喳唧喳響著。

這夜是更沉寂了，這大馬路上，恰又是立體式的樓房，沒一個地方可以遮蔽陰雨的，自己把買了的點心包子塞在衣襟下面，免得打濕了老娘吃涼的。拔開了步子，向城南飛奔著走，走到四象橋，卻看到前面有個女人，也在雨裡走著，隔著路燈稍遠的地方，看不清楚那女人是哪種人，不過可以看出她頭上披了彎曲的頭髮，身上也穿了一件夾大衣，但是看那袖子寬大，頗不入時。

在這樣的斜風雨裡，夜又是這樣深，這女人單身走著，什麼意思？這樣的想著，恰好這橋上沒有遮隔的，由河道上面嗚嗚的吹來一陣風，把人捲著倒退了兩步。那個女人緊緊地將兩手拉住了大衣，身子縮著一團搶著跑了幾步，很快地跑下橋去。

王大狗見了這情形，著實有點奇怪。心想這女人也是不會打算盤，把一身衣服全打濕了，不肯叫乘車子坐，這倒是那樣的省錢，可是奇怪！還不止此，那女人到了一家店鋪屋簷下，是一點可以避風雨的所在，就向人家店門緊緊一貼，躲去了簷溜水，竟是站著不走了。

王大狗索性也挨了屋簷下走，借著路燈，就近看看她是什麼人？不想到了她身邊，她猛然一伸手，將大狗衣服扯住。王大狗愕然，正想問她幹什麼，她低聲道：「喂！到我家裡去坐坐吧。」

王大狗這才明白，不由得哈哈笑道：「你也不睜開眼睛看看人說話嗎？我穿的是什麼衣服，你不知道嗎？」說著，連連扯了兩下自己的短衣襟。

她道：「喲！穿短衣服的人怎麼樣，穿短衣服的人不是人嗎？是人就都可以玩一玩。」

王大狗嘆了一口氣道：「是的，窮人也一樣喜歡女人，可是腰裡沒有錢，從哪裡玩起？」說話的時候，那女人的手還是扯著大狗的衣服。

大狗嘆過一口氣之後，那女人把手才放下，隨著嘆了一口氣道：「你去吧。」她兩手插在大衣袋裡，雙肩扛起，緊緊地向人家店門板靠貼著。

王大狗向馬路中心一看，街燈的慘白光裡，照見那雨絲一根根地牽著，滿地是泥漿，回頭看那女人時，斜斜地站著，並沒有要走的意思，便笑道：「你也回去吧，天氣這樣壞，沒有生意的。」

她嘆了一口氣道：「你怕我有福不會享嗎？我倒不愁沒錢吃飯，家裡可有一個人愁著沒錢吃藥。」

這句話卻把王大狗驚動了，回轉來一步，向她望著道：「你家有人吃藥，是你什麼人呢？」

她道：「你也不能救我，我告訴你有什麼用！」說著，她將頭偏過一邊去，向馬路遠處看著，那邊正有一個穿著雨衣的人，皮鞋橐橐地響著，王大狗笑道：「不要耽誤了你的生意，我走開了。」他嘴裡說著，又不免回頭好幾次，看她和那來人的交易怎樣？

不想就在這個時候，一輛汽車，由南而北直衝過來，將路上的泥漿濺得丈來遠，四五尺高，王大狗離著那車子不遠，濺了滿身的泥點。還有一塊泥漿，不偏不斜地，正好濺在自己嘴唇上，王大狗罵了一聲混帳東西，抬頭看時，汽車一溜煙地跑得遠了，這就高聲罵道：「有錢的人坐汽車，馬路上開快車，沒錢的人走在一邊，老遠地讓著，讓得不好，還要吃泥。馬路是你們出錢修的，這樣威風！」

說時，身後有人低低地道：「不要罵了，仔細警察過來了，會送雪茄煙你吃的。」

「王大狗回頭看時，那女人又跟著來了，因問道：「怎麼著？你也要回家了嗎？」

她道：「我倒想在街上再站一下，但是遇到的，也不過是你這一樣的人！我家裡那個病人離開我久了，還是不行。」

大狗道：「你家也有一個病人，什麼人病了？」

女人道：「別人病了，我犯得上在雨裡頭來受這個罪嗎？無奈她是我的娘！」

大狗是慢慢地走著路和她說話的，這就突然站住了腳，向她望著道：「你這話當真！」

女人道：「我也犯不上騙你。騙你，你也不能幫助我一塊八毛的。」

大狗頓了一頓，笑道：「不是那樣說，你猜我為什麼這樣夜深在風雨裡跑著，也就是為了家裡有一位生病的老娘。我們是同病相憐，所以我問你真不真。你府上住在哪裡？」

女人道：「我住在府東街良家巷三號，你打算給我介紹一個人嗎？到路燈下去看看我吧，我總還讓人家看得上眼。」

大狗笑道：「幹這一行買賣，我外行，我有一個老東家，是一位有名的醫生，世界上人，生得什麼奇奇怪怪的病，他都能治。有時候，死人也都治得活，真的，死人他都治得活。」說畢，一陣呵呵大笑。

女人道：「若真是有施診的醫生，我倒用得著。」

大狗道：「你貴姓？」

女人道：「我姓榮，榮華富貴的榮。」

大狗笑道：「你還認得字？」

女人道：「認得字。不認得字還不會做壞事呢！」

大狗道：「怎麼個稱呼呢？」

女人道：「也取了個做生意的名字，叫秀娟。你到了那裡，不要叫秀娟，找阿金，就找到我了。」

大狗道：「我也不是那樣不知好歹的人，連大嫂子也會不稱呼一句。」

阿金笑道：「什麼大嫂子，我還沒有出閣呢！」

大狗笑道：「哦！你倒是一位大姑娘，今年貴庚？」

阿金道：「年歲可是不小，今年二十四歲了。」

大狗道：「大概你也像我一樣，我是為了養老娘，活到三十歲還沒有娶老婆，我們是天生一對兒。」

阿金呸了一聲道：「短命的，我以為你是個好人，你倒占老娘的便宜。」罵過了這一聲，她放開大步子就走向前去了。

大狗站著看了一會子，嘆口氣道：「人窮了，有好心待人，人家也是不相信的。」這時，雨更下得大了，放開了步子，趕快就跑回家了。

走在堂屋裡，就聽到徐亦進從從容容地和老娘談話。走進門來，抱著拳頭，連連向他拱了幾拱手，笑道：「多謝多謝！」

徐亦進笑道：「老娘是悶得慌，我說了兩段笑話給她老人家聽，她老人家的精神就跟著好起來了。」

大狗看他娘時，見她靠了捲在床首的被服捲兒，半坐半躺著，手裡捧了個茶杯，還帶著笑容呢！只看那兩頰的直皺紋已是擁擠在一處，便可以知道她臉上皮膚的緊湊與閃動。在衣襟底下摸出點心包來，兩手送著交到母親手上，笑道：「媽媽，你老人家嘗嘗，真是蔣復興家的點心。」

王老娘接著點心包子，看了一看紙是乾的，笑道：「外面沒有下雨嗎？」

大狗道：「下雨是下雨的，我藏在衣襟底下，雨淋不到。」

王老娘聽說，放下茶杯，在床沿上將巴掌放平了，比齊眉毛掩了燈光，低頭向大狗身上看著，因問道：「怎麼你身上也沒有讓雨打濕呢？」

徐亦進看大狗身上那件藍布短夾襖，淡的顏色已經變成深的顏色，分明是雨水濕遍了，沒有一塊乾燥的，唯其是沒有一塊乾燥的，所以老娘也不感到他身上淋著雨了。自己呀了一聲，正想交代什麼，大狗立刻丟了一個眼色，笑道：「朋友借了一件雨衣我穿呢。我去燒一壺開水給你老人家泡茶喝吧。」

王老娘笑道：「好的，我還不睡呢。徐二哥談狐狸精的故事，很有趣味，我還要聽兩段呢。」

王大狗走出去了，站在堂屋裡叫道：「二哥，你來，我有一句話同你說。」

徐亦進走出來了，大狗握了他的手，低聲道：「溫水瓶子裡有熱水，還用不著燒，請你多說兩個故事給我娘聽聽，我要出去走一趟。至多一個半鐘頭我就回來。」

徐亦進道：「快十二點鐘了，你還到哪裡去？」

大狗道：「不要叫，務請你多坐一會子，我實在有要緊的事。」說著，也不等徐亦進的同意，徑自向外走去。

他這一走，在無事的深夜，可也就有了事了。

四 阿金

秋天的夜裡，加上了一番斜風細雨，只要是稍微有感覺的人，都會感到一種淒涼。

徐亦進究竟是念過幾句書的人，坐在王大狗的屋子裡，抬頭看到黝黑的屋瓦，破破爛爛的瓶子罐頭，堆滿了的黑木桌上放了一盞豆大火焰的煤油燈，這邊幾根木棍子撐的架子床上，躺著一位枯瘦如柴的老太太，聽著外面簷溜滴滴答答響著，那真說不出來心裡頭是一種什麼情緒。

先是找著筆記上幾則談狐狸的事，添枝添葉的說給大狗母親聽，說得久了，這衰老的病人究竟是不能支持，漸漸地有點昏沉。她是耳朵裡聽著，鼻子裡哼著，當是答應。其後鼻子不會哼，只是把頭點點，最後頭也不點，亦進也就不再講故事了。

為了大狗有話在先，請他看守著母親，因此老太太睡著了，他依然不離開，懷抱了兩手，斜靠在椅子背上打瞌睡。

朦朧中覺得嘴唇皮子上，有一樣東西碰了一碰，睜開眼看時，卻是大狗站在面前，將一支雪茄煙伸來，便站起來笑道：「你這傢伙做事，怎麼這樣荒唐？說了去一會兒就來的，怎麼混到這半夜才回來，老娘還病著呢！」

大狗笑道：「也就因為你在這裡，所以我很放心。」

徐亦進道：「哪裡弄來的雪茄？」說著，接過雪茄來，反覆地看了一看，笑道：「還是沒有動的。」

大狗伸手到懷裡去，一把掏出四五支雪茄來，笑道：「夠你過四五天的癮了。」

徐亦進道：「你連替老娘買藥吃的錢也沒有，有這閒錢買許多雪茄煙送我。」

大狗笑道：「這時候哪裡來的錢可買？這是我在一位朋友那裡拿來的。蒙那朋友的情，借了幾塊錢給我，明天早上請你上奇芳閣。」

徐亦進道：「夜不成事，你怎麼半夜裡敲門捶戶去向人家借錢？」

大狗道：「唉！這位朋友，他有一個怪脾氣，非到晚上，他的銀錢是不能通融的。」

徐亦進道：「哦！原來是個鴉片鬼！」

大狗笑道：「管他是煙鬼還是煙神呢，這個日子肯送錢給窮人養娘的，就應當感謝他！天氣不早了，你該去睡覺，明天早上在奇芳閣見；不過請你在那裡等我一等，九點鐘以前，我還要去看一個朋友。」

徐亦進笑道：「我倒不相信你突然大活動起來，今天半夜裡去找朋友，明天一早又要去找朋友。」

大狗笑著，可沒說什麼。

徐亦進也是倦了，摸進房去睡覺。

大狗掩上了房門，卻狂笑了一陣。把老娘由朦朧中驚醒，睜開眼問道：「你看，這孩子嚇我一跳，睡到半夜裡，夢著撿到了米票子嗎？」

大狗笑道：「為什麼要做夢，我就硬撿到了米票子。你老人家要吃什麼，明天早上我給你買去。現在身上舒服了一些吧？」

老娘道：「徐二哥在這裡陪了我半夜，人家真是一個好朋友，總是人家幫你的忙，將來你也把什麼幫幫人家的忙！」

大狗道：「總有一天，我要大大地幫他一下忙。」

老娘道：「你不要打那個糊塗主意了，哼！」

在老娘這一個哼字之下，大狗也就收起了他的大話。

這晚下半夜，大狗娘睡得很舒適。

到了次日早上，大狗伺候著老娘漱洗過了，又斟了一杯茶母親喝。見母親已經清醒多了，就把老娘在床上移得端正躺下，將被頭在老娘身邊牽扯好了，笑著低聲道：「媽媽，你昨晚上睡得太晚，今天早上補一場早覺吧。」

老娘點點頭，大狗看到老娘是十分的安穩了，也就放了心走出去。他並不是到夫子廟奇芳閣去，卻折轉了身子，向府東街良家巷子走去。

當他到了那三號人家門口看時，卻是一字門樓，進門便是陰寂寂的堂屋，看那屋子裡擺得雜亂無章，桌椅板和洗衣盆、茶壺、爐子，不分高低地擠在一處。堂屋左右都還有人家住著，卻垂了由白布變成了灰布的門簾子，看不到裡面。

站在門口，咳嗽了一聲，卻看到右邊門簾子一掀，伸出一顆連鬢鬍子的胖腦袋，向這裡張望了一下，瞪了一雙大圓眼睛問道：「找哪一個？」

大狗心想要說是找阿金，對了這麼一個張飛模樣的人去說，恐怕是自討沒趣，因之站定了笑道：「這裡有一位榮老太嗎？」

那胖子道：「什麼老太？找阿金的。」

他不答覆大狗的話，卻把頭向簾子裡一縮。大狗雖感到他這人無禮，可是也就證明了阿金是住在這裡的。自己替自己解釋了一下，怕什麼？無論如何，我也不像一個尋花問柳的人。

看到堂屋角上，有一個小女孩子蹲在地上扇爐子，便笑道：「小姑娘，阿金家裡住在這裡嗎？」

那女孩子聽到他問阿金，微笑著向他瞅了一眼。大狗倒紅著臉，有些難為情，因道：「我是替她家找醫生來的。」

小女孩子好像很稀奇，丟了扇子，向旁邊一間小屋子裡奔了去，口裡還叫道：「媽，你看，有人替阿金娘找醫生來了。」

大狗不想連問兩個人都不得要領。向堂屋後面看去，還是一重天井，一個挑水的，挑了兩只水桶，徑直地就向後面走，大狗料著後進還有不少住家的，跟著水擔子直奔到裡面天井裡站著，卻見屋簷下面有尺來寬的所在，在石階上陳列著一個爐子，爐子上放了藥罐子，熱氣騰繞著，老遠就有一股子藥味撲入鼻端。

看那屋簷下的窗戶報紙糊著，有許多大小窟窿，卻在那窗子橫檔上搭了一條花綢手巾，和那漆黑的木頭窗戶格子不大相稱，心裡一動，就老遠地向那窗戶叫道：「阿金姐在家嗎？」

果然窗戶下面有人答應著：「哪一個？」

大狗心裡頭一喜，迎上前道：「我請了醫生來了。」

那阿金在窗紙窟窿裡早向外面張望得清楚，咦了一聲道：「這個人真找上門來了！」她說著話，迎到天井裡來。

大狗看她穿了青布褲子，藍布短夾襖，又是一番裝束。雖然臉皮黃黃的，眉目生得倒也清秀；尤其是微笑時，兩排齊整的白牙齒，是窮人家少見的，笑道：「你認不出我來吧？」

阿金將手理著頭上的亂髮，因笑道：「我聽得出你的聲音。」

大狗看看上面還有一座小堂屋，揀小菜的揀小菜，洗臉的洗臉，還坐了好幾個人在那裡，而且那眼光都是射上阿金身上的，因笑道：「實不相瞞，我就是一個倒楣的江湖郎中，你老太太在屋裡嗎？」

阿金手扶了堂屋門，向他周身上下看了一眼，因問道：「你要進去看看。」

大狗笑道：「我這個醫生雖然自薦自，並不要錢，看過了之後，你相信我，我就揀幾樣草藥奉送；你不相信我，我是板凳也不坐一下，免得沾了灰，立刻就走。」

阿金聽了這話，倒是微微地笑著，卻沒有說什麼。

那在堂屋裡揀菜的，有位老太婆便道：「這位醫生，話也說盡了，你就引他進去看看，要什麼緊。」

阿金向大狗點點頭笑道：「醫生先生，你就進來吧。」

大狗隨著她走到了屋子裡去看時，見她那屋子裡的破爛，比自己家裡還要過分些。這裡只有一張剩著兩個框框的兩屜小桌，相對的擺了兩張竹床，竹床上鋪著破爛棉絮套子，左邊床上睡了一位老婦人，正也是像自己母親一樣，瘦得像只髏骷，只有兩隻眼睛眶子，披了滿臉的斑白頭髮，不住地哼著，哼得那破棉絮套一閃一閃的。

大狗一看竹床之外，只有一張方木凳子，上面放了茶壺、茶杯和碎碎的點心渣子，休想坐下身去。

見阿金一手撐了門框，對自己望著，正待開口，大狗早由懷裡取出一卷鈔票，將手托著，笑道：「這是我的丹方，也是我的湯藥。」說著把聲音低了一低道：「不要讓人聽到，你接了過去。」

阿金看那鈔票面上一張是五元的，估計估計，約莫有四五十元，這卻認為是件出乎意料的事。只近前了一步，沒有伸手去接，對他周身上下又看了一遍，微笑道：「你別和我鬧著玩？」

大狗向床上看看，又向阿金周身看看，因笑道：「我吃了飯沒事幹，跑到你這種人家來開玩笑！」

阿金接過鈔票來，將指頭撥了一撥鈔票角，有十張上下，因笑道：「我實在謝謝你，我娘睡著了，我現在不能出門，你在哪裡等我，一會子我來找你。」

大狗聽了這話，倒有些愕然，望了她道：「據我想，有四十一塊錢，你這樣的家至少可以維持一個月，為什麼還要和我商量？」

阿金笑道：「一個人不知足，也不能不知足到這份地步。我的意思，你有什麼不懂，難道還裝什麼傻？」說著，向大狗望了一眼，微微一笑。

大狗連連點頭道：「哦！我明白了，我的大小姐，你聰明人說糊塗話，你看我王大狗這一副形象，像個在外面玩笑的人嗎？你真那樣無聊，見菩薩就拜。」

阿金被他這樣一說，倒是臉上一紅，不過手上還捏著人家一卷鈔票呢，怎好說是人家言重了，便笑道：「不過……我們這筆帳怎麼算呢？」

大狗道：「算什麼帳，我送你的，不要叫吧，讓人聽去了，恐怕與你有些不便！」

阿金道：「你也不是什麼有錢的人呢，花你這麼多錢，教我很不過意！」

大狗道：「你為什麼不過意，只當我是你一個客人，多花了幾個冤錢就是了。」

阿金笑道：「你這人真不會說話。」

大狗道：「要會說話幹什麼？我也不賣嘴。」大狗說畢，扭轉身子就向外走。

阿金隨在後面，直送到大門口來。到了門外，趕緊地追上兩步，將大狗的衣襟牽了一下，大狗回轉頭來，站住了腳問道：「你還要問什麼話？」

阿金笑道：「你放心，我身上沒有毛病。」

大狗皺了眉，連連頓了幾下腳道：「唉！你這人怎麼這樣想不開，我大狗子要轉你的念頭，趁著你等錢用的時候，送你十塊錢，還怕你不依嗎？我是可憐你一點孝心，幫你一陣，**你不要看我這一身破爛，以為就不配幫你的忙。做好人不在衣服上分別**，我想你也不至於那樣勢利眼？」

阿金又把臉漲得通紅，兩個眼珠角上帶著兩顆眼淚水，恨不得立刻要流出來。

大狗笑道：「你說過的，我不會說話，你不要見怪，我實在是一番好意，除外並不想什麼！」

阿金笑道：「哪個怪你呢！沒有事請到我家來坐坐……」說著，將頭一扭，笑道：「我這話也叫白說，我這麼一個窮家，除了沒個坐的地方不算，而且有些屎臊尿臭，怎好請你來坐？我這人也是大意，不是你大哥自己說出來，我還不知道你貴姓呢？府上住在哪裡？我倒要……」說著，又搖了搖頭，笑道：「這也是笑話，我怎好到你府上去？這樣看起來，我們只有在街上站著談談話了。」

大狗笑道：「我們還站著在街上說話幹什麼？」

阿金道：「咦！難道你幫了我這樣一個大忙，從此我就不認識你了嗎？如今男女平權，我和你交個朋友總是可以的！莫非你瞧不起我這種人，不願和我來往。」

大狗笑道：「笑話，我一雙狗眼，只有見了人就奉承，哪有瞧不起人的道理。我也不願和你說實話，假如把實話說起來，也許你要瞧不起我呢——」說著話，抬頭看到對面小剃頭店裡放在桌上的小馬蹄鐘，已經到了九點一刻，便笑道：「奇芳閣有朋友等著我呢，改日見吧！」

他說畢，就拔步走開。

阿金雖然在他後面高聲大叫了幾句，但他並沒有聽到，徑直地就向奇芳閣跑來。

當他走上茶樓的時候，徐亦進同毛猴子早在茶座上對面坐著了，大狗向桌上看去，除了兩只蓋碗，兩只杯子，桌面上精光，便笑道：「你們瞧不起王大狗，吃了東西，怕我不來，要自己掏腰包。」

徐亦進笑道：「要是怕你不來，我們也不會在這裡等你了。」

大狗在下手笑道：「那是你們更看不起我了，知道我會來，你們不肯吃點心，怕我做不起這個茶東。」

毛猴子向他臉上看了看，微笑道：「昨天晚上十點鐘的時候，你還窮得要命，睡了一覺起來，你就有了錢了，這事有點奇怪！」

大狗倒沒有睬他，卻很快的向徐亦進睃了一眼，徐亦進把鼻子哼著，淡笑了一聲，卻沒有說什麼。

大狗透著不自在，叫干絲，叫牛肉包子，叫麵，只管請兩位兄弟吃喝。

徐亦進微微地蹙起了兩道眉頭子，緩緩地喝著茶，只吃了兩個乾燒餅，大狗見他的臉色始終是向下沉著的，不敢和他多談，只是同毛猴子胡扯。

毛猴子笑道：「你看河下來貨怎麼樣？」

大狗道：「賣菜這生意，總是要趕早，你看我老娘，十天倒有七八天生病，這生意不好做，我想找一筆本錢，在門口擺個香煙攤子，糊了口，也照顧了家。」

徐亦進道：「你這話遲說了一天了。昨天早上你要說這話，我一定厚著臉向唐家媽借一二百塊錢來幫你這一個忙。」

大狗笑道：「現在說也不晚啦。」

徐亦進道：「現在你不用借錢了。再說從今日起，我也不想在社會上交什麼朋友。」說著，站起身來向毛猴子道：「你帶了錢沒有？最好是你會東。」

毛猴子笑道：「改日請吧，我像二哥一樣，今天沒有帶多少錢出來。」

徐亦進昂著頭長嘆了一口氣，徑自走了。

毛猴子笑道：「這傢伙又犯了他那一股酸氣。」

大狗道：「還要提呢，就是你一句話把他點明了，昨晚上他都不怎麼疑心的。」

毛猴子低聲道：「果然昨晚上你找外花去了。」

大狗皺了眉道：「提它做什麼，我也是沒奈何，而且也不是光為了我自己。」

毛猴子笑道：「你有多少錢的進項？拿出來花掉了算事，以後不幹就是了。」

大狗道：「當然我不打算存錢，但是我很後悔不該做。」

毛猴子道：「回去吧，今天兩餐飯，我還不知道出在什麼地方呢？」

大狗會了茶帳，同毛猴子一路上街，也不過經了七八家鋪面，卻看到徐亦進站在人行路上，和唐小春說話。

毛猴子笑道：「喂，大狗，借了這機會，向小春恭維兩句吧。真要是那話，二哥哥出面子同你向唐家借幾文本錢，你就該老早地聯絡一下。」

大狗笑道：「借錢我沒有這念頭，靠了她娘在夫子廟的聲望，介紹一個小事情做，也是好的。」

說著話，已經走到了徐亦進背後，取下頭上那格子布一塊瓦的帽子，向小春深深地點一個頭，接著還叫了一聲唐小姐！

小春正在低聲和徐亦進說話，又有一封信要他送給陸影，猛然抬頭，見大狗那矮胖子，黃中帶黑，額頭突起，凹下兩隻圓眼，扁圓的臉，一張大厚嘴唇，臉角上還長了一粒豌豆大的黑痣，穿一套半舊青布短夾襖夾褲，還有兩三處綻了補釘，便翻眼瞪了他一下道：「做什麼？又想討幾角錢呢？」

徐亦進回頭看到大狗，便笑向小春道：「這不是夫子廟上的癟三，是個做小生意的。」

小春還沒有瞭解他的話，還是瞪了眼道：「我又不認得他，要他叫我做什麼？」

大狗紅著臉，回頭一看毛猴子已是不見，心想著，無故碰她的釘子做什麼？也就只好扭轉身子向回走。

徐亦進也覺得小春這表示太驕傲了一點，便笑道：「這兩個人是我的朋友。」

小春笑道：「徐老闆為什麼同這種人交朋友。我看他五官不正，不像什麼好人。」

徐亦進只是微笑笑，沒答覆她這句話。

小春道：「剛才我交給徐老闆的這封信，最好是今天下午六點鐘以前討他一個回信，可以嗎？」

徐亦進本來要說兩句話加以解釋的，見小春向自己露著白牙微微一笑，要說的話又忍回去了。

小春再問一句道：「可以辦到嗎？」

徐亦進道：「這不成問題。」說話時，回頭看到毛猴子和大狗還遠遠地站著，便向小春點了個頭告別，追上他們說話。

毛猴子笑著彎了腰，拍著手道：「沒想到我勸大狗去聯絡聯絡人，碰了這樣一個大釘子回來。」

大狗紅了臉，將頸脖子一歪道：「唐小春是什麼好東西？秦淮河上傳代當娼的，她瞧不起我，哼！我才瞧不起她呢！」

毛猴子笑道：「你瞧不起她有什麼用，人家身上有皮，腰裡有錢，你沒法子動她一根毛。」

大狗道：「哼！不能動她一根毛，總有一天，教她知道我的厲害。」

毛猴子笑道：「你有本事，攔著她，不許她在夫子廟大街上走路。」

大狗笑道：「各憑各的本事。」

徐亦進將臉板著，喝了一聲道：「你吹什麼？你那個本事，我知道。我們交朋友的時候，我怎麼勸你的，若是像你這樣沒有出息，我不能和你交朋友。大街也不是辯論是非的地方，我們回去再說吧。」

大狗先是默然，後來看到他的臉色越來越沉重，便道：「二哥自然是個君子，但是你做的事，就沒有一樣可以道論的嗎？」人隨了這句話轉著身子，話完了，人已走去很遠。

徐亦進站在街上出了一會神，接著嘆了一口氣，在這天做生意的時候，他不斷地想著心事，大狗說的話，自有他的意思，可是自己相信，並沒有做著朋友們可以道論的事。自己有些不願幹的，除非就是給唐小春、陸影兩人傳信的這件事。坐在夫子廟書攤子上，一人不住地發愁。

最後想著，管他呢，用消極的手段來破壞他們，就說沒有找著陸影，把這封信退還給唐小春去。

他兩手抱在懷裡，眼望了前面出神，老遠地卻看到陸影和一個穿運動紅線衣，披了長頭髮的女子走來，離著書攤子不遠，在人叢裡面分手了。

徐亦進心裡一動，只當沒有看見，依舊那般環抱了兩隻手膀子出神。

陸影走到面前，深深地點了個頭，向他笑道：「徐老闆，生意好！」

徐亦進站起了回禮，笑道：「陸先生有工夫來逛夫子廟？」

陸影笑道：「當然不會有那閒工夫，我是特意來會你的。」

徐亦進拱拱手道：「那就不敢當了。」

陸影回轉頭向周圍看了一看，笑著低聲問道：「她有信給我嗎？她口頭說了什麼沒有？」

徐亦進要想說沒有信，臉上先帶了一分猶豫的樣子，沉吟著道：「此外她沒有說什麼。」

陸影道：「呵，信在你身上，就請交給我吧。」

徐亦進沒說話時，手已伸到懷裡頭去掏摸了。

陸影笑道：「果不出我所料，她有信了。」說著，隔了書攤子伸過手來，當徐亦進把信拿出，他看到洋式小信封很是扁平，臉上便透出了一番失望的樣子，因問道：「她沒說什麼嗎？」

他說著話，很急促地將信封撕開，抽出信來，就微側了身子背著徐亦進看信。

徐亦進雖不知道小春給他的信上說了些什麼，可是陸影在看信之後，兩腳在地面上一頓，叫道：「豈有此理！」說完之後，他又把信看過了一遍，然後回轉臉來向徐亦進問道：「她交信給你的時候，沒有說什麼話嗎？」

徐亦進笑道：「陸先生第一句問到我這話，我就這樣答應了，她交信給我的時候，並沒有說什麼。」

陸影笑道：「對了，你是對我這樣說了的。不過我心裡頭有了事，亂七八糟，你對我說的話，我都忘記了。哦！她沒有說什麼。她信上說，要我趕快回一封信，我怎麼能在路上寫信？但是我要說的，還是那幾句話，再寫也是重說一遍。就請你告訴她，我說的那個數目，實在是至少的限度了，她見著我，我一解釋，她就明白了。要不，我今天晚上十二點鐘，等她下了場子，在小巴黎等著她。」

徐亦進正著臉色道：「陸先生，我要站在旁觀的地位說一句話，唐家媽在這一個禮拜以來，進進出出都注意著三小姐，為了什麼，大概你也明白。三小姐對人說，你已經到北平去了，把你說得遠遠的，免得家裡人不放心。不要說小巴黎那是歌女茶客會面的地方，許多眼睛看得到，就是陸先生這時候到夫子廟來，未見得就可以瞞住人。」

陸影紅了臉道：「夫子廟這地方，不許我來嗎？為什麼我要瞞著人？」

徐亦進道：「陸先生不要誤會了，我的意思是說，這事傳到唐家媽耳朵裡去了，她就寸步不離地看著三小姐了。那時不但陸先生見不著她，就是我傳書帶信也不大方便吧！」

陸影抬起右手，將兩個指頭在下巴上鉗鬍碴子，鉗一下，將指頭在臉腮上扎一下，以試驗鬍碴子是否鉗了下來。聽了徐亦進這話，揚著下巴，這小動作是加緊地做著。另一隻手插在西服褲袋裡，就是這樣出神。

徐亦進和緩著聲音道：「陸先生，你把我這話想一想，三小姐雖是整日花天酒地，她心裡頭是很痛苦的。」

徐亦進這句花天酒地，本來是形容她應酬之忙，可是經陸影一多心，可又節外生枝起來了。

五　苦口諫言

在這時候，恰是有幾位顧客向書攤子上買書，徐亦進做生意去了，把陸影丟到一邊。

陸影將兩手插在西服褲袋裡，斜站了身子，向徐亦進望著。偏是那批買書的去了，又來一批買書的，儘管陸影兩隻眼睛射到他身上，他並沒有什麼感覺。

直等他將書賣完，回轉頭來看到了，這才向陸影笑道：「陸先生還在這裡啦？我以為你走了。」

陸影道：「我問你的話，還沒有得著一個結果，怎麼好走開呢？請你告訴她，無論如何，要給我一個回信，根據你的話，不在夫子廟見面也好，請到新街口俄國咖啡館子裡去談談，時間要在她上場子以前，就是九點鐘吧。」

徐亦進笑道：「她……」

陸影道：「我知道，你說她那時候沒有工夫，其實她也不過是陪了人看電影，打彈子，暫時謝絕別個人的約會一次，那也沒有什麼要緊！」他說著話時，把臉色沉下來了。

徐亦進淡淡一笑道：「陸先生對我生氣，是用不著的呀！我不過是個傳書帶信的人，我並不能作主。我說她不能來，這是實在的情形。」

說到這裡，又笑起來道：「說一句開玩笑的話，陸先生還是不大應當得罪我；你得罪了我，我不和你傳書帶信，臨時你想找這樣一個特號郵差，還不是一件容易的事吧？」

陸影立刻收起了憂鬱的臉色，笑道：「這是徐老闆誤會了，屢次要你跑路，感謝你都來不及呢，怎能怪你？」

徐亦進笑道：「感謝可不敢當，只要陸先生少出難題目我做，也就很看得起我了。」

陸影道：「難道說叫小春九點多鐘來會我一面，這是一個難題目嗎？」

徐亦進道：「陸先生是位戲劇家，把什麼人情都看個透澈，這點事還有什麼不知道的嗎？」

陸影道：「縱然你帶信的事讓小春的娘知道了，這也沒有什麼了不得的過失。信是她女兒寫的，事是她女兒做的，難道她拘束她女兒的自由，連別個的自由也是要拘束嗎？」

徐亦進笑道：「這不是人家拘束的問題，是自己能不能冒著嫌疑去幹這件事。」

陸影不由高聲叫起來道：「這有什麼嫌疑，這有什麼嫌疑！」

徐亦進看看這書攤子前後，不斷地有人來往著，讓他在這裡喊叫，不大方便，因點著頭道：「好吧，你再過兩三點鐘，到我這書攤子上來問消息。」

陸影抬頭看了看天色，沉吟著道：「現在已是不早了，再要過兩三點鐘，天色就太晚了。」

徐亦進道：「七點鐘的時候，我在九星池澡堂裡等著你吧。」

陸影將眉皺了幾皺道：「那時間太晚了，不過，也得到那時候，我不能叫你徐老闆老早地收起攤子來替我辦事。大概不到六點多鐘，你也看不到小春，七點鐘這個約會，倒是不相上下的。」

徐亦進見他說著話，兩手插在西服褲袋裡，卻是不住地來回走著，看那情形，心裡是十分著急，便道：「陸先生，你放心，我這個人是不隨便答應人的，答應了你會面的時間，我一定在九星池等著你，假如我失信不到，下次你見著我，可以把我的書攤子掀倒。」

陸影覺著不能再有什麼話可說了，只好微笑了一笑，離開書攤子。

徐亦進坐在書攤子裡面，將兩隻手抱了膝蓋，沉沉地想了一會兒，也不知道沉思過多少時候，回轉頭來，卻看到王大狗擼了兩隻袖子，在書攤子前面很快地走了過去，正奇怪著，轉了半個彎兒，他又回走過來了。

徐亦進道：「什麼事，找我嗎？」

大狗笑道：「剛才這個人，是不是你說過的那姓陸的？」

徐亦進道：「誠然，怎麼樣？你看著不順眼？」說話時，臉色可是沉下去的。

大狗笑道：「你還生我的氣呢，不過我又要多一句嘴，這姓陸的並不是什麼好人，你不要替他傳帶信。本來，唐小春也不是什麼好東西，在別人身上刮了幾個錢來送給姓陸的，算是一報還一報；不過你這樣規規矩矩的人，犯不上混在他們一處。」

徐亦進聽著這話，臉色倒是紅了一陣，強笑道：「你倒很注意我的行動，你整天地不做事，就是這樣在夫子廟看守著我嗎？」

大狗笑道：「那我就不敢當！不過二哥勸我們做好人，我也可以勸勸二哥做好人！憑二哥這樣的人，唐家人全信任你，將來讓人說上你幾句壞話……」

徐亦進搖著手道：「不用說了，不用說了，我一定把這差使回絕掉！」

大狗不加可否，帶著笑容走開了。

徐亦進做著生意，不住地生著自己的氣。到了下午五點多鐘，提前把書攤子收拾了，就向唐小春家來。

老遠地就看到小春斜側了身子，靠了門框站著，右手叉著腰，左手托著腮，沉著臉色，好像是用心在想著什麼。

走近了一點，讓她看到，她立刻滿臉堆下笑容來，連點了點頭，徐亦進走到她身邊，回頭看看身邊沒人，因道：「三小姐，我有一句多事的話，請你原諒！」

小春望了他，有些愕然。

徐亦進道：「三小姐，你覺得陸影為人怎樣？」說這句話時，將嗓音沉著了一點，同時也把臉色沉下來。

小春道：「怎麼樣？他說了什麼話得罪了你嗎？」

徐亦進笑道：「我也不能那樣小氣，他說了我幾句話，我立刻就說他為人不好嗎？原先我也不知道他為人如何，是這兩天，我看到他不住地向你逼著要回信，覺得他逼得太厲害了。」

小春聽了這話，立刻臉上一紅，兩隻眼睛裡水汪汪的，隨了這點意思，把頭低了下去。

徐亦進道：「剛才他跑到夫子廟找我來了，看他那意思，大概是等著一筆款子用，接到三小姐的信，他很是失望，一定要在場子上找你。」

小春聽到，對徐亦進望著，似乎吃了一驚。

徐亦進道：「我當然不能讓他那樣做，再三地說，這樣做不妥當。這樣，他才變通辦法，要約三小姐在新街口俄國咖啡館會面，時間約的是九點鐘，我又說一句了，去見一見，這倒沒什麼關係，可是三小姐不答應給他錢，恐怕……」說到這裡，沒接著向下說，卻報之以淡淡的一笑。

小春道：「這件事也難怪他，他是個藝術家，向來就不大會儲蓄款項，上個星期，他母親在上海病倒了，託親戚送到醫院裡去了，一天要花上十塊錢，他在南京，又沒有很多的朋友，不能不找我幫忙。」

徐亦進道：「哦，是他老太太病了，不過我看他那樣子，好像並不怎樣發愁。」

小春笑道：「他究竟不是小孩子，不能心裡有事見了人就哭。」

徐亦進道：「不管怎樣吧，信我是替三小姐帶到，但是我為三小姐著想，今天九點鐘這個約會，最好是不要去。這件事若是讓唐家媽知道了，我負不起責任。」

小春道：「她決計不會知道的，就是知道了，責任由我負。」

徐亦進正著臉色道：「我說句不知進退的話，我比三小姐多吃兩年油鹽，事情總見得多一點，你的錢雖然比我們寬裕些，可是由人家手裡轉到你手裡，也很要費些心思，你怎麼這樣輕輕便便地去送禮；而且你這樣送禮，他也未見得感你的情。」

小春道：「這是你誤會了。」

徐亦進道：「是我誤會了嗎？我想著，由我手上送交給陸影的錢，已經一百元開外了吧？若是照你唱戲的包銀說，已經去了三分之二了。今天晚上，他還要同你要錢，當小姐的人，面軟心軟，你見了他，他和你一告哀，你能不幫助嗎，這樣，一個月的戲白唱了！自然，你不靠著包銀過日子，可是這一百多元，真憑力氣去換的，該就夠窮人一年的血和汗！三小姐，你真覺手上的錢存著太多，願意花幾文，南京城裡，不用說了，就是秦淮河兩岸，哪裡不是窮人，你隨便……」

小春當他囉哩囉唆說著的時候，卻是不住地前前後後張望著，而且也緊緊地皺起了兩道眉毛，滿臉帶著不高興的樣子。他說到這裡，就攔阻著道：「你的好意，我知道。不過朋友有急難的事，互相通著來往，這也是人情之常。我當然比他方便得多，借一二百塊錢給他，也不出奇。」

徐亦進背了兩手在身後，昂著頭淡笑一聲道：「借錢，這錢恐怕是劉備借荊州，有去無還。」說著，在大門口路上來去地踱著。

小春抬起一隻手來，高高地撐了門框，將右腳尖伸出去，輕輕地點著地面，也笑道：「這個我知道，我根本沒有打算他還我的錢。我為什麼對他這樣慷慨，不拿這錢做點好事呢？那是因為我和他友誼很深，夠得上我這樣對他慷慨。再說明白一點，我愛他，徐二哥，徐老闆，徐二先生，你再沒有什麼可說的了吧？」

徐亦進被她數說了一頓，臉上通紅著，直紅到頸脖子上來，強笑道：「三……三……小姐，你……你生氣，我也要說，你將整卷的鈔票送人，也要看人家做什麼用，你送給陸影，那是把錢丟下臭陰溝去了，我可聲明一句，送信這是最後一次，以後我就不管了；不但我不願意白費你的錢，我也不願為這個得罪唐家媽。」

小春本來站著聽他的話的，把臉色沉了下去，聽到他說要告訴唐家媽，這就把臉色和平起來，帶了笑容道：「徐二哥怎麼啦？我沒有把什麼話得罪你呀！」

徐亦進笑道：「三小姐，你這話越說越錯，我若是因為你說話得罪了我，我就不和你送信，顯見得我是一個自私自利的小人。老實說，我不願意你做這傻事。那位陸先生，與我並無什麼仇恨，我也不願多說他的閒話，希望三小姐聽了我的話，派人去調查調查他的行動。唐家媽在夫子廟上，是數一數二的人物，豈能讓別人占了便宜去。」

他越說越把聲音提高，嚇得小春不住地回頭向屋子裡看著，不覺得十指抱了拳頭，學著男人作揖，笑道：「徐二哥，你請便吧，你的話，我都記住了。」

徐亦進站著向小春臉上看了一看，點頭道：「我知道，不能讓唐家媽知道。其實，她老人家見多識廣，你不應當瞞著她的。」

小春將腳輕輕在地上頓著，皺了眉道：「我曉得，我曉得！」

徐亦進笑了一笑，自走去，約莫走了三四戶人家，聽到後面腳聲，回頭看時，小春跑著追上來了，低聲笑道：「他約我在哪裡會面，新街口俄國咖啡店？」

徐亦進道：「對的，你記住了。」

小春紅著臉道：「我問一聲，並不是就去，他約的是九點鐘吧，我快上場子了，哪裡能跑到新街口去。」

徐亦進道：「九點鐘，俄國咖啡館，時間地點全對。」

小春站著沒作聲，把上牙咬了下嘴唇，很默然地望著徐亦進。

徐亦進道：「三小姐，你是個聰明絕頂的人，許多新聞記者在報上都常常這樣地恭維你，你可不要……」說著，點點頭，微笑一笑，自走開了。

小春被他左一句右一句反覆地說著，倒說得沒有了主意，在右脅下紐扣上取下一面手絹，左手拿了手絹角，在左手中指頭上只管纏著。

徐亦進走了十幾步，卻又猛地回轉身來，向小春走近，沉著臉色道：「三小姐，我的嘴可直，聽不聽在乎你，九點鐘那個約會，你千萬別去。你若是去了，不花個一百二百元，我看這問題解決不了。」說畢，匆匆地走開。

走到巷口子的時候，迎面看到二春，夾住幾個紙包走了來，想到自己做的事，有點兒尷尬，兩隻臉腮上同時泛起兩朵紅雲，閃在大街一邊，鞠著躬道：「二小姐剛回來？」這一個「剛」字，本無所謂，是臨時想的一句應酬話。

二春看看他的顏色，便站住了腳，向他笑道：「徐二哥在我家來嗎？等了好久吧？」

徐亦進道：「沒多久，只是在門口站了站，同三小姐……在門口把書接去了，我沒有進去看唐家媽。」

二春笑道：「我倒是不大出門。」說著眼皮一撩，向地面看著。

徐亦進答應了兩個是，就點頭告別了。可是走了幾步路，他又回轉身來，追著二春後面問道：「二小姐，咦！二小姐……」他口裡說著，臉上泛出一片尷尬的笑容，紅著臉儘管點頭。

二春雖不知道他的命意所在，也跟著紅了臉。

徐亦進拱拱手道：「沒有別什麼事，二小姐回去，千萬不要問三小姐，我送書給她看了沒有？」

二春笑道：「徐二哥這樣說，自然是好意，可是，她太年輕，糊裡糊塗的只知道好玩，正經的事，她倒不知輕重。就是看書，也是這樣。」

徐亦進站著一會兒，想把這番理由說出來，不過肚子一起話稿子，倒很猶豫了一會子。

二春不便老站在街上，向他點個頭說，再見吧，就回家了。

到了家裡時，見小春坐在堂屋裡太師椅上，兩手拘了一隻膝蓋，昂頭看了天井外的天色，這已是黃昏時候，屋子裡黑沉沉的，遠處看人，只有一團黑影，屋子裡電燈沒有亮，也沒有什麼人陪著她，她就這樣呆呆地坐在那裡。

二春道：「看小說書看呆了吧？在屋子裡摸黑坐著，燈也不亮。」

小春也沒有答覆姐姐的話，起身便向天井裡走著，昂著頭，老遠地向外面叫道：「小劉在家嗎？」

隨了這句話，包車夫迎過來問道：「三小姐，我們就出去嗎？」

小春道：「你接到幾張請客條子了？」

小劉道：「就只接到一張條子，上面寫了個錢字，我問那送條子的人，他說是江南銀行錢經理的條子。我知道三小姐不願去的，所以沒有進來告訴你。我老老實實地就對他說，三小姐身上不大好，恐怕不能去。」

小春道：「為什麼不去？你不來問問我，就給我回斷做什麼？」

小劉道：「三小姐，你不告訴過我，以後姓錢的來請，老實就回斷他嗎！」

小春道：「不用多廢話了，點上燈，我馬上就去。」說著，一路開了屋裡外的電燈，直走到屋子裡去，很快地修飾了一番，換著一件銀紅短袖的絲絨袍子，下面是肉色無幫絆帶皮鞋，白絲襪套子，光了兩條大腿。鵝蛋臉上，濃濃地擦了兩個胭脂暈，電燈照著那烏油的頭髮，只覺容光煥發，和往日的打扮有些不同。

車夫向來沒看見過唐老闆怎樣去見她不願見的人的，心裡更加上了一層奇怪。

車子到了酒館子門口，小春走下車來，低低地向小劉道：「不管有沒有人請我，你到裡面去多催我兩回。」

小劉笑道：「好，我懂得這意思。」

小春走進了館子，站在亮的電燈下，打開手皮包，取出粉鏡來，照了照臉，覺得沒有什麼破綻，於是向問明了的錢經理請客的屋子裡走了去。

這裡倒只有五位男客，卻花枝招展地圍了一桌子的歌女，門簾子一掀，那座上的男客果是哄然一聲地笑著，連說來了來了。

一個人站起來笑著招手道：「唐小姐，請來請來，等著你喝三大杯呢！究竟是錢伯能兄面子大，一請就來，我們請唐小姐十回，就有九回不肯賞光。」

小春看那人穿了捆住胖身體的一套西服，花綢的領帶由襯衫裡面擠了出來，在背心領口捲了個圈，柿子臉上帶了七八分酒意，更有點象徵著他的臺甫，那也是自己所不願接近的一個人，是歐亞保險公司經理袁久騰，外號卻是圓酒罈。

錢伯能隨了這話，也站了起來，他一張馬臉，頂了個高鼻子，兩個對人閃動的烏眼珠，更是轉動不停，透出那老奸巨猾的樣子。

小春且不睬袁久騰，直奔錢伯能身邊，挨著他在空椅子上坐下，隔了桌面，向袁久騰點了點頭，笑道：「袁先生，好久不見了。」

袁久騰笑道：「唐小姐，你不賞臉，不肯……」說時，向錢伯能作了個鬼臉，笑道：「伯翁不吃醋嗎？」

錢伯能端起面前酒杯子來，向袁久騰舉了一舉道：「語無倫次，該罰一杯。」

旁邊有個人插嘴道：「錢經理忘了招待唐小姐了，我來代斟一杯酒吧。」

小春回頭看那人，不到二十歲，穿一件墨綠色的薄呢袍子，微捲著兩隻袖口，露出兩截雪白的府綢小褂袖，頭上的黑髮，用油膏塗抹得溜光，齊頭分出一條直縫，頭髮向兩邊分披著，額前卻刷出兩條扭轉來的蓬髮，頗有點像女人凌著飛機頭的邊沿，圓扁的臉兒，雖然鼻子眼睛都細小些，可是臉皮白嫩，嘴唇也很紅潤，說口上海式的五成國語，很有點女性。

小春不想在錢、袁班子裡有這麼一個人。起身謙遜了一下，那人早已提著酒壺，向小春面前杯子裡斟下酒去。

錢伯能道：「我給你介紹，這也是久騰公司裡的同事，青衣唱得很好，《賀后罵殿》這齣戲，學程硯秋學入了化境。」

那人已是收回壺去坐下了，卻又欠一欠身子，笑道：「錢經理介紹了許多話，還沒有說我姓什麼叫什麼呢！我叫王妙軒，女字旁加個少字的妙，車字旁加個干字的軒。」一句話未了，他對過一個穿嗶嘰對襟短衣的人，笑著搖搖手道：「不，不，我們都叫他妙人，你就叫他妙人吧。」

錢伯能手上還舉著酒杯子呢，因道：「你們只管談話，我這杯酒要端不動了。」

袁久騰把杯子也舉起來道：「該喝喝，唐老闆。」

小春把杯子放到嘴唇邊，等他們把酒喝完了，對照過杯子，皺了兩皺眉，悄悄地把杯子放下，伯能望著她道：「你是能喝酒的呀。」

小春低聲道：「今天人不舒服了一天，剛才起床的，你摸摸我手，還發著燒呢。」說時，伸過手去，握了他的手。

錢伯能認識小春總有一年，就沒機會握過她的手，現在小春將他的手握著，他也沒覺察出來是熱是涼，就裝出很體恤她的樣子，望了她道：「呀，果然有點發燒，你為什麼還要出來？」

小春望了她一眼，笑道：「這還用問嗎？還不是為了錢經理的命令，我不能不來！」

錢伯能緊緊地握住了小春的手，笑道：「那我真不敢當！」

那個穿嗶嘰短衣的人，舉起酒杯子來笑道：「錢經理，我恭賀你一杯。」

小春笑道：「這位先生貴姓？」

錢伯能道：「你看，我實在大意，桌上的人，我都沒有介紹齊全，這位是尚里仁主任。尚主任隔座，那位穿長袍馬褂的白臉小鬍子，馬褂上掛了一塊銀質徽章的，那是柴正普司長。」

那柴正普向小春微笑著點了一點頭，並沒有作聲，但是一雙眼睛在眼鏡裡面連連地轉動著，可想他是不住地向這裡偷看著。

小春心裡就很明白，微微地向他笑著，把酒杯子端起來放到嘴唇抿了一口，然後把酒杯子放到錢伯能面前，低聲笑道：「這杯酒請你替我喝了，可以嗎？」

錢伯能還沒有答覆呢，袁久騰在對面叫起來道：「我喝我喝，我替你喝。」

錢伯能笑道：「他自然會請你喝，不過這杯酒是你請她喝的，她不能只抿了一滴，立刻就轉敬給你。」

說著這話，他已端起杯子來刷的一聲，把酒杯裡的酒喝得精光，回轉身來，向小春還照了一照杯。

袁久騰揩了他的厚嘴唇，搖了搖頭道：「這話不然，若是由我看起來，能喝到這杯酒的人，他的資格，已經……」

說到這裡，他把團舌頭向嘴外伸了一伸，回頭將坐在他身邊一位歌女的手執著，笑道：「你說怎麼樣？」

那歌女捏了個拳頭，在他肩膀上輕輕捶了一下道：「你總不肯正正經經說一句話。」

袁久騰昂起頭來哈哈大笑，那歌女斜看了他一眼，端起面前一只大玻璃杯子來喝白開水。

尚里仁回轉身去，將手搭在旁邊一張椅子背上，向坐在那椅子上的歌女低聲笑道：「你看我斯文不斯文？」

這時，席上正端上一碗甜菜，王妙軒將自己面前擺著的小空碗，舀了一小碗葡萄羹，兩手捧著，輕輕悄悄地送到他身旁一位歌女面前笑道：「你喝一點甜的。」

那歌女年紀大些，總有三十上下，穿了一件棗紅色的長袍子，塗著滿臉的脂粉，畫著兩寸多長的眉毛，直伸入額髮裡面去，看那樣子，是極力地修飾著。

王妙軒將這碗甜羹送到她面前，她起了一起身，兩手接著，笑道：「你和我這樣客氣做什麼？」

小春將這些人的態度看在眼裡，心裡不住地暗笑，因之望了面前的空杯子，只管默默出神。

錢伯能笑道：「你想喝一點酒嗎？」

小春瞅著他道：「若是那樣，那杯酒我何必要你代我喝下去？」說時本來是將眉毛皺著的，一抬眼皮，看到錢伯能正注意著，復又向他微微地笑去。

錢伯能道：「大概你還沒有吃晚飯吧？你想吃點什麼？我們用不著客氣。」

袁久騰在對面笑道：「是呀，你們用不著客氣呀！」

說到這裡，茶房走近了小春身邊，悄悄地遞了個紙卷兒過來，小春並不透開來看，打開手提包，就把那紙卷丟在裡面。

伯能笑道：「有人請，好久沒談過心，多坐一會兒，好不好？」

小春微笑道：「我不是還發著燒嗎？根本就不願動。」

伯能把腦袋直伸到小春面前來，低聲問道：「既然你不走，在這裡多坐一會子，我和你找點吃的吧。」

小春道：「多坐一會兒是可以的，什麼東西，我也吃不下。」說時，將一隻手掌掩在胸口上。

柴正普笑道：「果然的，唐小姐那樣活潑的人，今天精神十分不好，我介紹一個醫生給你瞧瞧，好不好？」

小春笑道：「謝謝！那倒用不著。回頭做個東，請我們喝杯咖啡吧，柴先生有沒有工夫？」

正普笑道：「就怕請不到，怎能說是沒有工夫。」

王妙軒笑道：「這不用多說，這『我們』兩個字，一定也包括我在內的。」

袁久騰笑道：「你好大的面子！」說著，他拿了筷子在空中畫兩個圈圈，王妙軒道：「唐老闆，你這『我們』兩個字，只有錢經理在內嗎？」

小春笑著點了點頭，又指著那位老歌女道：「你和她，才用得上『我們』兩個字。」

錢伯能真沒想到小春今天特別表示善意，得意得無話可說，只是手按了酒杯子，一陣陣地微笑著。

但是煞風景的事也跟著來，茶房又悄悄地走到小春身邊，低聲道：「有電話……」

小春臉色一沉道：「你去告訴我那車夫，我今天身體不好，他不知道嗎？你告訴他，不要再囉哩囉嗦了。」

大家聽了這話，更認為小春是真有病，有的問她，要不要吃幾粒人丹？有的問她，要不要喝杯白蘭地？有的問她，要不要抹點萬金油？小春一律謝絕，卻低聲向錢伯能微笑道：「我只是心裡煩得很，沒什麼病。」

柴正普笑道：「是唐老闆出的題目，要我請你喝咖啡，我一定交卷，什麼時候，哪一家？」

小春道：「十點半鐘，我準到璇宮尋你們。」說時，抬起手腕上的小表看看，已是八點半鐘了，臉上更透著為難的樣子，和茶房要了一杯檸檬茶，將手舉著，做個要喝不喝的樣子，呆坐在一邊小沙發椅上。

應召的歌女慢慢散去，最後剩了那個年紀大的，也握住王妙軒的手，笑道：「我先走一步，好嗎？」

王妙軒伸手輕輕撫著頭上的分髮，笑道：「我也該走了，今天怡情社彩排，有工夫瞧瞧去。」說著話，握了那歌女的手，送到房門口，方才回轉身來。

錢伯能笑道：「妙軒，你和月卿的感情越發進步了，我看她很愛你，你把她娶過來吧。」

王妙軒道：「我自己糊自己還弄不過來，哪有錢再弄一房家小。」

袁久騰道：「嚇，月卿是紅過的，至少說吧，手上有五六吊文，有人說她，還過了草字頭呢，她嫁你絕不連累你，你白得一房家小不算，還可以發注老婆財呢。」

大家圍了一張方桌子喝茶吃水果，談著月卿的身世，一眨眼，不見了小春，錢伯能一時得意，口銜了雪茄，彎過手臂，伏在桌子上聽談話，妙軒問了聲小春呢？他回頭不看到人，頗為愕然，心想，她既留到最後走，怎麼會不告而別，大家原來捧自己有面子，這顯著更沒有了面子，紅著臉，只好苦笑了一陣。

六　莎翁喜劇

有錢的人，在輸捐納稅上面，丟了多大的面子，那全不在乎。可是在女人面前，就要的是個面子，至於要他花多少錢，那卻不去計較的。小春在錢伯能得意的時候忽然走開，他是覺得比捐了一萬塊錢還要痛心。除了把這嘴角下的半截雪茄煙極力吸著，做不出第二個表情。

可是這時間是極短的，門簾子一動，小春是笑嘻嘻地跳了進來了。錢伯能還沒有開口，好幾個人異口同聲地道：「小春並沒有走。」

小春笑道：「我雖然年輕不懂事，在各位長輩面前，也不能不辭而別呀！」說時，挨了錢伯能坐了。

林妙軒將頭一扭，笑道：「喲，唐小姐，這句話我不能承認啦！你至多叫我一聲阿哥，我就受不起了，怎麼可以叫我老長輩？」

小春見他眼睛一溜，嘴一撇，真夠味，便笑道：「我倒想叫你一聲姐姐呢！」

王妙軒點頭道：「那也好，隨你的便吧。」

全席人於是哄然一陣笑著。

錢伯能在桌上碟子裡拿了兩片蘋果，放到她面前，笑道：「什麼事打電話，請假嗎？」

小春笑道：「你怎麼知道我是打電話去了。」

錢伯能笑道：「我猜你不能有別的事離座的。」

王妙軒將頭又一扭道：「女人的事，你哪裡就會知道許多。」

全桌人又是一陣笑。

小春倒不笑，點了一點頭，臉上有點黯然的神氣。

柴正普坐在對面，望了她的臉色道：「看這樣子，小春好像有點心事。」

小春向他望著微微一笑，錢伯能用了很柔軟的聲音問道：「你真有什麼為難的事嗎？」

小春撅了嘴道：「這就要怪你們銀行家了，今天星期六，明天星期日，你們都不辦公。」

柴正普道：「我明白了，你等著要用一筆款子，是不是？」

小春將手指上戴的一枚鑽石戒指，悄悄地脫了下來，將手托著，送到柴正普面前，因問道：「柴先生，你看這戒指能值得多少錢？」

柴正普笑道：「什麼意思，你打算出賣嗎？」

小春搖搖頭道：「賣是賣不得，賣了，我沒有法子向我娘交帳，我想押個二三百塊錢，星期一，我在銀行裡拿出了錢，至遲星期二，我就贖回來。」

柴正普笑道：「這一點小事，何必還要你拿首飾押錢，笑話了，笑話了！」

小春道：「一點也不是笑話，我晚上就要用，這一下子工夫，哪裡去找二三百塊錢。柴先生，有哪位身上帶著現款的朋友……」

她口裡如此說著，無精打采的走到原處來坐著，將戒指放在桌上，把錢伯能送的那兩塊蘋果用兩個指頭鉗著，送到嘴裡來咀嚼著。

錢伯能偷眼看她時，見她臉紅紅的，微微地低了頭，實在忍不住不管了，因道：「你們當小姐的人，何至於這樣等著要錢用？」

小春皺了眉道：「我一個表姐，在上海害了很重的病，專人到南京來，叫我想辦法，這個專人，要乘夜車回去……」

錢伯能攔著道：「我明白了，支票行不行呢？」

小春笑道：「我的經理，要是支票可以，我也就不為難了。」

錢伯能道：「我要開支票，自然是開上海銀行的支票。」

小春噗嗤一聲笑道：「你還是沒有想通，你就是開上海銀行的支票，明天也是拿不到錢的。」

錢伯能聽她這樣說著，向桌上看了一看笑道：「那麼，我來個臨時公債吧。」說著，身邊掏出皮夾來，檢查一下，笑道：「我這裡有一百二十元，希望同座能湊出一百八十元來，後天我如數奉還。」

柴正普首先答應，就掏出了一百元，不到五分鐘，錢伯能湊足了三百元鈔票，送到小春面前，笑道：「唐小姐，總算老大哥勉力遵命辦到。」

小春笑著點了一點頭：「謝謝，這戒指就請錢經理……」

錢伯能說了一聲笑話，左手拉過了小春的左手，右手在桌上拿起那鑽戒，就向她無名指上戴著，笑道：「我們雖然做的是銀錢買賣，也萬萬不能在唐小姐面前錙銖較量，若是那樣辦，也太現著我們的交情生疏了！」

小春瞅了他一眼，心裡也想著，這傢伙可惡，還要討我的便宜，就讓你把戒指給我戴上，你也不能割我一塊肉去，於是向他笑道：「好吧，這就算是信用放款吧。」於是打開了手提包，把三百元鈔票都收了進去。

錢伯能低聲問道：「款子要送到哪裡，我派車子送你去。」

小春笑道：「這倒用不著，我還要請大家喝咖啡呢。」

王妙軒皺了兩眉，口裡噗的一聲，表示著躊躇的意思，笑道：「彩排呢，我不能離開；唐小姐喝咖啡呢，我也不能不到。」

小春笑道：「那麼，我不敢耽誤王先生的正經事。」

王妙軒身子一扭道：「喲，什麼正經事，無非是消遣罷了。」

尚里仁笑道：「我們這位王先生越是有女性在一處，越透著溫柔，我真學不會。」

王妙軒笑道：「尚同志這話有點冤枉人吧，我在什麼朋友面前也沒有發過脾氣，像你們在演說臺上那個姿勢，直著脖子大喊萬歲，我也是一輩子也學不來。」

尚里仁聽到，不覺臉色跟著一紅。

錢伯能正一團子高興，很不願意為了他們的言語不合把好事拆散，因站起身來笑道：「有話留在咖啡館裡去說吧。」

小春對於王妙軒，倒沒有什麼深刻的印象，只是像尚里仁那樣一身短裝，口袋上透出自來水筆管，左襟上綻了一小方琺瑯質徽章，挺了胸脯子，現出一副正經面孔，對了他，實在覺得有些坐立不安。現在錢伯能催了他們走，意見正同，便向旁邊坐著的袁久騰笑道：「袁先生賞光不賞光！」

他抬起手來，亂摸著頭道：「唐小姐也和我說話，我怕把我忘懷了。」

小春瞅了他一眼，向錢伯能道：「袁先生總是這樣吃著酸醋。」

這句話，袁久騰愛聽，錢伯能更是愛聽，大家呵呵一陣狂笑，同出了酒館。

小春陪著他們在咖啡館裡約混了一小時，然後輕輕地和錢伯能商量著，要把款子送回家去，錢伯能表示體惜著她的意思，勸她今晚上就在家裡休息，不必出來應酬了，小春緩步走著離開了他們，出了咖啡館，找著自己的包車，對車夫說一聲新街口，快一點，坐上車去。

那包車夫如飛地拉到了新街口，小春就怕在車上讓人看到了，一路上不住地向周圍打量著。

到了咖啡館門口，見一個小工人模樣的人，在電燈光下一閃就不看到了。雖然那人躲閃得有些奇怪，她心裡想著，同這種人是不會有什麼糾葛發生的。下了車，坦然地推開玻璃門，走了進去，就看到陸影面對了大門坐著，手裡拿了一本雜誌，眼睛可對進門的人注意，老遠地看到他兩眼直瞪著，彷彿有些發癡了。

因之小春走進了咖啡座，直逼近到他的面前，他才看清楚。立刻站起來，走一步迎向前笑道：「我七點多鐘就來了。」

小春笑道：「你總是這樣性急，不是你約定了九點鐘見面的嗎？」說時，陸影已是握住她的手，將她引到沙發上坐著，然後隔了茶几，坐在對面。

小春見他飛機頭梳得溜光，倒顯著他那張臉子格外的白嫩，淺灰的嗶嘰短服上，在翻領紐扣眼裡插了一朵雙瓣的大紅月季花，便笑道：「這是你們劇團裡哪一位女同志給你戴的？」

陸影現出了很誠懇的樣子，低聲道：「春，你還不明白我這一顆赤心嗎？我的事業，我的生命，甚至我死後的靈魂，都是你的……」

他還要向下說時，小春回轉頭去道：「我要一杯可可吧。」

陸影抬起頭來，看到茶房正由面前轉身過去，就向小春笑了一笑，兩人各含著春意，默然相對了一會，等候茶房送著可可來過了，又回頭看看附近座上無人，小春將一支小茶匙緩緩地攪著杯子裡的可可汁，頭低了，卻把眼皮向陸影一撩，因笑道：「這可不是舞臺上演話劇，你又灌上這一大碗濃米湯。」

陸影將那只咖啡杯子舉起來，眼對了杯子又癡望了很久，小春笑道：「你又發什麼癡？」隨了這句話，把那蔥尖兒似的三個指頭，拿了小茶匙，做個蘭花式，把可可舀著緩緩地向嘴裡送著。

陸影的眼珠微微地轉動了一下，兩行眼淚卻是牽線一般由臉上垂了下來。

小春吃了一驚道：「陸，你怎麼了？」

陸影放下了茶杯，在口袋裡掏出雪白的綢手絹，擦著眼淚道：「我很後悔，今天和昨天那封信都寫得太激烈了，想你接著信，一定是很難受；而且這個時候，又把你約了來，還得回去趕場子。」

小春笑道：「又犯了那小孩子毛病了，我今天請假了，可以多陪你坐一會子。」

陸影又突然笑了，低聲道：「真的嗎？早知道你請假，我該在飯店裡開一個房間等你。」

小春紅著臉笑道：「你也不看看在什麼地方，就是這樣隨口亂說。」

陸影又把臉色正著，輕輕地道：「春，不怪我對你這樣顛倒，南京城裡向你顛倒著的人，你想想有多少呢？我真的慚愧，凡是崇拜你的人，只要是他的力量所能夠辦到的，都願對你有一種貢獻，可是我呢？不但對你沒有什麼貢獻，而且還要連累你。唉！我枉為一個男子，我……不過這一次，是最後一次求你了！這世界上，我就只有一個唐小春，一個母親；母親的病，是相當的嚴重，做兒子的人，不能坐視不救。這個炎涼的社會，你不必向人開口，也許坐在家裡有人送錢你用，因為你在富貴途中，他是有所求於你的；至於我們在貧賤途中，那就無論你怎樣的需要人援助，看是你的至親兄弟，他也未必肯幫助你一個銅板！」

小春道：「你不必說了，你那一肚子牢騷，我全明白，你的母親，還不是我的母親一樣嗎？不過你也應當明白，我掙的錢，並不在我手上……」

陸影和她說話的時候，臉色在極誠懇之中還透著一分和藹的樣子，把話聽到這裡，他的臉色就有點不好看，將失望的眼睛正對了小春的面孔。

小春繼續道：「所以今天上午，我還不能確實答覆你，到了下午，徐亦進又給你送了一封信來，我知道你有點誤會，因之把我那鑽石戒指去押了一點款子。」

陸影臉上又帶了微笑，向她扶了桌沿的手望著道：「不還戴在手上嗎？」

小春也望了手指道：「信不信由你，反正我決不騙你，這位放款的人倒還相信得我過，沒有收下戒指，就借了三百塊錢給我。」說著，將手皮包放在桌上，打了開來，把三疊鈔票一把捏著，交到陸影手上。

陸影這時又不笑了，正了顏色道：「若是你在那位茶客身上……」

小春紅了臉，低聲道：「你還吃什麼醋呢？我什麼話都和你說過的，我的職業一天不改，我是一天沒有法子離開那些討厭蟲的；但是這筆款子，實在我是由一位老伯母手上借來的。」

陸影道：「你不要討厭我吃醋，你要知道越是愛你，才越是吃醋呢！我今天晚上，就想搭夜車走，不知道你要帶什麼東不要？」

小春道：「我不要什麼東西，但願你老太太的病早一日見好，你早早地回來。」

說到這裡，陸影臉上已經有了笑意，把那一疊鈔票緩緩地向口袋裡裝著。

小春也覺得到了說話的機會，便望了他笑道：「不過，我另外有兩句話要對你說的，就是你現在的脾氣，比以前來得更大了，信上寫的話，老是讓人受不了，不過我們一見了面，看到你這副可憐的樣子，我又無所謂了。」

陸影笑道：「這也有原因的，在我沒有見著你的時候，我終疑心你讓那班大人先生包圍了；可是見面之後，你的態度總很自然，我又很高興了。」

小春笑道：「現在你看到我也是這樣嗎？」

陸影笑著點點頭。

小春抬起手腕來，看了一看手錶，因笑道：「既是這樣，我就陪你多坐一會子吧，或者我送你到車站去。」

陸影聽了這個或者的好意，倒是大吃一驚，便啊喲了一聲道：「那不行，那不行！」

小春笑道：「為什麼嚇得這個樣子？」

陸影先是身體向後一縮，呆望了她，這時定了一定神，把身子坐正，因向小春道：「你們老太太，別說是我，就是全夫子廟的人，哪個不退避三舍，回頭她要知道我帶你上了車站，加上我拐帶二字的罪名，我跳到黃河裡洗不清。」

小春笑道：「你有時候膽子很大，有時候膽子又很小。」

陸影道：「我怎麼不膽子小呢？叫你替我負擔了這樣多一筆款子，萬一事情發覺了，我怕惹著你受累。老實說，你今天不該請假，這分明是一個漏洞。倘若你老太太今天晚上也到夫子廟裡，若是看不到你，她追問起來，那要你很費勁地答覆著。」

小春將眉毛微微皺動著，倒沒有答覆他的話，隨後嘆了一口氣，見桌上放了陸影的煙捲盒子，便取了一支煙捲向嘴裡銜著。

陸影把煙灰缸上火柴夾子裡的火柴擦了一根，俯身過來，向她點著煙，乘機會輕輕地向她道：「春，你回夫子廟去吧！我看你到這裡來，大家都提心吊膽。託天之福，若是我母親的病好了，回來之後，我約你到玄武湖去，好好地暢談一次。」說著，握了小春的手，輕輕搖撼幾下。

小春到了這時，也就感覺沒有了主張，陸影說母親會到夫子廟來，這也很有可能，看看手錶，十點還差十分，要趕回場子上去銷假再唱，還來得及，便起身道：「你儘管不放心，那我只好回去。你如有什麼事，務必給我來一封信。」

陸影道：「那當然，還是由姓徐的那裡轉吧。這半個月來，為了你家庭的緣故，我們沒有痛痛快快在一處談過兩小時，實在是遺憾！回南京來，我們一定要痛快歡敘一次。雖然為了這件事，會惹出什麼亂子，我們也在所不計的。」一面說著，一面手攙了小春，向外走出去。

小春在心境不安之下，並沒有一點打算，就讓他送著走出咖啡館了。

陸影回到咖啡座上，又坐了十分鐘，便向外面打了兩次電話：一次是打給另一家咖啡館裡，一次是向汽車行叫汽車。會這咖啡館的帳，拿出十元鈔票來找零，當茶房將銅盤子托著找的零票來時，他很大方地就付了兩元錢的小費，茶房鞠著躬道謝，他索性表示一下闊綽，因問道：「你去看看我叫的汽車來了沒有？」

茶房到門外去，張望了一下回來，又鞠著躬報告：「汽車來了。」

陸影兩手提了一提西服的衣領，他好像是自己在那裡誇耀著，我身上有三百塊錢。那皮鞋也像他一般有了精神，走著地板咚咚作響。

上了汽車，只經過幾十家鋪面，吩咐著停住了，在一家霓虹燈照耀的鋪面前，站著一個穿紅繩外衣，披著長頭髮的少女，汽車門打開，她上來了。

陸影向汽車夫道：「一直開下關車站。」

那女子坐在車座之後，立刻伸手到陸影衣袋去掏摸著，笑道：「我摸摸，你弄得了多少錢？」

陸影道：「她說臨時弄錢不容易，只得著一百多塊錢，但是夠我們在上海玩一個星期的了。」

女子一扭身軀道：「玩一個多星期，我計畫著買的東西，都沒有了影子了，我不去，叫他停車吧，我下車回去。」

陸影笑道：「你忙什麼呢？我和你說著玩的，不管多少錢吧，反正我們兩個人在上海的吃喝穿住都有了。」

那女子道：「哼，你那顆心還是在唐小春身上，對於我，不過騙著玩玩罷了！是啊，唐小姐把肉體換來的作孽錢，實在是不容易！你心痛她，可憐她的錢，要留著你們同居之後，居家過日子用，怎麼肯拿出來我用呢？**你這種人，只配和這沒有靈魂的女子談愛情，誰要把那純潔的心交付你，那真是瞎了眼！**我原不要到上海去的，是你左一說，右一說，把我說動了心，你既捨不得花那個臭錢，你留著用吧，何必請我玩上海呢？」

陸影道：「露斯，你的言語也太重了，我只和你開句玩笑，你就說我這一大套。」

露斯道：「說得太重了？重的言語還沒有出來呢！唐小春的娘，就是秦淮河上有名的老妓女，她自己又是個賣人肉的歌女，這種傳代的賤貨，走到我面前，我也怕沾了她身上的臭氣，哧哧！好一個有前進思想的少年，墮落得和這種賤貨談愛情。那唐小春在大人老爺懷裡滾來滾去，滾到周身稀臭，再滾到你懷裡來，你把她還當個活寶貝，哈哈哈！」

說完了，她還冷笑了一陣。

陸影被她數說了這一頓，低了頭不作聲。

露斯把身子向外面一扭，看到了車窗外那宮殿式的建築在電燈下矗立著，把身子向上一挺，頓了腳道：「你叫車夫停車吧，我只管和你說話，已經過了交通部了。」

陸影道：「露斯，你說了我一頓，我沒有回答你一聲，你也就可以了，為什麼還要下車？」

露斯道：「是呀，你有什麼話可以答覆呢？我說的話，都中了你的心病了，你還有什麼話可以答覆呢？老實說，我願意到上海去，就是想在物質上享用一下，我要得的幾樣東西，一定要得著，既然你是這樣有錢捨不得花……」

陸影道：「你不要多心了，我所以沒有把錢的數目告訴你，也就為的是我們這趟旅行要有始有終起見，我怕的是把數目告訴你了，你放手一花，弄得錢早光了，不到預定的時間，我們就要回來，未免過於掃興。」

露斯說：「我就那樣一點計算沒有嗎？你要是好好地商量著，我也可以量入為出的，你到底拿著了三百塊沒有？」

陸影道：「當然拿著了。」

露斯道：「我不信。唐小春也不是你的女兒，你要三百，她不敢給二百九十九。」

陸影道：「真的，她交了三百元給我。」

露斯臉上和平了許多，卻把一隻白手伸到陸影懷裡來，很乾脆地道：「拿來我瞧瞧。」

陸影道：「瞧什麼呢？瞧著也不會多出一塊來。」

露斯道：「你給我瞧瞧，又要什麼緊呢？瞧著也不會少一塊。」她說著，依然把手伸到陸影懷裡，不肯縮了回去。

陸影自己覺得沒有法子可以推開這隻手，只得在袋裡掏出二百九十五元鈔票來，交到露斯手上。

露斯拿過去一張張地點著，點完了，笑笑道：「好傢伙，你和她喝一頓咖啡，就用了五塊錢。」

陸影笑道：「就不許我身上有零錢嗎？你怎麼就知道我在三百元裡面動用了五塊？」

露斯道：「我上午和你要兩塊錢買雪花膏，你都拿不出來呢！我這個皮包跟著我是太苦了，現在也應該暖和暖和。」

她說著這話，可把放在懷裡的空皮包打開，將三百元鈔票一齊放了進去。可笑向他道：「我暫時給你收著吧。」

陸影沒作聲，露斯把臉一沉道：「你放心不放心？你不放心，把錢趕快拿回去。」說時，將皮包向陸影懷裡一拋。

陸影笑道：「你看，無緣無故又發著脾氣。你說替我收著，我也沒有說半個不字。」

露斯道：「還要等你說出來嗎？看你那樣子，就十二分的不願意了！請你借我兩塊錢，到了車站，你還是讓我回去。」

她口裡說著到了車站，車子果然是到了車站了，陸影付了車錢，攙著露斯的一隻胳膊下了車，那只皮包已是在露斯手上拿著了。

二人進了車站，看那橫梁上掛的鐘已經指到十點三刻，陸影笑道：「我們來得不遲不早，坐十一點半鐘的車子走，請你拿出二十塊錢來。」

露斯道：「為什麼要這樣多錢買車票？」

陸影道：「我想我們舒服一下，我們買兩張頭等臥車票吧。頭等車房裡，就是兩張鋪。」

露斯將身子一扭，走到站堂角落邊去，陸影跟過來問道：「你這是怎麼了？」

露斯低聲道：「那我不幹，我和你住一間屋子，怪彆扭的。」

她說著這話，把嘴撅了起來。

陸影道：「難道你的意思，還打算坐三等車子走嗎？」

露斯道：「我們不能坐二等臥車嗎？」

陸影道：「坐夜車的人，都是坐二等去的多，我們來得這樣晚，哪裡會買到臥車票。」

露斯道：「你也並沒有問一問，怎麼知道就沒有票呢？」

陸影道：「好吧，我去問問看，你把票子交給我，你到候車室裡去等著我吧。」

露斯瞅了他一眼，帶著微笑，走進頭二等候車室裡去了。

陸影並不思索一下，就到售票處去買了兩張頭等臥車票，拿著車票，向候車室裡走，心裡可就想著：女子總是被虛榮心制伏了的，露斯這孩子，全劇團裡的人都打著她的主意，誰也不能把她拿在手心裡，這兩個月來，她對我總是若即若離的，教人真是痛也不是，癢也不是，這一下子，三百元一趟上海旅行把她抓著了。上了火車，在一間包房裡睡著，她還有什麼法子可以推諉呢！想到這裡，臉上帶了快樂的笑容，走進了候車室。

這已到了臥車快開的時間了，候車室裡，只有一個茶房伏在大餐桌子上打瞌睡，連自己在內，並無第三個人，不由得咦了一聲道：「咦，她先上車了？」

這一聲咦，把那個女茶房驚醒過來，望了他道：「你是陸先生嗎？」

陸影道：「是的，你怎麼知道我姓陸？」

那女茶房手上拿了一張紙片，交給他道：「剛才有一位小姐進來，留了幾個字叫我交給你，先生。」

陸影聽了這話，不由得心房撲撲亂跳起來，搶著接過那紙片來一看，是袖珍日記本子撕下的一頁，用自來水筆寫了下面這幾個字：

「陸影，**這是喜劇，我們正上演著，劇名就用莎翁劇裡的 tit for tat 吧！**凡研究戲劇的人，誰也知道莎氏樂府一點故事，**這話是說著一報還一報呀！**」

陸影看了這張紙片，他知道了這喜劇是怎麼回事，心房裡一股涼氣直透頂門心，那冷氣把他凍僵了。

七 失竊案

車站樓上掛的鐘，它不會為人稍等片刻，時針指到十一點半的時候，火車的汽笛聲嗚的一聲叫起來了。

這叫聲送到候車室的時候，把陸影由癡迷中驚醒過來，本來對怎麼處置這兩張車票並沒有理會，現在可想起來了，立刻把車票退了，打個折頭，還可以剩下十幾塊錢。

及至這一聲汽笛響過去了，告訴了他已不能退票，這就淡笑了一聲道：「總算沒有白來，還得著兩張頭等火車票呢！」

他情不自禁地這樣自言自語了一聲，本不礙於這事情的秘密。可是隨了這一句話，玻璃窗子外面，有人接著哈哈大笑起來。

這玻璃窗子門是半掩著的，他想著：莫非是露斯和自己開玩笑的？立刻奔到窗口，推開窗門向外面看去，窗子外是一片敞地，這時空蕩蕩的，哪裡有個女人的影子？再向左右兩邊看去，卻有一個穿短衣服的人，歪戴了一頂盆式呢帽子在後腦勺上面，可是她也出了鐵欄柵，究竟是怎麼樣一個人？也分不出來了。

那女茶房在屋裡叫道：「先生，你要是趕到站長屋子裡簽個字，你也可以坐十二點十分的平滬通車走。」

陸影回轉頭來道：「我不走了，請站長簽個字，這票子也可以退嗎？」

女茶房笑道：「開車以後不能退票，你先生還不曉得嗎？」

陸影將手心裡握著的兩張頭等車票托起來看了一看，笑道：「留著做個紀念吧，我退掉做什麼？」說畢，又打了一個哈哈，走出火車站來。

進城的公共汽車已經停開，要雇著人力車進城去吧，時候不早了，非一塊錢不能拉到鼓樓，陸影憋住一口氣，就直著腿走了回去。

當他順著中山北路向南走的時候，看到一輛輛的汽車由面前迎上前來，或是由身後趕上前去，回想到剛才出城來，也是坐著這樣一輛汽車在路上飛跑，街上走路的人，在眼睛裡看來，覺得是比自己要差上幾倍的滋味；可是一小時之內，自己又回到被別個汽車裡的人所藐視的地位了！

慢慢地移著兩條腿走回家去，也就到了大半夜，很不容易地叫開了寄宿舍內開門的老王，卻對他道：「陸先生，你才回來，有個姓徐的來找你呢！」

陸影道：「姓徐的嗎？帶了信來沒有？」

老王道：「他沒說帶信，只問陸先生到上海去沒有？」

陸影聽了這話，更是添著一件心事，也沒多作聲，悄悄地上樓去睡了。

這一夜是又愧又恨，又痛又悔，哪裡睡得著，及至睡著，天也就快亮了。

次日到下午兩點鐘才起床，也不敢出門，只縮在家裡看書，混了兩天。這日早上，還沒有起床，同事在樓下叫上樓來道：「老陸，老陸，小春家裡出了事故了！」

陸影聽到這話，心房不免撲撲亂跳，可是他還沉住了氣，坐在樓板的地鋪上笑道：「瞎造人家的謠言。」

那人道：「我為什麼造謠，報上登著呢，這話還假得了嗎？」說時，把一張日報遞到他手上來，看時，報疊得整齊，將社會新聞托在浮面，一眼便看到新聞中間有一行題目：「唐小春夜失鑽指環。」原來是這麼一件事，心裡倒反而安定了許多。再看那新聞載道：

秦淮名歌女唐小春，家頗富有，服飾豪華，前晚因小有不適，請假未曾登臺，惟曾佩戴最心愛之鑽石戒指，赴應酬兩三處，回家後約十一時，倦極思睡，草草更衣登床。其手佩之鑽戒，則用綢手絹包裹，塞在枕底，並有手皮包一只，亦塞在枕下。次日起床，見窗戶洞開，臥室門閂拔去，門只半掩，心知有異，即喚起家人，檢點全室，而家中女傭亦發現屋後河廳窗户大開，家人知悉，更為驚異，但檢查一遍，並未曾遺失何物。最後，小春忽憶及鑽戒未收入箱，掀枕查視，已不翼而飛，在枕畔之手皮包亦同時不見；除皮包中有鈔票數十元外，此項鑽戒約值價七八百元，損失頗大。咸認此賊絕非生人，不然，何能知小春此晚佩有鑽戒？又何以知其在枕下？現已呈報警局，開始偵緝云。

陸影把這段新聞看過了兩遍，心裡也有點奇怪：賊混進了她屋子裡，什麼也不偷，就徑直會到枕頭下面去偷這兩樣東西，莫非她把這兩樣東西自己隱藏起來了，預備到上海去追我，自己為著表示到上海去了，又不便這時候在夫子廟露面，自己很猶豫了半天，不能決定主意。不過越想到這鑽石戒指失落得奇怪，越覺得小春必另有作用。

猶豫到了下午五點多鐘，實在不能忍耐了，就跑到夫子廟裡去找徐亦進。他雖然還坐在書攤子邊照常做生意，不過他的臉色卻很不好看，坐在一張矮凳子上，兩隻手抱了自己的膝蓋，把眼光向攤子上的書注意著。

陸影走到攤子邊，低聲叫道：「徐老闆，聽說前天晚上，你找我去了。」

徐亦進偶然抬頭，倒顯著有點吃驚的樣子問：「陸先生回來了？」

陸影道：「我聽說小春家裡失了竊了，趕回來打聽消息。」

徐亦進嘆了一口氣道：「唉！不要提這事了，就為了我常常和陸先生送信，惹著很大的嫌疑。」

陸影道：「有什麼嫌疑？哪個家裡也有窮朋友來往。」

徐亦進站了起來，將腳在地下頓了兩頓，皺了眉苦笑道：「可是陸先生要知道，為了替你們兩下裡傳帶信的關係，那行動總是秘密的，唐家媽對於我這種行為很不以為然，大概她認為我那樣鬼鬼祟祟，是打聽路線去了。」

陸影道：「你來來去去，唐家媽是不知道的呀！」

徐亦進道：「什麼事都有個湊巧，我在送你最後一封信的時候，來對小春說過，這件事我不能幹了，實在對你老兄說，我還勸過她，這件瞞了唐家媽的事，不能向下做。」

陸影紅了臉道：「那晚上，你為什麼又去找我呢？」

徐亦進道：「我也是想勸勸老兄你，假如沒有什麼不得已的原因，就不必再向小春要錢了。我是知道，那天晚上，小春曾交一筆款子給你的。」

陸影道：「你這是什麼話，我不過因手頭周轉不過來，向她借用幾個錢罷了，遲早我會還她的。你那意思，以為我騙她的錢嗎？」

徐亦進淡笑道：「當然不是，不過老兄你有辦法，何必又偷偷摸摸地去和一個歌女借錢？」

陸影板著臉道：「誰和你你哥我弟的？」

徐亦進倒不生氣，微笑道：「你閣下雖然是個大藝術家，可是我擺書攤子，自食其力的，也不算什麼下流，有什麼攀交不上？再說，你們這種頭腦嶄新的人物，根本就不應當有什麼階級思想，現在你不用我傳書帶信了，你就是大爺了，哼！」

陸影呆站了一會子，低著頭就走開了。

徐亦進坐在書攤子邊，只把兩手抱在懷裡，呆了兩眼，望著行人路上的人來往。

再過去一小時，天色已是十分昏黑，廟裡各種攤子都在收拾著，他還是擺成那個形式呆坐著。忽然耳邊輕輕有人低哦了一聲：「徐老闆！」抬頭看時，卻見唐二春手裡提了幾個紙包，彷彿是上街買東西來了，便啊喲了一聲，站起來笑道：「二小姐有工夫到廟裡來走走。」

二春將身上穿的一件深藍竹布長衫輕輕扯了兩下衣襟，笑道：「特意來和徐老闆說兩句話。今天早上，趙胖子請你到六朝居吃茶的嗎？」

徐亦進笑道：「是的，趙老闆意思，好像三小姐丟了東西，我有點關係在內。」

二春道：「我正為這件事來的，徐老闆千萬不要多心。」

徐亦進道：「這是我不好，三小姐叫我做的事，二小姐大概知道吧？」

二春道：「據她說，你代陸影向她送過幾回信。」

徐亦進笑道：「二小姐，你是聰明人，我怎麼會認得陸影？我又怎樣敢大著膽子把信遞到三小姐手上？」

二春道：「自然是小春這孩子托你送信給陸影。」

徐亦進笑著，沒有作聲。

二春道：「徐老闆，你何不把實情告訴我們，是不是小春讓陸影逼得沒有法，把戒指送給他了呢？」

徐亦進道：「這一層我實在不知道。我和三小姐做事，沒有對唐家媽說，我早就料著有一天事發了會招怪的，但想不到會是這樣一個結果。三小姐在唐家媽面前究竟是怎樣說的？」

二春道：「她也不能那樣不懂事，還說徐老闆什麼壞話，是趙胖子告訴我娘，說是常看到你在我家大門口溜來溜去，又不走進大門，其中一定有緣故。我娘就問我和小春曉不曉得？小春瞞不了，才說你和陸影送過兩封信；而且你也聲明過，在她失落戒指的那一天，是最後一次送信了。」

徐亦進笑道：「真是有這話的，這好像我知道這天晚上會出事的，以後不敢去了。」

二春道：「徐老闆這樣輕財重義的人，我們還能不識好歹，說出徐老闆什麼壞話！我們只疑心徐老闆是個老實人，小春和陸影同你說上幾句好話，那就要求你什麼，你都會和他們辦。」

徐亦進笑著搖搖頭道：「我也不至於那樣不懂事！有道是疏不間親，我也不便多說，反正傳信這件事，我是不當做的。」說完了，他又苦笑了一笑。

二春道：「趙胖子今天早上來請徐老闆吃茶的事，事前我們娘兒倆並不知道，我倒很說了趙胖子一頓，務請徐老闆不要介意。」

徐亦進點著頭道：「那很多謝唐家媽和二小姐的好意！」

二春笑道：「我到這裡來，我娘是不知道的。下次徐老闆見著我娘，請不要提起。」她說著這話，可把頭低了下去。

徐亦進道：「那更要多謝二小姐了！只有二小姐知道我不是一個壞人！」

二春望了他噗嗤一笑，接著又把頭低了下去。

徐亦進不能說什麼，只是癡立著，她一般地癡立著，卻是把頭低了。旁邊有個人插嘴問道：「徐老闆，還不收拾收拾嗎？」

徐亦進回頭看時，一個擺零碎攤子的，挑著兩只大籮，站在面前笑道：「徐老闆，今天下午你只管出神，好像有什麼心事？」

徐亦進道：「豈但是今天下午，每日都有心事，我們哪一天發財呢？」那人道：「是呵，發了財，也好早日討一房家小。」說著打個哈哈走了。

二春等那人去遠了，因向徐亦進道：「徐老闆，改天見吧！」說畢，點個頭走開去。

可是不到多遠，她又回轉身來了，笑著低聲道：「剛才這個說話的人，他認得我嗎？」

徐亦進道：「這個人外號萬笑話，一天到晚，都是和人家說笑話的，沒得關係。」

這「沒得關係」四個字，雖是南京人的口頭禪，可是京外人說著，總透著有點滑稽的意味，二春聽著也格格地笑了起來。唯其是這一陣笑，倒讓她更難為情，不好意思再在這裡站住，低了頭徑直地走了。

徐亦進站著向她後影子看了很久，自己也嗤嗤地笑起來，發了兩天的悶氣，經二春這麼一來，把一腔憤怒全不知消化到哪裡去了，很高興地收拾著書攤子，整理好了籮擔。

正待挑著，卻聽到有人又輕輕叫了一聲徐二哥！他以為二春又有什麼要叮囑了，沒抬頭，先就帶了三分笑容。看時，卻是一位穿西服的朋友，斜斜地站著，頭上戴了一頂鴨舌帽子，低低地向前把鴨舌子拉下來，把臉擋了大半截。

他情不自禁，一腔怒火直透頂心，沉著了聲音道：「陸先生，你還來找我嗎？這件事，我為你背了很大一個包，你還有什麼意見？你說！」

那人把兩手插在西服褲袋裡，並不答覆。

徐亦進向他望著，見他個兒粗矮，那西服套在身上軟軟塌塌的，並不挺闊，不是陸影那種胸脯子挺著，便沉吟著道：「這……這……這是哪一位？」

那個人噗嗤一聲笑出來道：「我不是六先生，我是五先生。」

徐亦進道：「你看，大狗，幾天不見，換上一套西裝了。」

大狗把帽子取了下來，在手裡晃了兩晃，笑道：「你瞧我不起，我闊不了嗎？我這還是上海買來的呢！」

徐亦進道：「以後你這樣荒唐，我就不問你老娘的事了。你怎麼兩天不回家，也不向我們鄰居打個招呼？」

大狗道：「我實在來不及打招呼了，為了對不住你二哥，所以我特意到這裡來賠罪，你說願意到哪家館子去吃都可以，兄弟作個小東。」說著，在腰包上拍了一下。

徐亦進本已把籮擔挑在肩上，開著步子走了幾步，卻又把籮擔放了下來，站住了腳，向大狗望著道：「你實說，又在哪裡做了……」

大狗搶上前一步，伸手捂住了徐亦進的嘴，輕聲道：「這是什麼地方？二哥你亂說。」

徐亦進道：「我知道你拿的是什麼錢，吃你的。老實說，你再要不好好做生意，我要和你絕交了。」說著，一陣風似的挑著擔子走了。

大狗倒不怪他，望了他的去路，笑著搖了搖頭道：「我這位徐二哥，倒是一位老道學。」說畢，戴上帽子，緩步走出了夫子廟。

忽聽到身後有人笑道：「呵！這個賣草藥的郎中也穿上西服了。」

大狗回頭看時，是兩個女孩子站在電燈桿下，向自己指手劃腳。

大狗笑道：「我是賣草藥的郎中嗎？」

一個女孩子道：「怎麼不認得你，你到阿金家裡去診過病的，你診得好病，把人都診死了！」

大狗道：「什麼？阿金的娘死了，是我去的那一天死的嗎？」

女孩子道：「是今天早上死的，還沒有收屍呢！」

大狗道：「為什麼還沒有收屍呢？」

女孩子道：「沒得錢買棺材。」

大狗聽到這裡，也不用更聽第二句，便放開了腳步，直奔阿金家來。

走到她所住的那進屋子裡，還看不到這裡有喪事的樣子，心裡想著，小孩子信口胡說的話，也不可全信，得先向屋子裡打個招呼，於是在天井裡就站住了腳，向屋子裡問道：「阿金姐在家嗎？」

只聽到一聲哽咽著的嗓音由窗子裡透出：「哪……哪……一個？」

大狗道：「我姓王，來看看老太來了。」說著話向那屋子門邊走，這就嗅到一陣紙錢灰的煙燒味，隔了門簾子，彷彿看到竹床頭邊放了一盞油燈，正在心裡打著主意，門簾子一掀，阿金出來了，她說了聲「是恩人又來了」，便哽咽著道：「恩人！你來得正好，再救我……」說時，對著大狗磕下頭去。

大狗攙扶她時，見她頭上紮了一塊白包頭，心知小孩子的話是對了，便道：「老太太怎麼了？」

阿金靠了門站定，哇的一聲哭著。哽咽道：「老人家過……過去了，怎怎……怎麼辦呢？」說著，又向大狗磕下頭去。

大狗道：「有話你只管從從容容地說，我也是聽到一點消息，特意趕了來的，我又怕消息靠不住，不敢一進門就問。」

阿金站起來，把堂屋裡的方凳子推過來，請大狗坐下，一面道：「老人家是早上就過去了的，也有幾位熱心的鄰居，看到我可憐，計議了一次，替我想法子，要籌幾十塊錢來買衣衾棺木，一直到現在還沒有著落。」說話時，也有幾位鄰居圍攏了來，看到大狗穿了一身西服，且不問他樣子好歹，料著是阿金的恩客，都說看在阿金分上，多多幫點忙吧。

大狗道：「但不知還差多少錢？」

阿金坐在房門檻上，掀了一片衣襟，擦著眼淚道：「差多少錢呢？一個錢也沒有預備好呀！」

大狗偏著頭想了一想，站起來向大家拱拱手道：「各位在當面，我也不是什麼有錢的人，阿金姐也知道，不過我要不打算出點力，我也不會趕著來。」

大家齊說了一聲：「是啊！」大狗道：「總算這過去的老太還有點福氣。我在前兩天做了一筆生意，掙了一筆錢。阿金姐，我也不管你要花多少錢，差多少錢，我幫你一百塊錢吧！」

他說這話時，圍著的鄰居哄然一聲相應著，有個年老點的鄰居便道：「阿金姐，你還不快點兒磕頭，那太好了！」

阿金果然趴在地上，大狗不等她磕下頭去，兩手用力扯住阿金的手，因道：「阿金姐，你應當知道一點我為人，我並不是家藏百萬的大財主，做什麼好事，我也不是為你……」

阿金已是被他扯起來了，他也不再說為了阿金什麼，就伸手到懷裡去掏出幾個小報紙包來，包上寫著有歪倒不成樣子的字，或寫著一百元，或寫著五十元，或寫著十元二十元，挑了一個寫一百元的紙包，放到阿金手上，其餘的依然揣起來，因道：「你點點數目，看是對也不對？」

阿金還不曾答覆，鄰居們都覺著大狗的行為奇怪，都說：「就當著這位先生的面，大家見見數目吧，人家有肉，不能放在飯碗底下吃。」

阿金隨著將報紙包兒透開，大家眼睜睜地望著，正是五元一張的中國銀行鈔票，共二十張，大家又哄然一聲，那個年老的鄰居，還只管說：「難得難得，這年月哪裡去找這樣雪裡送炭的人。」

大狗且不理眾人，向阿金道：「我也不進屋子去了，就在房門外頭給老太送行吧！」說著，隔了門簾子磕下頭去。

他穿了那不大稱身的西服，兩隻手全伸出袖口外來得長，叉著十指，按住地面，將頭一下一下地向前鑽。鄰居們看著，都覺這個穿西服的慈善家，太有點不登品。阿金在一邊回禮，倒沒理會鄰居在互相丟眼色。

大狗磕了頭，站起身來，又同鄰居們拱拱拳頭道：「這位阿金姐，雖然是個生意人，可憐她只因為娘老了，手裡窮，不得不走那條路，倒底是個孝女！她人手少，還望大家和她出一點力，我還有點私事要辦，不能幫忙。」說著，就向天井裡走。

阿金跟著送出來，叫道：「王大哥，你慢走，你府上住在哪裡？改天，我也好登門叩謝你的大恩。」

大狗道：「府上，我哪裡有什麼府上？叩謝的話，你根本不要提。」越說越向前走。

阿金站在天井裡，手裡捏了錢，倒站著有點發呆，手裡把握著的鈔票又緊緊地捏了兩下，心裡想著，這不要在做夢。

鄰居們也都圍上來，那個老鄰居道：「好了，現在你有錢了，可以去辦事了，還發什麼呆？」

阿金將手上握著的鈔票，又托著看了一看，因道：「不瞞你說，我卻疑心這是做夢！」

老鄰居道：「照說，在客人裡頭，找這樣好的人自然難得，但也不是簡直沒有。我想他有點兒轉你的念頭吧？」

阿金道：「我也不怕害羞的話，我這樣擺路攤子做零碎買賣的人，哪裡還去找恩客，而且這位王老闆，連笑話也沒有和我說過一聲，他轉我什麼念頭？是一天下雨的晚上，他在路上看到我，問我為什麼這樣夜深還淋著雨找人？我說娘病了，沒得錢吃藥。他問明了我住在哪裡，說給我薦一位醫生來。第二天醫生來了，就是他自己。並不是看病，暗下送了我三十塊錢。我也是這樣想著，他不能白給我錢，約他晚上在旅館裡會，他倒重重地說了我幾句。今天是第三次會面罷了。」

老鄰居兩手一拍道：「這怪了，他為什麼要一次二次地幫你忙？」

阿金道：「據說，他自己也是個賣本事養娘的人，他最贊成人家孝順父母。」

阿金在天井裡一說，被王大狗這一件豪舉所驚動了的鄰居，站了一天井的人，都更加詫異。

其中一位八字鬍鬚的，只是手摸了嘴巴，帶一點微笑，有人便道：「是呵，請我們這位賽諸葛先生看看他的相吧，他是一種什麼人呢？」

賽諸葛笑道：「我雖沒有仔細看到他的相貌，可是就單看他的舉止動靜，我也看出來了，他自己沒有什麼大前程，不過在交通或財政部當一名小公務員，但是他的祖輩積過大德，掙下幾十萬家財，誰要得了他的歡心，漫說百十塊錢，就是一萬八千，他都可以幫忙的。」

又有人接嘴了，那也不見得。賽諸葛道：「我擺了二十年的命相攤子，總可說一聲經驗豐富；若是不靈，請下了我的招牌。」

大家聽著，又圍攏了要問所以然。賽諸葛笑道：「諸位若把他找來，讓我細細和他看看，我再給各位報告，現在我要去做生意了。」說畢，轉身出了天井去了。

阿金聽了賽諸葛的話，雖覺得全不是那回事，可是自己急於料理母親的喪事，也沒有工夫去辯白這些話，一忙前後三天，把母親的棺柩送了出去，第四天早上，自己呆坐在屋子裡想著：現在沒有老娘，不必去做那以前的事了；可是不做那事，自己又找一樁什麼事情來安身度命呢？心裡感到煩惱的時候，又流下淚來。

門外邊有人叫了一聲阿金姐，來得很急促，似乎是有什麼事要商量似的，便掀著門簾子迎出來，卻看賽諸葛兩手捧了旱煙袋，滿臉帶著奇怪的笑意。阿金還不曾開口問話，賽諸葛回頭看了看身後，將旱煙袋嘴子指點著阿金道：「奇事怪事！我不能不來問你一聲了！」

阿金扶了門框，呆望了他問道：「有什麼要緊的事嗎？」

賽諸葛道：「那個助你款子的人，你究竟和他有交情沒有？」

阿金道：「以前我對各位鄰居說的都是實話，一向不認識他的，難道你先生聽到什麼不好的話嗎？」

賽諸葛道：「並不是聽到，我還親眼得見呢！不信這個人，他竟一個字不識，今天上午，他到我算命攤子上去，要我代他寫一封信。」

阿金道：「哦，他和你是朋友。」

賽諸葛道：「我攤子上，本來有代人寫信一項，只要出兩角錢，什麼人也可找我寫信，何必朋友。他到我攤子上來，並不認得我；但是他那天穿了西服磕頭，那一副形象，一輩子我也忘不了。我一見他，就認出是助你款子那個人了。」

阿金道：「他要你寫什麼信？」

賽諸葛道：「信是我寫的，我記得，我照了他的意思寫著，我念給你聽：『小春三小姐慧鑒，客套不敘，啟者：前日至府，借得鑽石戒指一枚，皮包一只，謝謝！戒指在上海押得洋六百元，款已代作各項善舉，今將當票奉還，請為查收，並候秋福！鄙人金不換頓首。』」

阿金道：「這也沒有什麼奇怪呀！他有那個大情面，就可以和人借東西。」

賽諸葛笑著，連搖了兩下頭道：「不！這裡大有文章呢：第一，他寫信寄交的這個人，是鼎鼎大名的歌女唐小春，日前報上登著，她丟了一只鑽石戒指；第二，你說那人姓王，信上卻變了姓名叫金不換，顯然有弊；第三，這當票為什麼不自己親手交還，要寫信寄去呢？我看那人賊頭賊腦，定不是個好東西。阿金！你可不要受了這一百塊錢的累。」

阿金想到王大狗自己過去所說的話有些藏頭露尾，現在把賽諸葛的話仔細地想上一想，倒呆了很久，答不出所以然來。

賽諸葛道：「我們既是鄰居，我遇到了這事，不能不告訴你。」

阿金道：「多謝你的好意。不過不一定是幫助我的那個人，也許是你看錯了？」

賽諸葛道：「看錯了，看錯了就挖我的眼睛！」

阿金道：「不管怎麼樣吧，我的娘死了，屍首收不起來，不是人家救我一把，到如今也許還沒有收殮起來呢！漫說那位王先生不是壞人，就算是壞人，做錯了事，我也願意受這分贓的罪。我看你的話，就自己打了自己的嘴巴，你不說你擺了幾十年的算命攤子，看出人家家財有幾十萬嗎？又看出他是財政部交通部一個小公務員嗎？你沒有得著人家的錢，紅口白牙齒亂罵人，說人家是個賊，賊也不要緊，我是個當野雞的，交這麼一個朋友，還玷辱了我嗎？你無事生非，把這話來告訴老娘做什麼？人家幫我娘的棺材錢，還剩下十塊八塊，我有我的用處，也不能白送給你，你把這些話來嚇我做什麼，想敲我的竹槓嗎？」

她說了這一連串的話，可把臉子板起來了。

賽諸葛被她這一陣說著，站著不是，走開也不是，呆了臉向阿金望著，總有兩三分鐘，才冷笑道：「好一張利口，我好意倒成了惡意。」

阿金道：「當婊子賣身的人，不會有什麼好話，你想想你自己，又是什麼好人。」

賽諸葛把臉皮氣白了，拱拱手道：「領教，領教。」說著，一扭身跑了，可是他這一扭身，可會平安無事嗎！

八　自首

天下盡多為別人的事，惹上自己一身麻煩的人；也有惹上了麻煩，再出來一個多事的，使這圈子，就慢慢地兜得大了。王大狗和賽諸葛就在這個情形中。

阿金哪裡會想到這些，倒覺得罵了賽諸葛一陣，落個痛快。事後和鄰居談起，還囉囉嗦嗦數著賽諸葛的不是。

那鄰居站在天井裡，隔了窗戶向裡面叫道：「阿金，你少說兩句吧，我看這件事，會鬧出風潮來。」

阿金由窗格子上伸出臉來道：「鬧出什麼風潮來，會把我解到公安局去，打我二百手心？」

老鄰居道：「雖不打你二百手心，少不得有警察找你來問話。」

阿金道：「那我等了他，一個當野雞的，還怕什麼丟臉不成？」說著，兩隻巴掌高抬起來拍著，拍了兩下重響，那老鄰居搖搖頭，伸著舌頭走了。

阿金說了這話，自然是不掛在心上。

過了一天，是上午九點鐘的時候，有人在天井裡叫了一聲：「阿金在家嗎？」

阿金伸了頭看時，見一個人穿了一身青灰湖縐短襖褲，挺了一只大肚囊，頭上盆式的呢帽子，歪了向後戴，露出他一張南瓜臉，左臉泡上長了一個黑痣，上面擁出一小撮長毛。

阿金認得他，這是夫子廟有名的角兒趙胖子。他後頭跟著一個長臉麻子，穿了一件青綢長夾襖，袖口上捲出兩小截裡面白綢衫袖口，不戴帽子，那個人也是一位夫子廟知名之輩劉麻子，於是答應了一聲道：「在家裡呢，兩位大老闆，請到屋子裡坐。」

劉趙二人隨了話進來，一進門，先打量她的屋子，見一副床鋪板，搭了一張小鋪，上面亂放了兩條破被褥，橫靠牆放了一張空竹床，另配兩只破方凳，靠窗戶放了一張兩屜桌，煤油燈，煙捲筒子，雪花膏瓶，梳頭油盒亂堆著。另外一面尺大的鏡子，卻把毛繩子捆住了破鏡架，床頭邊雖堆了兩只破舊的黑木箱子，連搭環也沒有。不用說了，顯著那箱子裡不會有什麼值錢東西。倒是報紙糊的牆壁上，有兩件整齊的衣服，掛在月分牌美女畫邊釘子上。

阿金用手抹了兩抹方凳子，笑道：「太陽照進房裡來了，請坐吧，兩位大老闆，有什麼事見教呢？」

趙胖子伸了兩條八字腿坐著，雙手提起了褲子腳，因笑問道：「難道你自己一點兒也不知道嗎？我們也知道，這並不是你幹的事，不過多少你應該知道一點路數？唐大嫂子也不願把這事弄到公安局去，只要你到她家去，把這個拿東西的人指正一下子。」

阿金聽了這話，心裡不免撲撲亂跳，可是她極力地把臉色鎮定著，靠了房門站定，交叉著十個指頭，把手放在腹部淡笑道：「趙老闆無頭無腦這一頓話，我倒有些摸不清緣故，什麼糖大嫂鹽大嫂的。」

劉麻子坐著一拍大腿道：「不用三彎九轉了，直說吧。你老太去世，沒錢收殮，我們知道有人幫了你一筆款子，這個人，有人打聽出來了，他就是偷了唐小春的鑽石戒指的人；這個人姓甚名誰，我們也知道，不過沒有人指證，我們還不能把他抓著；但是他也跑不了，若是這樣一點小事，我們也栽跟斗，不用在夫子廟吃飯了。」

阿金垂下上眼皮，想了一想，點著頭道：「劉老闆爽直，我也就爽直些。是的，有人幫助過我一筆喪費，唐大嫂就是唐小春的娘，從前秦淮河上有名的唐三寶吧？」

趙胖子瞪眼哼了一聲，劉麻子道：「誰和你說這些！」

阿金笑道：「我們是同行，她是我的老前輩，這話說不得嗎？」

趙胖子道：「你打算硬挺，是不是？趙胖子手裡沒有溜得了的黃鱔，你心裡明白些！憑了我和老劉這兩個大面子，會跑來碰你這野雞的釘子。」說著，他伸了手在桌上重重地一拍，站了起來，將肩膀一橫。

劉麻子卻瞪了眼望了她，個個麻子眼全漲紅了。

阿金動也不動，還是那樣站著，笑道：「趙老闆，你生什麼氣？三寶也是賣的，我也是賣的，哪個不知，誰人不曉！她現在是紅歌女的娘，就不許提了；不提就不提吧，誰叫我不在秦淮河賣，在四象橋拉客呢！我吃了老虎的大膽，也不敢駁你二位老闆面子，你不用生氣，拍痛了手，是自己吃虧，你就打我兩下，也打齷齪了你的手。」

劉麻子道：「我們不是和你鬥嘴巴來的，你說了這一大串的話，這事就算了嗎？」

阿金道：「不算啦！拼了一身剮，皇帝拉下馬，天大的事，有我承當。我和二位老闆去見三寶，把我送地方法院，那就很好，我正找不著飯票子呢！我知道，這不會犯槍斃的罪，我同你們一路去見三寶。」說著，左手取了桌上的鏡子，右手抽開抽斗，取一把牙梳，站著舉了鏡子，梳了一陣頭髮，仍把鏡子放在桌上，支了煤油燈靠好，打開雪花膏缸子，挖了一大塊雪花膏在手心裡，兩手一搓，彎了腰對鏡子撲著粉。

趙劉二人都瞪直了眼珠望她，她毫不介意，把身上短褂子脫了，露出上身雪也似的白肉，兩個碗大的乳峰，只管顫巍巍的抖動，她靠近了趙胖子站定。

趙胖子忍不住笑了，因道：「怎麼的，你真不在乎！」

阿金從從容容把牆上一件花綢夾衫取下來，穿在身上，板了臉道：「我在乎什麼？**窮人只知道饑寒，不知道廉恥**。你趙老闆中意，我立刻就賣給你，打個折頭，你給五塊錢，憑了劉老闆做中，不算事的，是龜孫子。」

趙胖子只是笑，沒說話。

劉麻子道：「滾吧，不要費話了。」

阿金道：「走走走，我們也不用帶。」說時，把兩手扣了衣紐，已經走到天井裡去。

趙劉二人一路跟了出來，趙胖子道：「你不用去了，你只說那人是誰？」

阿金道：「怎麼樣？我見不得三寶嗎？我在馬路上站著，什麼大人物也見過，並沒有灑上哪個一身臭水；鼓不打不響，事不見不明，我不見著三寶，我不能說，帶東西帶少了，帶話帶多了，回頭你們多帶上幾句話，我糊裡糊塗受了罪，還不知道罪犯何條呢！」

趙劉二人把進門那股子勁都消下去了，倒是望了她，不會動腳，阿金道：

「怎麼樣?你們不打算去了嗎?不去就不去，我還要做午飯吃呢!」

趙胖子軟了聲音道:「阿金姐，我和你商量商量，你見了唐大嫂子的面，說話客氣一點，行不行?只要你把話說得中肯，我保你無事。」

阿金道:「我本來無事，用不著二位老闆煩心。」

趙胖子把肉腮沉了下來道:「怎麼，好不識抬舉，你打聽打聽，夫子廟混了三十年，哪個刮過我趙胖子的鬍子?」

說話時，鄰居都圍攏了，把他們的談判聽了半天，都勸阿金不要拂了兩位老闆的面子，阿金這才道:「我不是不通人性的畜牲，只要別人給我面子，哪個人不是十月懷胎出世的。當野雞的人，命生得下賤，一樣懂得好歹。只要別人把我放得過去，我自然也放得過別人去。那麼，我們走吧。」

她說完了，又是在人前面走著。

趙胖子看到她太大方了，倒怕她逃走，出門就雇了三部人力車子，把阿金夾在中間坐著走。

到了唐大嫂門口，趙胖子請劉麻子會車錢，自己卻搶上前兩步，向主人報告去了。劉麻子知道這意思，故意在大門口延了一會子，然後把阿金帶了進去。

阿金走到最後一進的天井裡，就看到唐大嫂口裡銜了一支煙捲，含笑靠了堂屋門站著，老遠地還點了個頭，阿金路上憋了一肚子的苦悶，這時先解除了一半，也就跟著這意思，笑著點了點頭。

唐大嫂道：「對不起，對不起！他們二位把你小姐找來了。這件事和小姐你無干，不過有幾句話打聽罷了。」

阿金笑道：「唐家媽！你不要取笑，我們還配叫什麼小姐，你就叫我阿金吧。」說著，隨了這話，走進了堂屋。

唐大嫂讓她坐下，笑道：「這件事，我們已猜準了是王大狗子幹的了，為什麼我們還不拿他呢，因為他實在洗手兩三年了，我們也怕冤枉好人，所以不能不慎重一點；其實，我們有好多證據了：一來，有人見他穿了一身西裝；二來，看到他整塊錢舍叫花子；三來，他又幫助了你一筆款子。這還不算，還有一件事，是他自己露了馬腳，就是他向來有個脾氣，雖然把人家東西偷去了，他一定退還人家當票子，夫子廟的老人都知道他這一套的，只要你把他交出來，就沒有你的事。」

阿金聽她這樣一說，暗裡連叫了兩聲原來如此，呆了一呆，突然站起來，卻走向唐大嫂面前跪下，唐大嫂牽起她來道：「你不用害怕，這事我知道與你無干，大概王大狗幹什麼的，你現時才明白吧？」

阿金道：「不，我早知道他是幹什麼的了。」

唐大嫂道：「你知道那就很好，他現時在哪裡？」

阿金道：「不過這件事與他無干，是我幹的，大狗雖然在外面亂花錢，那是我分給他的，當票子呢，也是我受了他的勸，請他代我退回的。」

唐大嫂子又點了一支煙捲抽著，兩個指頭夾了煙捲放在嘴角上，斜了眼對阿金臉上望著，搖搖頭笑道：「這事是你幹的？你不要瞎說，這個行當，自古以來，我還沒聽到說有女人幹的。你真有這手段，不妨再來一回，你就把我的家搬空了，我都不怪你。」

阿金道：「是真的，這是我幹的，不然，我怎麼認得王大狗呢？這本領就是他傳授給我的。至於他本人，果然是唐家媽那句話，洗手兩三年了，你老人家不要冤枉好人。我做的事，我願承當，錢是花光了，不能還原，請你老人家叫警察來，就把我帶去押起來吧。」

唐大嫂道：「我知道，你是因為王大狗幫了你一個忙，你無法報他的恩，就來替他承當這一行罪；不過是百十來塊錢的事，犯不上這樣替人吃虧。」

阿金道：「不，實在是我做的。」

唐大嫂聽了她的話，一時倒沒了主意，坐在椅子上，只管抽煙捲。

趙胖子道：「大狗這東西狡猾不過，從昨晚上起，就躲起來了，四處派人找他，沒有一點蹤影；要不然，把他找了來，當面一問，不怕他不招。」

阿金道：「趙老闆，不是我說話冒昧，你這樣說，就透著多事了，你們破案，無非是要捉正犯。現在正犯已經有了，你們何必還要多攀好人呢？」

趙胖子微笑著，劉麻子正對了她臉子望著，很沉著地道：「你是好漢，你要做一點顏色我們看。」

阿金道：「我敢做什麼顏色給人看呢？不過我是憑了我良心說話，而且各有各的行規，我犯了罪，多拉一個人，也減輕不了我的罪。」

趙胖子望了唐大嫂道：「唐家媽，你看這件事，應當怎樣辦呢？」

唐大嫂吸著煙捲，一根接上一根地抽，默然了很久，最後她道：「東西是無法追回來的，當票子寄來了。東西當在上海是不會假的；至於錢呢，你看阿金這樣子，能逼她的命？只有找著王大狗，或者可以在他身上，掏出一些沒有花光的錢來。只是這傢伙躲得無影無蹤，哪裡去找他呢？」

趙胖子看看阿金，又向劉麻子丟丟眼色。劉麻子臉色一變，伸手將茶几一拍道：「你這個女人，好不識抬舉，我們對你說了許多真心話，都搖不動你的心，唐家媽對你真是另眼相看，你一點也不知道感謝，我們絕不為難王大狗，只要把他找了來，多少取回一點款子。你現時一個字不提，不是誠心讓我們為難嗎？你快說，他躲在哪裡？」

阿金默然了一會，向唐家媽道：「唐家媽，你老人家是神明的，我大凡有絲毫推讓的法子，我也不願自己挺了腰桿子來承當這一項罪。」

唐大嫂噴出一口煙來，淡笑道：「我沒想到在秦淮河混了二三十年，於今會在陰溝裡翻了船。」

劉麻子道：「那沒有話說，只好把她帶回局，我看這件事是私了不下的。」

唐大嫂並沒有作聲，趙胖子向阿金道：「你聽到沒有？也無怪劉老闆生氣，你自己要識相點。」

阿金道：「唐家媽待我好，兩位老闆待我好，我都知道；只是王大狗和我認識以來，只有他上我家來，他家住在哪裡，我真不知道。你們要我交人，逼死我也交不出來。」

正說到這句話，有人在天井外面搭腔道：「不用逼命，王大狗來了。」隨著這話，果然是他進來了，手裡拿了一圈麻索，向地面上一扔，摘下了頭上那頂瓦塊帽，在堂屋中間挺立地站著，對唐大嫂道：

「東西是我偷的，當票子是我寄來的，錢是我花的，和阿金一點不相干，直到現在，大概她還不曉得我叫王大狗吧？怕你府上繩子不方便，我自己帶來了，請你把我捆上吧。」

這不但唐大嫂對他呆望著，就是趙劉兩個人，也都望了他愕然。

王大狗道：「窮人的身上，錢是存留不住的，我把戒指當掉了，把錢揣在身上，見了窮人，就分他幾塊，一齊都花光了。雖然唐家媽丟了一點東西，可是我和你老人家也積德不少，我身上還有五十多塊錢沒有用完，請你老人家收回去。」

說著，在身上掏出一疊鈔票，放在茶几上，然後背了兩手在身後，向趙劉二人道：「請你二位把我綁上吧。」

趙胖子走向前，左右開弓，便給了王大狗兩個嘴巴，瞪了眼道：「你好大的膽，在太歲頭上動土！唐家媽在夫子廟幾十年，沒有對不起哪個，你……」說時，又抬起手來要打。

唐大嫂站起來，就伸直了手攔著道：「胖子，你先不要動手，我來問他兩句話。」於是走到他面前，對他周身上下看了一遍，因道：「看你這樣子，也不像是帶了什麼賊骨頭的人，年輕輕的，什麼事不能做，為什麼要做賊？」

大狗道：「你不用問，我偷了你小姐的東西，應該受罰，請你處罰我就是了。」

阿金道：「王老闆，有話說呀，為什麼放在肚子裡呢？唐家媽，你不要看他是個下賤人，他還是個孝子呢！就因為他有個生了病的老娘，他不能不找點醫藥費。」

唐大嫂道：「哦，你沒有錢養娘，但是南京城裡的人，有錢的也多得很，為什麼哪個你也不去找，單單地找著了我？」

大狗道：「你要問我這句話，我倒願意告訴你了。我因為看到你們三小姐和銀行經理一開口，就敲到了三百塊錢，錢來得是太容易了，這樣的財主，弄他兩文是不足為奇的。」

趙胖子道：「你這賊骨頭，還有一篇說法呢，一下收入三百塊錢就算多嗎？那一下子收入三四千，五六萬的，你怎樣不去偷他呢？」說著，又伸了手。

唐大嫂道：「你不用發急，等他把話說下去，你說。」說著，向王大狗把臉沉下來。

大狗道：「你不用生氣，聽我把話說完，那三百塊錢，你三小姐不是自用，是打算送給一個演文明戲的人的。我想，與其讓那個人撿三百塊便宜，何如我順手把它掏了過來，可是我在酒館裡直跟著你三小姐到咖啡館裡去，總沒有一個下手的機會，眼見三百塊錢一齊都交到了那個戲子手上了。」

唐大嫂臉色有點兒發紅，鼻子裡輕輕哼了兩聲，就站了起來，聽大狗向下說道：「你三小姐把錢交了他，也就走了，他可另打電話，找個女人說話，又叫了汽車上下關車站，我看他那意思，是要靠了這三百塊錢，帶一個女人到上海去開心，我也花了一塊多錢本錢，叫汽車搶先到車站上去等著，不想那個女人也是我的同志，等那戲子買票去了，她留下字條，把那三百塊錢拿走了，我白賠了本錢，有點不甘心。回到城裡，就在你府上動手。我想著，你們三小姐有那閒錢送那唱戲的，讓我拿點去，散給窮人用，到底有功德些。好在那些闊人，就肯在她身上花錢，漫說一只戒指，十只八只，她也有法子補起這個窟窿來的。」

唐大嫂道：「你說的這些話，句句是真？」

大狗道：「一句不真，我立刻七孔流血。」

唐大嫂身向椅子上一坐，把右手撐了頭，沉著臉道：「偷得好，把這死丫頭東西偷光了不算多。」說時，把腳連連在地面上頓著。

隨了這話，屋子裡卻窸窸窣窣地發出一種小小的哭聲，趙胖子和劉麻子聽到小春白送了三百塊錢，都不由得鼓起了兩隻眼睛，透著不開味*。

唐大嫂沉默了很久，將手托的頭點了點，因道：「這件事我看不會假，王大狗，你敢親自來出首，你總還有點人性。你把這件事詳詳細細地告訴我，我一高興，也許饒了你。」

大狗看看她的臉色，看到嚴重的情形已是減少多了，便也放和平了顏色，把當晚眼裡所看的情形，詳細說了一遍，說到陸影還是受了一個女人的騙，屋子那裡哭聲就變得更大，也更酸楚。

唐大嫂向劉麻子道：「你聽聽我們這多冤屈，我看這事不會假。這一程，小春這丫頭喪魂失魄，病不是病，愁不是愁，其中定有個緣故，還想不到是受了陸影這賊子的騙。」

王大狗笑道：「你老人家抬舉，我生不出這樣好的兒子來。」

大家聽了這話，先是莫名其妙，後來回想過來了，卻不由得一時同笑起來。

唐大嫂道：「是呵，大小姐整批的錢，三百五百亂花，買一個不怎麼高明的名譽，何不偷她一批出來，散濟散濟窮人。王大狗，你也有不是，你看了心裡不服，可以來告訴我，你真有急事，舍呢，我是不敢說，若是問我借個一百二百的，我自己沒有，轉借別人的，也要幫你一個忙，你為什麼偷我？你既有這個肩膀出來自首，早幹什麼去了。」

王大狗道：「**犯案的都願意自首，天下法院裡就沒有一個犯人了。**」

唐大嫂道：「那你為什麼這時候又來出首呢？」

大狗道：「我遇到阿金姐家裡的鄰居，說是為了我那筆款子，趙劉兩位老闆把她帶到唐家媽這裡來了，我想她除了知道我姓王之外，什麼也不明白，叫她來頂我這項罪，那太冤枉她了，所以我……」

唐大嫂搖搖手道：「不用說，你來的意思，我明白了，你愛她。」

大狗笑道：「照品格說，我沒有什麼不配愛她；不過我根本上不愛女人，也養不起女人，沒有女人，我還免不了伸伸手，有了女人，我就要永遠犯罪了。」

唐大嫂道：「那為什麼幫助她？」

大狗道：「因為她賤身養她娘，我和她表同情罷了。她實在寃枉，請你老人家把她放了吧，我應當犯什麼罪，我不辭。」說著，走到阿金面前，抱了拳頭，深深作了三個揖，因道：「我們總算在患難時候交了一個朋友，我坐了牢，我家裡還有一個老娘生著病，還沒好呢，請你照應一二。我本來有一個朋友可以奉托的，他曾勸我多次，叫我做好人，我這回犯了案，他一定和我斷絕來往的，恐怕他也不肯照顧我的老娘了。」

阿金先不答覆他，向唐大嫂道：「唐家媽，你老人家聽到了的，他還有個生病的老娘，怎能夠坐牢？他弄來的錢，我用的最多，天公地道，這牢應該我坐，請你放了他吧。」

大狗道：「你這是什麼話？男人犯罪，叫女人替我去坐牢。趙老闆不用多問了，把我捆上。」

趙胖子望了唐大嫂。也不好動手，唐大嫂撐了頭，生悶氣，反是閉了眼睛，一個字說不出來。

門簾子一掀，二春由屋子裡走出來，對大家看了看，向唐大嫂道：「這件事還追問什麼？越追問越臭，我的意思，把他們放了就算了，這姓王的身上剩五十塊錢，已經交出來了，你再逼他，他未必又交得出多少錢來，白讓他坐幾個月牢，對我們沒有什麼好處，而且……」

唐大嫂道：「好吧，讓他們走吧。」

王大狗道：「唐家媽，你這話是真？」

唐大嫂道：「我也犯不上同你們開玩笑，你們去吧，你們都有這分義氣，難道我就是個木頭人，一點不動心？」

趙胖子上前一步，牽著大狗的一隻手臂，因道：「小夥子識相點，難得唐家媽這樣恩典，你還不謝了她老人家嗎？」

阿金來得比大狗更機靈些，卻搶上前來，向唐大嫂跪著，因道：「你老人家這分恩典，永遠不會忘記。」

大狗看到，也就下了一跪，站起來還向二春作了一個揖，因道：「我王大狗雖然出身下賤，總也知道個好歹，請你向後看吧。」

唐大嫂道：「我也不望你們報我什麼恩什麼德，只要你們從今以後都做好人，也就不枉費我提拔你一番。」

攤子上轉。」

二春站在房門口，向大狗道：「現在事情過去了，我有一句事外的話問你，那個擺書攤子的徐亦進，你認識他嗎？我有兩次到夫子廟去，看到你在書攤子上轉。」

大狗道：「這是我把兄，我怎麼不認識他。」

只這一句話，把二春的臉色變得蒼白，瞪了眼道：「他……他……他和你是把兄弟，你信口胡說的吧？」

大狗道：「二小姐，你以為這事很奇怪吧？他們是一個有品性的人，會和我這種人拜把子，這裡是有一點緣故的：他在街上賣書，我在街上賣水果，我每天下市，總帶一點零碎食物回去，他問我家裡有幾個孩子，我說這是買給老娘吃的，他一高興就和我拜把子。」

趙胖子道：「你這話不假嗎？」

大狗道：「並不假，我也犯不上說假話。」

趙胖子向二春望了笑道：「不管他犯得犯不上，徐老闆和這種人拜把子，總有點尷尬。我上次要他上奇芳閣吃茶，並不是瞎來的吧，要是讓我盯著向下問，也許那天就破了案。」

二春紅了臉，沒有話說，兩滴眼淚已經在眼睛角上轉動著，差不多隨便一動，眼淚就下來了。

唐大嫂道：「把他兩人一放走，這件事就了了，七扯八拉，何必又牽涉到別個好人身上去。」

劉麻子道：「不過論起這件事來，徐二哥也是不該！他既然和大狗同住，大狗換了一身新，拿了洋錢當銅板花，他不能不知道，既知道，就應該給我們一點消息。」

唐大嫂道：「不管他知情不知情，這件事我不怪他，他和王大狗總是把兄弟，難道教他出首他把弟不成？只是小春這丫頭，做出這糊塗事來，他不來告訴我也罷了，不該在兩面傳書帶信陸影這賊子，讓我處處監督著，他已經沒有法子來勾引小春了。有了徐二哥這不懂事的人，給丫頭傳書帶信，這丫頭才能夠定了約會把錢送出去，這件事讓我大大不開味！大狗子你回去，也不必把這些話告訴徐二哥，誰教我養的女兒不好呢！我只說人家的好處，不記人家的壞處，彼此以後不提就是了。」

趙胖子道：「什麼提不提，以後就不必和這種人來往了，人心隔肚皮，好人歹人，不是周年半載看得出來的。大狗，你回去對徐亦進帶一個信，就說是趙胖子說的。他不夠朋友，這唐家的大門，以後請他不必拜訪了。」

大狗道：「趙老闆，讓我替他分辯一句，我做的這個案子，他實在不知道。」

趙胖子喝道：「滾你的蛋吧！這個地方有你和別個分辯的位分。」

趙胖子說著話，兩手可把腰叉住了，那夫子廟大老闆的架子隨著就端了出來。

唐大嫂皺了眉道：「說他幹什麼，讓他去碰第二個人的釘子。」

王大狗雖然替徐亦進抱一百二十分的委屈，無如自己就站在一個無理的地位上，哪裡還說得出口，又向趙、劉二人各一抱拳，說聲：「多謝兩位老闆抬愛。」向阿金丟了個眼色道：「我們走吧，不要踏齷齪了唐家媽的地。」

說著，他先在前面走，阿金當然是很快跟了出去，自幸脫了牢籠，可是只走到前面天井，就聽到唐大嫂大聲說：「這事就這樣算了嗎？又透著還有問題呢！」

九 生意經

那王大狗的職業不高明，五官的感覺可是比任何人要敏銳得多了，聽到這句「這事就算了嗎」的話，立刻回轉身來停了一停，

阿金道：「你不走還等什麼？」

大狗道：「我等什麼呢？你想，果然他們不肯罷休，我跑得了和尚跑不了廟，他能不到我家裡去找我嗎？你走吧，我進去再向唐家媽求個人情。」

阿金道：「這也好。要去我們就同去，不能讓你一個人背大石頭。」說著，兩個人回身同走進唐大嫂這進天井裡來。

那唐大嫂口銜了煙捲，滿臉怒容，兩手交叉放在胸前，還端坐在原來那把椅子上，看到他兩人進來，沉了臉問道：「你們還不肯罷休嗎？又進來幹什麼？」

大狗怔了一怔，沒有答出話來，阿金和軟了聲音道：「我們走到前面，還聽到唐家媽怒氣未息。」

二春站在一邊忍不住笑了，因道：「我們又不是三歲兩歲的小孩子，事情一說了了，當然就了了，還怪你們做什麼？我們說的是自己的事。」

大狗雖經她這樣說了，還是怔怔地站著。

唐大嫂皺著眉，將手連連揮了兩下道：「沒有你們的事，你們走你們的吧。」

大狗、阿金這才放心，再向唐大嫂道謝一遍，告辭出去。

二春站在一邊，默然了一會，低聲問道：「媽喝一碗茶嗎？」

唐大媽並沒有作聲，只微仰了頭，噴出一口煙來，二春將綠色玻璃杯子斟滿了一杯茶，兩手捧著，送到唐大嫂面前笑道：「媽你也不要生氣，好在我們對王大狗這案子已不追究，外面也沒有什麼人知道，小春雖然丟掉了三百塊錢，也不是自己掏了腰包。」

唐大嫂將玻璃杯子接過，重重在茶几上一放，因道：「你比她大好幾歲，怎麼也說出這種話來？不是我們自己掏腰包，這三百塊錢能白用人家的嗎？有這三百塊錢留在家裡，幹什麼不好，要這樣去送給那拆白黨*。」

二春道：「你老人家低聲一點，這前前後後都是人，讓人家聽到了，什麼意思。」說著，把眉毛皺了。

唐大嫂道：「你看，除了這三百塊錢不算，這戒指還要四五百塊錢去贖，裡打外敲，快近上千的洋錢，你看，關門坐在家裡，倒這樣大的楣，氣人不氣？好事不出門，惡事傳千里，這話傳出去了，我在夫子廟上還把什麼臉見人？再轉一個彎，傳到錢伯能耳朵裡去了，他不會依小春的。」

二春道：「他不依又怎麼樣？還能告小春一狀嗎？」

唐大嫂忍不住笑了，因道：「你真是孩子話，這筆款子是小春向人家借的，當然人家有權利和小春要錢，我們儘管厚了臉不還人家的錢，可禁不住人家說話，這賤人哪裡去了？剛才我還聽到她在屋子裡窸窸窣窣地哭呢，你去看看。」

二春走進房去了一會，復又出來，低聲道：「媽不要罵她了，她也很難為情的，現在和衣橫著躺在床上呢。她說她要自殺。」

唐大嫂鼻子裡哼了一聲，冷笑道：「她要尋死，死了倒是乾淨，以為我就靠著她嗎？我活到四十五歲，就沒有靠過哪個過日子，她把死嚇我嗎？我不……」

話只說到這裡，聽到裡面屋子很急遽的腳步響，接著咚的一聲，房門關上了。

唐大嫂隨了這一聲響，把話停住，偏了頭向屋裡聽著，總有五分鐘沒作聲；二春站在一邊，呆望了母親，唐大嫂回轉頭來，將腳輕輕地連在地面上頓了幾下，因道：「快點，快點，你推開門進去，看看她在做什麼？」說著，就把兩隻手來推著二春，二春雖然還是慢慢地移著步子，無奈唐大嫂是極力地推擁著，教她立腳不住。

二春一直被母親擁到了門邊，叮咚地碰著門響，唐大嫂輕輕地道：「你叫她開門，你叫她開門。」

二春只好依了娘的話，將手拍著門道：「小春，你就房裡做些什麼玩意？快快開門，我們這場笑話就夠人家說大半天了，還要鬧呢？」

唐大嫂大了聲音道：「隨她去，理她做什麼？她有那膽子，點一把火把這房子燒了，那算她潑辣到了頂。若是她要自殺，我很歡迎。」

口裡雖是這樣說著，兩隻手卻幫了二春敲門，正好趙胖子、劉麻子在旁邊廂房裡談心，被驚醒了跑了來，兩人看到情形緊張，各抬起一隻腿，只幾下把門踢開，同二春擁了進去。

正房裡沒有小春，轉到床後套房裡，見小春倒在一張小床上，兩手舉起來，將臉掩著，側了身子向牆。

二春走向前來，兩手推著她的身體道：「你這是怎麼？發了瘋了嗎？」

小春儘管讓她推動，並不作聲。

趙胖子俯了身子道：「三小姐，你是一個絕頂聰明的人，怎麼我們所不做的事，你都做起來了哩？」

小春總是兩隻手掩了眼睛和臉，給他一個不理會。

劉麻子道：「三小姐，你吃了什麼東西下去沒有？」

小春還是不作聲，趙胖子越發地把聲音放著和軟起來，不管小春看到不看到，他將肉泡眼連連家睞了幾下，彷彿那眼淚已到眼角，立刻就要滴了出來，因道：「不要說唐家媽記掛著你，我們這一班朋友，哪一個不受到三小姐的好處？三小姐有個好歹，我們這班人在夫子廟都不用混了。我們全都望三小姐身體康健，花了幾個錢，那算不了什麼事！」

小春實在聽不下去了，突然將身子一挺，坐了起來，瞪了眼道：「花了什麼錢？你知道嗎？我又不是七十八十的老婆婆，什麼身體康健不康健，要你這樣數說一頓。」她口裡說著，兩手把身後一只枕頭抓了起來。

二春兩手按住了枕頭，向她道：「喂，小春你看，你這脾氣鬧到什麼程度了？人家說好話勸勸你，這並無惡意，你何必這個樣子。」

小春板著臉道：「是我不好，大家都說我不好，我不好，我自己把我消滅了就是，你們又何必多我的事呢？我給你們丟臉，我自己認罪，沒有了我，你們也就不必丟臉了！」

趙胖子讓她這樣掃了面子，已經不好意思再多嘴，紅了臉站在一邊，兩隻手互相在兩隻手臂上搔癢，那一番尷尬情形，簡直用言語形容不出。

二春又不願太敷衍她了，只是皺了眉隨便說上幾句，小春側了身子躺著，索性嗚嗚咽咽痛哭。

劉麻子瞧不過去，只得迎上前向她道：「三小姐，你讓我劉麻子說兩句話，暫不要生氣。唐家媽是你親生娘，言語上說重了你兩句，也許是有的；但是她絕沒有一點壞意對你，就是你覺得她所說的不對的幾句話，也是為你好，你……」

小春將身一翻，兩腳連蹬了幾下，喝道：「囉嗦，我沒有工夫聽這些話。」

劉麻子笑道：「我就不說囉嗦話吧，不過最重要的一句話，我還是要問，三小姐，你有沒有吃什麼東西？」

小春道：「我這裡一關門，你們就像捉強盜一樣，踢門進來，我有工夫吃什麼東西嗎？有的是東西，我要吃，隨便什麼時候都可以吃。」

劉麻子笑道：「哦，沒有吃，那就很好，今天不必去應酬了，好好地休息一天吧。」

小春突然坐了起來，用手理著頭髮，板了臉向趙、劉二人道：「請你二位出去吧，我不會死，用不著你們在這裡看守。」

劉麻子不願跟了趙胖子再討沒趣，向他丟了一個眼色道：「我們上六朝居吃茶去吧。」

他口裡說著，人已走出了房門，見唐大嫂正對了房門坐著，瞪了兩眼，動也不動。劉麻子走出來，抱了兩手，拱著拳頭，同時又向她連搖了幾下手，表示不要緊。唐大嫂微笑著點了點頭。

趙胖子隨著出來，也點了點頭，唐大嫂這就大了聲音道：「要你們二位操心，唉！我們家的事，真是說不盡頭，我也看破了，沒有什麼混頭了，一剪子把頭髮剪了，我去出家去。」

劉麻子走到前面天井口上，回過頭來，抱了兩拳，連連拱了幾下，多話也不說，把那胖腦袋搖上幾搖。

唐大嫂把一聽香煙放在茶几邊，抽一根又抽一根，好幾回起了身走幾步，又坐了下去，可是她對了那門坐著守下去，並不移動。

後來二春走出來了，唐大嫂向她招了招手，把二春叫到面前，低聲問道：「她沒有吃什麼東西嗎？」

二春笑道：「你想想，她可會吃什麼東西呢？房子裡只有巧克力糖和雞蛋糕，這些東西，就是讓她吃一個飽，也不會壞事。」

唐大嫂望了她一眼沒作聲。二春低聲道：「論起花錢來呢，錢是她掙的，我們有什麼話說；不過陸影那個東西，對她就不忠實，根本是騙了她的錢，去交別個女人，為了小春自身打算，也不應當做這樣的事，羞恥羞恥她一下也好，她不大好意思出來，在屋子裡睡覺，你隨她去吧。過一會子，你又乖乖寶寶地去哄她，這就不好辦了。」

唐大嫂道：「你難道沒有一點骨肉之情，眼望了她死嗎？」

二春不說什麼了，悄悄地站了一會子，竟自走開。

唐大嫂一人自言自語道：「人要倒楣，鐵槓子撐了門，也擋不住。你看，不聲不響一千塊錢去了，錢呢是人賺的，去了也就算了，若是在人身上再弄出個什麼笑話，那還了得！我對於什麼人都是副好心，漫說是我肚子裡出來的兒女。」

她口裡說著，人就走進了房，見小春依然側了身子，橫躺在小床上，先嘆了一口氣，在旁邊椅子上坐著。

小春好像沒有知道母親進來了，躺在那裡動也不動。唐大嫂只是嘴角上銜了一支煙捲進來，那放在茶几上的煙聽子可沒有帶來，嘴上的煙吸完了，只好把吸成一截煙頭子扔在痰盂裡，又默然地坐了一會兒，實在忍不住了，便道：

「並不是我囉嗦，我比你知道的事情多一點，你不知道，我就要告訴你，現在你是秦淮河上第一等歌女了，你不抬舉你，別人可抬舉你，這不是我瞎吹，報上不是常常登著你的名字嗎？你若是做了什麼有體面的事，報上自然會跟你登出來；就是你做了失面子的事，報上也未必不登出來。」

小春這就開口了，重著聲音道：「你們還怕人不知道呢！又吵又鬧，還打算報公安局。」

唐大嫂道：「不是為你的緣故，連王大狗都沒有追究嗎？你這孩子，不體諒為娘一番苦心，還要尋死尋活，一個人只能死一回，還能死個七回八回不成？」說到這裡，就走過來，坐在小春的腳邊，接著道：「你看早上鬧到現在，我還沒有吃一點東西，你也沒有吃什麼，這不是自己和自己過不去嗎？起來吧，洗把臉，喝口茶，好吃午飯。」

小春不作聲，唐大嫂又把聲音放柔和了一倍道：「話呢，一說過，就算了，我都不介意了，你還要鬧什麼脾氣，好孩子，起來洗把臉。」說時，就伸手去拉小春的手，小春扭著身子道：「我不起來呀，我不吃呀。」

唐大嫂一手拖不起她來，就兩手抱了她的肩膀，將她扶起，口裡還道：「好寶寶，不要鬧了，不吃飯也應該起來洗個臉，下午兩點鐘，叫你姐姐陪你去看電影去。」

小春半推半就地讓母親扶著，還是坐在床沿上不動。唐大嫂又叫了幾聲好孩子，好寶寶，看看小春雖是不發言，卻也沒有什麼怒容，因道：「我叫王媽給你打洗臉水來，再不許鬧了。」於是叫著王媽自出去了。

王媽和二春同坐在堂屋裡，微笑著，沒有作聲，唐大嫂走到王媽面前低聲道：「你知道什麼，我們這一大家子，都靠了她一個人掙錢，她萬一有個好歹，大家都吃一個屁。快給她打水去，問她吃什麼不吃！」

王媽含著笑點點頭，自伺候三小姐去了。

二春坐在堂屋裡，很出了一會神，忽然想起一件事，立刻跑到自己屋子裡去，拿起桌上的鏡子，凝神地照了一照，對了鏡子裡的影子，微笑道：「假使你有嗓子，也能唱幾句，一樣也要受捧。」放下鏡子。將手撐了頭，斜靠桌子坐著，倒是發了呆了。

在這一上午的時間，二春都懶得作聲，也不願移動。不過唐大嫂對於兩位小姐，今天都特別慈愛，儘管二春什麼家事不問，她也不生氣。

吃午飯的時候，小春已是洗過臉，梳了頭髮，穿上了一件不帶絲毫皺紋的翠藍竹布長衫。雖然她沒有搽胭脂粉，但每次這樣穿著樸素妝束的時候，就是她白天要出去的表示；因為這樣，她更得許多人的羨慕，並不帶上一點歌女的樣子。

二春同桌吃飯，並不作聲。

小春吃了一碗飯，就放下筷子碗，問王媽：「今天的報呢？」王媽說是二小姐看過了。二春自低了頭吃飯，很不介意地答道：「報上沒有什麼消息，也沒有帶趣味的新聞。」

小春道：「我要看看廣告。」

二春道：「今天也不是星期日和星期六，哪有綢緞莊放盤的廣告呢。」

小春有點生氣了，扭轉身就向屋子裡走。

她扭轉身軀，扭得太快，把放在桌沿上的一雙白象牙筷子碰著落在地面上。唐大嫂對她後影望了一望，卻並不生氣，向王媽道：「三小姐要看電影廣告，你找了來給她看看啊。」接著，又低聲向二春道：「兩點鐘的時候，你陪她去看一場電影吧，她那心裡似乎還沒有坦然，陪著她混混就好了。」

二春放下了碗，拿著一調羹，只管向湯碗裡舀湯起來，彷彿忘記了和母親答話。

唐大嫂道：「我並不是要你陪她去玩，為娘的這番苦心，你要明白，為什麼不作聲？」

二春這才抬起頭來，低聲道：「我明白，你老人家讓我去做惡人，我能去不能去？就不明白了。比方說：在電影院裡遇到了陸影，我還是裝迷糊呢？我還是不許小春和他說話呢？」

唐大嫂道：「沒有那樣巧的事，不管怎樣，只要你跟著她在一處，她自然會規規矩矩的。」

二春還是默然地吃飯。飯後，卻打起精神來，撿了許多換洗衣服，放到天井裡洗衣盆內來洗，唐大嫂看她臉上並沒有一點笑容，也就沒說什麼。

到了兩點鐘，小春背了兩手，站在堂屋屋簷下看二春洗衣服，看了很久，因道：「二姐，你這衣服並不等著穿，交給王媽洗不好嗎？」

二春道：「反正沒事，洗乾淨了就晾上，也省得在屋子裡堆上許多齷齪衣服。」

小春道：「我請你件事，陪我出去看看電影，行不行？在家裡實在悶得厲害。」

二春道：「你又不是三歲兩歲的小孩子，一個人還怕出門嗎？」

小春道：「有你同我出去，娘就省了一番心。不然，她害怕我會給她大大地破一筆財，這就算請你去監督著我。」

二春沉了臉道：「你說這話做什麼？我今天只有和你說好話的，並沒有在娘面前生一點是非。」她兩手撐住盆裡水浸著的衣服，似乎是很用力的樣子。

小春道：「我知道你對我不壞，可是我所說的也是實話，你不陪著我，我就不能出去了，難道你願意我在家裡悶死嗎？」

二春道：「好好好，大家都要我出去，我就出去吧。」說著，她甩著兩隻濕淋淋的手，就到屋子裡去換了一件長衣服走出來。

小春只拿了一只手提包，就隨著二春身後出來。

這不但唐大嫂料定她們出去無事，就是小春自己，也只覺得在家裡怪悶的，不過出來消遣。可是到了電影院裡樓座上，站著找座位的時候，電燈光下，首先便見那對號特等座上，錢伯能坐在那裡，他正掉過頭來，有個找人的樣子。小春本待裝著迷糊，閃到一邊去，錢伯能卻已站起身來，抬著一隻手，連連地和她招著，看他滿臉是笑容，頗是高興。

小春一想到拿了人家三百塊錢。絕對無法還人家，就不能不拿一份面子去拘著他，於是輕輕地告訴了二春一聲，單獨地就迎向前去。

錢伯能笑道：「太巧了，我向來不看午場電影的，因為這片子好，怕下兩場擠，提前來看，不想你也來了，好極好極，一處坐。」

小春笑道：「不可以，我們買的是樓上普通座位。」

錢伯能笑道：「那算什麼呢，補票就是了。」說時，正有一個茶房，拿了對號票引客入座。錢伯能拿了一張五元鈔票，交到他手上，因道：「快去，給這位小姐補一張對號票，補在我們一處。」

小春道：「我還有個姐姐同來呢。」

在錢伯能鄰座椅子上，有人插嘴道：「那我們更歡迎，補兩張票就是了。」

小春見那人很冒失地插言，態度欠著莊重，就向那人看去，那是個黃面孔的粗矮胖子，穿了一件青西服，不怎麼稱身，更透著臃腫，嘴上養了一撮小鬍子，但依然遮蓋不了向外暴露的四顆牙齒。小春想著，這個人文不文，武不武，是什麼身分，怎麼錢伯能和他在一處？

正躊躇著呢，二春也走過來了，問道：「我們坐哪裡？」

錢伯能起身笑道：「這是二小姐吧？請一處坐，我已經補票去了。我來介紹介紹，喏，這是楊育權先生，不但是中國的大資本家，可以說是世界上的商業權威了。這是夫子廟鼎鼎大名的唐小春女士，這是她的令姐。」

那楊育權也站起來深深地點了點頭，笑道：「請坐請坐！」

小春更看清楚他一點了，一張上闊下削的長方臉，配著紅鼻子，麻黃眼睛，兩腮的肉一條條地橫列著，在他那兇暴外露的形狀上，對人又十分和氣，更覺得陰慘可怕。那西服料子的斜紋也條條直顯，好像代表著這人的性格。偏是他繫了一條奇異的領帶，白底印著紅圓點，這是不大常見的用品。小春向來膽小，就遠著他靠近了錢伯能，周旋了五分鐘。

茶房已將對號票補到，他笑道：「很湊巧，這邊兩個位子沒有賣出。」

錢伯能接著票向旁邊一讓，將他和楊育權之間空出兩張椅子來。小春一機靈，先靠了錢伯能坐下，讓著靠楊育權的那把椅子，等二春去坐。

楊育權似乎知道了小春的用意，微笑了一笑，向錢伯能道：「我們掉個位子坐，好不好？我有許多戲劇問題，要向唐小姐領教。」

錢伯能口裡說著好的，人已經走過來了。

楊育權在小春身邊坐下，又深深地點了個頭，笑道：「唐小姐，我認識你久了，我就知你是個和藹可親的人。」

小春雖然十分討厭他，為了錢伯能的介紹，不敢得罪他，因笑道：「將來還請楊先生多多捧場。」

他笑道：「捧場，那不成問題，**我生平都幹的是同人捧場的事情。**」

小春覺得他這話有點不倫不類，沒有接著向下說。好在這已到了放影片的時間，電燈分別熄滅，只有銀幕上的幻光了。

小春做出一個靜心領略電影的樣子，對鄰座的楊育權不去理會。可是不到十分鐘，那楊育權的身體緩緩地向這邊挨擠，有一股汗臭氣撲人，心裡連連說著討厭，也只有把身子微微地偏著。

可是這還不足，又只五分鐘的工夫，一隻粗糙而又燙熱的手掌伸到懷裡來，小春這一驚非小，立刻站了起來，楊育權膽子大，而態度卻十分自然，扯著小春的衣襟要她坐下，而且在這一扯之後，他那隻粗巴掌卻也隨著縮回去了。

小春因為他已把手收回去了，也就忍耐著坐下，可是只有十分鐘，那手又伸過來了，這回倒不摸胸，卻握住了小春五個手指頭。小春待要縮回，無如他握得很緊，輕輕地抽不開，這就扭轉了身子向二春，叫了一聲姐姐。

二春聽她這樣突然地叫了一聲，有些奇怪，也就很驚異地問道：「怎麼了？」

小春也說不出怎麼了，又默然地向下看著電影。

楊育權毫不介意，不握著她的手了，卻去捏著她的大腿，小春把他的手撥開，他反而把她的手尖握住。小春實在無可忍耐了，站起身來道：「姐姐，我肚子痛得厲害，我要回去了。」說著，起身便走。

二春曉得她對於楊育權有點不滿，可不知道在黑暗中她還受著壓迫，因道：「我陪你出去走走就是了，回家幹什麼。」說著，扶了小春一隻手臂，同路走出樓座來。

錢伯能在這公共娛樂場所，不能不守著嚴格的靜穆秩序，對於小春之走，只能說一聲忙什麼的，卻不好起身挽留。

小春出了樓座出場門，噓的一聲，忽然哭了起來。二春搶上前，扯著她的衣襟道：「你這是幹什麼？」

小春被她一提，站住了腳，索性嗚嗚咽咽的哭著。

二春道：「你不喜歡那個姓楊的，我們離開他就是了，這也犯不上哭。」

小春道：「你不曉得，他擰著我的大腿呢。這還不算，又伸手摸我的胸口。」

二春回頭看了一看，因道：「還好沒有人，這話讓人聽到了，更是笑話，回去吧。」說著，手拉了小春就跑。

自然，到了大門外，小春也就把眼淚擦乾了。

二春笑道：「你看，今天你是加倍的倒楣，指望出來消遣消遣，偏偏又遇著那個無聊的楊育權，我陪你到後湖公園去走走，好嗎？」

小春道：「真是那話，今天我是一個倒楣的日子，不要到後湖去又遇到什麼不如意的事，我們回去吧。」

二春看到她態度懶洋洋的，倒不勉強她，就陪了她一路回去。

進家的時候，唐大嫂見到小春撅了一張嘴，又嚇了一跳，等二春進房了，追進來問是什麼事，二春把小春所遇到的事告訴了她，唐大嫂道：「這也不值得自己哭起來，以後遇到這個人，遠遠地避開他就是了。那姓楊的既是錢經理的朋友，這話也應當同錢經理說明。」

二春笑道：「怪難為情的，看小春像遇到了一條蛇一樣，跑都來不及，你還要她在電影院裡宣布這種事呢！」

唐大嫂道：「我說的是以後遇到了錢經理，就應當說明呀。」

二春笑道：「你去和她自己說吧，大概她聽到錢伯能三個字，就有些頭痛呢。」

唐大嫂道：「這孩子不長進，我去勸勸她去。」

唐大嫂走到小春屋子裡去，見她兩手臂環伏在桌沿上，頭偏枕了手臂，斜坐在椅子上，笑道：「平常天不怕，地不怕，今天也碰到了對頭了吧？」

小春撅了嘴道：「人家心裡還難過，你還忍心笑人家呢！」

唐大嫂道：「我告訴你，**吃我們這一碗飯，受這種委屈的事就多著呢。**」

小春道：「這委屈我不能受。」說著，她把臉掉一個方向，將後腦勺對了母親。

唐大嫂道：「你受不了，難道從此以後就端端重重，像觀世音一樣，不許男人碰你一下嗎？」

小春道：「你沒有看到那個姓楊的那一臉橫肉，口裡露著吃人的牙齒，多麼怕人！」

唐大嫂默然坐了一會，然後把她自身入世以來的經驗學問，反覆地說了一遍，最後，她做了一個比喻，在秦淮河上的女人，不論好的、醜的，像掏糞的鄉下人一樣，有鼻子，有眼睛，誰不知道大糞是齷齪無比的東西，想到，忍住這口氣，把糞挑下鄉，倒進田裡去，就可以長出青鬱鬱的瓜呀，菜呀，糧食呀，那就不怕了。你不要看下流男人做出樣子難看，到了沒有人的時候，那些講禮貌有品行的君子做出來的事，還不是和下流男人一樣。秦淮河上的女人，認定了是掏糞的生意經，下流男人也好，正人君子也好，能夠出錢的，就和他談交情，下流女人對於男人所要求的，並不比正人君子加重一分一厘，既可和正人君子來往，為什麼怕下流男人呢？

這一篇大道理，小春雖是聽不入耳，可是找不出一個理由來駁她。只是偏了臉，將頭枕了手臂睡著，這卻有個第三者在堂屋裡插言答道：「唐家媽說的話，那全是真的。不是這麼著，我們這碗飯就吃不成了。」

小春抬起頭來看時，是母親的老前輩汪老太來了，她穿一件半舊的藍湖縐短夾襖，頭上梳了個小小的月亮髻兒，五十多歲的人，臉上還沒有一條皺紋，手裡捧了一隻水煙袋，慢慢走進房來。

小春對於她，向來是取著尊敬的態度的，立刻就站了起來，向汪老太點個頭，說聲請坐。

汪老太隨了唐大嫂進來坐著，呼了兩筒煙，笑道：「我住在前面屋子裡聽了大半天了，那意思我也多少懂一點。小春，你不要看我這一大把年紀，當年風花雪月，也經過一番花花世界的呀。年輕的時候，受了人家捧場，以為一輩子都是王嬙西施，只揀自己願意的去尋快活。到於今，還是住在秦淮河邊，混日子過，看看世上，人家滿堂兒女，有規有矩地過著日子，真是羨慕得很，但這是強求不得的呀。所以我勸年輕人，第一是不要把錢看得太容易了，能積攢，就早早積攢幾個，不趁這日子人家捧你的時候抓錢，江山五年一換，將來就沒有你的世界了；第二，是看定一個老成人，把終身大事安頓了。唐大嫂，這些事，你做娘的應當留意。阿彌陀佛，我不像別人一樣，眼前有個人，就恨不得替自己抓一輩子的錢，小春是你親生親養的，你當然不把養女看待她。我想，讓她再混五年，可以讓她替你找個好姑爺了。」

唐大嫂道：「哪要許多日子，有相當的人，一年二年，我都可以放她走。那時，我吃口長齋，什麼也不用操心了。」

汪老太身子向前湊著，將手上的紙煤指點了小春，笑道：「你聽到嗎？你又沒個三兄四弟的，你娘的後半輩子就靠了你，你不替她攢下幾個錢，她關門吃長齋這個心願，像我一樣，總是還不了的。**在秦淮河上的年輕女人，不必看相算命，只看我這面鏡子，就明白了。**」

小春很瞭解汪老太過著什麼晚年生活的，聽了這最後一句話，就讓她很受著感動了。

十 上流下流

哪一個在秦淮河流浪的女人，肯一輩子流浪下去？假如物質上有相當的滿足，誰都願意收帆靠岸的。唐小春雖然不滿二十歲，可是終日在這批同志裡面薰陶著，她已經有點顧慮到將來。汪老太一說到將她自己作鏡子，小春便想到這老太是三十年前秦淮河上四大金剛之一，只因不大愛惜金錢，到了晚年，手上沒有積蓄，離不開秦淮河。那麼，現在是掙錢第一，儲蓄第一，毫無疑問。她耳朵裡聽了這兩位老前輩的教訓，低了頭默然坐著，心裡就在回味那些秦淮河格言。

正這樣開著座談會，車夫已經送進幾張請客條子來，小春接過來一看，一個主人姓萬，一個主人姓金，想不出是誰。另有一個在請客帖上，署名「酒仙」兩個字的，知道這是一位大學教授，他有一班詩酒風流的同志，把他比著侯朝宗，把自己比著李香君，雖然那些人並不動手動腳和胡亂開玩笑，可是他們那股子酸氣逼人，也沒有什麼趣味，因之把三張字條全向茶几上放著，自己依然將一隻手撐了椅子靠，把頭斜托著，態度很是自然，不像有什麼動心的樣子。

唐大嫂把帖子接過來看看，問道：「全是些什麼人？」

小春道：「我只知道在老萬全請客的是一班教授，若有工夫的話，和那些書呆子混混，倒也有趣味。」

汪老太架了腿坐在椅子上，左手捧了一只水煙袋，斜靠在懷裡，右手拿了一根紙煤，送到嘴唇邊吹呼兩下，並不去燃煙，又吹熄了，向小春眉毛一揚，笑道：「你不要看錯了書呆子，待起人來，倒是實心實意。在我們年輕的時候，南京還三年有一次大考呢。那各處來趕考的秀才，窮的也有，富的也有，那些真有錢的少爺，還不是帶了整萬銀子到南京來花，秦淮河為了這班考相公，很要熱鬧一陣子。小春，你也不要看小了這種人啦。」

小春道：「我自然會去敷衍他們一陣子的，這些人在宴會上倒是規規矩矩的。」說時，車夫又送進兩張請客條子來，唐大嫂問道：「今天禮拜幾，現在還不過五點多鐘，怎麼就有這些條子要出？」

小春坐在她對面，突然把身子一扭，撅了嘴道：「你看我娘說話，什麼出條子不出條子。」

唐大嫂頓了一頓，笑道：「喲，這句話又冒犯你了，我們自己向臉上貼

金，說是茶客請我們吃飯，那不過是自騙自的話，客人也好，酒館裡也好，哪個不是說叫某人的條子，要圖乾淨，除非我們發了一筆洋財，遠走他方……」

小春手拍了椅子靠，突然站起來，接著又坐下去，紅了臉道：「**人家瞧不起我們，那是沒有法子，為什麼我們自己看不起自己**？當歌女也和平常賣藝的人差不多，**為什麼別種賣藝的，總是賣藝的，到了我們當歌女的，就變成了下流女人了嗎？**」

那汪老太看到她娘兒倆鬥嘴，且不忙插嘴，從從容容地吸了幾袋煙，然後噴出一口煙來，向小春微笑道：「三小姐，你根本錯了！**我們住在秦淮河邊的人，在人家眼裡看來，都是下流的**。你說你不下流，他還能夠反問你一句，有錢租房子，哪裡也可以住，為什麼要住在秦淮河。其實，我們也不必和人家計較什麼上流下流，你出門去，穿一身綢緞，坐著汽車，若要肯花幾個小錢，那麼，無論什麼人見著你都會叫小姐。要不，你穿一身粗布衣服，在街上走著，真有人叫你小姐，別個一定說那人有眼無珠認錯了人。**這個世界，只有轎子抬銀錢，哪有轎子抬廉恥**。說到最上流的人，好像就是做大官的，現在做大官的，我雖沒有什麼往返，可是早三十年前，我認得的大官就多了，平常他們穿得恭恭整整，好像閻羅殿上的閻君一樣，一點也不苟且，可是等到幾個夥伴在一處，談起巴結哪個闊老可以得實缺，弄到個實缺，可以發橫財，**他們和我們**

談生意經的時候，一模一樣，你說那種人是上流還是下流呢？」

小春道：「汪老太的話當然也是實情，但是我們自己也不應當來戳破紙老虎。做官的有個紙老虎，我們也有個紙老虎。」

唐大嫂很深地喲了一聲，笑道：「還說什麼呢？以後我不這樣說話就是了。小姐，你今天的應酬大概很忙，已經有五六處朋友請你吃飯了，你應該收拾收拾出去了。據一個做大官的人告訴我，他平日一天有三樣忙，就是吃飯忙，會客忙，開會忙。你現在也有了大官三忙中之一忙了。」說著，臉上帶了一種很輕鬆的笑容。

可是小春手托了頭坐著，微偏了臉，對著窗子外的天空出神。

唐大嫂笑道：「可以走了，老早的人家請客帖子就來了，你馬上去，也要有兩處趕不上。再要遲了，所有的這幾個地方請客全趕不上了。」說著，將兩手來抄著小春的手胳，小春咯咯地笑著，身子一扭，跑開來道：「格支得人家癢斯斯的。」

汪老太道：「你看你娘這樣著急，你就打扮打扮快出門吧。」

小春倒是很相信汪老太的話，對梳妝檯很快地修飾了一會，挑了一件鮮豔的衣服穿著，拿了手提包在手，汪老太吸著水煙袋，點點頭笑道：「細條個子，鵝蛋臉兒，穿上這嫩綠的絲絨長衣服，真像個畫上美人。這第一下到哪裡去呢？最好是到老萬全去應酬那班書呆子去，他們看到你這副情形，一定要做兩首詩讚美你。」

小春道：「我倒是先要到老萬全的。」她說了這話，車夫在天井裡插言道：「到老萬全吧，又來了一張條子了。」說著，人站在房門口，一隻手把那張請客帖子舉得老高的，笑道：「錢經理請客。」

小春道：「哦，你都認得他的筆跡了。」

車夫笑道：「我要有那個程度就好了，是送條子的那個茶房來說的。」

小春接過那請客條子看了一看，點著頭道：「果然是老錢寫的字呀，你看怎麼樣，我不去好嗎？」說著，扭轉身來，對著唐大嫂望著。

唐大嫂道：「前兩分鐘你還說到老萬全去的，怎麼錢經理到了那裡，你反而不去了？」

小春道：「我沒有告訴你嗎？他們同夥裡面有個姓楊的，不是個東西嗎？」

唐大嫂道：「不是東西又怎麼樣？當了酒席上面，許多人在座，他也沒有那種本領會把你吃了下去。」

小春把手提包放在茶几上，手按了茶几沿，鼓起了腮幫子，唐大嫂道：「你想呀，你在電影院裡，是擺出一副生氣的面孔走開了，現在人家請你吃飯，你又不是怕那姓楊的，倒是有意給姓錢的過不去了。」

小春道：「你問問姐姐看，那個姓楊的，真是讓人家不敢見面。」

唐大嫂昂著頭想了一想，因點著頭道：「也罷，我來親自出一趟馬，好在老萬全老闆都是熟人，泡一碗茶，我在前面櫃房裡坐著，萬一有什麼事發生，我立刻進去和你保鏢，你這也就不必再害怕了吧！」

小春道：「你真同我去嗎？」

唐大嫂一起身，就在她前面走著，連第二句話也不說，出了大門，唐大嫂索性坐了一乘人力車子，在她前面引路。

小春並不是不敷衍錢伯能，她還怕整卷的鈔票咬了手不成？現在有母親出來保鏢，料著姓楊的縱然在場，也不能做出在電影院裡那種動作來。

到了老萬全門口，早看到馬路兩邊，夾道放著漂亮的汽車，其中有幾塊號碼牌子，就認得是熟人所有的，那靠著酒館大門口所擺著的，便是錢伯能的車子，心裡也就想著，老錢也許是今天大請賓客，在盛大的宴會中，是無須懼怯什麼非禮行動的。這一轉念，就大著膽子向館子裡面去，先低聲問著茶房：「胡酒仙教授這批人散席了沒有？」

茶房說：「胡先生這一席快散了，錢經理的客還沒有來齊。」

小春見母親也在身後站著，和她丟了一個眼色，唐大嫂微點了一點頭，好像說是知道了。

小春向胡教授這邊房間裡走著，老遠就聽到一副粗糙的嗓子，在那裡吆喝著崑腔，唱詞是什麼，小春沒有懂得。可是這腔調，至少在酒席上聽了胡教授唱過十遍，乃是「魯智深醉打山門」。心裡自替自己寬解著，他們正在高興的當兒，雖然自己來晚了一點兒，諒著也不會見怪。因之掀開了門簾子，且不走向前去，就手撐了門簾，斜側了身子，向正中全席人微笑著。

這一席男女，共有十幾個人，是大批先生，和夫子廟上幾個歌女，夾坐在一處。小春這樣在門簾下一站，彷彿有一道祥光射到座上，那些先生不約而同地啊喲了一聲，全體男賓起身相應。

那位唱醉打山門的主人翁胡酒仙，把頭仰起來，手拍了桌沿，正吆喝得起勁，忽然大家一陣歡呼「李香君來了」，那主人翁也就挺著一個大肚囊站了起來，他那副南瓜式的臉上，笑瞇兩條蛾眉式的小眼，連連點著頭道：「三小姐，三小姐，請這邊坐。」

小春慢慢地走了過來，笑道：「要胡先生多等了，我今天身體有點不舒服，本來打算不出來的，可是胡先生請客，我又不能不到。」

那胡酒仙把著兩個拳頭，抵齊著鼻子尖一拱，笑道：「多謝多謝！」側坐一位有兜腮鬍子，穿著大袖藍布大衫的先生，拿了一柄尺多長的折扇，在半空中畫了圈圈道：「此所謂多愁多病身也歟！」

小春挨了胡酒仙坐下，他躬身問道：「對不住，我們菜吃殘了，三小姐要吃點什麼？」

小春道：「不必客氣，不要打斷了胡先生的佳奏，還是清唱吧。」

胡酒仙笑道：「我不過是個小丑，大家吃寡酒無味，我唱兩句，讓大家一笑，好多喝兩盅，三小姐一來，春風入座，四壁生輝，哪裡還用得著我來唱。」

小春見席上還坐有三位歌女，不願意一個人盡受恭維，笑道：「胡先生近來更會說話。」

胡酒仙且不向她回話，向左手一個長圓面孔的人道：「小春是非常聰明的一個孩子，不但唱得好，而且常識豐富，在秦淮河上思想前進的人，我覺得無出其右了。」

小春看那人，三十多歲年紀，頭上西式分髮，雖不搽油，卻也梳得清楚不亂。身穿一件淺灰嗶嘰夾袍子，沒有一點髒跡和皺紋。滿座人大鬧，他卻是斯斯文文地微笑著。他聽了胡酒仙的話，便向小春道：「唐小姐何不到北平去玩玩？關於戲劇方面，可以得到很多的參考。」

胡酒仙又插嘴道：「我來介紹，這位是名教授大音樂家周樂和先生，久在北平，對於戲劇界之熟識，是不用提了。三小姐今天認識認識，將來到北平去，周先生是可以多多幫忙的。」

小春向周樂和點頭道：「是的，很久就想去，無奈在秦淮河上賣藝的人，想離開秦淮河，就是一個很困難的問題。」

胡酒仙又一拍桌子道：「這話含有至理，而且感慨繫之，我為浮一大白，你喝橘子水陪我一杯，可以嗎？」說著，拿起旁邊茶几上的橘子水瓶，滿滿斟了一玻璃杯，放到小春面前，然後自斟了一杯花雕，端起來一飲而盡，便向著小春乾杯道：「橘子水你也怕喝嗎？」

小春笑道：「陪胡先生喝酒是可以的，不過像胡先生這樣說法，我就不敢喝，像我們這些小孩子，正要在老前輩面前領教，怎麼我們隨便說一句話，胡先生就這樣誇讚起來。」

周樂和微笑著點點頭道：「唐小姐果然說話得體。」

那兜腮鬍子又把折扇拿起來，在空中畫著圈圈道：「一個桃花扇裡人。」同席的男賓都笑著說這七個字有無限蒼涼的意味。那幾個歌女雖不知道他說的話是什麼用意，可是他那副做作倒是很滑稽，大家也都隨著笑了起來。

胡酒仙昂著頭，把那七個字念了幾遍，又搖撼了兩下，笑道：「這七個字很好，不可無詩，我來湊一首七絕吧。」便一面念著字句，一面作成解釋的樣子微笑道：「博得佳名號小春，六朝煙水記前因，當筵更觸興亡感，一個桃花扇裡人。」

他念到最後七個字，身子向後仰著，將右手微微拍了小春的肩膀。左手一個穿小袖藍綢長夾袍，鼻子下蓄了一撮小鬍子的人，點了頭道：「詩無可厚非，但第三句可以斟酌。」

胡酒仙道：「鐵石兄，你覺得當筵兩個字不好嗎？其實今日之事，我輩未必能及復社諸生耳！」

他雙手按了桌沿，把胖的腦袋和兩隻闊肩膀一同搖撼起來。

周樂和笑道：「今天什麼事，發動了胡兄的牢騷。」

小鬍子沉了臉道：「假使我們生在桃花扇時代，絕不是那樣做法。《桃花扇》裡面那幾位主角，舉動是太消極了，我輩讀聖賢書，所學何事，治平之世，是不必說了，就是危亂之際，萬不得已，也當學學文天祥陸秀夫。」

胡酒仙見他說得口水亂濺，紅了兩隻眼睛，這就拿起筷子來，對了盤子裡的菜連連點上幾下道：「且食蛤蜊。」

那小鬍子身邊，也坐了一位濃妝豔抹的歌女，笑道：「王鬍子今天有三分酒意了。」

鬍子道：「醉了，沒有這回事，回頭我們一路打彈子去，我不連贏你三盤，不能算事。」

那歌女笑道：「好像你說過以後永遠不打彈子了，我倒不敢約王先生。」

王鐵石笑道：「這孩子倒會撈我的後腿。」說著，向胡酒仙搖晃著頭道：「假如讓我做謝東山，儘管絲竹陶情，絕不是偏安江左的局面，明公以為如何？」

胡酒仙端起面前的酒杯來子道：「此夕只可談風月。」說到這裡，他故意把話扯開了去，向周樂和道：「周兄哪天起身到北平去？」

樂和道：「本打算這兩三天就要走的。」說著，腰桿子一挺，做成一個肅然起敬的樣子，接著道：「因為張先生約我談話，我總要等見過了張先生再走。」

胡酒仙聽到張先生這三個字，臉上也透出一番祭神如神在的樣子來，帶了笑容點著頭道：「是的，張先生對於我們教書的人非常客氣，他那樣一個站在最高峰上的人，一定驕傲得不得了，可是和我們見面的時候，謙和極了，也稱呼我們先生。」

那些歌女們雖不懂政治，可是聽到張先生三個字，都覺一字有千斤重，也就望了胡、周三位出神。

那小鬍子王鐵石在政治上是個極端失意的人，端起面前杯子來，向胡酒仙道：「老胡，乾一杯，這樣子，你不會做那短命顏回的侯公子，大有登廟堂的希望。」

胡酒仙笑道：「怎麼又提起《桃花扇》，短命不短命，我毫無成見，只是你說這話，未免唐突了小春。」

小春笑道：「我不敢高比《桃花扇》裡的人，可也不希望成了那麼一個故事。」

那兜腮鬍子將折扇在桌沿上連連拍著幾下道：「誠哉，斯言也！我們自己就應當檢舉我們自己的不對，何必老把《桃花扇》裡人來比眼前人物。」

王鐵石自乾了那杯酒，昂著頭，把一雙白眼望了天花板，長嘆一口氣道：「南朝士夫酣嬉，自古已然。」

這時，在一旁陪座的幾位歌女，對於他們的談話有點格格不入，坐著怪乏味的，就起身告辭。小春雖不喜歡這個調調兒，可是想到一離開這裡，就要到錢伯能那一個筵席上去，倒覺得挨一刻是一刻，因之坐在原地方並沒有動身。

兜腮鬍子道：「小春頗夠交情，並不走開，老胡應當再唱一段，以答雅意。」

胡酒仙道：「這醉打山門幾句老調，唱來唱去，有什麼意思？我是有名的胡醉打，要我改唱別一支，我是有板無眼，有腔無字。」

王鐵石笑道：「只要你唱，什麼有，什麼無，我們倒在所不問。你要知道大家所要聽的，就正為你的那有板無眼，有腔無字。」他說著，首先鼓掌，向在座的人丟著眼色，要大家附和，當然大家也就跟了他鼓起掌來。

胡酒仙被大家推舉著，就離開了座位，連走帶唱，唱了一段《嫁妹》。

他這一番唱作，不但全席人引得哄堂大笑，就是隔壁河廳裡的客人，隔了欄桿看到，也嗤嗤笑個不止。

原來這老萬全的房屋，背河面街，最後一排，便是三所河廳，胡酒仙這一席的河廳，比隔壁的河廳要突出來兩三尺，在那邊看這邊，正可以看一個仔細。小春覺得胡酒仙的舉動滑稽，也離開了座位，反過身來看著，她這麼一反轉身軀，恰好和那邊河廳看個對著，而那邊河廳上的人，有一大部分認得，錢伯能也在欄桿邊站著微笑，略略地點了幾次下頷，小春也微微笑著點了點頭，那意思就是說我知道了。

這樣，小春不好意思儘管在這裡趁熱鬧了，等胡酒仙唱完了，因起身道：「我要告辭了，晚上你們有什麼盛會，我再來趕一場熱鬧。」

胡酒仙指著周樂和道：「這位周先生，要在今天晚上去聽你的佳作，今天晚上你唱什麼？」

小春道：「今天晚上我唱《罵殿》，歡迎各位捧場。」說到「捧場」兩個字，她已點著頭，離開席次，向房門口走將過去了。這些人既未能拖住她，也就只好隨她。

小春出了這間房，就向隔壁河廳裡走去，一掀門簾子，老早就把全屋的人看了一個周，所幸可怕的楊育權並沒有在座，那倒暗暗地怪了自己一下，小心過度了。今天若是不來，豈不把錢伯能白得罪了嗎？因之特為表示親近起見，走到錢伯能面前，伸手和他握著，笑道：「今天在電影院裡很對不起！」

錢伯能握住她的手，同在沙發椅子上坐下，笑道：「過去的事，不要提它。」

袁久騰口角上銜了半截雪茄，走過來，擠著小春在沙發另一邊坐下，笑道：「你約伯能去看電影，不帶我們幾個。」

小春道：「你問問錢經理看，我們是無意中會到的。」說時，向屋子裡各客人看著，見王妙軒也來了，今天穿了一件墨綠色的細呢夾衫，灰嗶嘰平底鞋，花的襪子，對了屋角上一面穿衣鏡站著，只管用手去摸頭髮。

小春笑道：「今天你們這多人，大概有兩桌客，原班人馬之外，又加了一批客。只是那一回同席，穿著青嗶嘰短衣服的那個人，今天怎麼沒到？」

袁久騰不假思索，笑道：「今天這一會，我們沒有請他，你問的尚里仁吧？你對他很注意。」

小春道：「不是那話，我以為王妙軒都來了，你們這個班底不會缺少什麼角兒的。」

她說這話，聲音很低，不想偏偏讓王妙軒聽到了，他帶了笑容，緩步迎向前來，對小春笑道：「三小姐，你剛來。」

他故意操著一口純粹的北平話，小春笑著點了一點頭，王妙軒籠了兩隻袖子，向小春拱了拱，笑道：「昨天抽空聽了你一段《玉堂春》，真夠味。」

小春正想回覆他一句什麼話呢！忽然一個中年人向前一鑽，拉了錢伯能的手，很親近的樣子，操了一口杭州官話道：「今天又找到兩幅元畫，上面有很多名人題跋。」

錢伯能笑道：「我對這個是外行，回頭他來了，讓他自己看，他要是中意，我們再說。」

小春再看那人，穿件青湖縐夾袍，頭上戴頂瓜皮小帽，一臉生意經的樣子，卻彎了腰低聲道：「那軸米畫，至少也值三千元。還有那個仇十洲的卷子，真是人間妙物。」說到「妙物」兩個字，臉上帶了一分濃厚的笑意，接著道：「這種畫是他最喜歡的。這話又說回來了，只要有錢，誰又不喜歡這種玩意呢！」

王妙軒坐在最近，恰好聽到了他們的談話，將身子一扭道：「缺德，仇十洲的畫還有什麼好玩意兒。前幾天，久騰弄了一份假的仇十洲冊頁，我也瞧見了，那簡直兒不好意思正眼兒瞧。」說到這裡，他舉起兩隻袖子擋了臉，真做出不好意思的樣子來。

小春看了也忍不住笑。那個講書畫生意的，並不理會，繼續找著錢伯能向下說，錢伯能道：「我已經說了，他果然中意的話，我一定買了送他，價錢好辦。在場的人，玩古董字畫的多著呢，你開大了價錢，大家自然也有個評論。」

小春這就瞭解一些，彷彿今天所請的一位貴客，是個了不起的人，盛大招待之外，還要送他一分重禮，便笑問袁久騰道：「今天是哪位做主人？好像請的客是遠方來的。」

袁久騰笑道：「主人是我和伯能兩個人，客有遠的，也有近的，你不就來得很近嗎？」

「喂，妙人兒，你代約的小蘭芳、小硯秋兩人，來不來？」說著，望了王妙軒，他答道：「伯能已經派車子去接去了，不能不來，兩位財神爺的面子，她敢不抽空跑一趟嗎？不然，她們以後別想到南京來唱戲了。」

小春道：「什麼，還有兩位真內行參加這個盛會嗎？」

王妙軒笑道：「今天到的各種人物就多了，唐小姐，在這兒多坐一會子吧。」

小春一看這局面，果然是個盛會，河廳兩旁，兩張大圓桌，陳設著杯筷，每個座位前，都另有碟子，盛了一碟鮮花，這正是秦淮河上最豐盛的花席，必須請一個最尊敬的客，才如此鋪張。

隨時，秦淮河上最有名的歌女也都來了，雜座男賓中間，小春除了在家裡已接有幾張請客條子而外，自到老萬全而後，茶房又悄悄地送來三張條子，其中有一位姓黃的，還是花錢的茶客，事實上是不能不抽身去一趟的，因之拉著錢伯能的手，低聲道：「我看這樣子，入席還有一會子，我的意思，想先走一步，回頭……」

錢伯能不等她說完，搶著道：「走的話，你千萬休提，至於你因不走，有了什麼損失，都歸我來補償。」說時，將手拍了兩下胸口。

小春笑道：「言重言重！這裡男女來賓多得很，不在乎我一個。」

錢伯能笑道：「怎不在乎，在乎之至，別人可以走，像你這樣鼎鼎大名的人，走了一個，全場都要為之減色的。」

袁久騰道：「你不來，我們也要來接你，你既來了，我們怎能夠放你走？」

小春笑道：「你們到底請什麼貴客？這樣大事鋪張。」

袁久騰微笑著，沒有作聲。小春便又掉轉頭來問錢伯能，錢伯能笑道：

「這個人你也認識的。」

小春道：「我認識的？」

正待等著伯能答覆這句話，忽然全屋子裡一陣喧嘩，又進來兩位女賓，一個是旗衫革履，一個卻是穿男子衣服，淺綠旗袍，青絲絨背心，頭上也戴了一頂闊邊鵝絨盆式帽子，兩人全戴了一副墨晶眼鏡，把眼睛遮住，因為有人說了名字在先，小春看得出來，男裝的是小蘭芳，女裝的是小硯秋，兩位很有名的坤伶。

兩位主人迎上前去，連說勞步。王妙軒更是深深地打著躬，招待入座。

小春見妙軒那位知交歌女苗月卿也來了，她是在風塵多年的人，比較的有經驗，因借著喝茶為由，走到月卿附近所坐的茶几邊來，先打了一個招呼，然後低聲問道：「今天他們請什麼客？你知道嗎？」

月卿笑道：「銀行家做事，你有什麼看不出來的，不掙錢的事，他不能幹。今天這樣招待，一定是個大財東。」

小春見她的見解如此，也就願意看個究竟，**然而這大財東究竟是誰呢？**

十一　倒彩

在這大河廳上，大家周旋了有一小時之久，只看到兩三個茶房接連地跑進屋子來，報告督辦到了。小春這才明白，來的這位貴客是一位督辦，也就隨了全體賓主起身的時候，把眼光向前看去，卻見一個矮胖子，穿了一身不大合適的西服，踉蹌著由前面走了來。

小春未見之先，揣想著必是一個偉人人物，這時見到了這位貴賓真面目，既奇怪，又害怕，正是今天下午，在電影院裡遇到的那個楊育權。**在電光熄滅後他那種卑鄙無恥，在大庭廣眾中，那樣膽大妄為，實在是不值一顧的人，不想錢、袁兩人辦了這樣盛大的宴會，還請了許多人作陪，專請這麼一個小人**。心裡想著，早是脊梁上連發了幾陣冷汗。

那楊育權在大家眾星拱月的情形之下，擁到了河廳中間來，看是比任何人接待賓客還要客氣，他總是深深地鞠著九十度的躬，然後伸出手來和人家握著。

最後，錢、袁兩人引著歌女戲子一一和他見面，到了小春面前，楊育權也是深深地一鞠躬，笑道：「我已經認識了，鼎鼎大名的唐小姐，握握手，可以嗎？」他已經滿臉發出那虛偽的謙笑，將右手伸了出來。

小春雖有一萬分不願意，可是當了滿堂賓客，對於這主人翁最尊敬的上客，怎能夠拒絕他的要求，只好伸出手來，和他握了一握，趁著兩位主人周旋之際，趕快向旁邊一溜。

再看楊育權在一張沙發上坐著，把腿架了起來，口角上銜了大半截雪茄，還不曾點著，錢伯能立刻擦了一根火柴，迎上前去替他點著，袁久騰卻把柴正普的衣袖牽著，扯了過來，向楊育權笑道：「這位柴先生，是中國一位研究經濟學的權威，著作等身，社會上很注意他的作品，他對於楊先生久已仰慕得不得了，屢次托我介紹和楊先生見面。」

柴正普知道楊育權是一位行禮過分的人物，他也深深地對著他一鞠躬。假使楊育權鞠躬的角度是九十度的話，柴正普的角度至少是一百度開外。

楊育權站起身來，向柴正普握著手道：「幸會幸會。我也久仰柴先生的大名，今日見面，實非偶然，以後願與柴先生攜手合作。」

柴正普笑道：「還得多請楊先生指教。」他說著，又微微地彎了腰。

楊育權笑道：「我們一見如故，不必客氣。」他說到這裡掉轉身來，看到小蘭芳、小硯秋兩人坐在秦淮河邊的欄桿上靠著，便也笑著靠到欄桿邊來，因道：「這秦淮河多有名的一處名勝，卻是這樣一溝黑水。」說明，兩手肘挽回轉來，靠了欄桿上向前看著。

他口裡說著話，眼望著風景，好像是很無心的。可是他站著那個地方，卻是那樣湊巧，小蘭芳在左邊，小硯秋在右邊，恰好插在她兩人中間。這兩個演戲的人，當然也不在乎，依然還是在欄桿邊站著。

楊育權就偏過頭去向小蘭芳道：「你長得真漂亮呀！若是世界上真有這樣一個美男子，我做女人我都願意嫁你。」說著，引得全堂人都笑起來。

楊育權笑道：「一個人絕不能姓小，請問你真姓什麼？下次我要送張請帖來，也好怎樣稱呼。」

小蘭芳笑道：「隨便怎樣叫我都可以。」

楊育權笑著還沒有進一步問呢，王妙軒可就迎上前來了，他躬身笑道：「小蘭芳老闆姓王，小硯秋老闆姓易，容易的易。」

楊育權伸手就摸了小硯秋的肩膀道：「這樣說來，你是我的半邊，哦，我還想起了一個人，還有一位唐小春小姐，她這個小字雖不是三個字的名字上按著的，可是名字裡有個小字，卻是一樣，來來來，我來召集一個三小會議。」

他說了這話，全堂人不是笑，卻是鼓掌稱賀。

接著，就有人把小春擁到楊育權面前來，袁久騰隨在後面，笑道：「好，楊先生召集三小會議，我們非常的樂觀其成。但不知這會是怎樣的開法？」

楊育權反過來笑問道：「客都到齊了嗎？」

袁久騰道：「楊先生到了，客就算到齊了。」

楊育權道：「那我們就入座吧，我要請三小都坐在我身邊，可以嗎？」

錢伯能笑道：「三位小老闆，都是極為大方的，我代她們答應一句，可以可以。」

楊育權見小春站在面前，把臉漲紅了，他以為她臉皮子薄，在害羞，笑道：「我們是很熟的朋友，還受什麼拘束。」說著，拉了她一同入座，小春先不作聲，等他一同坐下了，放了手，立刻向旁邊一閃，閃到下方一張椅子上去，笑道：「我怎敢坐，上客多著呢！」

楊育權道：「我這地方，並不是上呀，靠了河廳西邊坐的。」

小春道：「楊先生坐在哪裡，主人翁就會把哪裡當著上的。」

楊育權因向小春道：「我問你一句話，唐小姐，你應不應當坐下？」

小春點頭笑道：「我當然應該坐下。」

楊育權這就向錢伯能丟了一個眼色，問道：「我坐的這個方向，是不是下方？」

錢伯能道：「是下方，應當請楊先生移一個座位。」

楊育權笑道：「唐小姐自己說了，應當坐下方，她應當坐的並沒有坐過來，你又何必管我移不移？」

這時要入座的人，都圍了桌子站定，都向小春道：「你說了你應當坐下，下方空著，你為什麼又不坐過去呢？」

小春知道上了當，紅著臉道：「這裡好，這裡好。」

楊育權拍了手邊下的空椅子道：「不管是上是下吧，照了夫子廟的規矩，老錢坐到這裡來，唐小姐坐哪裡呢？」他說著，再向旁邊過去的一張椅子上讓過去。

錢伯能看他的顏色透著有點不樂，立刻拉了小春過來，讓她挨著楊育權坐下，自己卻坐在小春的上手。

小春聽到楊育權談起夫子廟的規矩，是不把自己當客了，歌女出來陪酒，只有跟了茶客坐，這是無可推諉的，在面前還有許多歌女，自己不敢犯規，只好把自己的椅子向後退了一步，低了頭坐著。

小蘭芳和小硯秋早得了王妙軒的通知，楊育權是位了不起的人，千萬要敷衍一二，因之倒不必楊育權要求，已經在他下手坐著了。

袁久騰也在這桌陪客的，他斟過了酒，笑道：「這就是三小會議嗎？」

錢伯能笑道：「現在還會而未議呢。我先來一個議案，三小每人敬楊先生一杯。」

全席人鼓掌道：「通過通過。」

小蘭芳就把面前的酒杯舉了起來道：「我不會喝酒，恕不奉陪，楊先生請乾了這杯吧。」

楊育權毫不留難，站起身來，接過了酒杯，仰起脖子一飲而盡，因笑道：「王老闆，這杯酒，你先抿過了一口吧？」

小蘭芳道：「沒有沒有，喝殘了的酒，怎敢敬客呢！」

楊育權笑道：「你誤會了我的意思了，我剛才喝這杯酒下去，覺得酒裡面有一股香味，假使你沒有喝一口，那就是你手上的香味；再不然，就是我心理作用了。」

錢伯能笑道：「並非心理作用，實在是王老闆喝了一口。」

楊育權把酒杯交還給小蘭芳，連稱謝謝。然後對小硯秋笑道：「易老闆，來，我們是半個同宗，我援例要求一下，你非把酒先喝一口，再遞給我不可。」

小硯秋紅了臉道：「喝殘了的酒，怎好敬客？」

楊育權把兩隻手臂彎過來，撐在桌上，身子向前一伏，因笑道：「我就有這麼一個毛病，喜歡喝女人剩下來的殘酒，尤其是黃花幼女的殘酒，其味無窮。」他說時，把嘴唇上那撮小鬍子一掀一動，上下不已。

那位柴正普先生被擠到另一席上，不能接近楊育權，頗認為遺憾，現在聽到他這樣說著，立刻站起來笑問道：「楊先生這個嗜好，很是有趣，請問這有什麼名堂沒有？」

楊育權點點頭笑道：「有的有的，這叫隔杯傳吻。」

這樣一說，大家又鼓起掌來。

那小硯秋舉了一杯酒，已是站了起來，看到大家這樣起鬨，雖然是唱戲的出身，到底有些不好意思，紅了臉，又坐下去了。

楊育權笑道：「半位本家小姐，怎麼著，不賞臉嗎？」

小硯秋只好微低了頭，兩手舉著杯子，送到楊育權面前來，他看到那杯酒是滿滿地斟著的，因道：「這不像是易老闆喝過的。」說著，把酒杯送到鼻子尖上嗅了一嗅，因道：「雖然也有些香味，但不十分濃厚，分明這是手指頭上的香，而不是嘴唇上的香，假如易老闆看得起我這位半邊本家哥，應該當面抿上一口。」說著，他也站起來，將杯子交還到小硯秋手上去。

她心裡想著，把喝過了的酒送給別人去喝，本來算不了一回什麼事，可是大家這樣鄭而重之拿來當一回事做，這倒讓人不好意思真那樣做去。手裡接住那杯酒，想到楊育權公然宣布隔杯傳吻那四個字，把臉都紅破了。

楊育權更是不知進退，笑道：「若是易老闆不給面子，我也沒有法子，我只有罰我輕舉妄動，亂提要求，就站在這裡等著，幾時易老闆把酒喝一口，把杯子送過來，幾時我才坐下。」

小硯秋聽了這話，更是沒了主意。

王妙軒本在那席上的，看到這種僵局，他就趕著過來，站在小硯秋身邊，伸過頭來，手扯了她的衣襟，低聲道：「這有什麼了不得的事，你老是彆扭著。」說時，連連向她丟了兩次眼色。

小蘭芳也低聲道：「這算什麼，你就照辦吧！」說時，也連連扯了她兩下衣襟。

小硯秋見楊育權還挺直立在那上客的座位邊，料是強抗不過，只好低了頭，將酒杯送到鼻子尖上，嗅了一嗅，接著在嘴唇上碰了一碰，然後送到楊育權面前來，楊育權索性不伸手去接杯子，將脖子一伸，尖起嘴巴，就在她手上把酒一口吸了。吸完之後，嗓子眼裡，發出一聲很長的「嗳」字音，然後搖著頭笑道：「其味無窮。」這一個做作，又博了一個滿堂彩。

小春看到兩個人是這樣做了，料著自己難免，心裡也就想著：一個上客，受了人家主人翁盛大的招待，照說是應當擺出一點莊重樣子來的，不想他在眾人面前，卻是下流無聊到萬分；偏偏還有這些不知恥的陪客，跟著後面鼓掌。同時，她兩隻眼睛在滿席打量著，以便在裡面找一個逃避的機會。無如自己是緊緊挨了楊育權坐著的，隨便一動身，就會被他拖住的，因之還不曾輪到把盞，周身血管緊張，已是將臉通紅了。

錢伯能似乎已看出她為難的樣子，這就低了聲向她道：「這算什麼，平常我們在席上拼起酒來，還不是你的酒杯子交給我，我的酒杯子交給你。」

小春想著，趁機偷一個巧吧，把自己的酒杯子移到錢伯能面前，把錢伯能的大半杯酒立刻送到楊育權面前去，笑道：「乾脆，我把酒先送過來了。」

楊育權先看看面前的酒杯，然後又偏著頭望了小春的臉，微笑道：「這沒有假嗎？」

小春道：「有什麼假，錢經理可作證。」

楊育權端起酒杯子來，聞了一聞，笑道：「很香，不會假。」說時，端起杯子來抿了一口，又送到小春面前來，笑道：「假如你有誠意，請你把這杯酒喝下去，我只抿了一口，你是看到的，總不能算是髒，應請你喝上一口。」

小春笑道：「原是我敬先生的酒，這樣一來，豈不是楊先生敬我們的酒了。」

楊育權笑道：「我不願談這些枝節問題，假如你願意，就請喝我這杯交換酒，不願意……」

他說到這裡，微笑了一笑，在紫色的嘴唇裡露出兩排白牙。這一笑，除了不覺得可親，而且還覺得可怕。小春只好把頭來低著，不敢望了他。

錢伯能笑道：「敬酒敬肉無惡意，她為什麼不願意喝呢？她願意，她願意！」說著，端起了那杯酒，直送到小春嘴唇邊來。

小春急迫中，來不及細想，抬起右手臂來，在酒杯與嘴唇之間憑空地一攔，這一下子，來得冒失一點，恰好把錢伯能的手碰個正著，他沒有十分把握得住，酒杯讓手碰翻，落在桌子上，杯子裡那大半杯酒潑了個乾淨。

錢伯能嚇得把臉色都變成灰白了，連說：「這是怎麼回事，這是怎麼回事！」

小春實在也沒經意把那杯酒推翻，看到錢伯能臉上帶著既害怕又生氣的樣子，隨著變了顏色，便扶起杯子來道：「錢經理，對不起，我自己罰我自己，罰酒三杯吧。」錢伯能瞪了眼望著她，不能說出什麼話來。

可是楊育權卻首先發言了，微笑著將手擺了擺道：「不必客氣，半杯酒唐小姐都不肯賞臉喝下去，我們還敢望唐小姐喝三杯嗎？心領心領！」說著，兩手抱了拳頭一拱。

滿座的人看到小春受了這分譏諷，好像認為當法庭宣布了她的死刑一樣，全是呆板了面孔，對小春望著。

錢、袁兩位主人更透著難堪，面面相覷。

楊育權舉起自己面前一杯酒來笑道：「大家喝酒吧，用不著為了這件事介意。」說畢，就咕嘟一聲把酒喝了。大家見他如此，才放寬了心，袁久騰便推著一位歌女前來敬酒，故意嘻嘻哈哈地說笑著，把這事遮掩過去。

小春很冷落地坐在楊育權身邊，誰也不打個招呼，她心想這就很好，我可以脫身走開了，因輕輕咳嗽了兩聲，又牽牽衣襟，見錢伯能並沒有發出一種理會的樣子，只好站起來，輕輕地對錢伯能道：「對不起，我先走了。」還回頭向楊育權點了個頭道：「楊先生再見。」

楊育權笑道：「好的，今天晚上，我們臺下見。」

小春對於這句話，也沒有十分理會，自向外面走出來。

唐大嫂早是在門簾子外迎著的，便牽著小春的衣襟，將她引到外邊來，低著聲道：「這個姓楊的，就是你在電影院裡遇到的那個人嗎？」

小春道：「可不就是他？你看他所說的話，所做的樣子，像一個上等社會人嗎？」

唐大嫂道：「那倒不去管他，他下流是他沒有人格，礙不著我們什麼事，不過你今天脾氣太倔了，不留一點轉彎的餘地，恐怕他會和你為難的。」

小春道：「為什麼難，他到警察局裡告我一狀，不許我唱戲嗎？」

唐大嫂道：「果然是那樣辦，他算饒了你了。我在門簾子外張望了很久，又在汽車夫口裡打聽了一點消息，知道這個姓楊的，是個有來頭的人，憑他一句話，三教九流的角色總可以請動幾個。我就怕他自己不出面，會叫一批流氓來和我們搗亂。」

小春道：「夫子廟這地方，漫說有你這塊老招牌，就是我，多少也有點人緣。」

唐大嫂道：「我也是這樣想，可是不能不提防一二。」

說著話，小春抬起手錶來看看，才是九點鐘，去上臺的時間既遠，就還有兩處應酬，可以趕得上，便囑咐母親回去，自己就向不遠的一家酒館子裡去。

也是自己事先估計了一會子的，許多張條子裡面，要算這位主人翁交情厚些，已進了門，有一個熟茶房。先帶了一分厭煩的樣子迎著道：「三小姐，你這個時候才來，萬先生自己都快要走了，在七號呢。」

小春也不多說，直向七號屋子走去，果然是客都散了，主人翁和兩三客人拿了帽子在手，有要走的樣子。小春只得勉強陪了笑道：「萬先生，真對不住，今天我遇到一樁極不順心的事，把時間耽誤了。」

那萬先生向她看著，微微地笑道：「我也是這樣想，我們和唐小姐認識多年，不能這一點面子都沒有！三小姐吃點什麼不吃？」

小春道：「不必客氣了，改日我請各位喝咖啡吧。」那姓萬的說著話，腳可是向外移，小春隨在他們主客身後，也只好向外走著。到了門外，碰到廣東館子裡一個送條子的號外，老遠地就叫著道：「唐小姐，你還不去，人早都到齊了。」

小春打開手皮包來，取出條子來，看了一看，這廣東館子就有兩張條子，主人翁一個姓張，一個姓王，又是極一普通的姓，是哪二位熟識的人在這裡，一時卻想不起。

時間到了這晚，也沒有工夫去研究哪裡當去，哪裡不當去，正要走那廣東館子門口過，就順便進去看看吧。

好在一轉身，姓萬的已不見了，就直接向廣東館子來。向茶房一打聽，都在三層樓上，還只上到二層樓呢，便聽到三層樓上轟天震地的一陣嘻笑之聲，正是划拳喝酒高興的當兒。

小春想著，且不管兩張條子是哪一家主人翁在熱鬧，總算趕上了一家，於是先站在那熱鬧房間外，隔著門簾子張望了一下，見這席很有幾位眼熟的，料著其中那個姓張的便是請客的人，於是掀了門簾走進去，果然那位姓張的起身相迎道：「唐小姐來了，難得難得，總算給面子，沒有讓我碰釘子。」

了吧。」

另一客人道：「可是我們今天這酒令，不能因為唐小姐的難得來，就推翻

小春聽了這話，站著呆了一呆，姓張的笑道：「並沒有什麼難題目，不過入席的人，不問能喝不能喝，那要先喝酒三杯，然後才可以動筷子。」

小春雖覺得三杯酒並不是什麼難事，可是今天並沒有吃晚飯出門，而且跑來跑去，也透著煩膩，現在無故要喝三杯空肚子酒下去，這一定是容易醉的，因笑道：「我也不敢違犯諸位的酒令，只是我今天是帶病出門的，我請人代我喝三杯，可以嗎？」

姓張的拱拱手笑道：「真對不起，就是不能提這個代字。要不，授受兩方，加罰三杯。你是沒有聽到我們宣布酒令的，不知者不罰。」說時，早有兩個人迎上前來，一個執壺，一個捧了酒杯，直挺在面前站著。

其餘在席上的人，卻是鼓掌吶喊，像發了狂。

小春看這些人，都是二十上下的小夥子，把西服或長衫脫了，各捲了襯衫，或短衫的袖子，各露了大粗胳膊，上下晃動，喊叫的時候，把額頭上的青筋一根根地露著直冒出來。小春心裡估計了一下，大概都是不可理喻的一批英雄，便笑著點點頭道：「酒算我喝了，不過我上午喝的酒還沒有醒，這三杯酒喝了下去，一定會睡倒的，回頭有失儀地方，各位不要見怪。」

姓張的笑道：「不怪不怪，你喝了酒，什麼問題都好解決。」說到這裡，也不容小春再說第二句話，已是把斟好了的那杯酒兩手捧著，直送到小春嘴唇邊來。

小春笑道：「何必如此，我既答應了喝，還能夠跑掉嗎？」說著，於是接過酒杯子來喝了，自己還沒有放下杯子，第二杯酒就讓人遞到手上來了，這樣像灌酒漏子似的灌下去三杯酒，小春嗓子被嗆著，連連地咳嗽了幾聲，於是將手拍著胸脯道：「要醉要醉。」

主人翁端了一玻璃杯子橘子水過來，笑道：「坐下來喝杯水，好不好？」

小春將一隻手撐了桌沿，低了頭笑道：「這空心酒真喝不得，我已經有一點頭重腳輕了。」說著，她就不入席，向旁邊沙發椅子上一倒，頭枕了椅靠，仰面坐著，把眼睛微微地閉著。

在席上的人看到她這樣子，以為她在別處已帶了醉來的，就沒有繼續鬧她的酒。

小春有氣無力地坐著，總有十分鐘，然後手扶了牆壁站起來，向主人翁點著頭道：「對不起，我先走了。」就更不問主人翁意思如何，逕直就走出來，到了樓梯口上，心中一喜，算是又敷衍了一處應酬，這應當找一群熟朋友的宴會趕了去，多少好吃點東西。

正挺直了腰桿子要下樓，身後有人叫道：「小春哪裡去？」

小春回頭看時，一個人頭上戴了帽子，手上提了上身西服，解了領帶，捲了襯衫袖子，滿臉的酒暈，歪歪倒倒，走向前來，一手抓了小春的手，笑道：「對門六華春，我還有個約會，我先到那邊，就開了一張條子去請你。哦，在這邊也開了一張條子的，大概你還沒有去吧？」

小春看他雖然也是面熟的人，可是他姓什麼並不記得，因笑道：「你不要拉我，我也醉了。」

那人道：「好，我們一路去喝醒酒湯去，你一定要去。你不去，你是王八蛋，你這姓算沒有白姓。」

小春這又知道其中有位姓王的請客就是他，既遇著了，不能不去。跟著這醉鬼到了六華春，恰好全席是生人，正趕上端了飯菜，大家開始將雞湯泡飯吃，自己不便找什麼吃，只在席上喝了半杯菊花茶。少不得又坐了十分鐘，便出來了。

依著自己的意思，就想回到清唱社的後臺去，隨便去買些麵點吃，可是走出館子門，就見自己那輛包車點著雪亮的燈，停在路邊。

車夫微皺了眉道：「今天在老萬全耽誤的工夫太多了，有好多地方不能去。三小姐，我們還趕兩家吧。」

小春待要不去，心裡想著，歌女對付流氓，就靠著是自己的包車夫，包車夫幫歌女的忙，就為的是歌女出一處條子，可以得幾毛錢。今天晚上，他僅僅得四處錢，他不提起來也就算了，他現在已經是公開嫌少，不能不再到兩處應酬，肚子裡很餓，心裡又很氣，也沒說什麼，就坐上車子去。

車夫問：「到哪裡？」

小春道：「我也無所謂，找近的地方去吧。」

自然，到了這十點鐘附近，所有宴客的人都是酒醉飯飽，要散未散，小春連到兩處，都遇著主客要出門的時候，索性是連茶也沒有喝一杯，又在馬路上奔波，對車夫道：「你吃了晚飯沒有？」

車夫拉著車子跑，說是：「吃過了。」

小春冷笑道：「那麼，我也該找點東西吃了。跑這一晚上，但只看到別人油嘴油舌的。」

車夫聽了她的口音不對，也不敢再貪錢，就把她拉到了清唱社。

唐大嫂也是巡視了街道一周，在社門口站著，看到她來了，就迎上前道：「至少還有一點鐘，本應該你上臺，他們來了，就讓他們來了吧。」

小春一腔不高興，下了車子，徑直向裡走，聽到唐大嫂說他們來了，便又回轉身道：「他們是誰？」

唐大嫂笑道：「還不是那批書呆子，也許他們今晚上還要替你做一點面子，他們是誠心來捧場的。」

小春沉著臉道：「這種面子，我不稀罕，**人生為什麼，不就是為吃飯嗎？**自出得大門來，直到現在，我還沒有吃一點東西呢。」

唐大嫂道：「哦，哦，你還沒有吃東西，我哪裡曉得呢！好孩子，你到後臺去等著，我去……」

小春皺了眉道：「你不要和我弄這樣，弄那樣，我心裡慌得很，和我下碗素湯麵吃就是了。」

她囑咐完了，自到後臺去呆坐著，約莫有十分鐘工夫，卻見前臺管事，外號黃牛皮的，悄悄地走了進來，他抬起罩著灰布長衫的雙肩，在麻臉上現出一分不自然的微笑，向後臺幾位站在一處的歌女點了頭道：「各位老闆，今天出臺小心一點，有一大批捧場的在茶座上，看那樣子……」

小春雖坐在一邊，卻插嘴道：「你不要瞎扯淡了，那批茶客是大學堂裡的教授，人家都是斯文人，有什麼了不得，大驚小怪。」

黃牛皮走過來笑問道：「唐老闆認得他們嗎？」

小春道：「我怎麼不認得！今天晚上還在一處吃飯的。」

黃牛皮道：「你知道這為首一個人姓什麼？」

小春將撐著頭的手抽開來，連連地揮著道：「不用多說了，我明白了就是。」

黃牛皮扛著肩膀，搖了頭，自言自語地道：「這倒有點奇怪。」一路說著走了。

這時，唐大嫂親自跟著隔壁館子裡茶房，提一只食盒子進來，茶房打開食盒來，將碗碟搬到桌上，有一碗口麻麵，一碗蝦仁麵，兩個雙拼的冷葷碟子，小春實在也是餓了，扶起筷子來，就夾了幾塊滷肫放到嘴裡去咀嚼著。

唐大嫂站在旁邊看著，因道：「麵是熱的，先吃吧，免得全是涼的，吃了壞胃。」

小春望了母親，卻微偏了頭，向前臺去聽著，因道：「你聽，怎麼今天晚上賣座特別好，人聲這樣哄哄的。」

唐大嫂皺了眉道：「你吃麵吧，管這些閒事呢。」

小春將麵碗捧到面前，扶起筷子，把那碗口麻麵只挑兩口吃著，忽然前臺哄然一聲大響，笑聲裡面又夾著說話聲，好像前臺發生了一點事情。

唐大嫂道：「真是不湊巧，正當那大批斯文先生來捧場的時候，就碰到了一群流氓搗亂。」

小春道：「這種胡鬧的茶客，哪一天也有，理他們做什麼！」說著，又有一陣譁然大笑發生出來，小春不能放心吃了，放了筷子，閃到上場門簾子後面，手扶了簾子，隔著簾子縫向外張望了去。

見最前面的幾張桌子上，夾坐著有七八個衣服不整齊的人，互相顧盼著，各帶了奸詐的笑容。這倒有點不安，料著這些人，不是吃醉了酒，就是在這裡和捧場的人吃醋，可不要在自己出現的時候鬧起來才好！

這樣想著，當然是站在門簾子下面多張望了一下，唐大嫂走過來，牽著她的衣襟，悄悄地把她拉到一邊來，低聲道：「你吃麵吧，還有兩個人，就該你上場了。」

小春坐下來，吃了幾筷子冷葷，剛開始吃麵，前臺又哄然鬧起來，小春搖搖頭，放下筷子來，因道：「我實在吃不下去了。」

唐大嫂道：「那怎樣成？一下午沒吃東西，到這時候，還不該喝口麵湯嗎？喝點麵湯吧。」說著，兩手把麵碗端起來，捧到小春面前，小春笑道：「我勉強吃……」

「叫唐小春快滾出來！」她那句答覆母親的話不曾說完，這樣一句很粗暴的吆喝聲由前臺送了進來。她心裡隨著跳了一陣，望了唐大嫂道：「哪個和我搗亂？」

唐大嫂看她這樣子，只好將麵碗放下，因道：「你理他們呢，他們再要喊一聲，我去叫憲兵來。」

小春坐著沒有作聲，只抽出手絹來，擦了兩擦嘴唇，唐大嫂望了桌子上的麵菜道：「叫了這些東西來，你又一點不吃。」

小春道：「還吃什麼，人家打算給我們搗亂，我們一點不準備，還要吃東西開味呢？」

唐大嫂道：「你放心，我在這裡候著你，有人把你怎麼樣，我就挺身出來。」

這時照應場面的人，由前臺進來，向小春道：「唐老闆，你該上場了。」

小春站了起來，心裡更撲撲地跳得厲害，向母親道：「媽，你有香煙嗎？給一支我抽抽。」

唐大嫂道：「你鎮靜一點出去吧，胡鬧些什麼！」

小春緩緩地走到上場門的門簾下，牽牽衣襟，摸摸頭髮，也沒有作聲，悄悄地站著。

唐大嫂急忙中，也說不出什麼話來，只連連說著：「不要緊，不要緊！」說時，前一場唱的歌女到後臺來了，前臺的場面，換著鑼鼓點子，待角兒上場。小春心一橫，掀著門簾子，就很快地走出去，眼皮也不抬，就站到臺中間唱桌裡面去。

但聽到臺底下啪啪啪有人鼓著掌，也有人哄哄地說笑著，還有人哈哈大笑。小春先是背靠了桌子面朝裡，等著胡琴拉完了過門，掉轉身對了臺下，才開口唱得一句，就有兩三個人在臺下叫道：「好哇！那個好字拖得好長，顯然是有意挖苦。」

小春是認定了有人搗亂才出臺的，當然也不為了這兩三個人叫倒好介意。按定了神，接著唱下去。

她這次唱的是《賀后罵殿》那段快三眼，開口之後，並有長手的胡琴過門，要一句跟了一句唱。唯其是一句跟了一句唱，也就要始終面對臺下站著，不能掉過身去休息，因此把兩隻露出短袖子的光手臂反背在身後，垂了眼皮，視線射在桌面上，臉色是微微沉著，彷彿就不知道臺面前坐有一二百人。

她心裡想著：給你個泰山崩於前而色不變，看你怎樣？而且有胡酒仙這批捧自己的先生們在座，也要做點樣子人家看看。

她如此想，坐在臺前各方的教授群，果然受了她的影響，在她唱著有點空的時候，就相連著鼓起掌來。

這一陣鼓掌，並沒有給小春撐起什麼威望，隨了這陣拍掌之後，「好嗎！咚哄！」在全茶座的四面八方都相應喊了起來。

小春忍不住了，向臺下看去，見有許多穿了短衣服的人，昂起了頸脖子亂喊。隨了這種喊聲，還有好幾個人搖晃著身體，嘻嘻哈哈地笑著。

小春一慌，在胡琴拉一個極短的過門之後，忘了接著唱，胡琴跟著拉了好幾個過門，忽然有人喊道：「板眼都不知道，唱什麼戲，滾進去吧！」

只這一聲，人叢中拔筍似的，突然站起十幾個人來，在人頭上亂揮著手，喊道：「進去，進去！」小春臉嚇得蒼白，更是開不了口。

場面上也慌了，胡琴停住，鑼鈸鼓板敲了幾下長捶嗆啷噹亂響。臺底下的人，見小春臉如白紙，呆站了不會動，平常無所謂的茶客也紛亂起來。偏是先前站起來的那十幾個人，還是亂揮著手，狂叫「進去進去！」唐大嫂急了，在門簾子後奔出了前臺，小春回轉頭，看到了娘，這算明白著，向唐大嫂懷裡一倒，哇的一聲哭了起來。

十二　好漢低頭

在這種情形中，清唱社茶座上，已經秩序大亂，有些不願生事的人，馬上離座他去。不走的人，也紛紛地走動。

唐大嫂在臺上，摟著倒在懷裡的小春，連連地安慰著道：「這不算什麼，賣藝的人，哪個也會遇到這一類事情的。不用唱了，我們回家去。夫子廟也不是沒有王法的地方，哪裡就可以讓這些流氓猖狂。」一面說著，一面把小春送到後臺去。

這一下子，連前後臺的人，有一二十個擁到後臺來，小春越看到人多，越是害羞，兩手扶了桌子邊的椅子靠，人就向下倒了去，手彎了擱在椅子靠上，將頭枕著，放了聲嗚嗚大哭。

唐大嫂始而還是把話來勸著小春，到了後來，唐大嫂不說話了，呆坐在一邊，只管抽紙煙，昂起頭來，將紙煙一口一口向空中噴著。

圍著看熱鬧的人，有的說要報告軍警，有的說要召集一班包車夫，前去報仇，有的說要訪出為首的人來，請他吃茶講理。議論了很久，也不得一個實在辦法。

正計議中，在人後面，有人叫了一聲：「唐家媽！」隨著那人擠了上前，卻是王大狗。

唐大嫂向他點了個頭道：「你看，我們在夫子廟丟這麼一回臉！」大狗道：「這件事，我大概曉得一點情形了。夜也深了，這裡不是說話的地方，我送你老人家同三小姐回去吧。」

唐大嫂沒答覆他的話，又點了一根紙煙抽著，其餘的人，也都勸唐氏母女回去休息。唐大嫂牽著小春的手道：「我們回去吧，以後不幹這玩意兒了。」小春將手絹擦著眼淚，低垂了頭，在母親後面走了出去。王大狗在那裡，並沒有理會，母女二人到了家，唐大嫂和家人述說經過。小春卻是回來之後，就鑽進房裡去了。

唐大嫂在房間裡正說著話，天井裡又有人叫了一聲：「唐家媽！」唐大嫂道：「是王大狗，你又趕來了，你有什麼要緊的話說？」大狗走到堂屋裡站住，隔了門簾道：「請你老人家出來坐坐。」

唐大嫂出來扭著電燈，見大狗臉上顯著很誠懇的樣子，便道：「你坐下談吧，你也是個老夫子廟，大概總聽到了一點消息？」說著，在身上掏出煙盒子來，敬了大狗一支煙，還把身上的打火機打著了，交給大狗。

大狗遠遠地坐在下方，抽著煙道：「今天晚上這件事，要和那班流氓們鬥，是鬥不過他們的；他們有錢有勢，又有一班無聊的人捧著，我們一個賣藝的人，有什麼法子呢？」

唐大嫂道：「這不管他，先要問問他們為什麼和我們作對？小春在外面應酬場上，不會和這種人往返，也就不至於得罪他們。」

大狗站起來，走到唐大嫂面前，低聲道：「難道唐家媽到現在還不明白？這一班人，都是楊育權叫了來的。今天錢經理在老萬全大請楊育權，必定有三小姐在內，大概在席上言語不慎，把他得罪了，所以在晚上，他就找了一班人給點威風你看。假如三小姐去唱戲，恐怕他們還要來搗亂。」

唐大嫂道：「憑你這樣一說，地方上就沒有了王法了嗎？」

大狗笑道：「把楊育權同王法比起來，大概……」說著，他笑了一笑。

唐大嫂道：「既是那麼著，明天我先到警察局裡上一張呈子，請他們保護。」

大狗又走近了一步，俯下身子，對著唐大嫂的耳朵輕輕說了一遍。

唐大嫂道：「你看，我在南京住了三十多年，什麼變故也都經過了，哪裡聽到說有這麼一類的事。」

大狗笑道：「唐家媽，我王大狗冒昧一點兒，又要說一句放肆的話了，漫說你老人家不過是中年人，就是多上六十七十的，說起來，也沒有看過現在這種情形。這個姓楊的，也不過直鼻子橫眼睛的人，並沒有什麼特別之處；可是**他有一種勢力，叫你由上八洞神仙起，到十八層地獄的小鬼判官為止，都要怕他**。」

唐大嫂道：「你剛才輕輕地告訴我一遍，**我也明白了他的厲害；不過是不要臉，不要命**。不要臉，我們不睬他就是；不要命，我們就也拿一條命去對付，有什麼要緊！」

大狗嘆了一口氣道：「就是人家把命看得太重了，受了這姓楊的挾制，哪個也不敢去和他一拼。那姓楊的又肯花兩個小錢，買動人去和他跑腿，哪個不跟了他玩！人越來越多，勢力就大了。」

唐大嫂道：「養這些人，他錢由哪裡來，他家裡有金山銀山嗎？」

大狗道：「**他家裡有什麼錢，還不是在外面欺騙嚇詐弄來的錢！再拿那個錢來欺騙嚇詐**。你不看到銀行家都敬財神一樣地供奉他嗎？他還怕什麼沒有錢花！」

唐大嫂又遞給大狗一支煙，自己也取了一支煙抽，很久很久，她才問道：「據你這樣說，我們簡直沒有法子對付這個人！他要怎麼樣辦，我們就應該怎麼樣辦？」

王大狗道：「要是那麼著，我還來守著唐家媽說什麼呢？我的意思，三小姐可以告兩天病假，暫躲一躲他們的威風。我王大狗窮光蛋一個，要臉不要臉，那談不上。至於這條命呢，是我老娘的，不是我的，只要有人一天給我老娘兩頓飯吃，絕不失信，我就賣了這條命。」說時，伸手拍了自己的頸脖子，拍得撲撲有聲。

唐大嫂點點頭道：「我知道你的用意，很是感謝，不過你一個……一個……一個賣力氣的人吧，恐怕也沒有其他法子？」

大狗站著凝神了一會，笑道：「你老人家還沒有明白到我的意思，我大狗是個下流胚子，也不敢說有什麼辦法；我現在留一句話在你老人家這裡，你老人家若有什麼十分為難的事，請派個人到我家裡去說一聲，我立刻就來，就是叫我大狗上槍刀山，我大狗皺了一皺眉頭，不是父母生養的。夜深了，你老人家安歇吧。」說著，拱了兩拱拳頭，徑自走了。

唐大嫂對他所說的話，雖未能全信，可是他說這些話，也未必是貪圖些什麼，當晚也商量不出什麼辦法來。次日早上，就把趙胖子、劉麻子、朱三毛、汪老太都請了來，算是開一個幹部會議。

唐大嫂把經過報告了，趙胖子首先發言：「這個姓楊的有些來頭，我們在夫子廟上也聽到過的，因為井水不犯河水，我們也並沒有去理會這件事，據現在的情形看起來，說不定他正要在夫子廟上生一點是非。本來呢，平常有了這種事，找到熊老闆，請他對夫子廟上這一班朋友打一個招呼就完了，但是據我打聽出來，其中就有幾個是熊老闆很親信的徒弟，說不定這件事就是熊老闆發動的，那麼，我們這個時候去講人情，豈不是找釘子碰？」

唐大嫂捧了一把小茶壺，嘴對嘴地吸著，坐在一邊，只望了趙胖子說話，這就把茶壺放下，沉著臉色，頭待搖不搖的，只看耳朵上戴的一副大金絲耳圈有點擺動，就知道她身體在微顫著。

她冷笑一聲，撇了嘴道：「你趙老闆在夫子廟上也混了一二十年，平常擺出架子來，什麼也不在乎，於今事到頭來，就是這麼一套話。」

朱三毛正挨了趙胖子坐著，嘴巴活動著，正待有話說出來，見唐大嫂眼光正向這裡射著，他不敢讓她的眼光射到臉上，借著向方桌子上取紙煙，躲了開去。

唐大嫂就掉轉身來，向上首坐的劉麻子問道：「劉老闆和我們出一點主意吧！」

劉麻子沒有說話，先把滿臉的麻眼都漲紅了，在口袋裡取出一塊大方麻紗手絹來，在額頭上連連地擦了幾下，苦笑著道：「論起經驗來也好，論起本領來也好，我都不如趙老闆；不過事情逼到頭上來了，不想法子去抵擋，只想躲開事情，那是不行的！因為我們還要在社會上做人，一次事情躲開了，以後永遠就要躲開，還混得下去嗎？」

唐大嫂點點頭道：「我贊成你這個說法，不躲是不躲了，我們怎麼樣來應付這件事呢？」

劉麻子拿起大手絹來，繼續在額頭上擦著汗，瞪了眼道：「據我看來，據我看來……」說著，沉吟了一陣子，回轉頭來向趙胖子道：「我們還是去問問熊老闆吧！」

唐大嫂把嘴又是一撇，見朱三毛儘管背對了人，在桌子邊喝茶吃煙，便道：「喂，三毛不要只管裝傻子了，是話是屁，到底也放兩聲。」

三毛掉轉身來做個鬼臉子，伸了兩伸舌頭，笑道：「趙老闆、劉老闆都想不出什麼法子來，我三毛是什麼角色，又怎敢設想得出主意來呢！」

唐大嫂一擺頭道：「不行，憑了我在你面前當個長輩的資格，硬派也要派你說兩句話。」說時，臉色沉了下來。

三毛道：「你老人家一定要我說，我就勉強說兩句吧。我想，到清唱社來搗亂的人，無非是街上常見面的朋友，等我到了茶座上，和他們關照一聲就是了。」

趙胖子這就有話說了，兩隻肉泡眼連連眨了幾下，將下巴一伸，笑道：「一張紙畫一個鼻子，你好大的畫子，他們到了場上，你關照一聲就是了，這樣做做得通，我們就不會做嗎？你不要看他們是街上常見面的朋友，到了他們出馬的時候，第一是看了大洋錢說話，第二是看了大老闆的面子，你是有錢呢，還是有面子呢？居然……」

唐大嫂兩手同搖著道：「罷了，罷了，不用說他，你出的主意又在哪裡？他的主意不行，到底還說了兩句話，你呢？」

趙胖子沒說話，拿起桌上的茶壺，斟了一杯茶喝。

汪老太捧了一只水煙袋，唏哩呼嚕，默然地吸著煙，靜聽他們說話。這就噴出兩口煙來，微笑道：「我想想這事情大概果然是為難，若不是為難，趙老闆劉老闆也不會說這些話。」說著，又點著紙煤，吸了兩口煙。大家也知道在她這吸煙當中，是在想心事，大家就默然地等著，聽她說些什麼。

她吸完了兩袋煙，才借著噴煙的機會，把紙煤給吹熄了，然後把水煙袋靠在懷裡，架了腿坐好，接著道：「那個姓楊的，有財也好，有勢也好，我們在秦淮河上的女人，不是賣藝，就是賣身，一不和他比財，二不和他比勢，他在我們面前擺那一副架子，還貪圖到我們什麼不成？無非是三姑娘在人面前沒有好好地應酬他，給他面子上下不來，他要擺出一點威風，挽回他的面子，這有什麼大不了的事？有道是：英雄難逃美人關。找著一個機會，在姓楊的面前灌上兩句米湯，也就完了。要不，他就算把三姑娘逼得不能在夫子廟裡賣唱，於他又有什麼好處？我的意思，唐大嫂子親自帶了三姑娘到他家裡去賠個小心，天大的事都了了。」

唐大嫂道：「若是那樣做，我們這官司不是一下子輸到底了嗎？」

汪老太道：「那有什麼法子！我們硬不過人家，就要來軟的。再說，我們無非在有錢的人手上掙錢。三姑娘真有那本領，硬在姓楊的衣袋裡掏出三千兩千的來，才見得軟工夫有時候也勝似硬工夫。」說著，又吸了一口煙，微笑道：「老實一句話，在我年輕的時候，也不知道打敗了多少硬漢。」

唐大嫂點了一支煙捲抽著，正考慮答覆這個問題，小春披了衣服走到堂屋裡，將手理著頭髮，沉著笑道：「老太太，你那個主意，我不能照辦！你不知道姓楊的人，是一種什麼人，你這樣去懇求他，他更是得意，那麻煩更沒有了的時候。老實說，我看到他，就恨不得一口把他吞下去，我還和他去賠不是嗎？從今天起，我不吃這碗開口飯了，他儘管搗亂吧。」

汪老太吸著煙，笑著沒話說。

唐大嫂道：「汪老太跟我們出主意，也是好意，你唏哩嘩啦說上這一套做什麼？」

汪老太笑道：「我還說一句，假使那個姓楊的真預備搗亂，三姑娘就是不出去唱戲，他也不會休手的。」

小春道：「我在家裡不出門，難道他還能叫一班人打進我的家來嗎？」

趙胖子看到大家僵坐在這裡，自己也透著難為情，因道：「三小姐說要休息一天，讓她休息一天也好，看看今天晚上什麼情形。」

唐大嫂見大家都商量不出一個什麼辦法來，強拉著他們來出主意也是枉然，於是先站起來，把手揮了兩揮道：「好了，好了，不要這些諸葛亮出主意了，我姓唐的在秦淮河住了二三十年，也沒有人敢把我推走一步，現在世界還沒有大變呢，我們住在這裡，做安分良民都做不過去嗎？我就關上大門在這裡睡上兩天看看，是不是真有禍從天上來？」說著，她一板臉子，扭身進屋去了，進去的時候，順手把桌上的一聽香煙拿著，很快地走了進去。

那三個男客都感到無趣，趙胖子搭訕著說，我們吃茶去吧。等他們走了，唐大嫂復又走到堂屋裡來，向汪老太道：「老太，你看，趙胖子這東西，平常有了芝麻大的事，就說得天花亂墜，好像天倒下來了他也能頂住。今天和他們商量起事情來，他們就擺出那一副瘟神的樣子出來。」說時，挨了汪老太坐著，皺著眉，嘆了一口氣。

汪老太道：「他們知道什麼，只有歪戴了帽子，捲上兩隻袖子，做成一種打架的樣子，**叫女人去對付男人的事，他們怎麼會知道**？你把我的話想一想，我先說的那個辦法錯了嗎？」

唐大嫂道：「你老人家說的是對的，無如我家這個小春小姐，一點不懂事，**她哪把自己當一個賣藝的，以為是名門閨秀呢**！今天是什麼主意也不能打，我陪她在家裡悶坐一天吧。」

汪老太點點頭道：「那也好，等她受一點委屈之後，大概也就相信我勸的這些話是有見地的。」

唐大嫂的閱歷雖沒有汪老太那樣深，可是就著她的聰明說，並不在汪老太之下。把昨晚的情形，和今天趙、劉說的話參透一下，也就守在屋子裡沒有出去，到了晚上九點鐘上下，悄悄地到清唱社裡去張羅一下，卻見茶座上又坐了十幾個尷尬情形的人，心裡自微僥一下，好得小春今天不來，不然，又要吃一場眼前虧。

走出清唱社，有一個人由電燈暗影裡迎上前來，低聲道：「唐家媽！你今晚上還來做什麼？」

看時、是大狗站在一邊，因道：「小春沒來，是我一個人來看看。」

大狗近身一步，低低地道：「這些傢伙，手段越來越辣，他們身上帶有竹子做的唧筒子，三小姐來了，說不定他們還要下毒手，千萬小心！」

唐大嫂道：「多謝你……呀，街那邊站了一個人望著我們呢。」說時，那個人索性走了過來道：「唐家媽，是我，為了大狗這東西做出不長進的事情，我總也不好意思來見你。」

唐大嫂道：「呵，徐二哥，你怎麼說這話！」

徐亦進道：「大狗是我把弟兄，又同住，你看，他做出這樣對不起府上的事來，我實在有很大的嫌疑。」

唐大嫂道：「不要說這過去的話了。就是大狗，我也不怪他。」

徐亦進道：「我給你老人家打聽過了，那姓楊的恐怕還不肯隨便休手，我怕三小姐出門，會在街上遇著什麼事，約了大狗來，在路上保護著，我送你老人家回去吧。」

唐大嫂聽他們說的話比較嚴重，並不怎樣推辭，就同了他們走。

走到一截電燈比較稀少的地方，見有一個穿短衣的人，彷彿手上拿著了什麼，橫著身子搶了過去。

王大狗向後一縮，讓唐大嫂向前，她前面是徐亦進，恰好把她夾在中間。大狗突然把聲音提高一點，叫道：「二哥，你想想吧，我王大狗是做什麼的，不會含糊人，我就是大糞坑裡一條蛇，人讓我咬了，又毒又臭，哪個要在我太歲頭上動手，我咬不了他，也濺他一身臭屎！」

說著，他捲了袖子，手一拍胸脯道：「哼！哪個動動我看，我是白刀子進去，紅刀子出來！」口裡說著，已上前幾十步，見有兩個人緊靠了電燈桿子站著。

徐亦進到了這裡，故意把步子走緩些。唐大嫂的心房只管是撲撲亂跳，偷看了那兩個人一眼，就把頭低著。

這樣緩緩地走過去四五戶人家，也沒有什麼動靜，自己也以為是衝過了這難關了，卻聽到嘖的一聲，有一條唧筒*打出來的水，向身邊直射過來。究竟因為相隔路遠，那水標並沒有射到身上。

大狗跳起來大喊一聲，做個要進撲的樣子，只聽得電燈下撲撲撲一陣腳步聲，那兩個人全都跑了。

徐亦進回轉身來道：「唐家媽，你看怎麼樣？若不是我兩個人跟了來，也不知道是什麼髒水？豈不灑了你老人家一身。」

唐大嫂道：「我真不懂！我和他們有什麼仇恨，他們要這樣和我為難？」

大狗道：「不用說了，我們回去再商量。」

唐大嫂一個字不響，低頭走回家去。到了家裡，把這話告訴小春，小春也有些害怕，大狗和徐亦進兩人怕當晚還有事故，就在河廳裡搭了一張鋪睡著。

次日一大早上，朱三毛匆匆地由外面進來，看到亦進、大狗，因道：「也罷，也罷，有你二位在這裡，我為這裡擔了一晚的心。」

唐大嫂在屋子裡先應著聲道：「又有了什麼花樣了嗎？」說著，她開了房門出來，兩手扣著長夾衫的紐襻，朱三毛站在堂屋裡，前後看了一看，因道：「我聽說那姓楊的要下毒手，發帖子請三小姐吃飯。等三小姐去了，就不放回來，若是三小姐不去，恐怕他也不會善罷甘休。」

唐大嫂聽了這話，又是心裡一陣亂跳，可是她嘴裡還說：「不去怎麼樣？只要我們一天不賣唱了，就是良家婦女。青天白日，他敢搶劫良家婦女嗎？」說著，臉上就隨了青一陣白一陣。

三毛在身上掏出一盒紙煙來，抽出來一根慢慢地點著火，銜在嘴角上，兩手環抱在懷裡，斜伸了一隻腳，站在堂屋中間，翻了眼皮望著屋梁，似乎很替唐大嫂擔憂。

徐亦進道：「若說搶人呢？南京城裡，也還不至於發生得出來；但是要說三小姐藏在家裡不出去，他們就休手了，也保不得這個人險。」

朱三毛道：「那麼我想，最好是，唐家媽帶了三小姐到上海去玩幾天，那姓楊的是個南北亂竄的東西，在南京不會久住的，等他走了，再回來吧。」

唐大嫂靠門站著出了一會神，因道：「這個主意，雖然表示我們無能，但是既抗他不了，那只有走開。」

說時，二春端著一臉盆水，送到茶几上放著，笑向徐亦進道：「徐老闆，請洗臉吧。那磁缸子裡的牙刷，是新的沒有用過。」

徐亦進連說多謝。看看臉盆上，蓋著雪白的毛絨巾，掀開手巾，盆水中間，放了一只瓷杯和牙刷，望了一望，回頭向大狗道：「你先洗。」

大狗謙虛著，向後退了兩步。唐大嫂道：「二春，你為什麼也是這樣昏頭昏腦的，家裡來兩位客，你只打一盆水，拿一把牙刷來。」

二春閃在旁邊站著，紅了臉將頭一扭，因笑道：「你看，你們怕事，打算逃到上海去，把我拋在家裡，我有什麼能耐來對付那姓楊的這班人？」

唐大嫂道：「你怕什麼？你又沒在外頭露過面，也沒人知道你是唐二春。無緣無故，更不會和你為難了。」

大狗沒有理會她母女的話，向徐亦進道：「你洗臉吧，這是二小姐敬客的意思，我不用牙刷，手指頭裹上手巾角，就是自造的牙刷。」

二春倒沒有法解釋自己只預備一份漱洗用具的意思何在，撿攏桌上幾只茶杯，低頭走了。

這裡徐、王漱洗之後，隨著趙胖子、劉麻子也來了，趙胖子在天井那邊就搖著頭，劉麻子拿了一方大手絹擦著額頭上的汗，紅了臉道：「怎麼的，在南京土生土長，沒有想到有今天，剛才由正義報館門口經過，看到一大群不三不四的人，擁進去打報館，這家報館向來很公道，什麼有力量的人也對他客氣，不想現在也挨打了。」

唐大嫂道：「我們自己的事都沒有法子解決呢，不去管這些閒事。」

趙胖子將肉泡眼連連睒上幾下，將右手搔了腿，嘴裡吸上一口氣道：「你老人家有所不知，打報館的這班人，也就是叫小春倒好的那班人。他們到了這裡，無所不為，捧他就有飯吃，不捧他的就要砸飯碗。」

唐大嫂道：「為什麼就沒有人和他拼一拼呢？他們全是八臂哪吒嗎？」

大狗笑道：「唐家媽，我又要誇句海口了！怎麼沒有人和他拼一拼呢？我就敢！他找的那些人，不是力氣不夠，就是貪生怕死之輩，落得跟了他搖旗吶喊，討一碗不要臉的飯吃。我王大狗，不怕死，也沒有什麼顧忌，我有我的本領弄錢，不用得捧他的場，你想我為什麼不敢和他拼！」

趙胖子把臉一偏，哼了一聲，劉麻子翻了眼，左手捲了右手的袖子，冷笑道：「你也不拿鏡子照照，你是一副什麼鬼相？」

大狗很從容地向劉麻子點了一個頭，笑答道：「劉老闆，你不要性急，讓我慢慢地告訴你，我不用照鏡子，我知道我是一條狗命，我知道我是一副賊骨。可是那有貴命的人，有仙骨的人，儘管滿口忠肝義膽，實在是樹葉子落下來都怕打破頭。為什麼呢？他怕引起芝麻大的禍事，會壞了他的妻財子祿。人家打他兩個耳光，就讓人家打他兩個耳光，人家踢他兩腳，就讓人家踢他兩腳，為了是忍得一日之氣，免得百日之憂。我王大狗今天有飯今天吃，明天的飯在哪裡，我根本不用打算，有什麼一日之憂，百日之憂，他要找著了我，我把他拼倒了，那我是加倍的掙錢，拼不倒他，我這賊骨頭，根本不值錢，也不算回事。劉老闆，你叫我照鏡子，對的，我不照鏡子，我就沒有這大的膽子。」

徐亦進皺了眉道：「你閉了你那臭嘴吧，唐家媽家裡正是有事的時候，哪個有工夫聽你這些閒話。」

大狗道：「也並不是閒話，唐家媽若有用得著我的地方，我願賣命。」

唐大嫂對劉麻子、趙胖子、朱三毛各看了一眼，然後回轉臉來向徐亦進微笑道：「不要嫌他多嘴，自從有了事情以來，請了許多人想法子，還沒有聽到過這樣痛快的話！這年月平常會耍嘴勁的倒不算為奇，事到臨頭，還能耍嘴勁的，這才是本領。」

劉、趙、朱聽了這話，彷彿是挨了一個嘴巴子，正透著有點不好意思，在天井裡卻有人叫了一聲：「小春在家嗎？」

徐亦進看時，是個三十來歲的漢子，身穿元青綢夾袍，圓胖的臉兒，間雜了一些酒刺，厚厚的嘴唇皮子，向外撅著，把嘴巴周圍的鬍樁子修刮得精光。

那麼一個中等胖子，總穿有八寸的腰身，下面卻穿了長腳淡青湖縐褲子，花絲襪，配一雙窄小的青緞子淺口鞋，透著倒有點女性美。這倒看不出來是哪一路角色。

唐大嫂忽然喲了一聲，起身道：「石先生來了，怎麼有空得來呢？」

這一句石先生，把徐亦進提醒了，他叫石效梅，是一個四五等會務員，因為在南京玩票，唱得一套好梅腔梅調，人家都叫他南京梅蘭芳，也就因為他票友有名，小春拜他為師，學兩句梅調，心裡也就想著，既叫南京梅蘭芳，必定是個美男子，倒不想是這樣一個癡肥人物。

他走到堂屋裡，取下帽子，露出向後一把梳的油光烏亮頭髮，透出來一陣香氣，他對著大家看了一眼，因道：「這都是鄰居嗎？」

唐大嫂道：「小春鬧了亂子了，石先生應該知道吧？這都是我請來想法子的。」

石效梅道：「我昨天就聽到說了，咳，你母女二人的交際手腕，我是很知道的，無論到哪裡也說得過去，怎麼偏偏遇到這麼一位魔星呢？」

說時，小春也出來了，穿了一件舊淡藍竹布長衫，臉上不抹一點兒脂粉，無精打采的，對他點著頭，叫了一聲老師。

石效梅倒不謙讓，在旁邊一張椅子上坐下，向小春招招手，指著下面這椅子叫她坐下，因低聲道：「你真要提防一二，聽說他那邊要拿一封公事來，帶了你去檢驗，名說是檢驗身體，其實是要把你關在一個地方，到了那時，叫天不應，叫地不靈，你有什麼法子可以逃脫他的羅網呢？他有公事，而且是你不能不去。」

小春聽說，臉色立刻變青了，眼圈兒一紅道：「他們是強盜嗎？就這樣欺侮人！」說著，兩行眼淚順了臉盤直流下來。

唐大嫂道：「你看，說得好好的，哭些什麼？哭也了不了事！」說著，把衣袋裡放的一條大手絹，擲到小春懷裡，靠近石效梅站著，彎了腰低聲道：「他們出主意，叫我走，我想帶小春到上海去，躲開一下也好，只是多少時候能回來呢？我正躊躇著。」

石效梅將手上拿了的帽子在茶几上一放，突然站起來，兩手一拍道：「我也正是這樣想著，你們有這個打算就更好了。事不宜遲，吃了午飯就走。我想著，今天小春再要請假不上臺，明天上午，他們就要出花樣的，小春的意思怎麼樣？」

小春擦著眼淚道：「我為什麼不贊成呢？我到上海去，可以另找出路，免得在這裡受人家的冤枉氣。」

石效梅笑道：「到上海去，倒是正合了你的心意，不過要造成在南京這樣一個局面，可不容易呵！」

徐亦進站在一邊望著，先是微微地笑，然後走上前，沉著臉道：「我該說一句了，唐家媽，大家沒想到姓楊的是從上海來的嗎？」

這句話卻引得大一家又是一呆。

十三　送羊入虎口

人在沒有經過危險的時候，糊裡糊塗地向前撞，什麼危險境遇也不去慎重考慮，及至一次碰壁之後，那就感到任何坦途都有波折。

上海那地方，本來是大家逃難的所在，現在徐亦進提到楊育權也是由上海來的，這就把唐大嫂的那個萬全之念，又大大地打了一個折頭。她斜靠椅子坐著，望了徐亦進只管皺著眉頭。

石效梅在衣袋裡掏出一塊綠方格子綢手絹，擦著那其寬八寸的額頭，把厚嘴唇抿著，連連吸了兩口氣道：「這就難了，上海這地方，無論惹下什麼亂子的人，都可以去躲避，小春一個賣藝的人，何至於鬧得上海這大地方都不容！」

徐亦進道：「倒不是我故意說這危險的話嚇人，我們自己總應該估計估計我們的對頭是哪一種人。楊育權這種流氓人物，在上海這花花世界，他能夠沒有一點布置嗎？在南京能和我們搗亂，到上海去，他們的夥伴就不和我們為難嗎？」

大家聽說，你望了我，我望了你，各各呆坐了一會，唐大嫂道：「管他們怎麼樣，我們決計到上海去就是了。」

徐亦進不敢再插言了，自斟了一杯茶，坐在一旁喝著。

大家也正感到無詞可措，忽然聽到河廳扶欄外面，有人叫道：「徐老闆，你也在這裡嗎？好極了！」

徐亦進向那邊看時，不覺大吃一驚，只見陸影在扶欄下的石砌河岸上，伸出一截腦袋來，笑嘻嘻地向裡面望著，徐亦進答應也是覺得不便當，不答應他，也覺得是不便當，呃了一聲，只笑著點點頭。

所有在場的人都認得陸影，而且還知道他和小春的關係，都隨了徐亦進一笑，把臉色變了。

唐大嫂臉色一紅一白，一時想不出什麼話來說，卻連連地問道：「什麼人？什麼人？」

那陸影倒不怕全場人給他難堪，已是整個身體由河岸的石坡上走了來，隔著欄桿，就向唐大嫂深深地一鞠躬，接著笑道：「唐家媽，請你原諒我，我自己知道我不應當來，不過有點要緊的事報告，報告完了，我立刻走開，你老人家可以讓我進來嗎？」

唐大嫂見他既行過禮，又說著是有要緊的事報告，這就聯想到他或者也會知道楊育權那方面一些消息，於是掉轉臉向徐亦進道：「看他有什麼消息報告，你去和他說說。」

陸影雖沒有得著唐大嫂的回話，料著也不會因為自己進來生氣，這就跳過欄桿來，同大家點點頭。

唐大嫂斜了身體坐著，只當沒有看見他，更沒有誰替唐家招待。徐亦進只得向前一步，將他衣袖牽牽，低聲道：「這邊坐吧。」說著，把他引到河廳最裡面，靠了欄桿邊隨張椅子上坐下，就近看他時，今天他穿的是藍大布長衫，頭髮上也沒有刷油，臉上更沒有塗雪花膏，是一副很樸素的樣子，知道他今天來，是帶有相當誠意的，便對他使了一個眼色，因道：「自然陸先生是專程前來的，有什麼要緊的話嗎？」

陸影並不把聲音放低，只照平常的語調答道：「我有一個同學，在楊育權那裡辦事，據他說，姓楊的一定要和唐小姐為難到底，就是這巷子口上，也有他們特派的偵探，三小姐移動一步，他們也監視著，這樣鬧下去，在現在的南京城裡，那結果是不難想得的！我聽了這話，曾經跑到這巷口子上張望一下，可不是，那裡很有幾個鬼頭鬼腦的人呢！我不揣冒昧，叫了一隻船，由淮清橋老遠地划到這河廳上來；一路並沒有遇到什麼船，大概他們是不會注意到河上這條路的，我的意思，唐家媽可以和三小姐坐了這隻船到淮清橋去，由那裡叫一部汽車，趕快出城，隨便找個地方，暫躲兩三星期回來。」

唐大嫂不等他把話說完，從中插了一句道：「徐二哥，這話不用向下說了。我寧可讓姓楊的砍上兩刀，我不能隨便和那種無聊的人一路走。」

陸影臉一紅，偷眼看唐大嫂時，見她還是將背對了人，臉朝著天井，因起了一起身子，向徐亦進道：「徐老闆，你想我不能那樣不知進退，還敢陪了唐家媽坐船，我立刻由這裡大門出去，在附近一個朋友家裡坐一會子，坐來的船，我約好了的，是來回路程，錢也先付了。唐家媽願意走的話，可以坐了這船去，船夫會在這裡等著的。」

唐大嫂聽他說並不一路同行，似乎他還沒有什麼惡意，便不應聲，也不反對。

徐亦進沉吟著道：「陸先生這意思倒也……」

石效梅道：「這個辦法倒也使得，唐家媽若有意這樣做的話，我願陪了你母女二人上船，萬一在路上有了什麼意外發生，我還可以助二位一臂之力。」

劉麻子道：「當然我們也送你老人家去。」

唐大嫂沉吟著道：「這個辦法……」

陸影這就站起身來道：「過去的事，請唐家媽不要深究，這是我良心鼓動，到這裡來表示心跡，我也不敢說這個辦法行得通，究竟怎樣，請你老人家自己斟酌，不過要趕快拿穩主意。就是不走，也應當早早地另想別法，我自己知道自己不對，不敢在這裡久坐，我告辭了。」說著，又向唐大嫂鞠了個躬，回頭又笑著向大家點點頭，說聲再會，轉著身徑自走了。

唐大嫂將手向三毛招了兩招，又將嘴巴向前一努，三毛會意，跟著陸影的後影走了出去，直到陸影把整截巷子都走完了，還站在大門口靜靜地望了一會，然後走進來向唐大嫂笑道：「真走了。」

她道：「這不是一件怪事嗎？這混帳東西，我看了他就七竅生火，他居然敢到我家裡來獻殷勤。」說著，站起來將手連連拍了兩下。

石效梅道：「這個時候，不是鬧閒氣算舊帳的時候，也許是他的良心衝動，覺得要在這危難之時，也來出一點力量，才對得住唐家媽。要不，他把船帶來之後，就不這樣匆匆要走開了。」

唐大嫂點了一根紙煙抽著，默然地沉思了一會，因道：「我思，坐了船走，縱然沒有什麼好處，也沒有什麼壞處。那麼，請石先生、劉老闆送我娘兒兩個一趟。各位請坐，我去收拾一點簡單的行李。」說著，她進房去了。

大家在河廳裡參議了一會，覺得讓小春由河道走，這是一著冷棋，楊育權絕所不料的，果然他在巷口上布有防哨的話，這樣走是最好了。

不到半小時，唐大嫂已經收拾了兩只小提箱，和小春一人提了一只走出來，二春隨在後面，只管撅了嘴。

唐大嫂道：「我們都走了，家裡一盤散沙，那怎麼辦呢？你先把家裡東西檢點，過了兩天，你也到蘇州去找我們就是了。」

石效梅道：「怎麼又變了主張到蘇州去呢？」

唐大嫂道：「你們不是說上海也去不得嗎？我們既然拼不過人家，那也沒有別的話說，只有變著喪家之狗，人家向西打，我們向東跑，遠遠地躲開人家的靴尖了事。花錢受氣那倒是我們的本等*。」

石效梅道：「到蘇州去也好，這是姓楊的所不注意的地方！」

二春道：「蘇州是人家所不注意的地方，我們躺在家裡不出去，可是人家所注意的地方了。」說著，又把嘴巴鼓了起來。

唐大嫂道：「這有什麼鼓起嘴巴的？除了家裡有王媽陪著你之外，車夫可以跑路買東西，其餘什麼外事來了，有汪老太可以和你做主。就是趙老闆、徐老闆，你要有什麼事，派個人去找他，他能不來嗎？」

她口裡說到哪個，就向哪個看上一眼，望到徐亦進臉上時，他真感到有些兒受寵若驚，立刻微彎了腰向唐大嫂道：「只要有這裡二小姐一句話，就派我做府上的看家狗，整日在大門外坐著，我也沒有什麼話敢推辭。」

他那意思誠懇的表現，讓他把全臉的笑容一齊收起，說到看家狗那句話，正好有二春養的一隻小哈巴狗在他腳下轉動，他就向那隻狗一指，把身子歪斜著，作個臥倒的樣子。

石效梅看到，不覺捏了手上的大格子花手絹，將嘴掩起來一笑。他這樣一做作，引得全場的人跟著一笑。連唐大嫂禁不住也扭了頭笑道：「言重！言重！」

二春先是撲嗤一聲笑起來，隨後趕快轉身軀，兩手扶了一張茶几邊沿，嘻嘻地笑著，這麼一來，把全場人那分緊張情形都鬆懈下來。

徐亦進紅了臉站著，很久說不出什麼話來，還是唐大嫂道：「大家不要笑，徐老闆倒實實在在是一番好意，這船也不能多等了，我們走吧。各位，所有我力量不能達到的事，都請各位幫忙，我是餘情後感。」說著，開了河廳的後門，引了小春出去。

小春這時穿了一件藍竹布長衫，不施脂粉，僅僅把頭髮梳光了，提了一只小提箱子，隨在母親後面走著。腳下穿一雙半高底白漆皮條編花皮鞋，漏著肉色絲襪，前一隻腳量著後一隻腳走，似乎帶些病態，唯其如此，洗盡了鉛華，更顯著處女美。

而大家望了她走去，也覺得楊育權食指大動，不為無故，如今走了也好。

因之大家只是望著，目送她們下船。

只有王大狗隨在石效梅、劉麻子之後，層層地下了河廳外秦淮河岸的石級，直走到水邊上來。

唐大嫂在船上一回頭道：「大狗，你到哪裡去？」

大狗躊躇著道：「剛才大家說話，沒有我說話的地位，現在……」說著，他牽牽短藍布夾襖的下擺，又抬起手來，摸了摸頭髮。

唐大嫂道：「你有什麼意思？你只管說，你為我們跑路費精神，都是好意，我還能見怪你嗎？」

大狗道：「那我就直說了！這個姓陸的，你老人家是知道的，當著三小姐在這裡，我看他腦子裡頭不會出什麼好主意！你老人家一路上可要小心！我本來願跟著你老人家去，可是有這兩位在船上，我跟著也不像。」

唐大嫂聽他的話，倒也有點動心，有什麼話還沒說出來呢，小春就沉著臉道：「憑你這樣說，一個人做錯了一件事，那就件件事壞到底？你現在也算是個好人了，你就不想想你以前做的事嗎？開船開船，船上再不要人上來了。」說著，她將手連連地敲了幾下船板。

王大狗微笑著沒有作聲，站著不敢動。自然，船也就開了，大狗回到河廳上來，徐亦進埋怨著道：「有道是疏不間親，你是什麼資格，偏要在三小姐面前說陸影的壞話。」

那汪老太裡端了一隻水煙袋，坐在天井那方前進房子右壁門下坐著，因笑道：「徐老闆這句話，說得倒也不妥當，唐嫂子要在這裡聽到，恐怕見怪要更厲害呢！**你不要看秦淮河邊上的人，吃的都是那一行飯，可是講起規矩來，比平常人家還要規矩得多呢！**」

說時，二春正由廚房裡提了一壺熱茶來敬未走的客，汪老太將手上的紙煤指著二春道：「你看她，哪一樣不比人家大小姐來得好，我就勸她娘，秦淮河夫子廟一帶是一口染缸，不為著吃飯穿衣，女孩子們就讓她清清白白的，遠走他方，何必住在這染缸邊！」

二春把茶壺放在桌上了，回轉頭來笑道：「你看汪老太說得這樣容易，遠走他方，我們向哪裡走呢？我就是這個家，也沒有第二處。」

汪老太笑道：「怎麼沒有第二處呢？你快一點到外面去交際交際，找個男朋友，先戀愛再……」

二春望了她道：「這麼大年紀的人，和我們小孩子說笑話。」說著，又跑上廚房去了。

汪老太吸著煙道：「這有什麼難為情的？現在的姑娘，哪一個不是正正當當的到外面去找丈夫。小春就比她臉老得多，開口戀愛自由，閉口戀愛神聖。」

二春兩手又捧了一盤子蟹殼燒餅，放到桌子上，一面走著，一面笑道：「好了不用說了，請你老人家吃燒餅吧。」

王媽也端了一大盤包子，到堂屋裡來，笑道：「我們二小姐的心事，只有我知道。」

二春回轉頭來喝了一聲道：「看你這不發人品的樣子，還要說笑話。」

王媽原是跟了她後面走的，到了桌子邊，卻搶上前一步，搶到二春的左手，把一隻大盤子送到桌上，二春頭向右邊，恰好參商不相見。

徐亦進慢慢地走向前，正好與王媽站著的地方不遠，二春這一喝，就喝在徐亦進身上。徐亦進本來就透著有點難為情，二春這麼一喝，更讓他兩臉腮紅著，直暈到頸脖子後面去。

在場的人哈哈一聲，哄堂大笑，把二春臊得喲了一聲，扭轉身子就跑回房子去了。

徐亦進想著：大家只管難為情，絕不是辦法。就直立著，正了顏色道：「我算不了什麼，誤會的事，誰也是有的。大家笑著，讓人家二小姐難為情，現在人家是什麼心情。」

提到這裡，大家自是不好意思跟著嘲笑，就圍了桌子喝茶吃點心。

剛把點心吃完，只見劉麻子額頭上的汗珠子像雨點般向臉上淋下，那每顆麻子漲得通紅，更是不用說，站在天井那邊，他兩手捏了拳頭捶鼓似的亂晃，兩隻腳連連地頓著，抖著嘴唇皮子道：「這……這……這是怎麼好？這……這……這實在……是想……不到的事！」

趙胖子向來沒有看到劉麻子這樣著急過，手上正抓了一個包子向嘴裡塞著，這就站起身來，口裡呵嚕呵嚕著問他，只把兩隻肉泡眼亂瞅。

劉麻子道：「唉！你看我們這些個人，會上了姓陸的這拆白黨一個大當！」

徐亦進也迎著問道：「究竟是什麼事？請劉老闆快說。」

劉麻子走到河廳來道：「你看我們哪裡是逃難，我們是送羊入虎口，到了淮清橋，船一攏岸，就有幾個不尷不尬的人在馬路上站著。我覺得苗頭不好，可也想不到會出什麼亂子。到了那裡，絕沒有退後之理，硬著頭皮子只好向前走。」

二春已是由房裡跑出來，搶著問道：「怎麼樣？怎麼樣？我娘呢？我妹子呢？」

劉麻子道：「聽我說，我和石先生兩個人在前，唐家媽和三小姐在後，走到了馬路上，這就有幾個人擁上前來，不問好歹，三個人圍著唐家媽。三個人圍著三小姐，帶推帶拉，把她們擁上路邊一部汽車上去，同時，兩個人站到我面前，兩個人站到石先生面前；站在我面前的一個大個子，就把傢伙在衣襟底下伸出來了，他輕輕地對我說，少多事。」

二春道：「我娘就讓他們推上汽車去，叫也不叫一聲嗎？」

劉麻子道：「怎麼不叫？就是三小姐也是手打腳踢，口裡亂叫，可是那幾個動手的，也都是亡命之徒，怎能拼得過他們。」

二春道：「青天白日之下，打劫搶人，街上就沒有一個人管閒事的？」

劉麻子道：「哪個敢管閒事，眼見得嗚的一聲，汽車開走了。汽車開走了很遠，那兩個監視著我的人，才笑著向我說，憑你這樣子，就可以出來保鏢嗎？我恨不得咬他們兩口。」

二春道：「不要說這些閒話了，你知道他們把我娘送到哪裡去了嗎？」

劉麻子道：「我看到車子開著往北走，到哪裡去了不曉得。」

二春道：「你沒有問一問石先生嗎？」

劉麻子道：「石先生嚇癱了，兩隻腳一步動不得，我還是叫了一部洋車，把他拉起走的。」

二春道：「那樣說，我娘不曉得讓他們帶到什麼地方去了？」說著，兩行眼淚由臉腮上同拋下來，接著窸窸窣窣只是哭，大家也是面面相覷，說不出個所以然來。

王大狗沉著臉子把胸微挺起來，因道：「剛才我要是跟唐家媽去了，或者不至於落得一點結果沒有！過去的事，不用說了，若照著我的看法，唐家媽現時在什麼地方，我知道一點。拼了我這條命不要，我也要去打聽一些消息出來。」說著，端起一大杯茶來，一口喝盡，又點了一支煙捲銜在嘴角上，然後交代了一句，請各位在這裡等消息，扭轉身軀，就向外走。

劉麻子招著手道：「來來，大狗，你往哪裡撞？滿南京城，地方大得很，你都去尋找嗎？」

大狗道：「我自然有點兒影子，不過我不敢說一定找得到。」

徐亦進也瞪了眼道：「你到哪裡去找？你就直說出來吧。難道你還怕說出來，我們這些人還會走漏風聲嗎？」

大狗周圍看看，又走近了眾人，因道：「我想，劉老闆總也聽到說過的，有幾個夫子廟的老玩客，在寒澗路設了一個秘密機關，專把夫子廟的小姐們騙了去，關在那屋子樓上，四周是他們自己的洋房圍著，跑不脫，也叫不到人去救，像姓楊的這傢伙，這地方有個不通氣的嗎？我就猜著有八成送在那裡。」

二春擦著眼淚道：「果然是在那裡，倒不怕，又不是強盜窩，有我娘在那裡，總可以想些辦法。」

徐亦進道：「雖然他們是把三小姐和唐家媽一車子裝了去的，他們絕對不會把兩人放在一處。」

二春向劉麻子問道：「是有這樣一個地方嗎？」

劉麻子道：「聽是聽到說過，但並不知道在什麼地方。」

徐亦進道：「既是有這麼一個地方，恐怕不是隨便可以進去打聽消息的，把一個人跟著大狗去吧。」

大狗道：「那千萬來不得，這不是打架，要人多手眾，我一個人自由自便的，有了人在我後面跟著，倒叫我拘手拘腳的了。下午三點鐘，我一定來回信。」他說著，徑自走了。

劉麻子道：「大狗說是那樣說了，未必靠得住，我也去託託朋友，分路想法子。我想，不過人吃一點虧，憑姓楊的怎樣厲害，他總不能隨便殺人。」

二春將手指著他，把腳一頓道：「算你說得出這樣寬心的話，**姓楊的不殺人，他的做法，比殺人還要厲害呢！**」

徐亦進道：「閒話我們不說了，我們分路先去打聽消息要緊，無論是誰來了，請二小姐告訴他，三點鐘在這裡會面，我們也好碰頭，交換消息。」

說時，劉麻子已經走向前面那進屋子去了。

二春站在天井屋簷下，皺了眉頭道：「大家都走了，讓我心裡倒有些著慌。」

徐亦進繞了天井廊簷，也走到前進鼓壁門邊來了，聽了這話，回身望了她，又走回了幾步，笑道：「二小姐也害怕。」

二春低頭想了一想，因道：「害怕我並不害怕，不過我心裡頭說不上什麼緣故，有些慌張。」

徐亦進道：「這是二小姐不自在，所以覺得心慌，其實並沒有什麼事，汪老太在這裡，有什麼事，她老人家盡可以照應二小姐的。」

汪老太雖不吸水煙了，還是把水煙袋斜抱在懷裡，身子微微地靠著門，臉上帶了一些微笑，二春不知她這微笑的意思在哪裡，好端端地把臉紅了，低了頭，將鞋頭撥弄階沿石上幾張小紙片。

徐亦進站著出了一會神，因道：「這樣吧，兩點半鐘以前，我準來。」

二春還是那樣站著，沒有答覆。徐亦進感到無趣，悄悄地走了。

汪老太在衣袋裡掏出了火柴，又燃了紙煤吸水煙，向天井裡噴出一口煙，笑道：「二姑娘，你看徐亦進為人怎麼樣？」

二春抬起頭來笑道：「我哪裡知道。」

汪老太道：「可惜他沒有一點根基，要不，我真會在你娘面前做一個媒人。」

二春道：「人家正有著心事，你老人家還有工夫開玩笑。」

汪老太道：「就是為有了今天這樣的事，我才想起了這種話。女孩子長大了，還留在娘家，那總是一件煩人的事。憑我這雙看人的眼睛，我有什麼看不出的。」

二春聽了這話，也沒插言，默然地向前面走著。

王媽由後面追上來，叫道：「家裡沒人，二小姐要向哪裡去？」

二春回頭道：「我心裡煩不過，到大門口去看看，做好了飯來叫我。」

她這樣說著，經過了幾進堂屋，少不得在每進堂屋裡都稍坐片時，因為家裡出了這件事，鄰居都知道了，有人慰問，少不得坐下來和人家談說幾句，一直至大門口時，總有一小時。混了這樣一大上午，也就十一點鐘了。

二春站在大門口，對巷兩頭望著，並也沒有什麼異樣，於是一手叉了門框，半斜了身子，閒閒地站著。

也不過二十分鐘，一個穿白制服的人匆匆地走近了來，在他制服的領子上，用紅線繡了四個字——偉民醫院。

他走到面前，更現出了他帽徽上的紅十字。二春正奇怪著，怎麼有個醫院的人向這裡來，誰請醫生了？

這樣，那個人索性取下帽子，向二春一點頭笑道：「請問，唐家是住在這屋子裡嗎？」

二春道：「是的，你們醫院裡有什麼事找她家？」

那人道：「有個唐黃氏受了傷，有人送到我們醫院裡來了，傷重得很，請她家裡去個人。」

二春道：「這話是真的嗎？」說這話時，心房已是撲撲亂跳。

那人道：「這種事，也能說得玩的嗎？」

二春道：「你有什麼憑據？」

那人反問道：「你是唐家人嗎？」說時，兩眼在二春周身上下看了一遍。

二春掙紅了臉，只管跳腳，因道：「我自然是唐家人，我不是唐家人，我問你這些話做什麼？」

那人聽說，就在身上掏出一張字條來交給她看，二春接過來看時，是鉛印的字，人名地點時間，卻是用自來水筆填的，最後還蓋了醫院的一方圖章，顯然是真的，因道：「我就是她家人，我去看她，要帶什麼東西嗎？」

那人道：「用不著，我們醫院裡有汽車，在馬路上等著。」

二春說聲：「請你等一等，我就來。」立刻拿紙條跑到家裡去告訴王媽，將唐家媽留下的幾十塊家用錢，一齊揣在身上，就跑了出來。

王媽由前面跟著送出來，還道：「二小姐，我同你一塊兒去吧！你一個人去，怕是不大妥當吧？」

二春道：「都走了，哪個看家呢，況且劉老闆下午要來，也等著我們的話，大家跑一個空，事情就沒有人接頭了。」說時，她到了大門口，見那個醫院的來人，還閒閒地背了兩手站著，在看門框上面的門牌。

二春道：「累你等了，請走吧！」

那人也沒多說什麼，就在前面引路。

二春走著路，回頭向王媽道：「回頭劉老闆、徐老闆來了，請他們趕快就到醫院裡去看看，說不定還有事情要他們幫忙的。」

還沒得著王媽的答覆，看到那個醫院的來人已走向前了很遠，只得放快了腳步，跟著跑向前去。

到了馬路上，攔了小巷子口，就放著一輛流線型的漂亮汽車，把路攔住，那人搶上前一步，把那汽車門打開，讓二春上車去。

二春一看，那是一輛華麗的汽車，並不是醫院裡用著接人的，而且汽車兩邊，並沒有紅十字的記號。自己正在打量著，那人和車上的司機都催著快快上車，二春也沒有深加考慮，就跨上車去。

自己還沒有在車座上坐穩呢，車門是咚的一聲關著了，接著，身子向後一跌，車子已開走了。那個穿白制服的人，和司機人坐在並排，卻回過頭來，隔著玻璃板對二春齜牙一笑。

二春看他那笑容帶了一些陰險的意味，自己也覺著這人怕不懷好意。可是已上了車子，車子又跑得相當快，也沒有法子去問他的究竟，只好到了醫院再說。

車子是順了一條寬大的馬路，開足了馬力，向前直跑，跑了二十分鐘之後，車子走上園圃地帶，四周只有很零落的人家。記得偉民醫院是在一條繁盛的街道上，現在所走的路，好像是到後湖去的，那完全不對，便用手敲著座前的玻璃板，去驚動前面的人。可是任你怎樣敲，前面的人也是不理。

這樣又是十分鐘，車子已經到了一座洋樓面前，那洋樓前面，圍著青磚圍牆，大開了鐵柵大門，等車子進去。車子一直開到大門裡面院子裡停著，司機開了車門，點著頭道：「二小姐，到了，請下車。」

二春道：「這是醫院嗎？」

司機道：「不管是醫院不是醫院，你娘你妹子都在這裡，你進去看吧。」

二春猶豫了一陣，覺得老坐在車子上也不是辦法，只好走下車子，回頭一看，那鐵柵大門已是緊緊地關起，便向站在面前的那穿白制服的人道：「什麼道理？你把我騙到這地方來？」

那人笑道：「真的，你娘在這前面樓上，她叫我去接你來的。」

二春將身子向大門口奔去，這院子裡站有四五個男人，只是笑了望著她，誰也不來攔阻。二春伸手抽動門閂，就打算開門，不想門是關閉緊了，再加上一道鎖，開弄了很久，休想搖撼那大門分毫。那院子裡站著的男人，透著得意，同時前仰後合地哈哈大笑。

那個穿白制服的人彎了腰笑著，站在臺階上遠遠地指著她道：「你用力開門吧，開了門，就讓你出去。」

二春不開門了，扭轉身來，跳著腳道：「清平世界，你們敢青天白日搶人嗎？」

那人抬了一抬肩膀，又用手一摸嘴巴微笑道：「那很不算稀奇。」

二春看到靠院牆有一把長柄掃帚，拿過掃帚柄，就直奔了那人去，她是想實行王大狗的主張，要和人家拼命了。

十四　風波

這幢房子裡的人，既然布下了天羅地網來侮辱女人，當然他們都有相當的準備。

二春是恨極了，並不曾顧到利害，拿起棍子，就向那個輕薄傢伙奔了去。可是她還差得遠呢，早有兩三個人搶了上前，將她捉住。二春兩手都讓人抓住，擺動不得，只好用腳去踢人，第二腳還不曾踢出去，又讓人把腳捉住，於是人就倒下來了。二春忿恨極了，亂撞亂跳，口裡喊叫著：「你們把我殺了吧，你們把我殺了吧！」兩眼又哭了個睜不開。

這時，也不知道有多少人將自己包圍住，但只覺得匆忙之中，讓人推擁上了一層樓，更擁進了一間屋子，把自己就推在一張鬆軟的沙發上。接著，聽到房門咚的一下響，睜開眼看時，眼前已沒有了一個人，自己是被關在一間堅固的屋子裡，兩方玻璃窗戶都是鐵骨架子，閉得極緊。

這屋子細小得僅僅是擺了一套長短沙發，粉著陰綠色的牆，窗戶裡掛了紫綢幔子，雖然這屋裡並沒有什麼可怕的東西，在這色調上，倒是有些陰慘怕人。

二春擦擦眼淚，凝神向屋子周圍看了一看，這牆大概是鋼骨水泥的屋架，很厚很厚，用手碰碰，彷彿是碰在石壁上。只是在牆角上，開了一扇窄小的門，剛剛是好讓一個人過去，這是特別的現象。站起身來，走向窗戶邊對外看看，恰好是一幢相同的樓房對立著，彼此相隔丈來遠。

那邊樓房，在窗戶外更垂了一層竹簾子，什麼也看不到。將手推移了窗戶一下，猶同鐵鑄似的，休想震撼分毫。丟了這扇窗戶，再去搖撼那扇窗戶，其情形，也是一樣。

二春站著出了一會神，沒有法可想，只得又倒在椅子上。她心裡卻是那樣想：關起我來就關起我來吧，反正他們也沒有哪個賜了他們的尚方寶劍先斬後奏，且看他們有什麼法子對付我。她這樣想著，心裡是坦然了。

房門與窗戶依然繼續緊閉著。她對四周看了一看，覺得一隻螞蟻鑽過的縫隙都沒有，要想把這屋子裡的消息傳達出去，這是一件十分困難的事。

她坐下來待著一會，將全身的紐扣帶子全緊了一次，然後淡笑了一笑，自言自語道：「我還出這麼一個風頭，這倒是猜不到的事。」

她這樣說著，倒不料有反應，嚓一聲，那牆角上的小門卻扯了開來，有個穿白色制服的男人，彷彿是大飯店裡的茶房，從從容容地走了進來，遠遠地站定著，就鞠了個躬笑道：「唐小姐，請到這邊房間來坐吧。」

二春突然站了起來，沉著臉道：「隨便到哪裡去，我都敢去。大概你們這裡也沒有養了老虎吃人！」說著，徑自走到小門這邊房子裡來，很像旅館裡一間上等客房，除了立體式的桌椅床榻之外，在床後另有個洗澡間，雕花白漆的隔扇，糊著湖水色的珍珠羅，隔了內外。

二春站在屋子中間，看了一看，然後在一張沙發上坐下。那矮几上放著有整聽子的煙捲，這就順手抽起了一根，便拿起桌上的火柴盒，擦了一根火柴，將煙點著吸了，索性抬起左腿來，架在右腿上，背靠了椅子，噴出一口煙來，很自然地坐著。但是剛吸一口煙，忽然想著：這裡也許有什麼玩意吧？於是立刻把煙捲丟了。

那茶房斟了一玻璃杯子玫瑰茶，將一只賽銀托盆托著，送到二春面前，笑道：「二小姐叫著鬧著，口渴了吧？後面洗澡間裡，香皂，雪花膏，香水，生髮油，什麼都有，唐小姐去洗把臉。」

二春瞪了眼道：「你們到底把我當了什麼？我並不是歌女，你們不要弄錯了。」

茶房又鞠了一個躬道：「唐小姐這話請你不要跟我說，我是伺候人的，一會子就有人進來陪你談話。」說著，他連連向後退了兩步，退到了門邊，他不走開，也不再進來，就在門口攔住著。

二春道：「你說有人來和我談話，這人怎麼不進來？再不進來，我就要出去找人了。」說著，向門邊走了來。

這裡茶房倒不攔著，一步一步向後退了去。

二春覺得是不必有所顧忌的，隨了他直奔向房門口來，她這裡還不曾出門呢，門外卻有一個人走了進來，不是那人走得慢些，幾乎要撞一個滿懷。二春只好退後了兩步，斜靠椅子站住，向那人望著。

那人穿了一身淺灰嗶嘰西裝，頭上梳著烏光的長髮，頸脖子下垂著一條桃紅色的領帶，雖然是尖削的臉子，陷下去兩隻大眼眶子，然而這臉子還是新修刮著的，修刮得一根毫毛沒有。在這分穿著上，也就可以看出這人是什麼個性。

二春板著一張面孔，並不睬他。那人倒不立刻就現出輕薄相，老遠地站定了，就向二春深深地鞠了一個躬，二春微偏了頭，只當沒有看到他。

他笑道：「二小姐請坐，你不要看我是在這屋子裡出現的，但是我到這裡來，絕沒有一點惡意，是有幾句話和二小姐商量的。你既然到了此地，總要想一個解決辦法，絕不能就是這樣相持下去。」

二春淡笑道：「哦，你們也知道不能永久相持下去，我們一個年輕姑娘，讓人家綁了票來，那有什麼法子！你們大概也知道的，我家並不是財主，你們打算要多少錢贖票？」

那人笑道：「三小姐的言論風采，我們已經領略過了，不想二小姐也是這樣堅強的個性。請坐請坐，坐下來，有話慢慢談。」說著，他在相隔一張地毯的對面椅子上坐下，又向她連連點了兩下頭道：「二小姐不要性急，請坐下，有話慢慢談，我先把一句話安你的心。就是這裡的人，絕對沒有什麼惡意。」

二春也覺得犯不上著急，斜坐在沙發上，將臉對了那出去的房門。

那人道：「我叫杜德海，和這裡主人沒有什麼關係，不過是朋友罷了。今天我也是偶然到這裡來看兩個朋友，就遇到了令堂，我們倒談得很好。」

二春道：「要商量什麼話也可以，請你把我帶著去和我母親見面，她現時在哪裡？」

杜德海在西服口袋裡掏出一方手絹，將額角上的汗輕輕抹拂了幾下，笑道：「自然會引著你和令堂相見的，我們不妨先談一下子。」

二春道：「杜先生，你可知道我不是秦淮河上賣藝的人！就算我妹子小春惹了什麼禍事，與我毫不相干，把我找了來幹什麼？」

杜德海笑道：「原因就為了你不是一個歌女，我才斯斯文文地出面來做個調人；不然，不會有這樣客氣的。」說著，他扛起兩隻肩膀又微笑了一笑。

在這份情態中，雖然他說沒有什麼惡意，可是二春也看不出他有什麼善意，因之依然板著臉聽下去，並不答話。

杜德海起身點了一支煙，依然坐下來吸著，彼此靜默了四五分鐘，他笑了一笑道：「二小姐對於這件事，本來是無辜；可是反過來說，未嘗不是你一筆意外的收穫。據楊先生說，他那天在電影院裡看到了你，是非常之滿意，今天晚上，這裡有個小小的宴會，假如二小姐能出來，代楊先生陪一陪客，對你毫無其他的要求。現在就讓我帶了十張一百元的鈔票來，算是壓驚的錢。」

二春聽了這些話，先是把臉漲紅了，隨後把沉下去的臉突然向上一揚，瞪了眼道：「你們把歌女開玩笑罷了，連歌女的家裡人，都拿著開心嗎？」

杜德海很從容地噴出一口煙來，笑道：「這沒有我的事，不必說什麼你們我們了。你說把歌女開心，和小春的談判，還沒有著手呢！那就沒有這些條件。**楊先生說出來的話，答應固然是要照辦，不答應也是要照辦**。她是一位紅歌女，看見過錢的，大概不會給她什麼錢。你比她年紀大些，你應當明白，到了這裡來，你變蚊子也飛不出去。」

二春隨了他這話，不覺抬頭向四周看了一看，接著又低下了頭，杜德海把手上的紙煙頭扔在痰盂子裡，起身遞了一支煙捲給二春，笑道：「二小姐，抽支煙休息休息。」說著，自取了一支煙，退回來兩步，向椅子上倒下去坐著。隨著人在沙發軟墊上倒下去的這個勢子，把右腳抬起來，架在左腿上，吸了兩口煙，把右手的大拇指和食指夾著煙捲，將中指向茶几下痰盂裡彈著煙灰，臉上帶了微微的笑容，向二春望著。

二春也是想著，何必在他面前示弱，於是也點起煙捲來，昂起頭來，緩緩地抽著。

杜德海將煙又抽了兩口，笑道：「你把我的話想一想。老實說，你的家世，我是知道的，楊先生也知道的，你妹妹真是靠賣唱吃飯的人嗎？你們說賣口不賣身，無非為的是幾個錢，現在人家是大把地將鈔票拿出來了，你不應該還搭架子。」

二春沉著臉道：「你知道我的家世又怎麼樣？**在我身上並沒有掛了賣身的招牌。由我這裡起，就不賣身。你說你們有錢，我不要你們的錢。就算我也賣身，身子是我的，我能做主，我不賣給你！**」

杜德海身子向上一起，望了她冷笑道：「你能做主，恐怕你做不得主吧？」說著，將三個指頭夾了煙捲，指著房門道：「無論你有多大本領，也穿不過這道房門。你再看了這上下左右，哪裡可以找出一條逃走的出路。」說著，將手又四圍指著。

二春道：「我逃走做什麼？我倒要在這裡等著，看看你們有什麼法子對付我，大概不能把我治死吧！」

杜德海笑道：「我們為什麼把你治死呢？要你越活潑越好呢！」說著，又打了一個哈哈，他說完了，只管抽煙，並不接著向下說。把煙捲抽完了，悄悄地在衣袋裡掏出一沓鈔票，放在桌上，輕輕地將鈔票拍了兩下，笑道：「有這一千塊錢，可做多少事情，你倒是想一想吧。」說時，掉過頭來向二春望著，手拐撐了椅靠，手掌托了頭，斜斜地坐著，微閉了眼睛，杜德海也不再催促答覆了，默然相對地坐著。

總有二十分鐘，然後他緩緩地站了起來，向二春笑道：「二小姐既然不肯給我的答覆，我也就不強迫二小姐答覆了。」說著，把那捲鈔票拿起來，一張一張地掀著數過，然後揣在身上，又走到二春這邊茶几前來，抽起一根煙捲，向口裡一塞，接著擦上一根火柴，把煙支點上，他緩緩地捏住那根火柴，在空中搖擺著，搖擺得火柴熄了，很不在意地扔在痰盂裡，噴了兩口煙，向二春點了一個頭道：「那我們回頭再見了。」

他好像表示這煙捲抽得很有味似的，這算他是真走了。隨了他的腳跡，那門不知道怎地一閃，哄咚一下關著了。二春趕上去，將房門拉上兩拉，那門像生鐵熔合著，嵌在牆壁上一樣，休想移動分毫，對門呆望了一望，只好依然坐回椅子上去。

悶坐了一會，透著無聊，就在前後屋子看了看，在鐵床斜對面，陳列著一架玻璃門的衣櫥，打開櫥來看時，裡面居然掛有好幾件男女睡衣，櫥下面兩個抽屜，扯開左面的抽屜看時，是幾雙拖鞋，再打開右面的抽屜，卻很稀奇，是一大疊畫報，還有幾冊夾相片的本子。隨手掏起一本來看，畫報裡面，也不過是些平常的女人像，倒不足為奇，將相片本子打開，那裡卻全是春宮相片，始而還翻了兩頁，心裡忽然一動，這是什麼地方，立刻把本子丟下，回到椅子上去坐著，又抽了一根香煙，還是感到無聊，就拿了一冊畫報過來，攤在膝上慢慢地展開來看。

看久了，自也感到一些興趣，隱隱之中，聞到一陣香味，這香不知是書上的是煙裡的，正凝想著，忽然聽到有人站在身後輕輕地道：「二小姐，你覺得這畫報怎麼樣？」

二春猛回頭看時，卻是杜德海笑嘻嘻地站在椅子前面，二春紅了臉，把畫報向茶几下面塞了去，杜德海看到那抽屜還是開著的，也就到對面椅子上坐著，先默然了一會，隨後笑道：「二小姐，你想明白過來了沒有？」

二春道：「我不曉得想什麼？我就在這裡等死！」

杜德海道：「原來你們母女都是這樣的脾氣，其實，楊先生也是想不開，有整千塊錢玩歌女，什麼人玩不到，何必還費上這樣大的事。」

二春懶得理他了，站起來想走到遠一點的那張沙發上去坐著，不料人還沒有站起，只覺一陣天旋地轉，頭彷彿有幾十斤重，站立不住，復又突然在椅子上坐下。

杜德海在對面椅子上看著，並不感到什麼奇異，只是微微地一笑。

二春心裡還是明白的，心想：難道我上了他們的當，吃了毒藥了？可是我進這門來，水也沒有喝一口，香煙呢，杜德海也抽著的，他怎麼不醉呢？是了，我翻那畫報看的時候，有一陣奇怪的香味，莫非……

她想到這裡，人有些糊塗了，說是人睡著了，彷彿又在活動，眼前卻看到相片上的那些男女一對一對的成了活人，這是怪事，不能看下去，就把眼睛閉上，可是把眼睛閉上，那些相片上的人還是活動著。

到了這時，心裡已經十分明白，她曾說過，姓楊的那顆心，比殺人刀還要狠，現在是證明了，所幸她證明之後，也就昏沉過去，不知道痛苦。

醒過來時，屋子裡已亮上了電燈，房門還是緊閉著，床後那洗澡間裡，卻是嘩啷嘩啷，有人在洗澡，打著澡盆裡水響，接著有人拍了幾下外面房門，二春驚醒了，覺得自己罩住在珍珠羅的帳子裡，頭睡在枕上，側了耳朵聽到母親在外面叫道：「二春，你忍耐著，據他們說，現在放我回去了，我回去……」

以下的話，並沒有說出來。

二春叫了幾聲媽，也沒有人答應，想必是讓人擁著走了，只好哇的一聲哭了起來。這哭聲被堅實的牆壁封閉起來了，門外的人，稍微離遠一點就聽不到。

二春的母親，就在這門外夾道裡讓兩個人攙扶著，除了兩隻腳可以自由行走而外，此外是身上任何部分，都讓攙扶著的兩個人管理住，絲毫不能自由；尤其是兩隻眼睛，卻讓人把手巾捆住了，自己已走到了哪裡，卻是完全不知道。覺得身後有兩個人推著，不由得自己不走。糊裡糊塗地走著，但覺得腳下層層下落，是走下樓了，後來就被擁上了汽車，車座上左右各坐著一個人，還是讓人制服住了。

彷彿中，汽車顛簸得很厲害，耳裡卻轟隆轟隆響著，是汽車輪子磨擦的馬路發聲。這裡也不過十分鐘，汽車已停止了，身旁的這兩個人就在腦後一扯，把手絹扯脫，同時，被攙在背後的兩隻手也鬆開了，回頭看到右手一個穿西裝歪戴帽子的人，推開了車門，發出那可怕的笑容，因點了兩下頭道：「唐老太太，快到你家裡了，下車去吧。」

隨了這句話，唐大嫂是被人推下車子，自己兩腳還沒有站穩，又是嗚的一聲響著，坐來的一輛汽車，已由身後開著走了。

唐大嫂站著發了一陣呆，已經可分辨出來，走到了南城，確去家不遠，雇了人力車子，就向家裡走去。

車子到了巷口，重看到了家門了，心裡就有一種說不出來的淒涼滋味，立刻兩行眼淚由眼角裡擠出來，隨著臉腮向下滾，身上的手絹已經為了久擦眼淚，已是失落了，只好掀起一片衣襟，在臉上抹擦了幾回。

忽然有陣腳步聲追了向前，唐大嫂回頭看時，卻是徐亦進，隨著彼此同時啊喲了一聲，徐亦進手抓車把，問道：「唐家媽，都回來了嗎？」

唐大嫂道：「唉！不要說起，請你到我家裡去詳細談一談吧。」

徐亦進隨在她後面，把她送到家，她進了大門，由第一座天井裡就喊起：「反了，不成世界了，沒有王法了。」說時，拍了兩隻手，一直走回家來，沒有停止。

可是到了她自己的那幢屋子，感觸更深，不進臥室了，在堂屋旁邊椅子上坐著，哇的一聲，就哭了起來。

這時，早把前後幾進屋子的鄰居都驚動了，圍坐了一堂屋的人，這個問一句，那人問一句，徐亦進站在一邊，簡直沒有談話的機會。

後來汪老太由人叢中擠了上前，就向唐大嫂道：「說了這麼久，你們到底是讓人家關在什麼地方？」

唐大嫂道：「你看，我們就像讓土匪綁了票去一樣，汽車兩邊放下了窗帷幔，糊裡糊塗讓人家帶到一個地方關著。出來的時候，索性讓人蒙上了眼睛，知道是在哪裡呢。」

徐亦進插嘴道：「地方我們是知道，只是我們沒有法子上前去救人。」

唐大嫂見徐亦進站在人身後，解開了衣襟，拿了一頂帽子當扇子搖個不停，便道：「徐二哥，我想你這個人是很熱心的，今天一定在外面跑了不少路，先請坐一會子，我們再商量辦法。」

鄰居看他們這情形，好像有秘密話談，都散了。

唐大嫂將徐亦進引到她自己屋裡來坐，王媽供應過了茶水，也站在一邊皺了眉道：「二小姐平常做事，也是很謹慎的，怎麼這次也不想想，就跟了那個送信的去了。」

徐亦進道：「過去的事，那是不必說了，說也無用。唐家媽讓他們關起來以後，看到兩位小姐沒有？」

唐大嫂道：「你想他怎能夠便便宜宜讓我看見呢？不過臨走的時候，他們蒙了我的眼睛，挾著到兩間房的房門口，各站了兩分鐘，他們告訴我，先到的是小春房間外頭，後到的是二春房間外頭，我只在外面叮囑了她們幾句，她們好像是答應了我兩聲，可是她們說的是些什麼，我全沒有聽清楚。徐二哥，你說知道了一些消息，到底在什麼地方呢？」

徐亦進道：「下午我到這裡來，聽說二小姐到醫院裡看唐家媽去了，我就很疑心，二小姐接到的那張醫院通知單，放在堂屋桌上，我拿起一看，顯然是假，上面蓋的那個木戳子，四個字都歪斜不正。一個醫院，豈能一個像樣的圖章都沒有？而且通知單那樣小，蓋的圖章倒有銅錢大一個字，根本不對。為了這個，我坐著車子，立刻趕到醫院去打聽消息。我雖然知道這是跑得多餘一次的路，又不能不跑。後來在醫院跑落了空，就去找王大狗，哪曉得他也是不知去向。直到剛才不久，我在路上碰到了阿金，才知道他在那秘密機關的地方轉了一下午，地方是打聽出來了，就在他注意的那條街上。至於是那號門牌，依然不敢斷定，偏是他的一身穿著，只管在那條街上溜來溜去，倒引起了警察注意，簡直把他攔住，問他要在這裡找什麼人？大狗沒有拿到一點憑據，怎樣能說出來呢？他氣悶不過，就跑回來找阿金，要商量個法子。」

唐大嫂聽說，倒不由得笑了，因道：「怎麼會找阿金想法子呢？那是個笑話了。」

徐亦進道：「我也是這樣說，不過他匆匆地和阿金說了一陣，又跑走了，看他那樣亂忙的神氣，倒好像有些主意。不管他，你老人家既然出來了，想必他們也不願為難到底。離開那裡的時候，有和唐家媽說些什麼沒有？」

唐大嫂道：「到了現在，我可以把經過的情形對你說一說。王媽，你給我拿了香煙來。」

王媽取了紙煙火柴，放在那手邊茶几上，又倒了一玻璃杯熱茶放在她手邊。她先喝了一杯茶，然後手夾著煙捲，望了徐亦進道：

「你是個正派人，有什麼話，我不瞞著你，由我娘手裡起，就是在秦淮河上做生意的，吃這種飯，還談什麼受氣不受氣，掙得到錢就行了。到了小春長大成人，秦淮河是換了一個世界，這碗飯不能吃了，所以派她學唱。老實說，**女孩子在夫子廟賣唱，還真是憑她的唱工不成，這好像是釣魚的那一塊香餌，每天在臺上站二三十分鐘，就是下釣子去釣茶客袋裡的錢。會釣的，自然釣的魚多些。但是要說這香餌，絕不讓魚舐上一下，那是絕辦不到的事，**以我本心而論，小春用過錢伯能不少的錢，最近又用了他三百塊，敷衍敷衍他，那是應當的。他那樣大請姓楊的，自然有他的作用，花人錢財，與人消災，那天在酒席宴上，姓錢的想利用小春一下，小春照理是應該幫他一個忙，既然和人家鬧翻了，在我們秦淮河上安身立命的人，栽一個筋斗是應當的。」

徐亦進聽到這裡，有點不耐煩，站起身來，取了一根紙煙在手，向茶几上頓了幾頓，先把煙塞在嘴角裡，然後拿了火柴盒子在手上，連連搖了幾下，退向她對面椅子上坐下，擦火把煙點著，微笑了一笑，並沒有說什麼，只管吸煙。

唐大嫂道：「本來呢，我也就想親自帶了小春去見錢伯能，叫他帶著和姓楊的道一個歉，也就完事了，倒不想那姓楊的下起毒手這樣快！在秦淮河上混了幾輩子，還栽了這麼一個筋斗，這實是我自己誤事。」

徐亦進將手上那一支紙煙向地面上一扔，連連用腳踏了兩下，突然站起來，沉著臉道：「唐家媽，你這話不是這樣的說法，你老人家雖然自己不肯抬高身分，但是無論哪個，都知道你是一位老秦淮河，俗言道得好：人爭一口氣，佛爭一爐香。**我們平白地受人家這樣一頓糟蹋，就甘心忍受了事，這回算過去了，以後是人是鬼，都來糟蹋一陣，你老人家還想在秦淮河邊上站腳嗎？**」

唐大嫂點點頭道：「你這話誠然是不錯，我回來的時候，坐在黃包車上，也仔細地想了一想，**我們既是釣魚的，丟了香餌也好，保留住了香餌也好，只要釣到了魚，總不算輸**。當我讓他們由汽車上拖進那幢洋房子的時候，我就想著，張天師府裡也有妖精作怪，在南京城裡，居然有這樣的事，但是把我母女兩個的皮都剝了，也值不了多少錢，他們何必把我綁了來呢？進了門之後，我看到房間布置得那樣精緻，我又曉得他們絕不是在我身上打錢的主意，只是我這樣大年紀，他把我綁了來做什麼呢？

「那時，小春一下車，就和我分開了，我是讓他們帶在樓上一間小屋子裡坐著，那裡的陳設，彷彿是一個小客廳，有兩個茶房，輪流進去伺候茶煙。我先是不理他們，倒在一張長的沙發椅子上，悶坐了半天，覺得不是辦法，我就對那茶房發脾氣，要他找個負責的人出來和我說話。我以為茶房必定推諉，哪曉得立刻和我請一位負責的人來。那人是個大矮胖子，穿一件藍湖縐夾襖，袖子捲得高高的，露出一截光手胳膊來，夾了大半截雪茄，老放在嘴角上咬著，我看他那樣子，很有點官僚派，大概是可以拿點主意了，也就起了一起身，他就抱了拳頭，連說對不起。」

「我就說：事到於今，談不上什麼對得起對不起，我問他這是什麼地方，把我們關在這裡？什麼思想？他倒笑著說：『這不過是個俱樂部，架子大的女人，是常常帶了來懲治她的。你是一位老太太，本不在懲治之列，不過你既同小春一路，不能把你在半路上放了，招些是非。現在請你在這裡坐個大半天，到了晚上，放你回去。』

「我看那人還好說話，就問這事是不是姓楊的做的？他並不怕事，爽快承認了。我想硬是硬不過他們了，就和他說了許多好話，情願向姓楊的賠個不是。那人說：『你願賠不是，你三小姐不願賠不是，也是枉然。不過我們對於她是有辦法的，也沒有什麼說不過去。只是你二小姐是在家裡不出門的人，倒不好白占她的便宜，另外送你一點款子吧。』」

徐亦進伸手將茶几一拍，大叫：「豈有此理！」

唐大嫂倒望了他說不出話來，徐亦進抖顫了嘴唇，問道：「以後怎麼樣？你說，你說！」

他站起來了，把一隻腳高踏在椅子沿上。

唐大嫂道：「到了這時。我才知道二春也讓他們弄去了，倒叫我掉在冷水缸裡。我向那胖子說，她又不是在夫子廟賣藝的，向來不應酬人，怎好把她帶了出來呢？那胖子最後說，不管你知趣不知趣，反正不能隨隨便便放出去，他交代到這裡就走了。」

徐亦進道：「你怎麼不抓住他，和他拼命？」

唐大嫂道：「你想能夠拼倒他們嗎？我孤掌難鳴，拼死了，這兩位姑娘關在裡面，更是完了。後來過了兩個鐘頭，又有一個姓杜的和我來談條件，說是我願意和平解決的話，晚上就放我出來，送二春一千塊錢交給我收著，三日之後，放小春出來，依然讓她唱戲。」

徐亦進道：「條件你都接受了？」

唐大嫂道：「你想，在那裡關著，只有聽他的話，談什麼接受不接受！」

徐亦進放下那隻腳，一扭身在椅上坐了，兩手撐了膝蓋，瞪了大眼向唐大嫂望著道：「那麼，你收了他的錢了？」

唐大嫂頓了一頓，卻搭訕著取了一支香煙來抽。

徐亦進跳起來道：「你就只認得錢，受了什麼犧牲都不顧，既是這麼著，那姓楊的要小春的時候，你把她送入虎口就是，何必掙什麼硬氣，說許多漂亮的話，於今鬧得無人不知，還把二小姐這個好人活活犧牲了，你不但對不起朋友，你對不起你第二個女兒，你也對不住你自己！你為了一千塊錢，丟醜吃虧，害二春一輩子，你沒有一點人身上的血性，你簡直不如阿金！我走了，白認得你了。」說著，他一起身跑了出去。

這場風波的結果，倒鬧得他和唐大嫂翻了臉，這是大家所不及料的了。

十五 將計就計

唐大嫂有唐大嫂的處世哲學，等於徐亦進有徐亦進的處世哲學，徐亦進說她無恥，她是不介意的，可是一點正義感，卻是與人不同。徐亦進儘管發著脾氣，她倒認為是一番好意，即刻隨了他後面追出來，口裡還笑著叫道：「你這孩子，在我們老長輩面前抖什麼威風。」口裡說著，人已是追到前進天井裡來。

徐亦進在前面走著，低了頭放開大步，只是不理。

唐大嫂兩步搶上前，將他衣服抓住，笑道：「這是我們家的事，要你氣成這個樣子做什麼？」

徐亦進道：「我又何必生氣，我不管你們這些事就是了。你現在還拉住我什麼意思？」

唐大嫂道：「你真不管我們家的事了嗎？」

徐亦進道：「你的家事，你已經處理得很好了，你哪裡還用得著人幫忙！

再說，事情辦到了這種程度，教人家願幫忙的，也無從幫起。」

唐大嫂拉了他的衣襟道：「不管怎樣，你再到後面去坐坐，也不玷辱了你。」

徐亦進被她這句話刺激著，只好跟了她復走回去，到了她內室裡，她向外看看，低聲道：「二哥，你得和我想想，我要是不答應，又有什麼法子可以把人搶了出來？倒不如這樣做了，還可以用他幾個錢。不然，就要落個人財兩空。」

徐亦進坐在椅子上，兩手撐了膝蓋，臉皮都氣黃了，低了頭把眼光射在地板上，很久沒作聲。

最後，他冷笑道：「你拿了人家的錢，以後由人家糟蹋，你是沒得話說的了，我說句不知進退的話，就算你做的是這項買賣，你也只有一個女兒做買賣，現在……現在……唉！我這話怎麼說？」

他把腳在地面上重重頓了一兩下，唐大嫂道：「你這意思，我也明白，以為二春吃了虧，其實，我倒不那樣想，不是她嗓子差，不也是在夫子廟賣唱嗎？那些挽救不過來的事情，我們也不必去說了。現在最要緊的，就是把這兩個人弄出來，只憑他這幾個錢，我絕不能把兩個小姐都賣給了他。」

徐亦進道：「好吧，我和你去打聽打聽吧，有了機會的話，叫那姓楊的補送你幾千塊錢。總之，不讓你太吃虧蝕本就是了。」說著，哈哈大笑一聲，又搶了出來。

唐大嫂這回是來不及挽留他，只好由他走去。

徐亦進一路走著，一路哈哈大笑，走出了大門口，還在笑著，約莫走了二三十步，衣服的後幅卻讓人扯住了，站住了腳，先就聽到王大狗道：「二哥，你怎麼和唐家媽抬起槓來了？我走到了裡面天井裡，聽到你那滿腔怒氣的聲音，嚇得我又跑出來了。」

徐亦進搖搖頭道：「不要提，氣死人，算了，我們不管她唐家的事了。」

大狗道：「為什麼？唐大媽說話得罪了你嗎？」

徐亦進道：「她得罪了我，我倒是不計較的。」口裡說時，腳步還是向前移動得很快。

大狗握住他的手，將他拖住，因道：「你到底說明了，什麼事呀？」

徐亦進道：「你看他們，一個要打，一個願挨，我們在一邊的人看著不服，那有什麼用！」說話時，兩個人在一條小河的石橋頭上站住。

大狗道：「分明是那姓楊的帶騙帶搶把人弄了去的。你怎麼說是她唐家人願挨？」

徐亦進道：「**唐家賣的是人肉**，人家把她的人搶去了，拿得回來拿不回來，有什麼關係，只要人家肯給她的錢就是了。」

他將背靠了石橋欄桿，昂頭嘆了一口氣，似乎胸裡頭有無限的煩惱，要在這口氣吐了出來。

大狗默然了很久，點點頭道：「那我明白了，一定是唐家媽拿了人家的錢，把這件事私下了結了，不過你心裡很難受。」說著，微微一笑。

徐亦進伏在橋欄桿上，對了橋下的河水凝神望著，很不在意地答道：「我有什麼難受？」

大狗在耳朵上夾縫裡取下大半截煙捲，放在嘴角裡銜住，又在帽子沿邊的帶子裡，摸索出一根火柴來，抬起腳來，在鞋底板上擦著了，背了風將煙捲點著，噴了一口煙，回過頭來笑道：「你不難受嗎？二小姐讓那姓楊的帶出城去了。」

徐亦進突然掉轉過身來，向大狗問道：「你怎麼會知道的？」

大狗道：「我怎麼會知道的嗎？我親眼看到的！我在馬路上守候著一天，你是知道的，直候到今天晚上，我還不知道這個秘密機關在哪號門牌裡面，自然我是很有點著急。後來就在我站著的地方，身後有人拉了鐵門響，回頭看時，有一部嶄新的汽車從那院子裡出來，我閃到一邊，那汽車緩緩開著，恰好挨了我身邊擦出門來。看時，二小姐滿臉的愁容，坐在車子裡。本來我也不會知道這車子是到哪裡去的，那汽車夫想不到路邊有個留心他們行動的人，伸出頭來，和那關鐵門的聽差說，我今天住在孝陵衛新村不回來了，明天一早趕進城，我們夫子廟奇芳閣見吧。說著，那車子就跑了，這不用說，車子一定是開出了中山門，到陵園一帶去了。我們馬上出城，也許還可以尋得著他們。」

徐亦進兩手反扶了橋石欄，彷彿周身全都有些抖顫，望了他道：「你……你……你不是造謠？」

大狗道：「我造謠幹什麼？我們趕快追了去。」

徐亦進靠了橋石欄站著，很久沒有作聲，大狗道：「你為什麼不說話？難道你也恨著二小姐嗎？」

徐亦進道：「你怎麼這樣不明白，現在快十點鐘了，有汽車坐著跑了出去，那沒什麼關係，若是我們這樣兩個空手的人，搖搖擺擺走了出城，你就是把心掏出來，說你是個好人，軍警遇到，依然說你有心犯法。無論如何，今天是追不出去了。」

大狗道：「我原來這樣想著，記好了那汽車的號碼，然後出了城，順著孝陵衛前前後後找汽車去；找到那部汽車，就知道二小姐藏在哪裡了。今天不去，明天一早，他們就把汽車開進了城，我們還到哪裡去找？」

徐亦進笑道：「找著了又怎麼樣？你能在老虎口裡拖出肉來嗎？」

他這笑聲是很慘澹，尾音拖得很長，卻又戛然止住。

大狗把那截煙捲已經是快抽完了，兩個指尖依然鉗住一點火星，放在嘴唇邊吸了兩下，才扔到地面上去，因道：「那麼，你的意思，是把唐家的事丟到一邊，以後就永遠不問了？」

徐亦進說道：「要知道，樹木扶得直，竹子勉強扶得直，人若遇到了菖蒲這一類不成器的東西，它天性是遇到了風雨就倒下去的，你怎扶直得了它？人家自己就願意屈服，我們旁邊人，氣破了肚也是枉然！」

大狗道：「怎麼枉然？天下的事，天下人管。那姓楊的仗了他有幾個錢，無惡不作，要什麼就拿什麼，讓人真有點不服氣，我一定……」

亦進道：「你又有什麼了不得，偷他一筆，你又可以快活十天半個月。」

大狗先默然了一會子，隨後笑道：「雖然我不過偷他一下子，到底還能偷他一下子，譬如村莊上來了一條瘋狗，見人就咬，大家嚇得亂跑，沒有人敢惹牠。這樣，瘋狗更得意，咬了一個，再來咬一個。只有躲牛毛裡過活的狗蠅子，向來是人家要踏死牠的東西，到了這時，牠倒有了本領，鑽到瘋狗毛裡去，三個一群，五個一隊，自由自在地吸瘋狗的血。我就是一隻狗蠅子，你們不奈他何，我還可以偷他一偷，偷來的錢，多少散幾個窮人用用。」

徐亦進將兩手掩了耳朵，喝道：「快閉了你那臭嘴，你生來下流，倒還以為是一等本領，我不聽你這臭話。」說著，扭轉身來就要走，卻看到橋下路頭上，兩個短衣人都橫伸了兩手，將路攔住，喝道：「好，你這兩個賊骨頭，好大膽，在大街上商量作案。」

徐亦進待要辯論，那兩個人已是搶步上前，一個人拿了手槍，對著徐亦進的胸口，另一個人居然帶有鐐銬，兩手取出，喀嚓一聲，把徐亦進兩手銬住。

大狗站在橋頭，老遠就發覺出來這兩人來意不善，想到橋這邊也未必無人，就手扶了欄桿，聳身向下一跳，倒也不管水腥水臭，順了河岸人家的牆腳，徑直地就跑，河轉一個彎，直等著遠離那石橋了，這才找了一個小碼頭上岸。

好在天氣還不很冷，拖泥帶水的，挑選著黑暗的街道走回家去，又洗又刷，忙了大半夜，卻把一個趕晚市回來睡熟了的毛猴子驚醒，悄悄地走到他屋子裡來，先伸了一伸舌頭，然後伸著脖子，望了他的臉道：「大狗，你乾淨了幾天，又在外面弄什麼玩意了。這是在哪裡走了水，落下茅廁去了？」

大狗先不答覆他什麼話，卻把兩手叉了腰向他望著道：「徐二哥是不是我們的把子？」

毛猴子倒瞪了眼望著他道：「你問這話什麼意思？你瘋了，自己把兄弟，有個不知道的嗎？」

大狗道：「你不瘋就好，二哥讓人捉去了，我們應當救救他才好。」因把剛才在橋頭談話時候的情形，敘述了一遍。

毛猴子道：「什麼？他們真把徐二哥抓住了，可是他們也並非官府，怎能夠隨意捉人，這是哪一年的南京。」

大狗道：「管他是哪一年呢，不是龍年，就是虎年，反正不是我狗年吧。」

毛猴子搖了幾搖頭道：「無論是官府把他捉去了也好，是私人把他綁去了也好，請問，我們有什麼能力去營救他？」

大狗道：「你的意思，我們就是白在家裡等候著他，他要死了，有了死信回來，你才肯去和他招魂嗎？」

毛猴子道：「只要你出個題目，就是怎樣可以去營救他，我就怎樣去營救他。」

大狗道：「我們也只有各盡各的心，誰又說能有一定的法子去營救他呢？我又想著，這些無法無天的事，城裡究竟不能做，我想著，他們一定在城外鄉下還有個機關，我想明天起個大早，到城外去看，至少二小姐讓他們弄到城外去了，那是千真萬確的事。我們找到了這條線索……」

毛猴子站定了腳，昂著頭想了一想，翻著眼，自點了兩下頭，忽然笑向大狗道：「我有了主意了！」說著，笑嘻嘻地對大狗低聲說了一遍。

大狗笑道：「你這個法子，倒是用得，就怕遇到熟人，戳穿我們紙老虎。」

毛猴子道：「到了那個時候再說吧。」

大狗的母親躺在床上，讓他們的談話驚醒，因道：「大狗，你們又在算計哪個，我會告訴徐二哥的。」

大狗道：「你還提徐二哥，不是為了有你這一位老娘，徐二哥就不用得吃人家的虧，什麼事我都敢上前了。」

他說這話，帶病的老人家卻有些不解，但也不去追問他。

次日一早，大狗起來，伺候過了母親的茶水，買了幾個糖包子她吃了，又丟下了兩塊零錢給她，說是今天怕回來得晚一點，中飯託鄰居買些現成的吃吧，然後悄悄地約了毛猴子走出大門來。

到了巷口上，大狗將手按住胸膛，站著出了一會神，毛猴子道：「你忘記了什麼沒有帶出來？」

大狗搖搖頭皺了眉道：「我心裡有點慌，往日我出門三天兩天不回來，我心裡是坦然的，你不照管著我老娘，徐二哥一定不讓她餓著渴著的，現在我們三個人全出去了，這個十天九病的老人家，交給誰去看護？」

說著，他扭轉身子就向家裡跑了去，到了家裡看時，老太太身上披了那件套在身上的短藍布褂子，胸襟破了一大塊，垂將下來，左手扶了桌沿，右手拿了一柄短掃帚，有氣無力在地面上劃著。

大狗唉了一聲道：「你看，站在這裡，戰戰兢兢的，你還要倒呢，掃地做什麼！」

老娘扶了桌子，在破椅子上坐下，因道：「你向來就是這樣，有了什麼急事，說跑就跑，丟了家裡的事不問。你看，地上丟了許多碎紙片，又是水，又是草屑子，我怎能讓屋子裡這樣下去。再說，我一個人在家裡也無聊得很，應當做點事情解解悶。」

她這樣說著，兩手捧住了一把掃帚，望了大狗喘氣。

大狗道：「我就是不放心你老人在家裡七動八動的，假如一個不小心，向地下一栽。」說時，把話突然截住，對老娘望著。

老娘道：「你回來就是為這個嗎？讓我出去，向天井裡看看天氣吧，恐怕是天要變色了，你突然會有了孝心起來了。」

大狗有一肚子心事，可不敢對老娘說，將兩隻手搓了腿，只管站了發呆。一會子，毛猴子也隨著後面走了來，見老娘抱了掃帚坐著，顫巍巍的，望了兒子，大狗像受罪罰站，對了老娘挺立著，便慢慢地走到房門口低聲叫道：「大狗，你到底是走不走？上茶館子的人快要到了，我們打了一夜的主意，倒是趕個脫班，那不是個笑話嗎？」

老娘聽了這話，拿起掃帚，在大狗身後輕輕敲了兩下，笑罵道：「趕快走吧，不要有這些做作了，你要真孝順你老娘，到今天為止，也不住在這破屋子裡了。」

大狗還想和老娘申說兩句，又怕引起了老娘的疑心，便道：「我今天怕回來得晚一點，你老人家不要忘了買東西吃。」

老娘道：「唉，你走吧，你就十天不回家，你看我會餓死不會餓死？」

大狗站了一站，也沒什麼可說，只道：「好吧，我早點回來就是。」於是隨在毛猴子身後，走到夫子廟來。遠遠地看到了那座茶樓奇芳閣，兩個人就把腳步放緩了。

毛猴子雖空著手，肩膀上可站著一隻八哥鳥，鳥腿上拴了條細鏈子，拿在他手上，他就慢慢地走進茶樓。大狗跟在他後面走，彷彿是一路來的，也可以說不是一條路來的。

毛猴子卻挑了茶座最擁擠的地方走了過去，那八哥兒站在他肩上，一點也不怕人，偏了小鳥頭，東西張望著，偶然叫上一句：「客來了，倒茶。」在茶座上喝茶的人聽到了，都咦的一聲，誇讚這鳥會說話。毛猴子聽到人家的話，也就微笑一笑。

有人道。「這八哥不怕人，訓練到這個樣子，很要一番工夫，真好寶物。」

毛猴子隨便答言道：「寶物，一點也不稀奇，誰要出得起價錢，我就讓給他。」

毛猴子一面說，一面走，當他走到靠窗戶邊的座位上時，大狗在他後面，輕輕地將他衣後襟一扯，毛猴子看時，那裡有兩個人對面坐著，一個人穿了全青羽緞夾襖褲，一個人穿了一套青色毛嗶嘰西服，露出裡面藍綢襯衫在領脖子下，拴了一個很大的黑花綢領帶結子。漆黑的臉蛋上，在左腮邊長了一粒大痣，痣上簇擁了一撮毛，顯然這西服穿在他身上，和他那濃眉毛，凹眼睛，扁臉，透著是有些不相襯。然而他那西服小口袋裡，還垂了一串金鏈子出來呢，在這上面，自然是顯著他富有。

毛猴子這就放緩了腳步，口裡自言自語道：「有人買八哥沒有？會說話的八哥。」

那八哥就在他這樣喊著的時候，突然叫起來道：「客來了，吃茶。」

毛猴子站住了腳，將鳥輕輕抓住，放在左手臂上，鳥的頭正對了那茶座上穿毛嗶嘰西服的，那鳥眉巴一翹，將頭連連點了幾下，叫道：「先生，早安！」

那個穿毛嗶嘰西服的，張口露出一粒金牙，笑道：「唉，這小東西真有個意思，他對了我請早安！」

毛猴子對了鳥道：「你認得這位先生嗎？同人家請早安。」

那鳥又點了點頭道：「先生，早安！」

那人又笑了，因道：「果然的，這鳥只管向我請早安，我們很有一點緣。」

那個穿青衣服的人笑道：「什麼有緣無緣，你的運氣到了，你該發財了。這鳥出賣，花兩塊錢你把牠買過來，好不好？」

毛猴子借了這個機會，就走近一步，靠了桌沿站定，笑道：「我有點養牠不起了，讓牠調換一個主人，那是更好。」說時，胳臂微微抬一下，那八哥就索性飛到桌上來，那穿西服的人問道：「你這鳥要賣多少錢？」

毛猴子道：「實對你先生說，賣多少錢，我還不十分拘定。最要緊的，就是要我這隻八哥兒跟了新主人不受委屈。」

那人問道：「要怎樣就不受委屈呢？」

毛猴子道：「牠要吃雞蛋拌的粟米，牠要吃肉，這一些你先生絕不在乎。只是有一件，怕要發生困難，就是這小東西，牠在城裡住不慣，每天要帶牠到野外去溜一趟，若有三天不溜，牠就懶得說話了。」

那人笑道：「那太容易了，我每天都要到城外去的。」

毛猴子道：「我要多問一句話了，但不知你先生什麼時候出城？溜鳥的事，你老總也知道，最好是太陽出山，或者太陽落山的時候去辦。」

那人笑道：「我老實告訴你吧，我每天都是下午開了汽車出城，一早開回城來，有時候上午或下午，也到城外去跑一趟，那是太有溜鳥的工夫了。」

毛猴子道：「這樣說，我就賣給你老吧，我只要牠能找著一個好主人，你給我多少錢，我倒不計較。」

那人在身上衣袋裡一摸，摸出兩張鈔票放在桌上，將空碟子壓住，因道：「給你兩塊錢，可以賣了嗎？」

毛猴子望了碟子下鈔票，微微地搖了頭道：「你就到夫子廟去買一隻小芙蓉鳥，也要四五塊錢。」

那人笑道：「你不是說錢不在乎的嗎？怎麼又嫌少了呢？」

毛猴子還沒有說話，大狗在他身後插言道：「毛猴子，你哪裡沒有用過這兩塊錢，你真是少不得的話，我回家去脫下褲子來當兩塊錢你用。」

那人聽說，不由瞪起了兩眼，向大狗子道：「這事與你什麼相干？要你多嘴。」

毛猴子點了個頭笑道：「你有所不知，我們是鄰居，我做買賣去了，家裡沒人照料的時候，就靠我這位朋友弄食料餵鳥，大概一年工夫，他也有三四個月是這鳥的主人，我要把這鳥賣了，他當然也能夠說兩句話。」

那人道：「你先說錢多少不在乎，現在真要買你的，你又捨不得，現在給你五塊錢，你可以賣了嗎？」

毛猴子躊躇著道：「賣是可以賣了，不過……」對那鳥望了一望，兩隻眼睛角裡含了兩包眼淚水，幾乎要哭出來。

那人道：「你到底捨得捨不得？捨不得，你就把鳥帶了走。」

毛猴子道：「我跟你商量商量，你公館住在哪裡？請你告訴我，我把這鳥送到你公館裡去。這也沒有別的什麼意思，不過我送牠一程子。」

那人對這話還沒有答覆，那個坐在他對面，穿了青夾襖褂的人，向那人眨一眨眼睛道：「老胡，這點兒事，你也不能答應人家嗎？反正你是要出城去接你的老爺的，你叫他在馬路上等著，帶了他出城去。到了城外，你給了他錢，還怕他把鳥不放下來不成？」

那老胡也就明白了他的意思，笑向毛猴子道：「你餵鳥一場，捨不得牠，那也是實情。這樣吧，十一點鐘的時候，你在中山門外路頭上等著我，我帶你到我家裡去，你去不去呢？」

毛猴子道：「等著要錢用，為什麼不去呢？」說著，回轉頭來向大狗道：「回頭我們兩個人一塊兒去吧。」再看老胡時，他向同座的人微笑，另外並沒有什麼表示，於是他把鳥依然送到手臂上站著，同大狗一塊兒走了。

下了茶樓，踅進了一條小巷子，毛猴子回頭看了一看，因向大狗道：「那傢伙就是那個司機夫嗎？」

大狗道：「自然是他，不是他，我引你和他做作許久做什麼？現在是八點來鐘，到中山門外去還早，我們在那裡兜個圈子再走。」

毛猴子道：「徐二哥讓人家捉去了，唐家媽大概還不知道，我們應當和人家通知一聲。」

大狗道：「可以可以，不過唐家媽在平安無事的日子，心裡坦然，可也講點義氣，到了現在，她要打她自己的如意算盤，她就不講義氣了。徐二哥是她哪門子親哪門子戚，人家捉去了，干她什麼事。」

毛猴子道：「雖然是那樣說，我們做我們分內的，通知她一聲好，而且她已經倒在姓楊的懷裡去了，也許是反要她去講個人情呢。」

大狗道：「我們就走一趟試試看吧。」

兩個人順了路向唐大嫂家走去，過了跨過秦淮河的橋，嗚嘟嘟的，後面卻有一輛漂亮汽車追了上來。

這是南京城裡的舊式街道，那寬窄的程度，剛剛是只好容納一輛車子。那車子風馳電掣地搶過了橋之後，轉彎走進了橫街，就不得不慢慢地開著走。

大狗和毛猴子將身子一閃，靠著人家的牆，向車子裡看去，倒不由兩人全吃一驚，車裡面坐的，正是唐小春。但見她頭髮微微蓬著，臉色黃黃的，不曾仔細地看著，那車子已經過去了。

大狗回過臉來咦了一聲，兩個人隨了汽車後面追去。那汽車也只向前二三十戶人家，為了許多擔子擱著，開不過去了，遠遠地看到車子停住。車門開了，小春由車子裡鑽了出來。

大狗道：「她果然恢復自由了，不知道她姐姐怎麼樣？」

毛猴子笑道：「我老早就猜著，你和徐二哥都是多事，什麼打抱不平了，什麼知恩報恩了，什麼唐小春是有名的歌女，丟不下這大的面子了。你看，人家還不是坐了汽車搖搖擺擺回來，也沒有見她身上丟了一塊肉。」

大狗道：「追上去，我們問問她去。」

兩人趕緊了兩步，搶到了汽車面前，見小春已轉彎走進一條小巷子裡去。

毛猴子笑道：「放了大街不走，她還有些難為情呢！」

大狗且不理他，快走了兩步，就在後面高聲叫道：「三小姐！三小姐！」

小春站住了腳，回過頭來看時，大狗已到面前，紅著臉點了個頭道：「大狗怎麼看見了我？」

大狗看她時，已不是那天出門的衣服，換了一件白葡萄點子的藍綢長夾襖，手上搭了一件白嗶嘰大衣，家裡送的衣服她換了。由這兩件衣服一襯，更顯著她臉色黃中帶黑，兩腮尖削下來，更透著憔悴。平常那漆黑溜光的頭髮，現在是一把乾烏絲一般，那燙過了的頭髮，起著雲鉤子的所在，這時還有些焦黃，眼皮微垂了，頭也抬不起，好像熬了幾宿沒睡。

大狗看著，卻也替她可憐。便點點頭道：「回來了就好了，我們大家都替三小姐著急呢！」

小春強笑道：「大驚小怪，著什麼急呢！這是那錢經理和我開玩笑，騙著我去打了兩天牌。」

大狗哦了一聲，毛猴子可也追到面前來了，便插嘴道：「還有二小姐呢？」

小春頓了一頓，望了他問道：「他是誰？」

大狗道：「他是徐二哥的把弟，因為徐二哥昨晚上由府上回來，我們一路商量救兩位小姐的事，讓幾個人捉去了，我們正想法子要救他出來呢。」

小春皺了皺眉毛道：「你看，你們把這件事鬧得天翻地覆，越弄越糟糕。其實忍受兩天，這事情也就過去了。」

大狗道：「我們哪裡曉得呢？可是兩位小姐去了之後，無論哪個也覺得放心不下。清平世界，南京城裡會綁起票來了。」

小春鼻子裡哼了一聲道：「都是你們這種人胡說八道地弄壞了，我們當歌女的人，出去應酬應酬，這算得什麼呢！漫說我還在南京城裡，就是跟茶客出去，到蘇州杭州去玩個十天半月回來，那也算不了什麼稀奇。」

毛猴子站在一邊，翻了兩眼看看小春，又看看大狗。大狗把一張扁臉漲紅得像熟了的柿子皮一樣，也只好望了她，說不出所以然來。

小春卻把手上拿著的大皮包打開，在塞滿了鈔票的兜袋裡抽出一疊鈔票來，帶笑道：「我的話直些，你不要見怪。」說著，回頭向巷子兩頭張望了一下，見並沒有人走過來，因道：「你可以想得到的，**事情已到了這不可收拾的地步，我們有什麼法子呢！倒不如將計就計，弄他幾個錢**。我也曉得，這樣一來，夫子廟是有了一段好新聞了。說就讓他們說去，反正我是一個歌女，還能把我說得歌女當不成嗎？不過呢，能夠少有幾個人說，少出一點花樣，自然是好。我的事也瞞不了你們，有人問起你們，也不望你們特別說什麼好話，只望你們告訴人，說不曉得就是了。這五十塊錢，送給你二位吃酒。」說著，把鈔票塞到大狗手上。

大狗見她帶了三分癆病的樣子，口氣又說軟了一點，自己也就隨著她和軟下來，小春把鈔票塞到手上的時候，自己是莫名其妙地接住了，等想到這錢受得無來由的時候，巷子那頭已經來了人，小春是一句話不再說，低了頭就走了。

毛猴子笑道：「到底是唐小春，好大手，一掏就是五十塊錢。」

大狗道：「我們是敲她竹槓來了嗎？這錢……」

毛猴子一伸手把鈔票搶了過去，先舉起來笑道：「走，我們到小飯館子裡去吃一頓。」

大狗道：「我們為什麼用她這筆錢？」

毛猴子將嘴一撇，頭又一扭，笑道：「你是什麼大人物？整大捲的鈔票拿著咬手，看著不順眼嗎？你不要，我要。」說著，把那捲鈔票揣在身上，扭轉身就在前面走。

大狗跑向前來，牽住他的衣襟道：「錢，我是收下了，不過唐家的錢是不能亂用的，小春把這些鈔票給我們，你知道她什麼意思？」

毛猴子道：「有什麼意思呢？她做出了這丟臉的事，要我們給她遮蓋遮蓋。其實我們不說，別人也是一樣知道，我們落得花她幾文。」

大狗站著呆了一呆，搖搖頭道：「人是死得，醜事作不得！唐小春那樣架子十足的歌女，一天丟了臉，連我們這樣最看不起的人物，也要來買動了。」

猛不理會的，有兩個過路的人，卻哈哈地笑起來。

十六　太歲頭上動土

大狗和毛猴子這種人，也無須顧慮到什麼身外的是非，除了想打別人的主意，是不低聲說話的。

大狗這時看到過路人對他們哈哈大笑，倒是一怔，站住了腳看那人時，他上身穿件灰色線織的運動衣，下身穿條青呢西裝褲子，攔腰橫了一根皮帶，黑黑長長的臉子，一個溜光飛機頭，三十多歲的人，既不像是學生，也不像是公務人員。他見大狗向他望著笑道：

「我老實告訴你，少打什麼抱不平，那唐家在秦淮河上混了兩三輩子了，到了小春本身，就賣嘴不賣身嗎？果然賣嘴不賣身，她家裡那些吃喝穿擺，哪裡來的錢？要你們出來多事，好讓她竹槓敲得更厲害些。」說畢，又打了一個哈哈，徑自走了。

大狗向毛猴子呆望了一望，因道：「這是個什麼人？」

毛猴子道：「這兩天，這幾條巷子裡時時刻刻都有怪人來來往往，大狗，我們有了這幾個錢，快活兩天是正經，不要管他們的閒事了。」

大狗道：「什麼？不管他們的閒事了！你說他們，有沒有徐二哥在內？」

毛猴子因他問話的語音十分沉著，不敢回答，大狗兩眼一瞪，臉色板了下來，一伸手將毛猴子的領口抓住，而且還扯了兩下，因道：「你說！」

毛猴子扭了頸脖子陪著笑臉道：「大哥，你發急做什麼，我也不過說兩句笑話。」

大狗放下手道：「我告訴你，唐家的事，不要你管，徐二哥的事，你就非管不可！我有一個老娘，我還拼了坐牢，你一個光桿怕些什麼？」

毛猴子笑道：「就是那樣說，你肯拼，我還有什麼拼不得嗎？」

大狗哼了一聲道：「這算你明白，我告訴你，我這人專走的是拗勁，人家越說我辦不到的事，我是越要辦得試試看。好在我是一個下流坯子，做不好，也不怕人家笑話，根本人家也不會笑話。有這樣便宜的身分，為什麼不幹呢？你好的是兩盅，有了酒，你的精神就來了，走，我先帶你喝酒去。」

毛猴子笑道：「大狗，我們說是說，笑是笑，有一句話，我還是要說的，我們有這些錢，帶在身上到處跑做什麼，不如留些回去給老娘用吧。」

大狗想了一想，又搖了搖頭道：「我不能回去，我回去就把我這股子勇氣打消了，看到姓楊的這傢伙到處有人，我們多這一回事，也許上不了場。毛猴子，我托你把這筆錢照顧著我老娘。真是我不回來，我的娘就是你的娘，你把錢送回去吧。」

毛猴子沉吟了一會子，望了大狗出神道：「你……你……」

大狗道：「你不管我要怎樣幹。」他說著話，用腳竭力地在地面上頓了幾下，繼續向前走著，毛猴子跟著後面走，一路嘰咕著道：「這樣說，我們昨晚上商量了一夜的事，難道完全取消了嗎？」

大狗道：「這一齣戲，原來定了完全由你去唱的，你不去，我怎樣玩得來。多話你不用問，你把這筆錢帶回去，二一添作五，你和我老娘去分了，我在前面三和春小菜館子裡吃點酒，慢慢地等著你。你在我家裡，看看之後，即刻來回我一個信。」說著，把身上那疊鈔票掏了出來，塞在毛猴子手裡，然後伸手拍了他兩下肩膀，將他一推道：「快去吧。」

毛猴子心裡頭就想著：看那汽車夫，也是眉毛動眼睛空的人，何必去和他鬥什麼法？由了這大狗的堅決推送，也就不假做什麼態度了，把那一疊鈔票塞在衣袋裡，將手隔著衣襟按了按，徑直地走了。

大狗站定了腳，望著他走遠了，一個人自言自語地道：「這年月交朋友真是不容易，各盡各的心吧，別的什麼本事沒有，害人……」

說到這裡，把話頓住了，回頭看到有一個中年短衣男子，匆匆地搶著走了過去，這就把聲音放大了，接著說；「那我總是不幹的！」說完了這句話，這才緩緩地向前走，不過心裡頭有了一件事，覺著向那條路上走，那不大自然，分明是要向前走，不知是什麼緣故，幾次要掉過來向回走。

到了小飯館子裡，恰好臨街最近的一副座頭並沒有人，這就在上面一條凳子上坐著，架起了一條右腿，兩手扶了桌沿對街上望著，堂倌過來了，他倒一點頭，笑道：「酒是人的膽，氣是人的力，先要四兩白乾，切一盤滷牛肉下酒，先喝了再說。」

茶房在圍裙袋裡抽出一雙紅筷子放在桌面前，大狗手摸了筷子頭握住，倒拿了向腰眼裡叉著，橫了眼向街上望。

堂倌把白乾、牛肉端來了，他很久沒有理會，忽然有人叫道：「大狗，你在這裡等哪個？眼睜睜對街上望著。」

大狗回轉頭來，卻不知唐大嫂是什麼時候走進店堂來了，啊喲了一聲，站起來笑道：「你老人家也到這裡來了，坐著喝一杯，只是這地方太不好意思請客。」

他說著回頭兩邊張望，對了這兩廂木板壁，中間一條龍，擺了幾副座頭的情形，嘴裡吸了兩口氣。

唐大嫂笑道：「你不必和我客氣什麼，剛才小春回家來，這事總算大事化小，小事化無了。不過她說，徐二哥為這事受累了，這倒讓我心裡過不去，你打算怎麼辦？」

大狗回頭看看隔座無人，低聲道：「這還不是一件事嗎？」

唐大嫂點點頭道：「當然是一件事，你知道，唐家媽也不是一個怕事的人，但是賭錢吃酒量身家，惹不起人家，偏偏地要去惹人家，那是一件傻事。人生在世，無非是為了弄幾個錢吃飯，只要辦得到這層，別的事我們吃點虧也就算了，你二哥為人是很正派很熱心的，但是正派賣幾個錢一斤？為我們的事，徐二哥那樣吃虧，太犯不上。你們呢，更不必多事。」

大狗紅了臉道：「我們根本不願多事，還不是你老人家叫我們幫忙嘛？現在倒不是我們多事不多事這兩句話，二哥不像三小姐二小姐，自己可以和他們講個情，他現時不知道人在哪裡？和那些頭等人物，面也見不著，從哪裡去講情。」

唐大嫂道：「你這話雖然說得是對的，但是你也要轉身想一想，他們要把徐二哥這種做小生意買賣的人關起來做什麼？他們關他一天，不就要給他一天飯吃嗎？你趁早做你自己本分的事。三小姐告訴我，不是送了你們一點款子了嗎？這筆款子，你們正好拿去做點小本營生，我是怕你們又出亂子，特意趕來勸你們一聲。」

大狗道：「多謝你老人家的好意，但我們只是泥巴裡頭的一隻蚯蚓，長一千年也發不動一回蛟水的。你老人家都看得破，帶得過，我們又有什麼好興頭不依不休呢？」

唐大嫂聽了這話，倒默然了一會，接著搖搖頭嘆上一口氣道：「有什麼看得破看不破？也不過是沒有法子罷了！」說完了這話，又站著呆了一會，接著道：「趙胖子晚上在三星池洗澡，有什麼話你可以去找他。」

大狗不由得咯咯笑了兩聲，因道：「趙胖子雖然有他那樣一袋米的大肚子，那裡並不裝主意，要不嫌齷齪，你老人家喝一盅吧。」

唐大嫂道：「不，我走了。」說著扭身走了出去。

大狗始終是站著和她說話的，這就嘆了一口氣，搖著頭坐下來，看酒菜自擺在桌上，斟了一杯，送到嘴邊，仰起脖子，一飲而盡，還深深地唉了一聲，讚嘆這酒味之美。

他扶起筷子在桌面很重地頓了一下響，正要去夾碟子裡的滷牛肉吃，一抬眼皮，卻看到唐大嫂又走了回來，便起身迎上前笑道：「你老人家還有什麼要緊的話要交代？」

唐大嫂走近一步，低聲笑道：「我們總是自己人，唐大嫂待你們總也沒有錯過。」說到這裡，臉又紅了，望望大狗。

大狗低聲道：「你老人家放心，我拿我七十歲的老娘起誓，假使我到外面去亂說，我母子兩人，一雷劈死。」

唐大嫂道：「呵，何必賭這樣的惡咒，我也不過是慎重一點的意思，好了，就是這樣說吧，我告辭了。」說著，笑嘻嘻地走了。

大狗站著呆望了一會，嗤的一聲，笑著，自言自語道：「這是什麼玩意？」搖搖頭回到自己原來的位子上，斟著酒喝起來了。

平常的酒量，原是不怎麼好，可是今天不懂什麼緣故，這酒並不怎麼辣口，四兩酒，一會兒就喝完了，告訴堂倌再來一壺酒，手拿著錫壺舉起，搖了兩三搖，正待向杯子裡斟著，卻見毛猴子在店鋪門口站著，手上高舉了那隻八哥鳥籠，喊著道：「不用喝了，不用喝了。」

大狗手按了壺，望著他問道：「你跑來這樣快。」

毛猴子已走到了桌子邊，先伸手把酒壺撈了過去，然後一跨腿，坐在一旁凳子上，笑道：「我一路想著，越想越不是滋味，我毛猴子也頂了一顆人頭吃飯，怎能躲了開來呢？徐二哥是你的把子，不也是我的把子嗎？」

大狗道：「那麼，錢沒有送回去？」

毛猴子道：「錢都送回去了，交在老娘手上，我託了前面一進屋子的王二嫂子，遇事照應一點，放了五塊錢在她手上，託她買東西給老娘吃，她眉開眼笑，手拍了胸，這事只管交給她，我辦完了這件事，就一溜煙跑來了。我想你不在茶館裡等我，在酒館裡等我，你這傢伙，分明是要喝一個爛醉，好解掉你胸中這一股子恨氣，你說對不對？現在酒不要喝了，還是和你一路去吧。」

大狗伸了手向他要討酒壺，因笑道：「現在用不著你去了，而且我也用不著去，你說我心裡悶不過，那倒是真的，把酒壺交給我，我們都喝醉了吧。」

毛猴子道。「那為什麼？我已經來了，你就不用再發牢騷了。」

大狗道。「我哪裡還生你的氣。」因把唐大嫂兩次到酒館裡來說的話，告訴了毛猴子，接著笑道：「唐小春是秦淮河上頭一名歌女，自南京有歌女以來，一個頭紅腳紅的狀元，她們吃飽了人家的虧，還要叫人家做老子，我王大狗什麼角色，你毛猴子和我也差不多，幹什麼那樣起勁？喝了酒，我們回家睡覺去。」

毛猴子把手裡拿著的酒壺由懷裡抽出來放在桌上，笑道：「喝就喝吧，不過徐二哥的事怎麼辦呢？」

大狗道：「唐家媽開了保險公司，她有了辦法了，我們又何必多事，不過……」說著，抬起手來，連連地搔著頭髮。

毛猴子道：「我隨著你，我沒有主張，你說怎麼我就怎麼著。」

大狗接過酒壺，並不作聲，先斟上三杯，一口一杯接連地把酒喝下去。

毛猴子看看面前的光桌面子，又看看他手上拿的酒壺，嘴唇皮劈劈啪啪吮著響，大狗笑道：「我自己喝得痛快，把你倒忘記了，喝吧。」說著，將酒壺交給了毛猴子。

毛猴子剛接過壺來，有人在門外叫道：「我也喝一杯，你弟兄兩個好快活，這樣的推杯換盞。」隨了這話，趙胖子敞開了對襟青湖縐短夾襖，頂了只大肚囊子，笑嘻嘻地走了進來。

這裡兩個人一齊站起來讓坐，他走到了桌子邊，大狗笑道：「趙老闆，肯賞個光，喝我們三杯嗎？」

趙胖子一看桌上只有一副杯筷，一盤滷肉，便笑道：「你們這是怎麼個吃法，太省儉了！」

毛猴子道：「我還是剛來，假如趙老闆賞光的話，就請趙老闆點菜。」

趙胖子隨著在下首坐了，將酒壺接過來，搖了幾下，笑道：「我來做個東。」回身一招手，把茶房叫了過來，告訴他先要四個炒菜，又要了一大壺酒，先是吃喝著說些閒話，後來提壺向大狗酒杯子裡斟酒，這就站起身來，笑道：「我代唐家媽敬你一杯。」

大狗兩手捧了杯子接著，笑道，「這甚麼意思？我可不敢當！」說著，彼此坐下來。

趙胖子道：「我遇到了唐家媽，她說大狗在這裡，特意叫我來會個東，我還不曉得毛猴子在這裡呢！來，我也代表唐家媽敬你一杯。」說著，又把酒壺伸過來。

毛猴子當然知道他的用意，接了酒，笑道：「在秦淮河上，我們是後輩，還不是聽聽你們老大哥的嗎？」

趙胖子手按了酒壺，身子微微向上一起，做個努力的樣子，因道：「你二位當然也是知道的，**我們老老少少，男男女女，在秦淮河上混著，就是這個面子**，把這面子掃了，就不好混下去。」

說著，他回頭看了一看，把聲音更低下去，因接著道：「你必定是這樣說了，小春硬在馬路上讓人家拖了去，關了兩天放出來，臉丟盡了，還談甚麼面子不面子。話不是那樣說，譬如以前在秦淮河上開堂子的人，在幹別行的人看起來，一定說是大不要臉的事；但是**堂子裡的人，開口要個面子，閉口要個面子，不談面子，哪裡有人吃酒碰和，這有個名堂，叫要面子不見臉**，自己弟兄，有話不妨直說，我們也是命裡注定這五個字的。你二位懂得不懂得？」

說到這句話時，他將肉泡眼向二人很快地射了一眼，把臉腮沉下來微微地紅著。

毛猴子笑道：「趙老闆，我們懂得，你放心就是了。要臉不要臉，我們談不到，就是面子，我們也不要的，不過人家的面子……」

大狗瞪了眼道：「拖泥帶水，你說到許多做什麼？大家在夫子廟混飯吃，魚幫水，水幫魚，彼此都應該有個關照。」

趙胖子手裡拿了壺，將胖腦袋一搖晃道：「好，這話帶勁。來，給你再滿上這一杯。」說時，隔了桌面，伸過酒壺來，大狗倒不推辭，老遠地伸出杯子來將酒接著。

趙胖子收回了酒壺，舉著杯子，和大狗對乾了一杯，笑道：「我是九流三教全交到，全攀到，毫不分界限。我們自己人，說句不外的話，**在糞缸裡撈出來的錢，洗洗放在身上拿出來用，人家還是把笑臉來接著，弄錢的時候，叫人家三聲爸爸，那不要緊，到了花錢的時候，人家一樣會叫你三聲爸爸。**這本錢是撈得回來的。」

毛猴子笑道：「長了二十多歲，還沒有聽到過這種話呢。」

大狗又望了他道：「你沒有聽到的話還多著呢，下勁跟趙老闆學學吧！**你不要看我這分手藝低，弄錢的時候，沒有人看見，花錢的時候，人家還不是叫我老闆。**你若是沒有錢修成了一世佛，肚子餓了，在街上討不到人家一個燒餅吃。」

趙胖子把右手端起來的杯子放下去，將三個指頭輕輕一拍桌子沿道：「好，這話打蛇打在七寸上。」說時，提壺斟了兩巡酒，便默然了一陣子。最後他想起一句話，問道：「菜夠了嗎？要一個吃飯菜吧。」

大狗道：「我吃菜就吃飽了，不再要吃飯了。」

趙胖子在夾襖小口袋裡掏出一隻小掛錶來，看了一看，向大狗道：「新買的，十二塊錢，捨不得花不行，在外面混，和人約會一個鐘點，少不了這東西。」

毛猴子笑道：「趙老闆進項多，可以說這種話，我們有什麼約會，就看街上的標準鐘。」

趙胖子臉上帶了三分得意的顏色，笑道：「也不過最近一些時候稍微進了一點款子，其實也沒有什麼了不得。說到這裡，我倒有兩句話想同二位說說。」

大狗道：「趙老闆多多指教。」說著，放下筷子，兩手捧了拳頭，在桌面上拱了幾拱。

趙胖子未說話，先把眼睛笑著瞇成了一條縫，兩腮的肉泡墜落子下來，耳朵根後先漲紅了一塊，那一分親熱的樣子裡面，顯然有著充分的尷尬滋味。

他想了一想，笑道：「改天我約二位談一談吧，要不，今晚上我們在三星池洗澡？」

大狗看他還有一點私事相托的意思，酒館裡人多，也不便追問，因呆坐想了一想。看到對門一片小鋪面，修理鐘錶的，玻璃窗戶上的掛鐘已經指到十點，不覺把筷子一放，站了起來向趙胖子一拱手道：「今天我不客氣，算是叨擾趙老闆的了，改天我再回請。」說著，向毛猴子使了一個眼色道：「我們走吧。」

毛猴子剛站起身來，趙胖子一手把他手握住，因道：「喝得正有味，哪裡去？」

毛猴子道：「徐二哥的事，趙老闆總也曉得，我們想打聽打聽他的消息。」

趙胖子也只好站起來，兩手同搖著，唉了一聲，大狗來不及把毛猴子攔住，只得向他笑道：「趙老闆能不能夠指示我們一條道路，我們朋友的關係太深了，不能不想點法子。」

趙胖子哈哈一笑道：「老弟臺，不是我說句刻薄話，蚊蟲咬麻石滾，自己太不量力。徐二哥是什麼人，關起來了，這還用得著怎樣去猜想嗎？依著我的意思，你只管丟開不管，到了相當的時日，自然有人放他出來。老徐也不是大紅大綠的人，你想人家和他為難做什麼？」

大狗笑道：「多蒙趙老闆關照，我們記在心裡就是，我們也不是梁山好漢，幹什麼反牢劫獄，不過托個把朋友打聽打聽他的下落，我們拜把子一場，也盡盡各人的心。」說著，他已離開了位子。

趙胖子不能把他兩人拖住，因道：「那也沒有什麼不可以。」說著，跟了二人後面，走了幾步，他忽然一伸手，扶著大狗的肩膀，瞇了肉泡眼道：「大狗，我和你說兩句私話。」於是把大腦袋伸過來，對了大狗耳朵道：「那姓楊的這條路子，我有法子走得通，他手下的幾個大徒弟，是不消說了，就是一層徒弟，也了不起，他有個二層徒弟……」

大狗道：「那是徒孫了。」

趙胖子嫌他說話的聲音高一點，又伸手拍了他兩下肩膀，接著道：「管他是什麼，這個人叫涂經利，在夫子廟一帶，將來要稱一霸，你見機一點，趕快和他去磕兩個頭。」

大狗道：「好，將來再說。只是沒有路子可進。」

趙胖子先一拍胸，然後伸了一個大拇指道：「這事在我身上。」

大狗道：「好，明後天我再和趙老闆詳細談一談。」

趙胖子道：「回頭你在路上對毛猴子說一說吧。」

大狗大聲答應著，就引著毛猴子出了酒館子，到了巷子口上，毛猴子回過頭來看了一看，低聲笑道：「他說些什麼？」

大狗道：「他叫我拜那姓楊的做太上老師，我們去做灰孫子，你願意不願意？」

毛猴子笑道：「這話不錯呀！這個年頭，打得贏人家就是太爺，打輸了就做灰孫子。」

大狗道：「這就叫死得輸不得了。閒話少說，和那司機的約會，我還想去，你怎麼樣？」

毛猴子道：「你還用問嗎？我要不去，我也不帶了這隻鳥來了。我們也沒有到唐家母女的位分，吃飽了虧給人磕頭，我們還沒有吃虧呢，不忙磕頭牆。」

大狗道：「趙胖子說了，我們是隻蚊子，這樣小的一條性命，看重他做什麼？走吧，打死一隻蚊子，也讓他們染一巴掌鮮血。」

大狗喝了兩杯酒下肚，走路格外透著有精神。提起腳來，加快走著。

到了十一點鐘的時候，兩人齊齊地站在中山門外的馬路邊，果然不到十分鐘，那老胡駕了汽車，跑得柏油路呼呼作響趕到了。

他將車子停住，由車窗子裡面伸出手來，向二人招了招。

大狗看那車前懸的號碼牌子，正是那輛送二春出走的車子，微偏過臉來，向毛猴子丟了一個眼色。

毛猴子手裡提了一隻鳥籠，走到車前，問司機老胡：「公館在什麼地方？」

老胡反過手，把後座的車門打開了，因笑道：「便宜你兩個人開開眼界，你們坐上來吧。」

大狗以為他必然拒絕自己上車去的，現在見他毫不考慮地就讓人上車，對毛猴子看了一眼，兩人就先後坐上車去。

那位司機老胡，隔著玻璃板回頭向他們笑了一笑，然後呼地一聲，開著車子走了。

在野外跑了有十多分鐘，開到一所洋房子面前，直衝進圍牆的大院子裡去。車子停了，他先下車來，對洋房的樓窗戶看了一看，然後開了車門，向車子裡面連連招著手道：「下來下來。」

兩個人下來了，他在前面引路，卻反過手來，向兩個人招著，兩個人跟著他由洋房側面走去，繞到正房的後面來。

大狗看時，另外是一排矮屋子做了廚房。鐵紗門窗除了透著一陣魚肉氣味而外，再不聽到或看到什麼，環境是很寂靜的。

老胡引著他們走過這批屋子。靠外邊三間屋子，卻有一間敞開了門，是停汽車的，裡面兀自放著一輛漂亮的汽車呢。

老胡引著他們走到最前一間屋子，已經是挨著圍牆了，跟了進去，看到裡面有桌椅床鋪，牆上貼著美女畫月分牌，還有大大小小的女人相片，都用鏡框子配著的。桌上有酒瓶，有食盒子，有雪花膏、生髮油之類。

床上放了京調工尺譜，小說書。牆上掛了胡琴，在這一切上面，據他的經驗，證明了這是汽車夫住的所在。

老胡在衣袋裡掏出香煙來吸著，瞪了眼向他望著道：「你走進屋來，就是這樣東張西望做什麼，你要在我這屋子裡打主意嗎？」

大狗笑著，沒有作聲。

毛猴子提了鳥籠，已經走到門外，隔了窗紗，看到大狗碰釘子，他又縮回去了。

老胡道：「把鳥拿進來呀。」

毛猴子透出那種有氣無力的樣子，推動紗門，挨了牆壁走進，笑道：「先生，你沒有鳥籠子嗎？」

老胡道：「你當然連鳥籠都賣給我。你沒有鳥，還要這籠子做什麼？」

毛猴子也不多說什麼，就在窗戶頭橫檔子上，把鳥籠子掛著。

老胡道：「來，你們在這裡等一等，等我去拿錢。」說著，開了門，把他們留在屋子裡，就匆匆地走了，總等了半小時，還不見他回來。

大狗道：「怎麼回事？捨不得拿錢出來嗎？」

兩人也是等著有些不耐煩，都到門外空地裡站了等著，這就看到老胡在老遠一棵樹下站著，向他兩人招手，毛猴子以為他要給錢了，趕快就迎上前來。

老胡一面走著，一面點了頭道：「不要讓我們老爺知道了，到大門外來給你錢吧。」

兩人緊緊隨著他後面，跟到大門外來。

老胡掏出一盒煙來，抽出兩支煙捲來，向一個人遞了一支，因笑道：「要你二位跟到這樣遠來拿錢，真是對不起。」

兩人接過煙，他還掏出打火機，給兩人點煙呢。

後面有個人從大門裡跑出來，高揮了兩手，口裡還喊道：「把他們抓住，把他們抓住！」

毛猴子和大狗聽著這話，都呆了一呆，後面追來的人跑得很快，一會子工夫就跑到了面前，先是一拳，打在毛猴子背心裡，接著又是一腳，向大狗身上踢去，他口裡罵道：「你這兩個賊骨頭，好大的膽，把我床上枕頭底下三十塊錢偷去走了。」

老胡聽著，立刻把臉紅了，叫道：「好哇，你敢到太歲頭上來動土！」左手抓住毛猴子的領口，右手捏了拳頭，向他身上就亂打。

毛猴子兩手來握住他的手，將身子藏躲著，也分辯著道：「我偷了你的錢，你有什麼證據？你先搜查搜查我們身上，若是我身上沒有錢，你們打算怎麼辦？」

但是老胡兩手並不鬆開，他跑不了。大狗被另外一人揪著，也分不開身來。跟著大門裡便跑出五六個人來，一擁而上，將大狗、毛猴子兩人按在地上，不問是非，你一拳我一腳，對了他們身上亂捶亂打。大狗還有點忍耐性，可以熬著不說話。毛猴子卻是滿地亂滾著，口裡爹娘冤枉亂叫。

總飽打有十分鐘之久，有一個人叫道：「算了，這種人犯不上和他計較，只當你打牌輸了錢就是，走吧走吧。」隨了這兩句走吧，大家一哄而散。

大狗躺在地上，眼睜睜看著他們走遠了，就慢慢地由地上爬了起來，兩手撐了地面，還沒有直起身子，卻又跌下去了。因為除了身子一掙扎就覺周身骨頭酸痛而外，而且腦筋發昏發脹，只覺兩眼睜不開來，於是坐在地面上，望了毛猴子只管喘氣。

那毛猴子在地面上直挺挺地躺著，臉上腫得像沒有熟的青南瓜一樣，口角裡流出兩條血痕，只看他那肚皮一閃一閃，似乎是在用力地呼吸著。便道：「猴子，你覺得怎麼樣？」

很久，他哼了一聲道：「都是你出的主意，叫我這樣子幹，結果，是人家反咬我一口，把八哥白拿去了不算，還飽打了一頓。」說著，又連連地哼了幾聲。

大狗坐在地上，將手托住了頭，沉沉地想著，忽然抬起頭來，噗嗤笑了一聲。

毛猴子側身躺在地上，望了他道：「你還笑得出來，我們是差一點命都沒有了！」

大狗道：「雖然我們讓他飽打了一頓，可是他總算上了我的算盤，把我帶到這個地方來了。」

毛猴子咬著牙齒，把眉毛緊緊地皺著，手扶了地面，坐將起來，口裡又呀喲呀喲地叫了幾聲。

大狗向周圍一看，這是一個小小崗子，野風吹來，刮著那土面上稀疏的長草在密雜的短草上搖擺著，卻是瑟瑟有聲。蟲子藏在草根裡面，吱吱喳喳地叫著，更顯著這環境是很寂靜。看看遠處，那新栽的松樹不到一丈高，隨了高高低低的小崗子，一層層地密排著。天氣正有一些陰暗，淡黃的日光照在這山崗上，別是一種景象，心頭突然有了很奇異的感想，又是噗嗤的一笑，毛猴子看到，倒有些莫名其妙呢。

十七 虎口救人

這時空山無人，風吹草動，秋蟲嘖嘖有聲，毛猴子遍身是傷，坐在草地裡一句話說不出來，只有望了大狗發呆。

大狗笑道：「發什麼呆，誰教我們吃了豹子心老虎膽，跑到太歲頭上來動土；不過太歲也不是玉皇大帝，總也有法子可以對付他。」說著，兩手撐了自己的膝蓋，彎著腰慢慢地站了起來。

站著伸直了腰之後，向毛猴子道：「怎麼樣，走得動嗎？我們慢慢爬回去。」

毛猴子也沒有作聲，把兩隻手當了兩隻腳，在地面上爬了幾步，然後緩緩地直起腰來。可是他沒有站定，又坐下去了，他連連搖了兩下頭道：「我不但是走不動，爬也爬不動，怎麼辦呢？」

大狗道：「爬不動，就在這空山上養傷吧，晚上紫金山上的狼出來了，我們一猴一狗，還不是當牠一頓點心嗎？」

毛猴子道：「先休息休息吧，反正他們也不能又追出來打我們一頓。」說著，他滾到一叢深草邊去，索性伸平了身子，躺在草上。

大狗倒也不去催促他，跟著坐到身邊草地上。

毛猴子低聲道：「你笑了兩回，你看到一些路子嗎？」

大狗道：「我笑的不是這個，我笑的是……」他說了半截子，把話頓住了，沒有告訴出來。他也一伸腿，在草地上躺下去了。

毛猴子道：「這樣說，我們挨了頓打，還算是白來了嗎？」

大狗道：「你怎麼這樣想不開！假使這地方沒有什麼關係，那個駕汽車的老胡，怎麼就把車子開到大門裡來，顯見得這和城裡……咦，你看，你看！」

他說著說著，突然把話停住，卻另外變小了聲音，叫毛猴子注意著什麼。

毛猴子隨了他「你看」這兩句話，周圍張望著，這空山上並沒有什麼可引起注意的事物，還是山腳下那所洋樓，在這寂寞境界裡是容易看到的所在。

毛猴子最後看到那所洋樓時，見正面西角上，有兩扇窗戶洞開，窗戶中間，有個人站著，雖然看不清那人的模樣，但是可以斷定是一個女人，他低聲道：「你叫我看的是這個嗎！」

大狗道：「你看，那不是唐二春是誰？」

毛猴子道：「我看不清楚人影子，他們能夠這樣大方，讓她隨隨便便打開窗子來閒望嗎？」

大狗也還沒有答覆他，卻見那女人後面，又走出來一個人影子。不過那人穿了花衣服，頭上披了很長的頭髮，顯見得那也是個女人。那女人擠上了前，伸手向外面指點了幾下，彷彿告訴她這外面一種情形。隨著那人就伸出兩隻手，把窗戶關閉起來。

毛猴子道：「你這一提起，我倒有點疑心，青天白日，為什麼關起窗戶來，不許人看風景。」

大狗道：「二小姐在這裡頭，那是我斷定得千真萬確的，這樣一個女人，他們不送到這裡來，還有什麼地方可安頓，只是我們徐二哥究竟是不是在這裡，倒也難說定。唐家媽說，這樣一個人，姓楊的是不在意的，真是那樣說，他們就把徐二哥放在城裡任何一個地方好了。」

毛猴子道：「我一點主意沒有，你怎麼說怎麼好。」

大狗道：「同你這個人商量事情，那真是倒盡了楣。好了，現在我拿主意，你跟了我做就是了，既是打傷了，什麼話不用說，我們躺在這裡養傷吧。」

毛猴子道：「天黑了怎麼辦？」

大狗道：「天黑了就在這裡過夜。」

毛猴子道：「不說笑話，我真問你，天黑怎麼辦？」

大狗道：「哪個又說笑話呢！天黑了就在這裡過夜。」

毛猴子聽著，覺得這究竟是個玩笑，可又不好追問他，只得躺在草皮上等著。

當頂的太陽慢慢地偏了西，毛猴子覺得曬得太熱，就緩緩地爬到一棵松樹蔭下坐著，將背靠了松樹身子，彎起兩條腿，雙手將膝蓋抱著。

大狗雖也藏到一棵松樹底下去了，卻相距毛猴子有好幾丈遠。

毛猴子靜坐了很久，喘著氣道：「大狗你不餓嗎？」

大狗道：「餓什麼，在城裡吃飽了出來的。」

毛猴子道：「不餓，你難道也不渴嗎？我嗓子眼裡乾得要生煙。」

大狗笑道：「山中田溝裡有水，你爬到田溝裡去喝上一飽。」

毛猴子道：「據你這樣說，無論如何，不離開這座山頭，就是死，也要死在這裡。」

大狗笑著，卻沒有說什麼。

毛猴子道：「不走就不走，我在這裡拼著你，看你怎麼樣混下去。」他說完了，閉上眼睛，只當睡著休息。

彼此不說話，總有二三十分鐘，卻聽到窸窸窣窣，草地作響，睜眼看時，是個穿短衣服的人，手裡拿了一根竹鞭子，一路撥著草尖走了過來。看大狗時，他像沒有知道有人，走到了身邊，手拔地面幾莖草，兩手慢慢地撕著玩。

毛猴子見他老是不作聲，就輕輕地喂了一下，大狗抬頭來看時，那人已經走到了面前，手拿鞭子指了大狗道：「你們在這裡做什麼的？」

大狗看他鷹鼻子尖嘴，面皮慘白無血，透著是一位寡情的人物，便望了他道：「你先生不知道嗎？剛才我兩個人讓人家飽打一頓，遍身是傷，現在一步也不能走動，想要下山去，又沒有看到一個過路的人，你先生來了，那就很好，請你到山下去的時候，看到有出力的人，給我們叫兩個人來，把我們抬了下去。」

那人露出兩粒虎牙，淡笑了一笑。

大狗道：「你以為我們是說假話嗎？」

那人笑道：「你這傢伙該挨打，也不睜開眼睛看看人再說話，我不拿鞭子抽你，趕著你跑，已經對得起你了，你還指望我到山下去找人來抬你呢？這山上不許人停留，你兩個人給我滾下山去！」

大狗道：「除非我們真滾了下去，若是叫我們走，你就是拿鞭子抽我們一頓，我們還是走不動。」說著，彎起兩腿，把雙手撐在膝蓋上，托了自己的下巴，皺著眉，把臉腮沉了下來，做一個憂鬱的樣子。

那人道：「你們不走，我也不勉強你，到了晚上，紫金山上的狼走下來，把你們兩個人吃了。」

大狗對他這話，不答應，也不表示害怕，只是垂了頭坐著。

毛猴子覺得總不能想出什麼辦法的，因道：「皇帝出世了，也要講個理，我們周身是傷，一步走不動，讓我怎麼走呢？這裡涼水也找不到一口喝，我們願意在這裡守著嗎？」

那人哼著聲走開了，但只走開了幾步，猛然回轉身來，將竹鞭指著兩人道：「我告訴你們，你想法子趕快走開這裡，回頭有比我更厲害的人走來，不但拿鞭子抽你，說不定綁起來再打。」說完又哼了一聲，方才走開。

毛猴子道：「大狗，這個人來得奇怪，好像有心來教訓我們的。」

大狗只把眼睛看那人的後影，並沒有答話。直等看不見那人的影子了，才回轉頭來向毛猴子道：「你怕什麼？就怕他們不理我，他們越來照顧我們，我們越有辦法。你不用多作聲，只看我的。」

毛猴子道：「只看你的，你又能出什麼賊主意呢？」

大狗笑道：「這就正用得著我這賊主意。」

毛猴子道：「真的，我們爬下山去吧，我口渴得不得了。」

大狗身上向上一聳，舉起兩個拳頭道：「不許走，你要走我就打死你。無論如何，你要在這裡熬著。」

毛猴子道：「我就不動，看你熬出什麼好花樣來。」

他因為口渴得難受，只好閉了眼在草地上睡著。

不到半小時，先前那個拿竹鞭子的人，又帶了一個人由前面繞道走過來，老遠地就站住，好像很吃驚的樣子。因道：「咦，你兩個人還在這裡？」

大狗是拿了根短樹枝，在地面上畫著土，聽了話，才抬起頭來淡淡地道：「你先生叫我們走，還不是好話嗎，我們怎樣走呢？到城裡還有一二十里。」

那人道：「你真一步走不動嗎？」

大狗道：「我們在這裡休息休息，回過一口氣來，然後慢慢地走。」

看那個同來的人，是團頭團臉，一個粗黑的矮胖，就在一邊插嘴道：「看你這個人，既可厭又可憐，讓你在這裡過一晚上，那真會讓狼狗把你吃了，我指你一條明路吧，順了這山崗子向下走，約有半里，那裡蓋房子，有瓦木匠的工廠，你兩個人可以慢慢地摸到那裡去休息。說不定他們有順便的茶飯，還可以給他們一點吃吃。」

毛猴子聽說，向大狗望著。大狗並不理會他，依然向那人道：「我們進不了城，也許要在這裡休息一晚，他們肯讓我住下來嗎？」

那人笑道：「指引你們到那裡去，當然是讓你們在那裡過夜，你兩個陌生人跑了去，他們當然不能答應，我人情做到底吧。」說著，在衣袋裡掏出張名片，交給大狗道：「你把這名片送給他們看，他們自然就容留你兩個人了。」

大狗捧著拳頭作了兩個揖，那個拿鞭子的人又道：「你兩個人再要不離開這裡，那是不識抬舉，少不得雪上加霜，再給你一頓鞭子。」說著，把那鞭子指著他們，鞭子梢還顫巍巍地閃動了一陣。

大狗和毛猴子都沒有作聲，兩個人對他們看了一看，也就搖搖擺擺地走了去。

大狗手扶了松樹，緩緩地站了起來，向毛猴子道：「走得動走不動？我們下山去找口水喝吧。你若是走不動，我可以攙著你。」

毛猴子望了他道：「你陡然要走了，這真是怪事。」

大狗笑著走到毛猴子這邊來，扯起他一隻手胳臂，把他扶起來，說了一個走字，也不問毛猴子是否同意，牽了他就走著。

毛猴子一拐一跛，手扶了大狗走下山來，果然在那山崗子裡，有一所砌了磚牆還沒有蓋頂的屋子，在那旁邊空地裡，搭了一座蘆席篷子的工廠，下面燒著很大的一叢火光，遠遠就嗅到一陣飯香。

毛猴子笑道：「我們花幾個錢，弄口米湯喝喝吧。」

大狗道：「你少做主，什麼都看我行事就是了。」

兩人又走了二三十步，離著那屋子還遠呢，就看到有兩個人由那屋子迎上山來，到了面前，彼此望著。

大狗走到工廠，有個半老工人迎出來，大狗點著頭道：「我們是那山上下來的，挨了一頓冤枉打，遍體是傷，走不動了，想借你這裡休息一下子。」

那人連說可以可以，在工廠角落裡堆上了一堆木刨花皮，毛猴子哼了一聲，就走到那裡，歪著身體靠著躺下。

大狗也扶了桌腳，在地面木板堆上坐著，向那老工人道：「老闆，我們不知好歹，有點得一步進一步，我們在山上就聞得這裡的飯香，想和老闆討口米湯喝！」

那工人不等他向下說完，就到那邊灶上舀了兩大碗米湯來，分放在兩人面前。

大狗在身上掏出一個紙包，透了開來，先送到毛猴子面前來，傾倒了一些粉藥末子到他碗裡去。

毛猴子道：「這是什麼玩意？」

大狗低聲道：「你不要多問，這是我師傅一脈傳下來的傷藥，五癆七傷吃下去就好。」

毛猴子道：「你在家裡出來的時候，預先就把這東西帶著的嗎？」

大狗道：「你不用多問，吃下去就躺著，能睡一覺更好，出一身大汗之後，我包你就好了。」

他囑咐完了，也用米湯泡著藥末子喝了。

他倒是照話行事，喝完之後，就在工廠角落裡一個草堆上睡著。

到了天色將黑，毛猴子讓工人叫醒來，還吃了一頓晚飯，大狗卻是沉沉地睡著，身也不肯翻一下，毛猴子叫了他兩回，他都說睡覺要緊，不許人吵，他倒是真睡得著。

一覺醒來，看到篷子外一道模糊的白光橫在繁密的星點中間，正是銀河當了頂，悄悄地坐起來，見那些工人都橫七豎八攤了地鋪睡著。黑暗中，但聽得彼起此落鼾呼聲相應，走出了篷子，腳踏了地面上的草彷佛涼陰陰的，半空裡露水是下得大了，向篷子裡仔細看了一下，也不知道毛猴子擠在哪個地鋪上，借著人家的被褥睡了。悄悄地走下山坡，遠遠地看到半空裡有兩三點火光，一點也不考慮，就對了那燈火走去，走近了，正是白天來過的那戶人家，那幾點燈火，都是由屋子窗戶裡射了出來的。

他覺得身上有點冷，把上牙微微地咬了下嘴唇，兩隻拳頭捏得緊緊地，下重了腳步，緩緩地走著。

一會兒工夫，到了那屋子邊，只見前面齊齊的一圈黑影子，院牆圍了屋子的半截，在圍牆影子上半截，露出兩個有燈光的玻璃窗戶，其餘都是漆黑的一堆影子。站著出了一會神，也就估定了這屋子的四向，於是繞到山後坡上，找著一塊斜坡的所在，先坐在地面，然後伸直兩腿，將身子向下一溜，就到了靠山坡的圍牆腳下。

這牆不過六七尺高，兩手伸直過頭，輕輕向上一聳，就把牆頭抓住，兩腳尖踏著了牆上的磚縫，身體向上伸著，兩隻手胳臂伸了過去，就把牆頭抱住，兩手只一夾，抬起右腿，身子再一聳，就是一個騎馬式，坐在牆頭上。

這時，定了一定神，但見牆裡面的院子黑沉沉的，牆腳下石頭縫隙裡的蟋蟀兒噓噓地叫著。大狗再看了一看四向，手扳了牆頭，把身子向牆裡面縋了下去，手一鬆，兩腳尖點著落地，也沒有發生一點聲音。

由這裡過去，就是那排廚房，他站定了腳，將鼻子尖聳了兩聳，聞到了油腥氣味。在星光下繞到廚房門口，見鐵紗門虛掩住，裡面的板門卻洞開著，輕輕地拉開紗門，側身踅了進去，借著紗窗和鐵紗門放進來的星斗之光，還可以看得到廚房裡的器具影子，先摸索著食廚，打開了櫥門，抓了兩樣剩菜，送到鼻子尖上聞聞，不問鹹淡，站在櫥門邊，就這樣撮著吃了個半飽。

無意中摸到一大塊東西，兩手捧了，聞一聞，又把舌尖舐了一舐，卻是半邊紅燒鴨子。心裡想著，這倒真是運氣，於是兩手捧住，一面啃著，一面向外走。

到了院子裡，正待向樓屋底下走去，卻聞到了有一陣病人哼痛的聲音。順了那聲音尋著過去，卻是那汽車間隔壁的屋子裡。

那間屋子是矮矮的四方形，向外一列木板門，在門上倒扣著鐵搭環，用鐵鎖來鎖住了。大狗輕輕地走到那門邊，將紅燒鴨扔了，用手摸過了一遍，心裡就大為明白，平白無事，絕不會把個病人倒鎖在屋子裡，於是在身上摸出了一把鑰匙，輪流著把鑰匙向鎖眼裡配合著，只四五次，喀嚓一聲，鎖就打開了。

他緩緩地把木板門推開，先不忙向裡走，身子一閃，閃在門的左邊。這時，聽到這裡有人重重地哼了一聲，大狗聽那聲音，有幾分像徐亦進，便輕輕喝道：「徐亦進，深更半夜，你怎麼囉囉嗦嗦地吵人。」

裡面答道：「我身上酸痛得難受，哼也哼不得嗎？」

大狗聽著，果然是徐亦進的聲音，這就踮起腳尖來，突然向屋子裡一跳，低聲叫道：「不要作聲，不要作聲，我是大狗。」

徐亦進在暗中哦了一聲。

大狗道：「你跟我走吧，還遲疑什麼？」說時，看到地面上顫巍巍地有個人影子站了起來，手去扶著時，觸到徐亦進的手，只覺燙熱得灼手心，因道：

「二哥，你病了嗎？」

徐亦進道：「睡在這屋子裡，受了感冒了。」

大狗道：「那不管，我來碰著你不容易，你捨命也得跟我走。」

徐亦進道：「那當然。」說時，扶了大狗，就走出了屋子來。

大狗把他送到門外，依然把門反帶起來，插上了那把鎖。

徐亦進緩緩地移著步子，低聲道：「你開門走進來的時候，嚇我一大跳，隨著我就出了一身汗，現在身上鬆動一些了。」

大狗道：「那更好，不要說話，快同我走吧。」

徐亦進走了幾步，在樓外空地裡站住了道：「你怎知道我在這裡的？」

大狗道：「現在沒有說話的工夫，你跟了我走就是。」

徐亦進道：「不行，你非和我說明緣故不可。」

大狗道：「簡單地說吧，他們用車子送二小姐出城來，我是親眼看見的，我在奇芳閣找到了那汽車夫，想法子跟那車子到了這裡，自然，這裡是他們城外的機關了。我想他們把你關起來，不送出城來就算了，要送出城來，一定在這裡，所以我溜來這裡看，不想聽到了汽車房裡有人發哼，一問起來就是你。你看這件事應當怎麼辦，我不應該立刻帶了你出來嗎？」

徐亦進道：「這樣說，你是知道二小姐在這裡的了，難道我們到了這裡，倒不救她一把，就讓她關在這裡嗎？」

大狗道：「我想著，她一定是關在這屋子裡樓上，漫說這屋子不容易進去，就是進去了，這樓上是容易進出的嗎？」

徐亦進道：「你知道她關在這樓上，為什麼見死不救？你不去我去。」說著，扭轉身來，就向洋樓下面走去。

大狗扯著他的袖子時，就用力一甩，把大狗的手甩脫了。大狗只好跟著後面道：「你何必發急，要去，我們同去就是了。」說著，就搶到徐亦進前面去。

大概他們自恃著是老虎洞吧，走進屋的廊沿下，那通到屋子裡面去的兩扇西式門，卻是關而未鎖的。大狗向前一步，輕轉著門扭子，那門向裡閃著，卻閃出五六寸寬的一條門縫。

大狗將門推得開開的，反過一隻手來，向徐亦進連連地招著。

徐亦進隨了他進去，他靠近了對著他的耳朵道：「把鞋脫了，插在褲帶裡。」說完，他自己先這樣做了，徐亦進才明白他的意思，照他的話做了，跟了在他後面走。

由這裡向前，是一條上樓梯的夾道，那樓梯上面，鋪了一層繩氈子，踏著倒也沒有什麼響動。大狗放開了步子，踏著前進，並沒有什麼顧慮，徐亦進把剛才開門的那股子勇氣倒慢慢地消沉下去了，心房裡有些撲撲亂跳。但是到了這時，說不得向後退走，只好緊緊隨在他身後走上樓去。

由這樓梯出口，是走廊盡頭所在。在星光下，首先看到一排欄桿的影子橫在前面。向裡看，有三處地方向外透著光亮，分明是屋子裡點著燈，由玻璃窗戶裡射了出來。在這裡也就猜出來，屋子裡有人睡著。

大狗站定了腳，將徐亦進的衣服輕輕扯了兩下，接著，把手向前指了兩指，在星光下，徐亦進看到他的手影子，心裡也有幾分領悟。

大狗將身子貼了牆，橫了身子緩緩向前移著步子，走到了窗子邊，就把身子向下蹲著，然後再緩緩地挺了身子，伸著頭向窗子裡看了去。

徐亦進貼牆站在一邊等候著。大狗看了三五分鐘，又蹲著走過了窗戶，在第二個亮窗戶下向裡面望著。

這個窗戶透出來的光，帶著醉人的紫色，不十分的光明，顯是這裡面有了窗帷幔，把燈光給遮掩住了。大狗蹲在那窗戶外，兩手扒了窗臺，向裡面張望著。

徐亦進在旁邊看著，見大狗伸了頭向裡看的時候，身子忽然一聳，好像是吃了一驚，這倒不知道大狗是什麼意思，自己的心房也隨著他這個動作，連連地跳上了一陣。

大狗倒並不理會他身旁還站著一個人，只管將頭靠了窗子縫，把一隻眼睛對了裡面張望。徐亦進不知道他發現了什麼事情，要他這樣吃驚，想過去看時，又怕壞了他的事，也只是將兩隻眼睛對大狗身上盯著。

這樣有十分鐘之久，大狗卻蹲著爬了過來，對徐亦進耳朵邊輕輕地道：「二小姐在這屋子裡。」

徐亦進聽說，心口更跳得厲害，搶著問道：「是一個人兩個人？」

大狗道：「是她一個人，她撐了頭，靠住床面前的桌子坐著。」

徐亦進聽了這話，再也不等大狗的許可，他徑自上前，由窗口外向裡望著。這窗戶裡面，垂下了兩幅很長的紫綢帷幔，將兩扇玻璃窗齊齊地遮掩著，只有帷幔的末端捲起了一隻角，在這個所在，有燈光射出來，可以看到裡面。

徐亦進由那裡向裡張望時，對面便是一張銅床，由屋頂上垂下一幅一口鐘式的珍珠羅帳子。但帳子並沒有張開，只是作了一捲。下端繞在床欄桿上，床上雪白印紅花的被單，上面疊著桃花色的被子，燦亮的白瓷罩煤油燈，照著屋子裡粉牆四邊雪亮。在床面前，放著小小的櫃桌。

二春穿了一件淡青的長夾襖，人坐在床沿上，一手斜撐了櫃桌，托住了自己的臉。

這房裡梳妝檯，衣櫥，分列兩旁，顯然是女人住的一間屋子。她住在這裡，卻也不見得越分，只是幾日不見，她面龐瘦小了許多。加之她皺起兩道眉毛，微垂了眼皮，像是有了很重的心事。

徐亦進見大狗在這裡坐著，就對了他耳朵輕輕問道：「我們怎樣通知她呢？」

大狗向他搖搖手，並沒有回話。徐亦進到了這時，只覺兩腿發軟，有點站立不起來；同時周身冷颼颼的，沒有了一點力氣。大狗叫他不要作聲，他就更想不出一點主意來，反是身上不住地抖顫，抖得窗戶都有點瑟瑟作響。

大狗按住他的肩膀低聲喝道：「不要抖，不要抖！」

徐亦進也明知道自己這樣亂抖實在誤事，可是他還沒有想出辦法來制止自己的時候，卻聽到二春在屋子裡高聲道：「在門外鬼鬼祟祟做什麼？房門我沒有門著，要進來就進來。」

不但徐亦進聽著慌了，就是大狗也嚇了一跳。她這樣一叫，分明是不願意我們來。果然進去見她時，她變起臉來大罵一頓，驚醒了這些如狼似虎的家狗，那就沒有性命；若是不進去，立刻溜了走，走得了走不了，固然是一個問題，就算走得了，那特意上樓來幹什麼的呢？心裡猶豫著，拿不定主意，兩人也就站在窗戶外邊發呆。

可是房裡的人並不猶豫，只聽到一陣腳步響，突然房門一響，一道燈光射到走廊上，只見二春站在房門口，問道：「為什麼？」

她的話沒有問完，已看出了兩個人影子，這兩個人影而且是很眼熟，便身子向後一縮，問道：「你們是誰？」

到底大狗到了這種地方機警些，便迎上前低聲道：「二小姐，你不要叫，我是王大狗，那是徐二哥，我們來救你來了。」

二春再伸出頭來，向二人道：「你……你們。」說著，把手一指，身子又向後退了兩步。

徐亦進見二春畏縮的樣子，明白過來，剛才她大聲說話倒並不是惡意，她那聲音分明是對付別人的，便搶上一步走到屋子裡，將手向外揮著，低聲道：「二小姐，你同我們快走。」

二春道：「你……你……你們好大的膽，趕快走吧，隔壁就是……」

果然隔壁屋子裡，一種很粗暴的聲音問道：「二春，你和哪個說話？」

二春道：「我和哪個說話，我和你說話。」她口裡說著，向徐王二人招著手，又回過手來，向床後面指了一指。

徐亦進和大狗都會意，立刻跑進屋來，向床後面轉了過去。

這床後有一扇小門，也是半掩著的，自是裡面還有一間套房，立刻兩人推了門進去，兩人還沒有掩上房門的時候，見二春很快地跑進屋來，將燈鈕極力地一扭，扭得燈光全滅，在滿眼黑洞洞的情形之下，也就隨著聽到腳步聲很重，有男子的聲音說話，他道：「我彷彿聽到有人輕輕地說話，你房裡怎麼沒有了燈？」

二春道：「點著燈睡不著。」

那男子哈哈笑道：「我和老柴多說兩句話，你就等不及了。」

二春道：「你們聚到了一處，就是算計人，白天整天地算計著不算，到了晚上，還要睡在煙燈邊算計人。老天爺生就你們是這一副壞心腸嗎？」

那人哈哈大笑道：「不算計了，不算計了，我來陪你談談，但希望你和顏悅色的，像平常一樣說話，不要開口就給人釘子碰。」說著，一道白光射進了屋子，是那人帶了手電筒。

這套房和前房，是一方板壁隔著，那手電筒的光很是強烈，由壁縫裡透進幾條白光線來，映著這屋子不到一丈寬，雜亂地堆了些物件，就是要逃跑，也無法可逃呢。

十八　生死關頭

這時，王大狗和徐亦進都覺得到了緊急關頭，這屋子雖有一扇後窗戶，已是關閉得鐵緊，黑暗中怎樣能開啟；若是那個拿手電筒的一直搶進屋子來，手上又還帶有武器的話，那只有低了頭讓人家來綁。心裡想到這裡，心房也就隨了撲撲亂跳。

這就聽到二春道：「你拿手電向我屋子裡照些什麼？你們這裡，就是惡狗村，哪裡還有那樣厲害的人，敢到惡狗村來闖禍？」

那人打了一個哈哈道：「你罵得好厲害，有你這樣的斯文小姐，敢在我這裡罵人，當然也必有人敢在我這裡找小便宜。」說時，那手電筒上的白光向屋子裡亂晃，

只聽得二春把語音沉著了幾分道：「你何必這樣偷偷摸摸地向屋子裡照射，痛痛快快，你就把屋子裡的燈點著吧，你可以到屋子裡來坐坐，或者就在我屋子裡燒煙。」

那男子搶著截住了道：「到你這屋子燒煙，你是很願意的，三朋四友的，這裡一笑一說，就不覺得天亮了。」

二春道：「那麼，我到隔壁屋子裡去看你們燒煙。」

那人笑道：「二小姐這樣大方起來。」

二春道：「我不是說過了嗎，我不像小春，不來，就不來，來了，就不走的。有道是**螺螄夾住了鷺鷥的腳，哪裡起，哪裡落。**」

大狗在黑暗裡四處張望著，正在打主意要由哪裡溜出去，並不留心到二春的話。徐徐亦進把這些話一個字一個字地吸進了耳朵裡去，竟是禁止不住地身上有些抖顫。接著，卻聽到兩個人的腳步聲，由屋子裡出去。

二春突然道：「慢著，你這地方，三教九流，什麼人沒有，你不說我屋子裡有歹人，我並不介意；你這樣疑神疑鬼的一下，我敞開房門走了，也許真鑽進比你還凶的人來；你們失了什麼東西，我管不著，我的膽子小，若有人鑽到屋子裡來嚇我一跳，我吃不消，我得把門鎖起了再走。」說著，咚的一聲，把門關了，接著嘎吱嘎吱幾響，是一種鎖門的聲音。

大狗和徐亦進靜靜地站在屋子裡總靜默了有十分鐘之久，然後大狗輕輕地道：「二哥，你知道不知道？這是二小姐開籠放鳥，讓我們大搖大擺地逃走。」

徐亦進道：「你說夢話呢！人家把門鎖了，還是開籠放鳥嗎？」

大狗道：「她把房門鎖了，那是替我們擋住了敵人，讓我們由這窗戶裡走，等我來試試。」說著，走到小窗戶邊，由上至下，把縫隙全摸索了一陣，然後又把手搖撼了兩下，低聲道：「奇怪，這窗戶簡直釘死了。」

徐亦進道：「你看，窗戶是釘死著的，房門又上了鎖了，你還相信人家是開籠放鳥嗎？」

大狗道：「她不是開籠放鳥，把我兩個人鎖在這屋子裡，又是什麼意思？不要忙，她總有個辦法。」

徐亦進道：「不要忙，一會兒天亮了，我們能夠飛出去嗎？」

大狗聽了這話，又在窗子上摸索了一陣，因為還是沒有絲毫搖動的樣子，就悄悄地開了套房門，又到前面屋子裡來。

他首先一個感覺，就是那窗戶外面，放出一片模糊的陽光來，於是徑直對了窗戶走去，伸手在窗戶縫裡摸著，還不曾去搖撼著呢，卻聽到二春老遠說著話過來，她道：「這條手絹，我記得掖在脅下的，怎麼會不見了？我來找找看。」

大狗放大了步子，兩三步跨到了套房裡，扯了徐亦進的衣服低聲道：「你看怎麼樣，她又來放我們了。」

一言未了，房門是嘎吱地響著，開了鎖眼，兩人藏在門壁後，向前面張望著，果然看到有一個黑影子推門走了進來，那影子矮小的個兒，一望而知是二春。

她徑直走到套房門口來，低聲道：「你兩人快逃走吧，我把他們穩住了。我告訴你，今天你們太險，剛才要進來的，是姓楊的手下一個保鏢魏老八，他很有幾斤力量，姓楊的也在這裡，他們今晚上有一件要緊的事商量，連我都避開了，能讓別人聽了他們的消息去嗎？跟我來，我帶你們下樓。」說時，在黑暗裡伸過手來要扯他們。

徐亦進道：「二小姐，你不走嗎？」

二春道：「你們真不知厲害，在這荒郊野外，又是深更半夜，他們打死兩三個人，算得了什麼？我和你們走，他們找起我來沒有了，那不是打草驚蛇嗎？這前前後後，都有他們的埋伏，你往哪裡走，趕快溜吧。」

徐亦進道：「二小姐，你不打算走了？」

二春道：「快走吧，沒有工夫談話了，你們原諒我一點，不要連累了我。」說到這個我字，哽咽住了，徐亦進大為感動，嘆了一口氣道：「大狗，我們快走吧！」於是走出套房來，隨了二春後面走，卻聽到隔壁屋子裡有男子聲音道：「二小姐，手絹找到了沒有？點上了燈嗎？我們來和你找。」

二春笑著喲了一聲，叫道：「我有事呢，你們不許來，來了我不依你的。沒有看到你們這些人，不分晝夜鬧著玩的。」

那房子又有人哈哈大笑道：「你說有事，有什麼事？」

二春笑道：「女人有女人的事，你管哩！」

那邊屋子裡哈哈大笑，二春低聲叫了一句徐二哥，徐亦進輕輕答應著，黑暗裡，二春伸出手來，握住了徐亦進的手，徐亦進覺得有個小小的硬東西按在自己手心裡，想有一句什麼話還沒有說出來呢，二春低聲道：「請你告訴我娘，只當我死了。」

徐亦進聽了這話，心裡動了一動，說不出是悲哀，是怨恨，站定了腳，竟不知道行走。

大狗拉了他衣襟，就向門外面扯著走，一面問道：「你發什麼呆？」

二春也連聲輕輕地喊著：「快走，快走！」

徐亦進也來不及向二春說句什麼話，已經讓大狗拖到了走廊上。

二春很快向隔壁房門口一站，擋了那裡面人的出路，她自言自語地道：「外面的天真黑，好怕人。」

她說到「好怕人」三個字，格外說得沉著些，對了走廊上這兩個人影子，不住地揮著手。大狗明白了她的意思，拉了徐亦進的衣襟，一點也不放鬆，只是向前拖著。

徐亦進讓他拉到了下樓的樓梯口上，才勉強地站住了腳，問道：「快下樓了，你還怕什麼？」

大狗也沒有答他，卻拉了他向回走。有一間房門是敞開的，裡面沒有燈，他拉了徐亦進就走進去，徐亦進知道這是有緣故的，還沒有來得及問個所以然，卻有腳步聲由樓梯上面傳了過來。

同時，還有兩人說話，一個道：「接連熬了三夜，真有點熬不下去了。在床上靠一下子，就睡到這時候，廚房裡被老鼠弄得不像個樣子，湯湯水水，滴了滿桌，不知道他們要下麵吃，還是烤麵包吃？先把這咖啡送給他們喝吧。」

又一個道：「抽了大煙，又喝咖啡，都是提神的東西，他們自然不要睡。咦，那唐小姐睡了，屋子裡沒有燈，先把東西送到那邊屋子裡去吧。」說著話，有一個人提了馬燈，一個人捧了一只木托盤，由窗戶邊過去。

大狗直等走廊上沒有了燈光了，這才拉了徐亦進向外走。他並不像先前那樣悄悄地溜著，竟是放大了步子，像平常一樣走。下了樓梯，出了屋子門，大狗道：「這屋子裡是通夜不睡的，我們來得很險。」

徐亦進道：「你既然知道來得很險，為什麼還大模大樣地走？」

大狗道：「這樣，人家才不疑心是外來人，有人聽到腳步響，也只能說是自家人來往。」說著話，兩人已是走到樓外院子裡。

徐亦進又站住了，因道：「我們就走嗎？」

大狗本來要笑出米，卻立刻彎了腰下去，將手掌握了嘴，停了一停，才低聲道：「二哥，你病糊塗了，還是嚇糊塗了？你不打算就走，還有什麼算盤！」

徐亦進手心裡握著那硬硬的東西，始終不曾放下，也沒有想起，這時他省悟過來，在星光下托起來看看，雖然還是看不清楚的，將另一隻手摸索了一會，摸索出了那是一枚金戒指。

他真覺有一股熱氣由腳板直透頂門心，自認識二春起，就存了一種莫名其妙的希望，但是自己很明白，無論她怎樣不為她母親所看重，她也不至於嫁一個在夫子廟擺書攤子的人。就是二春自己，也很看得她自己非同小可；她雖然不把徐亦進當個壞人，但也不會愛我徐亦進，所以自己和唐大嫂言語中衝突過了兩次，那都透著多事，這是人家說的一種無味的單相思。**據現在這只金戒指看起來，她說只當她死了，那不是要帶給她母親的口信，簡直是向愛人徐亦進的表示。**一向睡在鼓裡，沒有料到她有這種好感，我徐亦進並非單相思，我也不能把她當是死了。

在不到十分鐘的時候，他心裡頭三彎九曲地想了許多念頭。

最後，他把胸脯一挺，頭一昂，抽轉身來，又要向屋子裡奔去，嚇得大狗兩手將他拖住，把身子向地下賴著，徐亦進只好站住了腳，向大狗低聲道：「不是我不知道厲害，你看，二小姐向我們說得那樣可憐，我們能夠不管她，就這樣走開嗎？」

大狗道：「你打算怎麼辦？你能把二小姐背了走，抱了走嗎？何況這座大門，我們現在就沒有法子出去。二哥，你要明白，你不要看這是山清水秀的中間立下的一座洋樓。二小姐說了，這裡是惡狗村，鬧得不好，我三個人都沒命！」

徐亦進被他拖住了，正是上前退後都有點為難，忽然在身後有人問起來道：「是誰這樣夜深，在院子裡說話？」

這聲發得很近，星光下已看到一個人影子慢慢地走近了前，大狗便不慌不忙迎了上前道：「陸先生是我。」

他這聲音答應出來是相當低微，但是徐亦進聽到，倒是恍然大悟，這個說話的人，正是熟人陸影。他曾到唐大嫂家裡去，把小春騙了出來，當然他是和姓楊的這一串人有來往，這個人倒是翻臉無情的，暫不能和他交談，因之退後一步，讓大狗和他說話。

他又道：「你是哪個？」隨了這話，又走近了兩步。

大狗道：「我是這裡廚房裡的。」

陸影笑道：「你們雖然辛苦一點，可是弄的錢也不少。你身後還有一個人影子是誰？」

大狗道：「我們兩個都是廚房裡下手。陸先生是要找廁所嗎？」

陸影道：「是，我想上樓去看看，不聽到麻雀牌聲，好像是今晚上沒打牌，你們要白忙了。」

大狗道：「陸先生睡了再起來的嗎？」

陸影道：「在樓下打了十二圈麻雀剛散場，我們怕吵了別人，桌子上墊了很厚的毯子，又關了窗戶和門，外面哪聽得見。」說到這裡，他也把聲音低了一低，笑道：「楊先生那個脾氣誰敢惹他？」

大狗笑道：「陸先生怎麼也說這種話？這次你和楊先生做了這樣一個好媒人，他還沒有感謝你呢！」

陸影道：「咦，連你們都知道我的事。」

大狗笑道：「我們都是跟楊先生有日子的人，這樣大的事，我們怎能不知道！楊先生總要好好地栽培陸先生一下了。」

陸影道：「我也正是在這裡等著信呢！要不然，城裡跑城外，城外跑城裡，一天兩三趟，跑著好玩嗎！」他口裡說著，人就向屋子裡走。

大狗搶上去一步，低聲道：「陸先生，看到我們的夥計，請你不要說在院子裡看到我們。」

陸影笑道：「我曉得你們無非是偷了出去賭錢找女人，把鑰匙放在牆頭上，也鎖了門出去，總有一天讓人偷個精光。」

大狗道：「哪有那大膽的賊？敢到太歲頭上來動土！」

陸影打了一個哈哈，進屋上樓去了。

徐亦進在暗地裡，合手捏了拳頭，在左手心裡擂了幾下，咬了牙道：「我恨不得把這小子的人皮活剝下來！」

大狗道：「我們快走吧，陸影上樓去，只要一提出我們，就要戳穿紙老虎。後門口的鑰匙放在牆頭上，我們有機會不走等什麼？」說著又拉了徐亦進走。

徐亦進這時比較清醒些，也就隨了大狗的指揮，繞了屋子，走到後門口去。

大狗抬頭看時，這牆總也有一丈來高，要爬上牆，找鑰匙，還是不容易；假使可以爬到牆頭上去找鑰匙的話，人就可以爬牆出去，還開門關門幹什麼呢？

大狗如此想著，就在門邊牆腳下來往地徘徊著。

他昂了頭，兩眼只是在牆沿上看來看去，他看到有一根稻草在瓦簷下垂下來，上面懸著一塊硬紙片，他毫不疑惑的，就把那紙片子扯下來，隨了這一扯，發現叮的一聲響著，亦進雖不看到什麼，也就猜著那是一把鑰匙。

看大狗走進了後門，嘎嘎一聲，聽到開了門上的暗鎖，接著門向裡閃動，已放出一塊星光，這就覺得心裡大大地舒服一陣。雖然還身在虎口，已有了一個脫逃的路線了。心裡隨了這一陣安慰，腳步也就隨了向前移動著。

忽然聽到樓上有人大喝著道：「什麼人在開後門？快作聲，不作聲，我就開槍了。」

大狗聽那說話人的聲音南腔北調，顯然是這屋子的主人翁之類，說是開槍，那也不會假，趕緊退後兩步，把徐亦進推出門去。

當然，兩人一著急起來，行路動作都未免疏忽沉重些，也就有了更響聲音，那樓上不聽到這裡回話，又喝起來道：「到底是誰？我開槍了！」

大狗和徐亦進怎敢答話，放開腳步人就跑了出去。

啪啪啪，三響手槍，連著在高處發出。徐亦進在前，算是跑出了後門，大狗後退兩步，彷彿覺得左腳肚子上有了什麼東西碰撞一下。但是他知道門外和門裡那就是一座生死關頭，雖然知道受了傷，也咬緊了牙關，再向前奔走兩步，總算他有耐性，便是這樣向前一奔，倒出了後門，人來的勢子既猛，腳又站立不穩，早是向地面栽了下去。

但是他並不因為這兩隻腳站立不住就停止了不動，他兩手撐了地面，將身子爬起來，撞撞跌跌逃了兩步，又倒下了。但他心裡很明白，並不向遠處走，反奔了圍著院子的矮牆，身子倒下去，也就倒在牆腳下。

徐亦進也是挨了牆走的，這就回轉身來將他攙住，問道：「大狗，你這是怎麼了，受了傷嗎？」

大狗道：「不要緊，只是腿下面讓子彈擦了一下，你快溜吧，不要管我。」

徐亦進聽聽那院子裡面，正是人喊著一團，向大狗道：「你看，這裡有條山溝，我們順了溝槽溜下去，就離開很遠了，你伏在我背上，我背著你走一截，快快。」

大狗看到情形十分緊急，再也說不上客氣，見徐亦進兩手反過背來，抱住大狗的兩條腿，立刻就站了起來，順了山坡向下斜傾的勢子，在山溝裡跑著。

正好是天上浮起一陣雲障，把臨頭的星光完全遮掩了，身後雖有不少的人在叫喊著，可是他們並不能推測到人在什麼地方。

徐亦進倒是大了膽子，背著大狗順溝而下，一直就奔到了山腳下的深谷裡面。這裡是一條小山澗，淺淺的水，撞著澗底鵝卵石，淙淙發出了響聲，因了澗裡滋潤，兩岸長滿了叢密的小樹。徐亦進就把大狗放在小樹下的長草上，低聲道：「不要緊了，他們不會搜尋到這裡來的。你的傷口在哪裡，趕快把傷口捆住，不要讓血流得太多了。」

大狗把腳抬起一隻來道：「現在有點痛了，你看看。」

徐亦進伸手托了他的大腿，卻摸了一手濕黏黏的東西，輕輕地呀了一聲道：「流了這麼多的血！」

大狗道：「只要子彈穿過去了，流血不要緊，我身上帶了有藥，先給傷口敷上吧。」說著，他在懷裡摸出一個紙包來，透開紙來，抓了一把藥末在嘴裡咀嚼著。

徐亦進也抓了一把藥末，放到嘴裡咀嚼，然後慢慢地掀起大狗的褲腳管來，大狗咬牙忍著疼，手心托了口裡吐出來的藥末，摸索著傷口，就把藥按在上面。按好了，又取了徐亦進嚼的藥末，再按上去，輕輕地哼了兩聲道：「總算好，子彈穿出去了，不過白天挨了一頓打，人已是七死八活，現在又流了這多血，恐怕真爬不起來了。」

徐亦進道：「那怎麼辦呢？一會子天亮了，你這副形象，是走不脫了。」

大狗道：「不要緊，我們哪裡也找得出朋友，不過我不願去找他們，根本我也和他們疏遠了。現在說不得了，逃命要緊，請你背著我再走個十里八里的，就到了我那朋友家裡了，路我是認得的。」

徐亦進道：「現在剛剛把他們驚醒，他們少不得要鬧一陣，這個地方，不會讓他們發現的，我們暫時在這溝裡藏一會子吧。」

大狗道：「還有毛猴子在隔山下的木廠子裡睡著呢，明天早上我走了，留著他在那裡，恐怕會引起人家的疑心，回頭又把他捉住了，那豈不糟糕！」

徐亦進道：「依你打算怎麼樣呢！」

大狗道：「最好我去找他。但是我怎樣走得動？這夜裡黑漆漆的，要你去找他吧，恐怕你也摸不著他睡在哪裡。」

徐亦進道：「明天早上，他在那裡，你不在那裡，不見得就是他的罪過，而且你兩人打得遍身是傷，姓楊的那班畜牲，他們也不會想到跳進牆去救我的會是你。」

大狗輕輕哼了一聲道：「也只好那樣想了。」說著，他就躺在草裡頭，徐亦進悄悄地守在他身邊，總有一小時，聽聽四野的動靜，一切又歸於沉靜，輕輕喊醒了大狗，就背了他走。

大狗他有這樣的訓練，雖在黑夜，他還是看得見，不到天亮，經了他的指示，徐亦進把他背到一所種菜的人家來。菜園子裡的狗叫，早把這裡的主人翁驚起。老遠地在茅簷下面就喝著問是哪一個？大狗和他說了幾句暗話，那邊的主人翁就很親熱地迎接過去。

大狗雖然身負重傷，這也就找著一個挽救的機會了。

不過他們這一來，把鄉村裡的狗驚動了，一犬吠影，百犬吠聲，這裡和山谷裡那幢洋房子，直徑不到五里路，深夜裡，這犬聲很容易地送到他們那裡去。

為了剛才那三響手槍，那屋子裡的那種紛擾狀況還沒有平息下去，那間長房子裡，銅床上兩個人對躺著抽大煙，煙盤子中心，點了一盞豆花大的燈光，照見兩人躺著的側臉，在慘白的皮膚上泛出一層黃色的光黝。

左邊躺的那個，就是這群人裡面的頭兒楊育權，他穿的那套不怎樣挺直的西裝，聳起了領口裡一條紫色領帶；右邊這個，就是那玩票的王妙軒，他除了票青衣之外，另有一行本事，就是會燒煙泡子。他在平津的富貴人家，學到了這兩種技藝，到了南方來，很是吃香，所以和主人翁當了陪客。

屋子斜對面有四張沙發椅，一張長睡椅，這時都坐滿了人，陸影坐在床面前靠近的一張沙發上，伸直了腰，兩手撐了膝蓋，向煙燈作個注視的樣子，臉子上還帶了三分恭敬的意思。那二春在他對面椅子上斜靠了坐著，抬起了一隻手，微撐了頭，閉上眼睡了。

楊育權一個翻身坐了起來，沉著臉色吸了一口氣道：「今天晚上多少有點奇怪，怎麼狗叫得這樣厲害？」

陸影笑道：「鄉下村莊裡的狗，哪天晚上也叫，豈但是今天，楊先生這樣奇怪著，我就不能不說了，先前我由樓下上樓的時候，有兩個工人在院子裡，不知道他們是要溜出去打牌呢，還是打了牌回來？他叮囑我不要說。」

楊育權向坐在最後一把椅子上的魏老八道：「他們在家裡賭錢還不夠嗎？又要半夜裡溜出去賭。」

魏老八站起來，在煙鋪上香煙筒子裡取了一根香煙，放在煙盤子上，連連頓了幾下，笑道：「哪裡是打牌？他們這些東西，哪裡又能平平靜靜地在家裡睡覺，還不是出去找女人去了。」

楊育權聳起嘴唇上的一撮鬍子，露著長闊的白牙，微微一笑道：「他們也要玩女人，這鄉下有什麼女人呢？」

魏老八笑道：「怎麼會沒有呢？附近這些大小公館裡的小大姐老媽子，都是他們的目的物。」說著，把煙捲塞到嘴角上，然後將脖子一伸，在煙燈火焰上把煙吸著了，伸直腰來，噴出一口煙，把二指夾了煙捲，向二春一指道：「像這樣的酸葡萄，哪裡會有呀？」說畢，將兩隻肩膀扛了兩下。

楊育權道：「絕不會是酸葡萄，問題在你身上。她說，她絕不回家了，你打算要她，你就要留下她，你先不忙討論這問題，你出去看看，院子裡是不是有歹人？」

魏老八自不能太違背了他的話，只好走出房去。可是在走廊上他就大聲喊了起來，因道：「哪個有這樣大的膽，到太歲頭上來動土，在老虎口上摸鬍鬚！」那聲音越喊越遠地去了。

楊育權向陸影笑道：「提到了女人，又要問起你的話來了。你說，今天晚上露斯一定會來，怎麼又沒有來呢？」

王妙軒昂起來頭，向陸影笑道：「拿唐小春做犧牲品可以，拿露斯做犧牲品，他就不幹了！**天下事，就是這樣一物制一物，在唐小春手上弄去的三百塊錢，原封不動讓露斯拿了去，你是毫無怨言。**」

陸影立刻隨著這話站了起來，兩手同搖著道：「這是毫無根據的謠言。王先生，你也相信嗎？」

王妙軒也由煙鋪上翻身坐了起來，右手三個指頭橫夾了煙籤子，指著陸影笑道：「這不是談戲，一老一新，我們要抬槓這件事，我參加過半段。小春在老萬全席上向老錢借那三百元的時候，還用一點小手段，至於這後半段的事，我們當然不知道，也是我們剛才說話，說沒有那樣膽大的人，敢爬到這窗戶外面來聽，我們說話，她……」

說到這個她字，王妙軒眼睛一溜，將嘴向二春一努，低一點聲道：「也是她說起，她說若要人不知，除非己莫為，你送露斯到車站去的時候，有人在候車室外面看到她玩的那一套手法，很和你不平，後來他就把這話告訴了唐家，二春對於這件事，把你恨死了。你把她妹妹引到十九號去的事，她倒放在一邊，你信不信？不信，可以把她叫醒來問。」

陸影紅著臉，還沒有答覆這句話，二春突然把身子挺起來坐著，將手摸了鬢髮，向了陸影笑道：「我沒有睡著呢，你們說的話，我全都聽到了。我妹妹是個歌女，露斯是個演話劇的女明星，要說面子話，大家是藝術家。藝術家的身分，就是一樣。既然可以把我妹妹請到十九號去，又由十九號引到這裡來，為什麼露斯就不能請來！我也看看她到底是怎麼一位八臂哪吒。」

隨了這話，窗子外面有人笑著插嘴道：「哪個有這樣大的資格，跑到山東別墅來充八臂哪吒，說給我聽聽是誰？」

隨著這話，魏老八走了進來，他先走近煙鋪前，向楊育權一站，笑道：「外面並沒有發生什麼事。」報告完了，這才回轉身來向王妙軒道：「你們說的是誰？」

王妙軒又躺下去和楊育權對面燒煙了，就把搭在身上的一隻手向陸影一指道：「我們這位同志的愛人露斯小姐。」

魏老八笑道：「是呀，楊先生請你介紹她來談談，為什麼今晚她又不來呢？」

陸影笑道：「你以為我要把她據為己有嗎？根本她就不我愛啊。」

二春瞪了大眼在對座望了他道：「她愛你又怎麼樣？你還不是照樣把她送出來做人情嗎？假如有人需要你介紹你母親……」

陸影把身子突然橫側過來，向她站立著，瞪了眼道：「你說話要文明一點。」

二春也由沙發上突然站了起來，挺著胸，昂起了頸脖子，兩道眉毛一揚，大聲答道：「文明一點，這地方談不上文明！要談文明的人不會到這裡來。就是到這裡來了，他會自殺的。我告訴你，我不怕死。再告訴你兩聲，我不怕死，我不怕死！死我都不怕，你那種狐假虎威的本事，我看了是一個大錢不值，你還想禁止我不罵你嗎？但是你這種人，值不得我罵，罵髒了我的嘴。」

陸影聽了她這一串子的罵法，只有呆了望著她，脊梁上陣陣出了熱汗，直等她罵完了，才冷笑一聲道：「你是好東西，你不怕死，你怎麼不自殺呢？」

說著，他板了臉孔坐下來。

二春道：「我怎麼不自殺，這話你不配問，我……」

她說出這個我字，突然頓住，將兩手來叉住腰。

魏老八迎上前，向她淺淺地一鞠躬，笑道：「二小姐，不用發脾氣了，老陸做的事，至多是對不住小春，又沒什麼對不住你，你又何必多餘一氣。今天晚上我在夫子廟遇到了小春出條子，笑嘻嘻地滿場打招呼，她自己都毫不在乎了，你還為她生什麼氣？」

二春道：「我為她生什麼氣，不過我有這樣一個毛病，那種忘恩負義的人，走到了我面前，我就不知道氣從何處來。」

魏老八又笑著點了個頭道：「好了好了，看我們的面子，不要和他計較了。」

二春也不再說什麼，忽然彎下腰去，格格格地一陣狂笑，接著就手扶了沙發椅靠，倒下去坐著。

魏老八看了她這樣子，也不覺得漲紅了臉，站著動不得，楊育權見他碰了二春一個橡皮釘子，先也是嘻嘻地笑著，及至看到魏老八的臉色變下來，便由煙鋪上坐了起來，向二春道：「喂，你這樣狂笑什麼意思？我們的面子，不夠你一看的嗎？」

二春頭靠了沙發背，仰起一張笑臉，並不因為別人不願意就把笑容收起來，這就稍微地坐正來，從容地道：「我不要命嗎？敢笑你楊先生嗎？我也不敢笑魏八爺，他是你楊先生的保鏢；至於在座的各位先生，除了陸影，至少也是我的新朋友，我敢笑嗎？我笑的是我自己。」

她把這理由說出來了，大家依然是向她望著，她為什麼笑她自己呢？

二春站了起來，牽牽自己的衣襟，又伸手摸了摸鬢髮，向大家微點個頭道：「我為什麼笑我自己呢？我笑我太小孩子氣了，讓狗咬了一口，就讓狗咬一口吧，為什麼我還要去咬狗一口呢？」

楊育權手裡拿了一支煙捲，不住地在煙盤子上頓了出神，眼睛可注視著她，看她有什麼話來解釋，現在見她所解釋的理由並不怎樣充分，臉色就慢慢地沉下來，那眼光也橫著了，可是二春早已知道了他要發作，卻是慢慢地向煙鋪這邊退了過來，結果，挨著床沿坐了。看到楊育權手裡拿了一支煙捲，這就摸起煙盤子邊的火柴盒，擦了一支，和他點煙。

楊育權倒是把煙點著吸了。但是他握了二春一隻手道：「二春，你太猖狂，我要罰你。」他說時，噴出一口煙來，還是板著臉的。

二春索性靠了他，將頭微挨了他的肩膀，把眼珠一溜道：「罰我什麼呀？」

楊育權手裡夾了煙捲，指著魏老八道：「我罰你嫁給他，今天晚上就嫁，你依從不依從？」

他說到這句話，語音是格外的沉重，顯然是不可違抗的了。

十九 絕路

唐二春在楊育權手心裡把握著，已有了這多天，對他的性情，他的知識，他的力量，都有相當的認識，她不幸落到這地步，已有了她的打算。魏老八對她那番野心，也是猜得透熟，怎樣對付這個人，也是有了主意的。

不過楊育權在這個時候，當面就提出這問題來，這倒是猜想不到的事，只得微低了頭，把眼皮垂下，眼睛向懷裡看著，默然很久，沒有作聲。楊育權架了腿坐在煙鋪上，手指頭夾了煙捲，正瞪了眼向她望著。

屋子裡坐著的這些人，聽到楊育權說話的語調，顯然是對二春一種威脅；而二春低頭不語的樣子，又顯然是不怕威脅。兩相對峙之下，這事情恐怕要弄僵。

時間到了將天亮，正是楊育權鴉片燒足，有一種發揮的時候，見二春又坐在他身邊，也許他一時興起，一拳一腳，就把二春打著躺在地下。

大家遙遙向她望著，手心裡倒替她捏了一把冷汗。可是在兩分鐘之內，二春已經想到了解圍的辦法，她更是向楊育權的身體靠得貼緊些，右手搭在他腿上，將一個食指在他膝蓋上輕輕畫著圈圈。

楊育權因她把頭都伸到懷裡了，嗅到她身上微微的脂粉香，便也把火焰壓低了些，因道：「你怎麼不作聲，還有點難為情嗎？」

二春很從容地道：「事到於今，我還有什麼難為情！我有兩句話想對楊先生說一說，又怕楊先生不高興。」

楊育權道：「你不管我高興不高興，你的話只管說出來。你若不說，我怎麼知道你心裡的事？既不知道你心裡的事，我要做的事，那還是要做出來的。」

二春把嘴微微地撅起，因道：「你准許我說，我就說吧。我先問楊先生一句，你叫我跟魏老八去，是長久的呢，還是臨時的呢？」

楊育權聽到這話，倒是忍不住哈哈一笑，因握了她一隻手笑道：「你願意長久的呢，你願意臨時的呢？」

二春道：「到了現在，我還談得上甚麼願意不願意嗎？我只有聽楊先生一句話，你說吧。」

楊育權笑道：「好，我們這樣問來問去，可以十年八個月，還說不出一個結果來。你說到是臨時或是永久的，老實說，我也答不出，現在老八當面，可以問他了，老八，你說吧，我們來個君子先難而後易，你的意思怎樣？你說出來，你不要讓我作媒的人為難。」

魏老八原是呆站在那裡望著的，就不敢多插一句嘴，等到楊育權問二春話的時候，他更是心裡撲撲亂跳，雖然急盼著二春向他有一個答覆，可是臉上不敢做一絲一毫的表示。現在楊育權索性指明了來問，這教他不答覆不可以，這就抬起一隻手來，連連地撩了幾下頭髮，只是微笑了一笑。

楊育權道：「有話你就說，只管笑些甚麼？」

老八道：「我有甚麼話說，楊先生看得起我，給我圓成一件好事，唐小姐……」說到這唐小姐三個字，他已快活得無話可說，只是嗤嗤地笑。

二春將面孔板了，也向他望著，並不做出害羞的樣子。魏老八這倒不能不鄭重些，就漲紅了面孔道：「當然是長久的事。」

二春這就突然站起來，向大家道：「是各位聽到的，魏老八說了，我們是長久的事，我們這一個結合，不是夫妻，也是夫妾，絕不能說是姘頭。我一生一世跟人一場，難道就是這樣，憑楊先生一句話，半夜三更跟了人走嗎？若是真這樣辦，我一個字也不敢反對，不過魏八爺也是在人面前走的人，把這樣的態度對我，心裡過得去嗎？我們在秦淮河上生長大的女孩子，自然是不值錢，但是披著喜紗，坐了花馬車，正正堂堂去做新娘子的也不少。到了這個地方，我還談什麼結婚不結婚，不過在座有這些個人，將來把這話傳出去了，說唐二春是半夜三更，在煙鋪邊跟了魏老八走的。我將來把什麼臉見人！別人我不知道，單是陸影，他就不會放過我。」

陸影坐在旁邊沙發上，淡笑了一聲道：「一顆流彈，又打在我身上。」

楊育權讓二春這一大篇話說得心悅口服，因向陸影道：「你不要打岔，讓她把理由說個透澈。」

二春道：「我再沒有理由了，就是這些，再只聽魏八爺的了，魏八爺給不給我一個面子，就聽他一句話。我想這是我一生一世的事，魏八爺總不至於太要我過不去。」

她說著話，兩隻烏黑的眼珠在眼眶子裡轉著，站著望了魏老八。

魏老八始終是在那裡站了發癡笑，他頭上並不癢，但不知是何緣故，那隻右手總是情不自禁地不免抬起來，在頭頂心裡搔著，現在二春逼著他說話，他又只好搔頭了。

楊育權笑道：「我倒知道魏老八的心事！眼看一塊肥羊肉，恨不得馬上吞到肚裡去；但是人家所說的話，又很合情理，真的三言兩語就帶了人家走去，人各有良心，這話也說不出口。你哪裡是頭癢，你是心癢，你簡直就抓你的心吧！」

全屋子裡聽了，都哈哈大笑。

魏老八笑道：「這話是楊先生提起來的，現在又拿我開玩笑。你老人家多少應該拿出一點主意來給我。」

楊育權笑道：「你這傢伙，到了這個程度，我差不多把煮熟的鴨子端上桌了，你還是沒有辦法可以嘗一口湯。這有什麼了不得的事呢？今天晚上說也天亮了，沒有這樣搶火一樣和人家成親的。現在就算是明日吧，你可以吩咐廚房裡另外辦一點菜，把城裡的朋友接兩桌來，大家熱鬧一下子。和新娘子做新衣服是來不及了，到城裡去買兩件現成的。再說，也應當送人家一只戒指，沒有現錢不要緊，在我這裡拿。你再問問二小姐，還有什麼條件沒有？」

魏老八果然笑著向二春點了個頭道：「二小姐，楊先生的話，你都聽見了，我是件件依從，你還有什麼話？」

二春道：「楊先生說的這些話，你魏八爺能夠完全辦到，我也心滿意足了。不過進城去買現成的衣服，估衣鋪裡的東西恐怕是不合身。我家裡還有幾件新衣服，你可以親自到我家裡去，向我娘手上要。」

魏老八笑道：「我怎麼好去呢？」

楊育權哈哈大笑道：「你又怎麼不好去呢？世上只有兒媳婦怕見公婆，哪有女婿怕見丈母娘的？難道你們做了親戚，你可以永久地不去見她嗎？」

魏老八道：「將來我自然要去見她。」說著，又是嗤嗤地一笑。

二春兩手一舉，打了一個呵欠，因道：「你們聽，鄉下人家的雞已經在叫了，我要去休息一下子。」

楊育權笑道：「忙什麼？明天你儘管睡到下午四點鐘起來。現在接洽的事情還沒有告一段落呢，我不要得個結果嗎？」

二春道：「我的話已經說完了，辦不辦是魏八爺的事。我想，就是這幾樣小事，八爺要辦，就很容易地辦了的；不辦，我老等著也是無益。」

楊育權又在床上抽一口煙，二次坐了起來，很興奮地道：「好了，一切我都代老八答應下了。現在我要替老八說兩句了，跟了我這兩年，在人面前多少有點顏色，在銀行裡存的錢，總有個兩萬開外；至於他那分力氣，你看他蠻牛一樣的身體，哈哈哈……」說著，他昂起頭來大笑。

魏老八笑道：「楊先生開玩笑。」說著，又伸手搔著頭髮。

楊育權又點了一支煙捲，將手指夾了煙捲，指著魏老八向二春道：「你不要看他帶著三分流氣，其實他是個老實人。將來你把他管教好了，什麼都順手。就是愛在外面交個把小白臉，那都沒有關係。」

二春道：「不是說笑話，稍微想得開一點的女人，就不會去相信小白臉的。譬如陸影這個人，也算不得什麼小白臉，但是他就很自負，以為天下的年輕姑娘都非愛他不可，然後他把那女子騙到手了，就可以在那女子身上發財。女人雖賤，也不至於把身子讓給人了，又拿身子賺錢給人花。楊先生，你信不信？我看到了滑頭少年，我眼睛裡就要起火，像陸影這種人，並非小白臉，還要冒充小白臉的人，我尤其恨他！」說著，把腳在地面上頓了兩下。

陸影由那坐椅站了起來，向楊育權點了個頭道：「楊先生，我暫時告退吧。唐小姐的脾氣很大，那流彈不時地打我頭上，我還是讓開她好。」

楊育權點點頭笑道：「這倒是的，冤家宜解不宜結，明天她結婚的日子，你重重地送一分禮吧。」

二春道：「我倒不要他送禮，我要他把露斯帶來我見一見，到底是怎樣一個了不得的人？」

楊育權道：「露斯來了，你果然就不和他為難了嗎？」

二春道：「為難兩個字我不敢，我也沒有那種本領可以和他為難！只要把露斯帶著來了，我們一說一了了。」

楊育權望了陸影笑道：「聽到沒有？你還有什麼話說？」

陸影一面向人說話，一面向房門口退去，本已要走了，聽到這話，卻又站住了腳，向楊育權迎近一步道：「楊先生若是一定要我把她找了來，我未嘗沒有法子，只是請楊先生原諒，不要又說我敲竹槓。」

楊育權沉著臉道：「你說要多少錢吧？」說到這個錢字，他已經把手伸到衣袋裡去摸索著。

陸影笑道：「我就知道楊先生不會高興的，不過事到臨頭，我不能不說。露斯這個人，和別的女人並沒有兩樣，她愛的就是錢，假如能拿出一筆款子來做引子，她可以隨時引來的。」

二春道：「你胡說，她和別的女人並沒有兩樣，難道別的女人就都是她這個樣子嗎？」

楊育權笑道：「好了，好了，你也太占上風了，他已經答應把露斯找來，就算樣樣都退步了。」

二春道：「楊先生，你想陸影他不敢敲你的竹槓嗎？」

楊育權做一個猙獰的微笑，向陸影望著。

陸影道：「楊先生，你想我有幾顆腦袋敢騙你的錢。你可以開一張支票給我帶去，露斯若調皮的話，你盡可通知銀行，不讓她兌款。」

楊育權道：「好，就是這樣說，三百塊錢支票夠不夠？」

陸影道：「自然是越多越好啊。」

楊育權笑道：「我就開張五百元的，越是有手段的女人，我倒是越肯下本錢。」說著，他在床頭枕頭下面，掏出一冊支票簿子，就取下大襟紐扣邊插的自來水筆，走向桌邊燈下，填寫了一張支票，然後在票尾上簽了一個英文字。

他撕下那張支票來，回轉身正要遞給陸影，見二春正站在身邊，便笑道：

「這是為了你呀，能花上這樣一大筆錢，就不過是為你出上一口氣。」

二春道：「楊先生也早就想看看她的了，那於我有什麼好處？」

楊育權道：「到了明天，我當然還要送你一筆禮，無論如何，我要更對得住你些。」

二春瞅了他一眼，低聲微笑道：「更對得住我些，我看你怎樣對得住我吧！」

楊育權便伸手在她臉上摸了一把，向魏老八笑道：「二春這孩子調皮得很，你這蠢牛一樣的東西，哪裡對付她得了。」

魏老八站在一邊，沒有作聲，楊育權沉著臉道：「你不要不高興呀，這還是我的人，我一不高興，我就不把人給你了。」說著，左手把支票交給了陸影，右手搭在二春的肩上。

魏老八笑道：「楊先生怎麼說這樣的話？她就跟了我，還不也是楊先生的人嗎？你高興哪一天收回來，你就哪一天收回來。」

二春聽了這話，把兩眼瞪著荔枝樣的圓，把臉漲得鮮血樣的紅。魏老八看了她的樣子，知道她的用意何在，只是向著她笑笑，並沒有說什麼。

也不知道幾時，陸影接著楊育權的支票溜出去了。這時，他又二次回轉屋子來，笑道：「大家分散了吧，天亮了。」

二春聽了這話，卻不禁噗嗤地一笑。

楊育權握了她的手道：「別的都還罷了，你每次突然一笑，倒讓人有些莫名其妙了。現在說到天亮，你又笑了起來，這天亮了有什麼好笑，你一聽到，就噗嗤地笑起來。」

二春道：「這有什麼莫名其妙呢？在南京城裡，我只覺得糊裡糊塗天就黑了，到了你們這裡，整個變過來，是糊裡糊塗地過了一夜，天就亮了。」

楊育權笑道：「天亮了我們都去睡覺，醒過來已是下半天，那就糊裡糊塗又天黑了，你不要看我們過著糊塗日子，但是我們打起算盤來，可是很精細。」說著，也呵呀一聲，伸了一個懶腰。

二春回頭一看，坐在屋子裡沙發椅子上幾個人，都已睡得呼呼打著鼾聲。王妙軒手裡拿了煙籤子，半側了身子，也睡在煙鋪上，只有魏老八瞇了兩隻綠豆眼向自己看過來，因道：「楊先生，我要去睡覺了，還有什麼事要我做的嗎？」

楊育權笑著想了一想，拍著二春的肩膀道：「我沒有什麼事了，你請便吧。」

二春聽了這句話，並不等到楊育權說第二句，立刻就離開了他，向自己屋子裡走了去，遠遠地還聽到了楊育權哈哈大笑，似乎他又奏著凱歌了。

二春頭也不回，逕自走向屋子裡去睡著。也在心裡有了一定的計畫，倒上床去睡下，就昏沉著忘記了一切。

等到睡足了醒過來，卻看到黃黃的太陽影子斜照在玻璃窗上。心裡倒想著，睡的時候還不算多，太陽是剛剛起山呢！於是在枕上又猶疑了一會子，可是那太陽影子由金黃變到淡黃，漸漸地竟成了模糊的影子，將手在枕頭底下摸出手錶來一看，卻是五點多鐘。

這仲秋的日子，不會在五點鐘太陽高照，分明是太陽落山了。披衣起床，掀開窗簾子一看，見樓下院子裡，卻停放著好幾輛汽車，走廊上人來人往的，也透著忙碌，這就淺淺地冷笑了一聲。自己緩緩地把衣服穿好著，這才把房門打了開來。

當她把房門打開的時候，門外卻有兩三個人站了候著，看到她，就都深深地鞠著躬，說聲二小姐恭喜！

二春望了他們，還沒有答話，早有好幾個人隨聲叫著，二小姐起來了，二小姐起來了，看那樣子，似乎全屋子的人都在等候著自己起來，臉上透著有點發熱，然而想到自己的打算，就不能不鎮定些，因之回轉身到屋子裡來坐著。

本來楊育權很是客氣，就派了兩個女傭人，專門在這屋子裡伺候著的。今天是更為恭敬，又多派了一個女人來伺候。

那女人黑黑的皮膚，高高的個兒，說了一口皖北腔，長腳褲子，細袖短褂子，倒有一把烏黑的長髮，梳了一個橢圓髻，在鬢邊倒插了一朵小紅花，她彷彿很懂規矩，無事不進房來，端了一把方凳子，坐在房門口。

二春看在眼裡，心裡卻不住地冷笑。一會子，由原來的女僕送了一杯牛乳進來，二春笑道：「我並沒有什麼事，有了你兩個，已經覺得扯住了你們的工夫，現在倒又來了一個。」

那女僕道：「今天新來的這位侉大娘，是魏八爺叫了來的，她什麼事也不會做，就是有幾斤力氣。」

二春笑道：「難道他怕人搶親，找這麼一個人來保鏢嗎？」

女僕笑著，沒有多說什麼。過了一會，卻聽到窗戶板咚咚地敲了幾響。接著，楊育權問道：「二小姐起來了，到我屋子裡來坐坐吧。」

二春道：「你不知道今天我是新娘子嗎？」

楊育權道：「我引你見一個人。」

二春道：「我不見客。」

楊育權道：「別人可以不見，這人你非見不可，你如不見，失了這個機會，就不要怪我了。」

二春聽了這話，心裡倒有些跳動起來，因道：「你說這是誰呀？」

楊育權笑道：「說破了就不值錢，反正你見到之後，絕不至於失望。」

二春心裡一想：這準是徐亦進，昨晚上沒有走得了，又讓他們捉回來了。但聽那楊育權的口吻，不怎麼生氣，又像不是徐亦進。是了，大概是那唯利是圖的露斯，看到那五百元的支票果然來了。這個猜法對了，倒要看看這刁貨，今天見面還有什麼話說，於是整理了幾下衣服，摸摸頭髮，就一鼓作氣地向隔壁屋子裡直衝了來。人還沒有進門，先就問著：「客在哪裡？」

楊育權口裡銜了煙捲，架著腳坐在沙發上，經她這一問，口裡噴出一口煙，將臉向裡面的椅子偏著搖了一下。

二春看時，卻是端端正正地坐著自己的母親，心裡不知何故，只管跳了起來，同時，兩片臉腮也都紅透了，站在屋子中間，不前不後地呆住。因道：「媽知道了今天的事嗎？」

唐大嫂道：「魏八爺派人到家裡來拿你的衣服，我以為是楊先生有意思放你回去，叫我來接你的，我很高興，還叫了一部汽車坐著來的呢。」

楊育權笑道：「你怎麼說以為我要放她回去呢？我不早就當你娘兒倆的面說過，可以讓她回去嗎？她再三說，不來就不來，來了就不回去，那我有什麼法子。這一層，我倒也原諒她，她和小春不同，並不是個賣藝的，不回去就不回去吧，我的朋友很多，隨便送給哪位朋友都可以，偏是魏老八這傢伙看中了她，和我懇求了好幾回，說是我既不留她，她又不肯回去，倒不如給了他，解決這層困難。」

唐大嫂插嘴道：「哎呀，魏老八，他不但是有家眷，在上海還另外有一個女人呢，我二春怎好跟著他？楊先生，她姊妹兩個總算對得起你，你何必一定要把她推下火坑去？」

楊育權笑道：「這件事，你不能怪我呀！我老早要她回去，她總是不肯走，難道我就讓她老釘著不成？我總也要有個收場，喂，二小姐，不要發呆，坐下來慢慢商量。」

他說著這話，人就站起來，伸手將二春的手臂拖著，拖到椅子沿上，扯了她坐下，兩個人緊緊地挨著，二春把頭低了，兩手環抱在懷裡，並不作聲。

唐大嫂坐在斜對面，瞅了一眼，因道：「楊先生，你還是讓她回去吧。她不賣藝，你要放她回去了，她總是個在家裡的姑娘，你什麼時候高興了，要她來伺候你，她什麼時候就可來，那不很好嗎？」

楊育權拍了二春的肩膀道：「你給我把她養在家裡，預備養多少年呢？」

唐大嫂道：「她已經二十二歲了，日子多了，和你養一位老媽子在家裡，何必多這番事呢？我的意思，總還可以替你養三年。」

楊育權昂著頭噴出一口煙來，眼望著煙在半空裡打著旋轉地散開，散得清清淡淡的，以至於沒有。這樣總有五六分鐘之久，然後猛可*地向唐大嫂道：「三年，她三年的工夫，是她黃金時代的最後一節了。那麼，你打算要多少錢呢？」

唐大嫂道：「楊先生手上的錢，像我們家裡的水一樣，你還在乎嗎？數目我倒不……」

二春突然站起來道：「你不要又想在楊先生手上討好處。我告訴你，我是不回去的了，楊先生把我給魏八，我就跟魏八。人人有臉，樹樹有皮，你模模糊糊帶了我回去，你不在乎，我可沒有臉見人！」

唐大嫂倒是怔怔地望了她。

二春淡笑了一聲道：「你老人家也不想想，我這個脾氣，不過你養了我一場，二十多歲的女兒，也不能白白給人。楊先生說魏八手上有兩三萬呢，他想討個小老婆，總要花幾個錢，請楊先生做個主，給我娘一筆聘禮。」

楊育權道：「你娘早來了，一定要把你接回去，左說右說，我心讓她說軟了，昨天晚上的話全部撤銷，也沒有什麼關係，魏老八有我一句話，他也不好怎樣違拗。既是你願意跟他，當然他要出幾個錢。不過他高興得不得了，進城採辦今晚上洞房花燭夜的東西去了。」

二春跑到床邊去，摸出楊育權放在枕頭下的一本支票簿，放到楊育權左手，又把他襟上的自來水筆抽下，塞在他右手心，向他微笑道：「難道你做個主，寫一張支票給我娘，他敢不承認嗎？」

楊育權手裡拿了筆，偏了頭向她望著微笑道：「天下有這樣的理，我開支票送人，叫人家來認這筆帳。」

二春道：「你說的話，是你自己忘記了。你說過，我就是跟了魏老八去，什麼時候叫我回來，他什麼時候就要讓我回來。據現在看起來，你和他出筆錢都不敢做主，人走了，你還有權管嗎？我還是不跟他，就這樣在這裡住著，隨便楊先生把我怎樣打發。」說著，她在長沙發上坐下，緊緊地挨了楊育權，把頭低下，把嘴又撅了起來。

楊育權笑道：「你要知道錢財動人心，替人家做主，究竟冒昧一點。」

二春道：「**錢財自然是動人心，難道女人就不動人心嗎**？你看我這樣哀求你，你也不肯幫我一點忙，你要知道我這個人，雖是秦淮河出身的人，倒還講些舊道德，你叫我離開你，又去另外跟人，我是不願意的，說出來了呢，回頭你又說我灌你的米湯，你叫我離開你，我還真有些捨不得！雖然你說我跟了魏老八去，將來還可以叫我回來，究竟一個女人有一個女人的身分，這樣朝三暮四的跟人，那太不像話。到了那個時候，你雖然不嫌我殘花敗柳，我也不好意思回頭來伺候了。」說著這話，不覺兩行熱眼淚就由臉腮上直掛下來。

她緊靠了楊育權坐著，那眼淚直滴到他手臂上去。楊育權放下了筆，輕輕地拍著二春的手背道：「你不要難過，我多多地撥你母親一筆款子就是了。」

二春雖然還在滴著眼淚，可是微微地點了頭，向他道：「謝謝你！」

那聲音很是輕微，透著有幾分可憐的樣子。楊育權心裡一動，就提起自來水筆，在支票上開了一個兩千元整的數目，簽完了字，回頭一看二春的臉色並沒有和轉過來，因笑道：「若是由魏老八自己出手，決計寫不出這樣多的數目。」說著，撕下那張支票，交給了唐大嫂。

她原是愁苦了臉子坐在一邊的，接過支票看了，微微地笑道：「多謝楊先生！這錢呢，是楊先生的，我就厚著臉又收下了。不過是魏老八的，我還是不收的好。二春。」

她隨了這話，把臉轉過來，將目光注視到二春臉上，因道：「我看，你還是跟了我回去吧。你說回家之後不好意思見人，這當然也是實情，不過，也就是初回去的幾天有點難為情，把日子拖長一點，不就也沒有事了嗎？再說，有了楊先生給我們撐腰，人家也就不敢笑我們。楊先生這筆款子還在銀行裡，儘管楊先生是十萬八萬也不在乎的人，但我絕不能拿到了支票，又是一個說法。我自始至終都是勸你回去的，只要楊先生不離開南京，什麼時候叫你姊妹兩個來，你姊妹兩個什麼時候來就是了，楊先生，你覺得我對你這點誠心怎麼樣？

從今以後，我們母女三個，都倚靠你吃飯了。」

她注切的望了楊育權，表示誠懇的樣子。

二春聽到她母親最後幾句話，幾乎氣得所有的肺管都要爆裂。但她在臉皮漲得通紅的情形之下，卻微微地一笑，因道：「你一定要我回去做什麼？女兒養到老，也總是人家的人，回去了，將來讓我再嫁人，現在就嫁人，不是一樣的嗎？我不回去，你不要關心我的事，你只當我死了。」

唐大嫂道：「你說為了這件事，有點不好意思，現在就算你不見人，難道這一輩子你都不見人嗎？」

二春沒有答言，卻在鼻子裡哼了一聲。

唐大嫂向她出神了一會，倒看不出她是什麼意思，無精打采的，把頭點了兩點，眼圈兒也紅了，因道：「那也好！不過你不能把這件事怨恨為娘，我是沒有法子。」說到了這句話，將淚眼偷著向楊育權張望了一下，接著道：「讓你認識了楊先生這樣一個大人物，你這輩子算沒有自來。說起來，還是你的造化呢！」

二春聽了這話，肺葉裡的火由兩隻鼻孔裡衝出來，恨不得要把鼻孔都燒穿了，因笑道：「認得楊先生，自然是造化，無奈楊先生不要我，還是高興不起來。其實我並沒有這個心思，要在楊先生腳下當個三房四房，只要在楊先生腳下，當一名體面一點的丫頭，我也就心滿意足的。這樣一來，上不上，下不下，真是弄得十分尷尬。」說著，也流下淚來。

這一下子，唐大嫂坐在東面椅子上哭，二春坐在西面椅子上哭，雖然她們並沒有哭出聲來，楊育權夾在中間，看這兩副哭臉，究竟是掃興，便站起來同擺了兩隻手道：「好吧，好吧，你娘兒倆不要互相埋怨吧，這兩千塊錢，就算我送二小姐的禮，她願意回去，就隨了唐奶奶走，我自然會對付魏老八；你不願走，你死心塌地的嫁魏老八，將來的事，將來再說，現在預先發起愁來也是無用。至於二小姐說愛上我，不管是米湯，是不得已而出此，那全是個笑話，我也不知道玩過多少女人，當時要的時候，非到手不可，過後就無論長得怎樣好看的美人，我也會丟到一邊的。」

他把兩手插在褲子兜袋裡，一面說，一面在屋子裡來回地走著。臉子沉了下來，小鬍子上在左右腮畫著兩道青紋，就是不說生氣，也讓人看到心裡有些抖顫。

唐大嫂手裡捏住那張支票，收起來不敢，放下來又捨不得，更是沒有了主意。

楊育權還在屋子裡來回地踱著，似乎還有話要吩咐，她母女兩人都不敢作聲，弄成了一個僵局了。

二十　喜筵

在大家僵持著的時候，屋子裡外是悄靜無聲了。噹噹的響著，別間屋子裡的時鐘，連響了六下。二春借了這個鐘聲，倒有了話說了，因笑道：「楊先生，你看，現在已經有六點鐘了，魏老八還沒有回來，這也不像個辦喜事的人。」

楊育權繼續在屋子裡來回地踱著步子，很隨便地答道：「他絕不會誤事的，他對你，早是看得眼饞了。其實，你不過以沒賣過的身分，讓他看著稀奇，要說夫子廟的歌女，比你妹妹長得更好看些的還很多。」說著，露出尖白的牙齒發了一聲冷笑。

二春覺得他這幾句話，比當人面打了自己兩個耳光還要難受，一腔熱血真要由嗓子眼裡直噴出來。但是她沒什麼法子可以對付他，只是直瞪了兩眼向他望著。

好在這個時候，天氣已經昏黑，雖是樓上的房間，門戶洞開，可是還沒有多少陽光追到屋子裡面來。人在屋子裡，只露出一個輪廓的影子，面部的表情是看不出來的。

這又有三五分鐘，二春隔了窗戶，老早地看到一位聽差，手捧了一盞大罩子燈，將燈芯扭小，放在走廊遠處的小茶几上，沒有敢進來。

在他後面，又有一個聽差，緩緩地走到了房門口，看那樣子，頗想進來，楊育權溜到門口，將他看到了，就高聲問道：「有什麼事？」

聽差老遠地垂手站定了答道：「陸先生來了，還有一位小姐同來。」

楊育權聽說，就聳起上嘴唇的小鬍子，微微地笑了，問道：「他是不是說那位小姐叫露斯？」

聽差答應是的。楊育權道：「那很好，請他們來，怎麼還不拿燈來。」另一個聽差立刻將燈送著進來了，扭出了很大的燈頭。

楊育權一回頭，看到唐大嫂母女，因笑道：「我倒毋須回避你們，不過你和她有仇，見面之後，我們的生意經沒有談好，你們先要衝突起來了。」

二春立刻站起來道：「那麼，我引我的母親到隔壁屋子裡去先坐一會子。」

楊育權笑道：「只有這樣，我也不怕你母女會打我什麼主意。」

唐大嫂這就隨著站起身來道：「楊先生，你不想想，我們有幾顆人頭，敢這樣辦嗎？」

楊育權將手揮著，笑道：「你去吧！我急於要看看這位露斯小姐是怎樣調皮的一位人物？」

二春牽了唐大嫂的衣袖口，就向外走。

唐大嫂跟著到這邊屋子來，見桌上放著高有兩尺的大白瓷罩子燈，照得屋子通亮。回頭向外看看，門簾子半捲著，可以看到那位大個子女僕還坐在門邊的凳子上。

二春一看到母親那張望的樣子，就知道她意思所在了，因向她丟了一個眼色，便高聲道：「多話不用說，等我結婚之後，叫魏老八預備一份重重的禮物，上門看丈母娘就是了。無論如何，楊先生作的媒是不會錯的。喂，去打一盆水來。」

她昂著頭，向門外這樣交代了一句。那大個子老媽答應了一聲，隨著就笑嘻嘻地走了進來。

二春道：「已經六點鐘了，客都來了，我該洗洗臉了。」

那女僕聽她這話，顯然同調，滿臉笑容，在梳妝檯上端了臉盆走了。

二春等她一出門，就握住唐大嫂的手，低聲道：「媽，請你聽我的話，就是今天晚上，帶了小春坐火車到蕪湖去，上水的船，明天早上可以到蕪湖，你立刻換了船去漢口，到了漢口之後，你斟酌情形，能另找一個地方更好。有道是，有錢到處是揚州，你何必一定要在南京這地方混飯吃？」

唐大嫂聽了這話，望著二春，想不出她是什麼意思，但手裡握著她的手，覺得她的指尖冰涼，而且她周身都有些抖顫，便低聲道：「你怎麼了？我的兒。」

二春凝了一凝神，先笑了一笑道：「我沒有什麼！」然後低聲道：「我說的話太急了，沒有想得清楚，你明天上午十二點鐘走吧，除了這張兩千塊錢的支票，明天早上，你可以兌了現之外，就是你存在銀行裡的款子，明天也改存到漢口去，千萬千萬！」

唐大嫂道：「到底為了什麼？你的身體是送給他們了，小春也是讓他們稱心如意了，我在南京混一口飯吃，絲毫也不礙著他們的事，他們還不饒我嗎？」

二春道：「你明白就是了。聽到他們說，還不能這樣饒放小春。有一個姓吳的，也是姓楊的保鏢，不但是一個大黑麻子，而且身上還有狐臊臭，他已經在姓楊的面前下好了定錢，只要等我嫁好了魏老八，就向小春動手，你們不逃走，還等什麼？」

唐大嫂道：「既是這樣，你為什麼不和我一路回去呢，回去了，不好大家逃走嗎？」

二春道：「這個我怎麼不知道，你要曉得，那魏老八也不是好惹的，已經把人許給他了，他又預備了今晚上成親，若是突然跑走了，他請了許多客，怎樣下臺？今天晚上，我們想出這個門，恐怕不等進城，在這荒山上就沒有了命，我就嫁了他再說吧。好在由起頭一直到現在，只有他們欺侮我們的，我們並沒有回手，你悄悄地躲開了，也就沒事了。」

唐大嫂道：「那不讓你太受委屈了呢？」

二春道：「你不要管我，你只說明天走不走？明天你不走，惹下了大禍，我死都不閉眼睛。」

唐大嫂握住了她的手道：「既是這樣說，我帶著小春暫時到上海去躲避一兩天吧。」

二春道：「你不知道上海還是他們的勢力範圍嗎？你要到上海去，那是送羊入虎口。」說時，皺了眉頭，將腳在地面上輕輕地頓著。

唐大嫂苦笑道：「你又何必這樣子躁急！既是你覺得我非走不可，我就依你的話到漢口去就是了。你還有什麼話，快說吧，那個婆娘來了，我們就不好再談了。」

二春道：「我沒有別的話說，就是你要到漢口去，你若是……」說到這裡，聽著外面走廊的樓板上咚咚地有了腳步聲，只好突然把話停止。

等著那個走路的人，由窗戶邊過去了，陸續地有人來往，二春把兩眼睜著望了母親，隨後那大個子老媽也就把臉盆端了進來了，垂著兩手，倒退兩步，笑問道：「唐小姐，還有什麼事嗎？」

她說話時的態度倒是非常恭敬。二春向她看了一眼，淡淡地道：「沒有什麼事，你坐在房門口等著吧。」

老媽子出去了，唐大嫂坐在一邊，望了女兒，也還是沒有話說。彼此靜坐了約十分鐘，二春道：「現在沒有什麼事了，也沒有什麼話說了，你可以回去了。」

唐大嫂對她呆望了，遲疑著說了一個你字，還是向她望著。

二春倒也不去催她走，自向梳妝檯邊去梳洗頭臉，搽抹脂粉。唐大嫂在身上掏出香煙來吸著，靠了沙發望住她。抽完了半支香煙之後，這才說出一句不相干的話來，因道：「這屋子裡有梳妝檯了，連女人的化妝品都預備得很完全。」

二春道：「你才曉得這裡是個奇怪地方嗎？這樣的屋子有好幾間，全是預備臨時來了女人用的。」

唐大嫂耳朵聽著她的話，眼睛可向門外面看看，這就輕輕地答道：「不說這些閒話了，遲了怕進不了城，我該走了。」

二春道：「我不早就請你走了嗎？」

唐大嫂默然地坐著，心裡可在想：二春的態度究竟異乎尋常，匆匆忙忙見了一面就要回去，這也顯著太馬虎。站起來，躊躇了一會子，又坐下去。可是楊育權派了一個聽差來催駕了，他站在門口，就很恭敬地行了個鞠躬禮，他笑道：「唐老太，我們有車子進城，馬上就開。」說著，閃在一邊，並不走開，有等著唐大嫂起身的樣子。

唐大嫂心裡是很明白，這個地方要客人走，客人還是不能多留一秒鐘，只好懶洋洋地站起來，向二春遲吞吞地說了一句道：「我走了。」口裡說畢，兩腳是緩緩地向房門口走了去。

二春緊隨在她身後，走到房門口，手捲了門簾，撐著門框站著，望了她母親，眼珠呆了不轉動，顯然有兩行眼淚含在眼角裡。但是她看到身前有那位壯健的老媽子在那裡，把衝到嘴唇邊的言語都忍了回去。

唐大嫂一步一回頭地走著，二春只是一直做了那個姿勢，撐了門框站住，呆望母親的後影。直等唐大嫂轉過長廊下梯子去了，才回轉頭來，不想一口氣也不能鬆過，魏老八就站在手邊，他滿臉堆下笑來道：「我忙了一下午了，好容易趕了回來，想和你商量商量今晚怎樣請客？無如老泰水在那裡，我又不能進去。」

二春沉著臉子，略帶了一絲冷笑道：「你不要和我捧文，我不懂這些。」

魏老八笑道：「你知道我是粗人，一切都包涵一點，不過我的心眼不壞。」說著，將手摸摸胸口，就從她身邊擠到屋子裡來。

二春回轉身來看時，見他橫坐在沙發上，把兩隻腳倒豎起來，放在椅子靠上向她笑道：「唐小姐，你嫁我有點勉強吧？喂，來，坐過來談一談。」說著，笑著將手連招幾招。

二春還是手撐了門框站著的，不過原來身子朝外，現在是斜著向裡了。看到魏老八這樣子，真恨不得一口水把他吞了下去，心裡連轉了幾個念頭，頗有了主意了，便笑道：「嚇，你這人，也不怕人家笑話，樓上樓下來了許多朋友，你不去應酬他們，跑到這屋子裡來坐著。結婚的儀式一點也沒有舉行，人家倒要來鬧新房了，那不是個笑話嗎？」

魏老八道：「新房就是這個樣子嗎，那也太對不住你了。再說，這樓上是楊先生用的房子，我也不能帶你在這裡住。自從昨夜把話交代明白了，我是連眼皮都沒有合一下，就把新房佈置好了，我們一同下樓去看看，好不好？」

二春道：「這個時候我不能去。」

魏老八道：「你什麼時候才能去呢？」他把兩隻腳由椅子背上放下來，身子在沙發上坐得端正了，面向了二春。

二春先笑了一笑，沒有答覆。就在這時候，想著答覆的詞句。魏老八站了起來，抬起手來，連連地搔著頭皮，微微皺了眉道：「真的，我也在想著，還是請客吃過酒席以後，才請他們到新房裡去呢？還是我們先到新房裡去招待著來賓呢？我看還是我們先到新房裡去吧，客人都來了，新房還是空著的，這透著不大好。」

二春看他口裡說著話，人是慢慢向前移過步子來，頗有伸手牽人的意思，便突然將手向隔壁屋子裡一指道：「你聽。」

魏老八以為楊育權在隔壁屋子裡說著什麼，也就怔怔地聽下去，這就聽到一個女子嬌滴滴的聲音，操了一口極流利的國語在說話。因笑道：「是你的仇人在那裡，其實她和你並沒有什麼仇恨，你何必一提到她就咬牙切齒？」

二春道：「是我妹妹的仇人，也就是我的仇人。」

魏老八笑道：「低聲些，低聲些。」

二春道：「低聲些做什麼？明人不做暗事，我還打算找她談談呢。」

魏老八道：「你和她還有什麼話談？」

二春道：「我鼓動楊育權先生把她找了來，最大的目的，就是為了要和她談談。再過幾小時，我們就是夫妻了，我心裡難過，也就等於你心裡難過，我若是不和露斯把話說開來，我心裡就始終擱著塊石頭，就是在結婚的蜜月裡也不會開心，難道你願意這樣嗎？」

魏老八手搔著頭皮，頭皮屑子就像雪花一般向下飛著，他將那從來不曾搔的頭頂心，也著實地搔了一陣，將兩嘴角吊了起來，嘶嘶地笑道：「你說的這些話，真教我無話可回，你要和她說什麼，你就和她說什麼吧！不過，今天是個大喜的日子，你不要太生氣了；而且今天來的客有兩三桌，新娘子大發其脾氣，也不大好。我這話是好意，你看得出來看不出來？」

二春看到他那種尷尬樣子，又忍不住微笑。

魏老八笑道：「你也覺得我這人心裡很好不是？」

二春將手錶看了一看，見還是七點鐘，心裡也就隨著轉了一個念頭。這是逼得我不能不向那條路走了，於是她對鏡子照著，又摸了摸臉上的粉，再又扯扯衣襟，然後臉上帶了幾分笑容，出門來，向楊育權屋子裡走去。

魏老八要攔阻她，只說了一個喂字，二春已是走遠了。

她到了楊育權屋子裡，見陸影和主人斜對面坐著，斜角坐了一個二十歲相近的女子，上身穿藏青底子大紅斑紋的薄線衣，胸脯高突起，平胸敞口，微微露了裡面的杏黃色綢襯衣。攔腰一根紫色皮帶，將腰束得小小的，繫了一條寶藍色長裙子。瓜子臉兒，胭脂抹擦得通紅，腦後面的頭髮一直披到肩上。但頭髮是一支一支的，在杪上捲了雲鉤，在頭上束了一根紅色的小辮帶，將頭髮束住，小辮帶在右鬢上扣了一個蝴蝶結。看她全身，都帶了一分挑撥性。

那女子的感覺也敏銳，見了一個女子進來，就知道是唐二春，便望了她先微微地一笑。

二春進了門，剛站住，楊育權便站起來笑道：「我來介紹介紹，這是……」

二春笑道：「我知道這是露斯小姐，我們拉拉手吧，露斯小姐。」

這句話說出來，不但陸影和楊育權愕然相向，便是隨著二春後面走到房門口的魏老八，也奇怪得不敢再向前進。

可是那位當事人露斯小姐，並不感覺到什麼奇怪，也笑盈盈地站起來，迎上前，伸手和她握著，而且笑道：「二小姐，恭喜呀！我特意趕來喝你一杯喜酒的，可以叨擾嗎？」

二春道：「請都請不到的，說什麼可以不可以！」說著，兩人同在一張長的沙發上坐了。

露斯道：「陸影說，二小姐在這裡，很想和我談談。我說，三小姐我有點不便見，二小姐倒是不妨談談的。」

二春笑道：「你就是見著小春，她也不會介意的，她對於陸先生的印象，那是大不如前了。」

露斯微笑了一笑，二春道：「我們的事，露斯小姐總也聽到說一點，差不多的人，總以為陸影對不起小春，其實一個當歌女的人，為的就是錢來拋頭露面。這次陸先生介紹我姊妹兩個認識楊先先，很得了楊先生一點幫助，小春給陸影的那筆款子，是向錢伯能經理借的，遲早是要還他的。」說時，眼光向她身上溜了兩下。

露斯微笑道：「我也就為了這件事，覺得非當面和三小姐解釋一下不可！三小姐不在這裡，我和二小姐說說，也是一樣的。我覺得社會上有一種專門欺騙女子的男人，我們應當在他身上施一種報復的手段。我在陸影手上拿去那三百塊錢，我只是對他一種打擊。對於三小姐，並沒有什麼影響。因為三小姐的錢，反正是拿出來了的，我不來拿去，也是好了別個人。至於說我和她搶奪愛人的話，不但我不承認，我想她也不會承認！我對於陸影，根本上談不上一個愛字。」

二春笑道：「那倒多謝你替小春出了一口氣了！難道你就不怕人對你也用報復的手段嗎？」

二春說畢，兩手環抱在懷裡，臉上帶了一分淡笑的意味。

露斯也只微笑了一笑，沒有答覆出什麼話來。

楊育權斜靠在沙發上，口角裡斜銜了一支香煙，也是兩手環抱在懷裡，對這兩位鬥舌的女人望著，聽到這裡，就忍不住了，突然站起來笑道：「你們都有本領，可是我比你們更有本領。無論如何，你們總得聽我的指揮。你們若是不服我的話，可以拿出本領來和我較量較量。」

露斯搶著喲了一聲笑道：「楊先生，你怎麼把這話來和我們說，那不太失了身分了嗎？你是天空裡一隻神鷹，我們不過黃草裡面一隻小秋蝴蝶，我們自己飛來飛去，不知天地高低，那沒有什麼關係；若是和神鷹去比翅膀的力量，你想那是一種什麼境界吧？」

楊育權走到她身邊，伸手摸了她一下臉腮，笑道：「果然，你這張小嘴會說，今天晚上，你在這煙鋪上陪我談談好嗎？」

露斯笑道：「只怕小孩子不懂事，會談出狐狸尾巴來。」

楊育權笑道：「露出狐狸尾巴來更好，那正是我要聽的。你想，一男一女談到了深夜，還有什麼好聽的話嗎？哈哈哈。」說到這裡，自己一個人笑得前仰後合，回頭看到了魏老八，笑道：「今天晚上，你也可以和二小姐談談了。」說著，又大笑了一陣。

魏老八只是傻笑著站在房門口。

楊育權突然停住了笑聲，向他望著道：「我倒想起了正事，你到底請了多少客？到了半夜，你兩個人雙雙入洞房，這些人都乾坐到天亮不成？」

魏老八道：「吃過酒之後，有的可以打牌，有的可以打撲克，另外也預備了三間房，可以容納一部分人睡覺。」

二春就插一句嘴道：「這個不煩楊先生掛心，招待客人我是會的。」

楊育權笑道：「我曉得你是很能體貼人情的，我和露斯小姐應該也談談了。」

陸影聽了這句話，首先站了起來。

魏老八道：「二小姐，我引你下樓，先去和朋友們打個招呼吧。」說著，他就不住地向二春丟眼色。

二春抿了嘴微微地笑著，點頭說了個好字，就和魏老八一路走了出去。

陸影更比他們快，已經下樓去了。

魏老八強逼著二春換了一件衣服，然後一同下樓去招待客人。

這魏老八雖是楊育權一位保鏢，但他們的關係是特殊的，要聯絡楊育權，就不能不敷衍魏老八這種人，加之魏老八又很想要一點面子，所以接近楊育權的幾個朋友，他都把他們請來了。樓下大小兩個客廳，和兩間客房都坐滿了人。其中居然還有兩位女賓，魏老八一一地介紹著，二春每到一處，大家就哄然地圍著談笑一陣。

二春周旋完了，一看手錶，已是九點鐘，魏老八向她低聲商量著：「我們可以請大家入席了吧。」

二春道：「哪兩位是柴正普、錢伯能先生，你再介紹我去和他們談談。」

魏老八要抬手去搔頭皮，看到二春向他望著，把手就縮下來，搔著耳朵，微笑道：「那個……」

二春道：「我不配和他談談的嗎？」

魏老八笑道：「哪裡是這個意思，我怕你要談起露斯的話。」他口裡說著，眼看了二春的臉色，最後他的口風軟下來了，笑道：「我就介紹你去談談吧，但是他們也不在乎那兩三百塊錢，對於露斯拿那三百塊錢的事……」

他說時，看到二春的臉色，就把話頓住了，把她引進小客廳，正好錢伯能和柴正普就在屋角裡，坐在兩斜對的沙發上談話。

他們倒不必介紹，一同站起來，向二春道喜，坐下來說了幾句應酬話，她靠近錢伯能坐著，笑問道：「小春所借錢經理的三百塊錢，已經都還了嗎？」

錢伯能臉色略微有點變動，立刻微笑道：「這事過去了，不必提了，小問題，小問題。」

二春兩眉一揚，似乎有許多話要說出來，卻聽到身後有人笑道：「錢先生，為什麼不必提呢？親兄弟，明算帳。」

回頭看時，正是陸影走了來了。他就在錢伯能下手一個錦墩上坐著。

二春淡笑著，點了個頭道：「你也來了，我們正好談談。」

陸影笑道：「二小姐，不用談了，你的意思，是要今晚當了大眾大大地羞辱我一場，我有什麼不明白的，自然，我對你應當讓步。」說時，扭轉頭望了錢伯能笑道：「我實說了，上次小春向錢先生借的那筆款子，不是她用，是我用了。我從認識楊先生以來，經濟上是比較活動，這錢也無久欠之理。」說著，伸手到懷內，在嗶嘰西服袋裡掏出三疊鈔票，放在茶几上，笑道：「錢經理，我算還了這筆款子了，請你點一點數目。」

錢伯能笑道：「這也不是還錢的地方，你忙什麼。」

陸影道：「正是還錢的地方，要不然，今天晚上我這一關，不好度過去！」

魏老八坐在稍遠的一張沙發上，正要看二春怎樣對陸影、露斯報復，這一下子，把一個未曾說完的燈謎就讓人猜破了，覺得二春是加倍的難受，竭力地搔著頭髮幾下，笑道：「哎，這件事，不要提了，我告訴你們一件新鮮事吧。」

錢伯能也覺得二春和陸影相逼得太厲害了，讓自己夾在中間為難，因道：「是一件極新鮮事，你的見多識廣，說出來一定有趣。」

魏老八繼續搔著頭，他向了牆上掛著的畫出神，看到畫中一枝花上站了一隻八哥，他手一拍腿道：「我想起來了，我們這裡的汽車夫，在夫子廟買了一隻會說話的八哥回來。」

陸影道：「八哥會說話，是很多，也不算奇。」

魏老八道：「自然不算奇，奇在後半截。這鳥是連籠子買來的，籠子底有兩個小活栓，原來以為是換底洗鳥屎用的，沒有理會。哪曉得這鳥認主，牠自己會把那活栓慢慢啄開，籠子底脫了，牠就飛回去找主人去了。」

二春聽了這話，心裡一動，因道：「怎麼見得牠是飛回去了呢？」

魏老八道：「鳥是早上掛在廊簷上飛了的，下午汽車夫遇到那個賣鳥的，把鳥扛在肩上，由小路偷進城去，現在連鳥連人都關在汽車間。」

二春道：「真有這樣的事？」

魏老八道：「你不信，把那鳥取來你看，牠見人就會說話。」

二春道：「不是我多嘴，前兩天你們把個姓徐的無緣無故關了幾天，於今又把這叫花子一流的人也關起來，這些窮人有什麼能為，和他們為難做什麼？」

魏老八道：「提起了這話，又是一件奇事，那徐亦進不像有什麼能耐的人，他關在那汽車間裡，門是倒鎖著的，昨晚上鬧了一陣子，我們總以為有什麼歹人來偷東西，不想白天打開門來一看，汽車間裡竟是空的，原來半夜裡有人出門，是他逃走了。但是門沒開，鎖沒開，他是怎樣出來的呢？」

二春笑道：「人不可以貌相，海水不可斗量，那個姓徐的，也許是一位劍俠，到你們這裡來看看。」

魏老八道：「神仙劍俠，那是鬼話。」

二春道：「那麼你說八哥兒自己會開籠子飛回家去，那也是鬼話。」

魏老八道：「一點也不鬼話。據那個賣八哥的人說，八哥很聽他的話，他叫八哥做什麼，八哥就做什麼。我還想著呢，吃過酒後我們可以來一點餘興……」

二春搶著道：「對了，對了，回頭你把他引出來，大家看看這稀奇的玩意兒。」

魏老八見她已轉移了一個方向說話，便笑道：「現在快十點鐘了，來賓恐怕餓了，應該開席了吧。」

二春對著陸影看了一看，回頭向魏老八點點頭道：「我還要上樓去一次，你就在樓下照應吧。」又向錢伯能笑道：「稍停我來陪你喝酒。」

她交代完畢，便悄悄地起身走了。

二十分鐘之後，她很高興的在樓下大客廳裡招待客人。她換了一件粉紅色的綢夾袍，而且在鬢角上插了一枝紅菊花，自到這楊育權範圍裡來以後，哪一天也沒有今晚這樣濃裝過，粉臉搽得紅紅的，頭髮梳得光光的，在兩盞大汽油燈下，照見得是春風滿面。

這大客廳裡，品字形的擺了三個圓桌酒席，圍住桌子，坐滿了人。當然，楊育權是坐在正中一席的上座，魏老八和二春先在這席的主位相陪，等第一碗大菜上過了，魏老八邀著她向三席挨次敬酒。

在這種宴會上，想找一個安分而持重的人，猶之乎要向染缸裡去尋一塊白布。大家早是轟成一團，拿新人開心，多數人是說這結合太快，要兩人說出這個內幕來。

魏老八回到正中席的主人座上，大家鼓了掌轟笑著，不容他坐了下去。二春本來是坐著的，她倒坦率地站了起來，這就更好，大家又吵著請新娘報告。

二春於是悄悄地向魏老八說了兩句，魏老八本要抬手去搔頭皮的，這就索性舉了起來，因高聲道：「這當然是有點原因的。現在，我有點助酒興的玩意兒貢獻給各位，然後我再報告。」

在座的人先是不依，有人說，看看到底他有什麼玩意兒，也就答應了。於是魏老八告訴聽差，把那個餵八哥鳥的叫了來，大家雖疑心魏老八是緩兵之計，但是也要看看到底是個什麼玩意兒，也就靜等了玩鳥的人來。

二春心裡自然知道這是誰，在汽油燈光下，老遠地看到毛猴子肩上扛了一隻八哥，隨著聽差後面，走到大客廳裡，心房就隨著跳動，自己突然膽怯起來，不敢抬頭，卻向魏老八道：「你跟他說，他有什麼玩意兒，只管玩出來，我們不但放他走，還要賞他的錢。」

魏老八向對面的楊育權笑道：「可以這樣說嗎？」

楊育權笑道：「這個人又沒有得罪我，根本是汽車夫和他為難。」

魏老八這就有了精神了，招招手，把毛猴子叫到面前來道：「小皮漏，你也不睜睜眼睛，騙錢騙到太歲頭上來了。上面是我們楊先生，你有什麼玩意兒出來，楊先生一高興，天亮就放你走，還可以賞你幾個錢呢。」

毛猴子一看這個場面，就向上面鞠了一個躬，強笑道：「也沒有什麼玩意兒，我輕輕地噓了一口氣，這八哥就會說話。」

說到這裡，他偏過頭來，對肩上的鳥輕輕噓了兩聲，那鳥頭一衝，尾巴一翹，向楊育權叫著：「先生你好。」這一下子，全場哄然。楊育權也聳起小鬍子來笑。

毛猴子看看不必受拘束了，就分向三張桌子下站了，讓鳥問好。隨後他站在三席中間，就讓鳥說過了「客來了，早安，晚安」幾句話。

魏老八道：「鳥說話，不算奇，怎麼這鳥會飛著找你呢？」

毛猴子聽著這話，對四周看看，躊躇了一會子，二春道：「你有什麼本領，只管表演吧，難道你不想回去嗎？」

毛猴子向說話的人看來，這才見她豔裝坐在席上，身子一呆，向後退了一步。二春卻是瞪了兩眼，臉色一點不動。

毛猴子便向魏老八笑道：「我勉強試一試吧。」於是把鳥放在一個聽差手上，將縛了鳥腳的繩子放在聽差的手上，因道：「請你到院子裡去站著，牠要飛，你就放繩子，不必管牠。」

聽差聽著去了，毛猴子於是站近一扇洞開的窗戶，兩手握了嘴，做了幾聲八哥鳥叫，忽然一道黑影子隨了這聲音飛來，由窗戶洞裡落到毛猴子肩上。看時，正是那隻八哥。大家這又鼓掌狂笑。

二春在大家轟笑聲中，她離座走近了毛猴子，先偏了頭向鳥看看，笑道：「這小東西比人還靈呵，也難得你怎樣教會了牠。喏，賞你兩塊錢。」說時，抬起眼皮，向毛猴子望著，手在袋裡，掏出捲好了的兩張鈔票交給他。

當二春把手伸出，又對毛猴子使了一個眼色，下垂了眼皮，望著自己的手，毛猴子看那鈔票下，微微地露出一角白紙，他明白了，一鞠躬把鈔票接過去。然而他吃驚非小，身上即湧出一身冷汗呢。

二十一 深謀布局

這時已經到了中夜十一點鐘了，魏老八坐在席上，眼見二春格外地帶一分酒後的丰韻，覺得快快地把這席酒吃完就好。把毛猴子找來玩八哥，這本是一種搪塞來賓的玩意，自也不願這件事拖延得很久。所以二春去賞錢，魏老八是在贊成的一邊，打發他走了就算了。

二春把兩張鈔票交給了毛猴子，回身走到席上，向楊育權笑道：「這種人靠了一隻八哥在市面上騙錢，和討飯的差不多，計較他做什麼？把他放了，好嗎？」

楊育權道：「我並沒有關他，有什麼放不放。」說畢，回頭向站在一邊的聽差道：「天亮讓他走吧，不許為難他了。」

二春向毛猴子招招手道：「喂，那個玩鳥的人，楊先生放你走了，過來謝謝楊先生。」

毛猴子手上緊緊地捏住鈔票，並不敢多望二春一下。走到這席下面，遠遠地對楊育權鞠了一個躬。

二春道：「以後改邪歸正，做好人，不要做荒唐事了，給你的兩塊錢，好好拿著，聽到沒有？」

毛猴子答應了一個是字，也向她點個頭，然後退下去。

在席上的人，見這幕戲完了，大家又哄然地鬧起來，說是還要二春報告。二春先故意低頭坐著，延遲了有幾十分鐘之久，才向楊育權笑道：「楊先生，你看，這不是故意為難嗎？我們的事，就是楊先生一句話，有什麼可說的呢。他們真要我說，就請楊先生代表說一聲吧。」

楊育權笑道：「在你這方面，大概可以這樣說，至於魏老八……」說著，他舉起手上的筷子，隔住桌面指了她笑道：「他自從看到了二小姐之後，就恨不得一口吞了下去，當面也好，背後也好，他那種想把二小姐弄到手的情形，那簡直說一天也說不完。」

楊育權在這種場面上說話，自然是為所欲為，毫無顧忌，所以他說話的聲音，是洪大到滿堂皆聞。

他說完了，隨了這話，就是霹靂啪啪一陣熱烈的掌聲，總有十幾分鐘沒有間斷。接著就有人大喊魏老八報告，魏老八報告。

魏老八長這麼大，沒有演說過一次，而且這種演說，不大好出口的，他怎肯說出來。經過了許多人的慫恿，他總不肯站起來，只是笑。

二春低聲道：「你就隨便說兩句吧，也免得大家吵。」

她的聲音極低微，連挨近了她坐的魏老八也聽不到幾個字。不過在她的態度上，是可以看出來她的主張的，便伸過了頭來輕輕地問道：「你讓我說，讓我說些什麼呢？」

二春道：「你自己先多想一會子吧。」

魏老八也是讓大家囉吵不過，就伸出一隻手來搔著頭笑道：「諸位不要忙，等我先想個一二十分鐘。」

大家聽到有個限期了，又鼓起掌來，有那更熱心的，索性抬起手臂來看清楚了手錶，叫道：「現在是十一點三十五分鐘，不能超過十二點呀。」接著他們豁拳鬧酒一陣。

酒席中的菜已經是上完了，來賓第三次鼓噪中，魏老八微笑著，手扶了桌沿，那身子搖撼不定，頗有站起來的意思。

二春反輕輕地向他道：「難道你真要站起來說嗎？你……」

她不再多說，只把眼睛微微瞪著，魏老八只好捧了拳頭，向周圍作了個羅圈揖笑道：「我實在沒什麼可說的。諸位來賓如不肯放過我，我就受罰吧。」

大家見一再受騙，又繼續地鼓噪下去。

二春偷偷地看著手錶，已經是夜半十二點多鐘了，因向魏老八低聲道：「只說好話，是不會逃得過去的。我們還是向三席來賓再敬一遍酒吧。」說著，她先把酒壺拿起來，斟滿了面前兩隻杯子，站起來向全席的人道：「我敬各位一杯酒，算認罰吧。」

席上就有人笑道：「你們兩杯酒換全席這多杯酒嗎？」

二春道：「我是不會喝酒的，不知道老八能喝多少，讓他充量地陪一陪吧。」

魏老八還沒有答覆出一個字來，坐在身邊的來賓早是隨著站起來，伸手連連地拍了他兩下肩膀笑道：「聽到沒有？新人有了命令，讓你充量地陪了。我知道，你是有兩三斤紹興能力的。」

魏老八笑道：「二小姐除外，我每位奉陪一杯吧。」

這話說出，雖然還有人挑剔，可是多數人看到三桌有三十多人，無論酒杯怎樣小，也可以灌他一斤多酒下去，就把這個提議接受了。

魏老八一手提壺，一手拿杯，對三桌來賓挨次各敬了酒。回到原席上，又對大家拱了手道：「現在我總算交代完畢了。」

二春不等他再說下句，接著站了起來，因道：「我還要敬一個人三杯酒。」

楊育權笑道：「你還要特別地謝一謝媒人呢！這種謝法，我不歡迎。」

二春道：「不，我敬的是這位。」說著，把酒杯端了起來，向楊育權鄰座的露斯一舉。

露斯笑道：「怎麼會臨到我頭上來了呢？我是不會喝酒的。不過唐小姐真說出理由來，我可以勉力從命的。」

二春兩眉一揚，臉上帶了三分酒暈，笑說道：「並非是我借酒蓋了臉，無話不說，我以為不說也是誰都知道的，所以我乾脆地說了，在今晚以前，是我伺候楊先生，現在這個職務交給了露斯小姐了，這是一件可賀的事情。露斯小姐該不該喝一杯呢？」

在外貌上看起來，二春這個人是持重的，和大家周旋了許多天，除了不得已而說話的時候，她就很沉默地坐在一邊。這時她這樣大馬闊刀的說話，大家都為之愕然。就是楊育權見她眉飛色舞，面紅耳赤之下，說的是這一套很粗野的話，也只有手扶了酒杯，向這下方微笑。

可是露斯一點也不躊躇，她向四周看了一眼，突然站起來了，手上舉了自己面前的杯子笑道：「唐小姐說得不錯，可以陪我一杯嗎？」

二春道：「應當是要陪的，不過生平很少飲酒，這樣吧，我陪你喝一下，剩下的歸魏老八代喝，這總也可以吧。」

魏老八見露斯帶了淺笑在沉吟著，因道：「真的，她實在不會喝酒，讓我來敬露斯小姐吧。」

露斯笑道：「照說是不可以的，唐小姐既然挑戰，又不敢應戰，未免示弱於我。不過我生平也是窮寇不追的，既然唐小姐臨陣脫逃，就和魏先生比一比吧。不過你是援軍，有道是來者不善，善者不來，你既然多事，我喝一杯，你要陪雙杯，接受不接受，那在於你，不能你兩位都聞風逃走吧，我這裡先喝了。」她說著，端起酒杯，一仰脖子乾了，最後還向全桌照了一照杯。

二春對她這些話，雖然還是淡笑地答覆著，魏老八可支持不住，把一張酒醉臉漲得分外通紅，抖擻著嘴唇皮道：「打……打了一輩子的酒仗，很少遇到敵手，來來來，我們先比幾杯，不用露斯小姐說，我……我……我接受你的條件，兩，兩杯換一杯。」說畢，把二春斟的那杯酒喝了，接著又把自己面前放的這一杯也喝了，兩手舉了兩隻杯子向全席照杯。

露斯點點頭笑道：「不錯，我這買賣可做，魏先生還願意拼幾杯酒？」

魏老八將右手食指向天上指著，隨後身子一聳，大聲叫道：「我們先拼十杯。」

露斯笑著點頭道：「好，就是十杯。不過有話在先，我喝十杯，魏先生是要喝二十杯的。」

魏老八將三個指頭敲著桌沿道：「那當然，那當然！」

露斯見二春坐在他身邊，雖然不說什麼話，臉上還是帶有笑意，因道：「唐小姐，你看，魏八興奮到這個樣子，你願他放量喝下去嗎？」

二春笑道：「我在露斯小姐手上敗下來了，難道讓他又敗下來不成？」

魏老八回轉臉來向她道：「你放心，我不會失敗的。你們交涉，回頭再說，我和她先比一比。」說著，把各人面前的杯子收羅起來，在桌子中心，列成了兩大排，提起酒壺，把每只杯子都斟得滿滿的，然後向露斯笑道：「喝呀，我拿兩杯，你拿一杯。」

這時，三席上的來賓都已酒醉飯飽，各人閒坐在席上，只看他們比酒。見魏老八自己這樣起勁，倒不用得大家鬧酒，就都含了微笑，在一旁觀陣。有的索性離了席，走到魏老八這席邊上來。

露斯向魏老八點著頭笑道：「好漢好漢，我願奉陪。」說著，在那兩排杯子中間端起一杯來，首先喝了。

魏老八卻是不等她照杯，就端起了兩杯來喝著。不到三分鐘，兩個人都對喝了三十杯酒。

魏老八將手掌一摸嘴唇笑道：「露斯小姐，怎麼樣？我不含糊吧！」

露斯笑道：「果然不含糊。若不是為了是你的喜期，我就繼續地和魏八爺再比十杯。」

二春搖著頭笑道：「那沒有關係，今天是彼此一樣呀。」

露斯笑道：「不過，我裝十杯酒下去的量還有。」

魏老八又從座位上突然站了起來，提著酒壺，手搖撼了兩下，回轉頭向聽差道：「來來來，拿酒來。」

楊育權坐在上面看到，站起來，隔席把魏老八手上的酒壺奪去，因道：「就是這樣著，你酒就很夠了，你還鬧些什麼？」

魏老八笑道：「不喝也可以，只要露斯小姐宣告失敗，我就不喝。」

二春在一旁鼓了掌道：「對的對的。」

魏老八望了露斯道：「你覺得怎麼樣？」

露斯笑道：「我不能像唐小姐一樣又挑戰又怕戰，喝喝喝，楊先生，你難道願意我坍臺嗎？」說著，她回轉頭來向楊育權望著。

楊育權左手拿住了酒壺，右手握了她的手笑道：「別人拿了酒去拼新郎合算，你拿酒去拼新郎是不合算的！我來調停一下子，兩方面都算沒有輸，彼此喝三杯和事酒吧。而且我也喝三杯。」

魏老八道：「不，我們已經說好了的，兩杯換一杯，我絕不能廢約。露斯小姐喝三杯，我一定喝六杯。假使她肯喝三碗，我一定也就喝六碗。」說時，他身子連晃了幾晃，伸出右手的拇指。

露斯回頭一看，見旁邊茶几上放了幾個茶杯，笑道：「碗倒不必，我們就是用茶杯吧。」說著，就拿過三個茶杯放到桌上，笑對站在一邊的聽差道：「拿了酒來，先把這三杯斟上。」

魏老八道：「不是說露斯小姐三杯我六杯嗎？」

露斯笑道：「我想，剩著的酒大概也不多了，就是這樣你兩盞，我一盞，把剩酒喝完了了事。若是兩個人全不醉，彼此大話算說過去了。」

楊育權回轉頭來，看看露斯態度還很自然，大概還沒有到一半的酒量，因道：「也應該收兵了，只管鬧下去，和我就有很大的影響了，你們先把所有的酒拿來我看看。」他說時，望了站在左右的聽差。

聽差笑著把放在旁邊的酒瓶集攏，把酒歸到一把賽銀的提柄酒壺裡，將手掂了兩掂，笑道：「剛好是一壺。」

楊育權自伸手接過來，斟滿了面前幾隻空杯子笑道：「二春是有心把露斯灌醉，打算害我一下，但是我並沒有這意思要把老八灌醉，老八實在是不能喝了，我來勸一次和，這壺酒代乾了吧。」

二春笑道：「楊先生要衛護露斯小姐罷了，老八他當了大家的面過有兩三斤酒量的，難道現在就一杯酒都喝不下去了？」

魏老八一聽了楊育權的話，這倒有點恍然，原來這位新夫人是要灌醉當面這位仇人的，自己既是誇口有量，難道對於她這一點小忙都不能幫到？這就兩手捲了袖子笑道：「除非是楊先生不願露斯小姐喝醉了，要不兩杯拼一杯，至少我還可以拼她十杯。」

露斯也斜著眼睛，向楊育權笑道：「你覺得怎麼樣？我還拼他三杯吧。」

楊育權暗下在她衣襟底輕輕捏了兩把，露斯笑道：「沒關係。」

魏老八回轉臉來看看二春，見她鼓了眼珠向露斯瞪著。心裡想著，為什麼不多賣一點力氣呢！便不再作考慮，連端起面前放的兩杯酒，搶著喝了下去。最後向露斯照著杯道：「小姐，你看我為人怎麼樣？夠得上你常說的乾脆兩個字吧！」

露斯點頭笑道：「這是絕不能推諉的，我先喝這一杯。」說著，端起酒來喝著。

魏老八回臉來看二春時，見她抿嘴微笑著，點了點頭，魏老八覺得這是極端嘉許的意思，兩杯換一杯，竟是把兩壺酒又拼完了。

楊育權本來是不願他和露斯拼下去的，可是看到他那一分囂張的情形，臉上的笑容也就再放不出來，只好微側了身子望了桌上，一語不發。

魏老八在十分高興的時候，他絕對沒有計較到這上面去。酒喝完了，他伸手摸著嘴巴，口裡還唉了一聲，笑道：「總算完成了使命。」說著，舌頭尖上的聲音透著有些不能圓轉自如，臉上顯著得意的時候，那腦袋是不住地搖撼著，彷彿那頸脖子是銅絲子紐著的。

二春心裡很是高興，便輕輕向他笑道：「看你不出，倒很有一點酒量。」

魏老八兩手向天上一舉，笑道：「你們看，連新娘都佩服我了。」

楊育權挽了露斯一隻手，笑道：「好了，好了，可以收場了，已經一點多鐘了，可以送新娘進新房了。」

二春笑道：「我們往後的日子長呢，忙什麼！這樣滿堂的賓客，我們丟了不管嗎？若是楊先生覺得要先入洞房，那就請便。今天晚上，借楊先生的貴地，我們暫作一會子主人，楊先生儘管請便，這些賓客歸我們招待了。」說著這話時，眼睛一溜由正面楊育權、露斯身上看起，轉過來看到陸影身上。正好陸影好像有什麼感觸，也向她看來，於是她微微地一笑。

陸影似乎也有點慚愧，臉腮上加著一層酒暈，把頭低了下去。二春索性叫著他道：「陸先生，今晚上在哪裡睡呢？不打牌消遣消遣嗎？要不，到我們新房裡坐著談談天去？」

有幾位來賓也是和陸影交情還厚的，覺得她這話過於譏諷，就扯開話鋒來，大聲笑著道：「是的，是的，一夜去了大半夜，我們該送新娘新郎入洞房了，走吧走吧！有話到新房裡去說。」

一群人亂哄哄地把魏老八和二春圍著，推推擁擁，就蜂擁到預備好的所謂新房裡去。

二春雖在大家笑謔包圍中，可是不斷地觀察新房內外情形。這屋子是緊鄰樓下客廳的一間，平常也就是客人下榻之所，由總門進出，只轉一個夾道的彎，門向裡，窗戶兩面向著外面的院落。估量著，這窗戶上面就是樓上的長廊吧。屋子裡是本來有招待來賓的陳設的，這卻把銅床鋪上了花紅葉綠的被褥，也有一部分女人用的傢俱，如衣櫥梳妝檯之類，只看新舊不等，也看出了魏老八一日之間忙了多少事情。心裡也正有那麼一個念頭，這傢伙今天是太辛苦了。

這一點念頭沒有轉完，魏老八在人叢中三步兩步搶了上前，看到大沙發，就奔到那裡，倒身坐了下去。

只看他抬起手來撐住了頭，斜靠在沙發角落裡，便知道他有些醉意了。來賓中就有人笑道：「八爺醉了，拿兩個水果他來吃吧。」

魏老八把垂下的眼皮用力張了開來，向大家瞪了眼道：「哪個說我喝醉了，我再喝三百杯。」

他昂起頭望著人，表示他精神抖擻，手按了椅子靠，突然站起來，嘴張開了，他似乎有一句什麼得意的話要說出來，就哇的一聲，胃裡翻出一股吃下去的食物衝將出來，所幸他意識還清楚，立刻一回頭，把那股子髒物全吐在地板上。

有兩位來賓站得近些，濺了下半截衣服許多污點。魏老八這就顧不得失儀了，索性走近了屋角，對著痰盂大吐而特吐，於是把樓下全部男女傭工都驚動了，打掃屋子，打洗臉手巾帕子，端水果碟子，亂忙一陣。

二春見一部分賓客還沒有散去，也就顧不得酒味，走近來攙住了他，低聲問道：「你覺得身上怎麼樣？太高興了。」

魏老八吐著痰道：「沒關係，吐出來了就好了。」

二春扶著他在沙發上坐下，按了他的肩膀，輕輕拍了兩下，笑道：「老八，你先躺躺吧。」

魏老八向屋子裡一看，搖頭道：「用不著，我坐下定一定神就好了。」說著，他已閉上了眼睛。

在屋子裡的賓客感到無聊，又走了一部分，只剩下兩三個人了。二春在洗臉架上擰了一把熱手巾過來，兩手托著，送到魏老八面前，他已經緊閉了雙眼，倒在椅子上。

二春送了熱手巾來，他竟是動也不動。二春輕輕叫他兩句，他只哼了一聲。二春卻也不走開，竟坐到他身邊，伸著手巾和他擦臉。

在屋子裡的客人雖替魏老八慶幸，可是他們今晚是結合的初夜，這個十分殷勤，那個卻是人事不知，未免太煞風景。又轉想到大家若是走了，留著二春一人在新房裡陪著醉鬼，那讓她更難堪。兩三個人私議一下，索性就在新房裡陪了二春坐著談話。

在十幾分鐘之後，魏老八倒在沙發上，卻睡得像死狗一樣。大家和二春談談，又看看醉人，因為屋子裡燈火通明，在別間屋子的人也陸續地來探望。這個所在，雖是常過著通宵不寐的生活，可是二春和魏老八究竟是新婚之夜，大家絕不能在這裡守著到天亮。因之到了三點鐘，大家也就紛紛告辭出去了。

二春等人全走了，先將房門關上，然後把老八預備的兩枝花燭吹滅了，只剩著那一盞煤油燈放在旁邊方桌上子，二春把燈頭扭小了，站在屋中間，對魏老八淡淡笑了一笑，而且鼻子裡還哼上了一聲，在他對面，還有一張小沙發，二春坐在那裡，抬起手錶看看，已是三點半鐘，這就微閉了眼睛，斜著身子休息下去。

到了這個時候，大部分的賓客也都各找了安睡的所在，二春睜開眼，叫了一聲魏老八，又接著罵了一聲醉豬，但他一點回音沒有，只有鼻子裡呼呼出聲，睡得很熟。二春又冷笑了一聲，就這樣睡了。

她約莫睡了兩小時，突然驚醒，桌上那盞煤油燈，只剩了豆大的燈光，照著屋子裡模模糊糊，看見魏老八直挺挺地睡在沙發前地板上。且不去驚動他，走到燈邊，將手錶一看，六點鐘不到，立刻把燈吹了，屋子裡暗著。

窗戶上已現出魚肚色一片白光，鄉下人是起身工作的時候，而這屋子裡的人，每日都是剛交好夢。走近窗戶，伏身側耳向外聽聽，果然一點聲息沒有，於是走到魏老八身邊，輕輕喊道：「喂，醒醒吧，應該上床睡覺了。」

魏老八鼻子裡呼嚕呼嚕的響著，一點也不會動彈。二春把藏在身上的一大卷布帶子掏了出來，先用一根，把魏老八兩隻腳捆得結結實實的，然後把他兩隻手牽到一處，也給他捆結實了，再掏出手帕，蒙住了他的嘴。

當那帶子捆他手腳的時候，心房已經忐忑亂跳，現在不僅是心房跳，周身的肌肉也跟著有些抖顫了。但是一看窗戶外面，那光亮越發充足，心一橫，把牙關咬緊，又將腳一頓，自言自語地道：「怕什麼！事到如今，不是他就是我了。」

兩手一用力，把手帕兩角向魏老八後頸脖子操住，緊緊地拴著疙瘩。魏老八睜著眼睛，鼻子裡哼了一聲，二春坐在地板上，兩手環抱在胸前，咬緊了牙齒，瞪眼向他看著，身上一陣發熱，覺得每個毫毛孔裡都向外冒著熱汗，兩個臉腮也就發燒起來。

這樣，就不抖顫了，她突然站起來，低聲喝道：「魏老八，你不用害怕，你與我往日無仇，近日無恨，我不會害你的生命，不過你身上有一支手槍，我要借來用用，去對付我的仇人，我怕你攔阻我，不能不要你委屈一下。」

說著，很快地掀開魏老八的上衣，在他腰帶上解開皮袋，抽出一支手槍，拿在手上一看，膛子裡已上過子彈，向他點著頭笑道：「多謝你上次教給我打手槍，今天我用得著這本領了。」說著，又把手槍對準了他胸口，便道：「你不許動，等我熬到十點鐘，把事情辦完了，自然會放你。最好你是聽我的話，讓我把你拖上床去睡。」

魏老八只有睜著兩眼望了她。二春看不出他有什麼抵抗的表示，就把手槍放在衣袋裡，彎下腰伸出兩手，打算把魏老八提了起來。

可是兩手抓著他衣袖，把他提到一尺高以後，就再也提不起來，趕快伸腳在他腰下一撐，也只能把他撐住和沙發平齊。歇了一口氣，用著全副的力量，把他的身體向沙發上一推，好在那沙發不高，魏老八已有小半截身子在椅上。二春也不管他難受不難受，就這樣把他擱住，然後站在椅子頭，兩手操住他的脅窩，將他向椅子上拉著。

魏老八翻了眼睛，讓她拉得哼了兩聲。二春連連拉了三把，總算把他拖著睡在沙發上，不過兩隻腳還懸擱在地板上。

二春又轉到椅子前面來，把他兩隻鞋子脫了，將他一雙腳搬到椅子上，齊齊地放了，魏老八的頭睡在沙發靠手上，這長沙發倒勉強承受了他的身體。二春佈置了這麼一番，把怯懦的情緒就完全丟開了。這時在床上拿來兩個枕頭，塞在魏老八肩下，又拿來一床新紅被，蓋在他身上，笑道：「我沒有傷害你的意思，你放心！這是你預備著做新郎的東西，應該讓你舒服一下。你的酒大概還沒有醒得清楚，你舒舒服服地睡上一覺吧。」說著，牽起了被頭，把魏老八的腦袋也蓋在裡面。

因用手輕輕地拍著被面道：「你不要動，你若壞了我的事，我會先把你結果的！」說完了，兩眼注視了被頭，在魏老八腳頭斜靠了坐著。

那魏老八蓋在被子下面，也不知道二春做了什麼姿勢，總怕一扭身，外面就開槍了，只好二十分地沉住氣睡著。

二春手插在衣袋裡，緊握了手槍柄，向魏老八看看，又回頭向窗子外面看看，好在這窗外面空的院落很少人在那裡經過，這又是魏八爺的新房，也沒有什麼人敢在早上來騷亂。

二春聚精會神，就這樣靜靜地向綁著的魏老八注視著，一守便是兩三小時了，她掀起袖子，看看手錶，已經到了九點三刻了，突然身子一挺，坐了起來，還自言自語地道：「到了時候了。」掀開被頭，見魏老八閉了雙眼，倒睡著了，點點頭笑道：「我不信你這時睡得著，那也不去管你，我只要你再受屈二三十分鐘就夠了。」

說著，站起來，立定在屋中心凝神了一會，覺得所有這幢房子裡的人，都在勞累一夜之後睡死了沒有醒，於是輕輕地走出房來，將門反帶上，這門是有暗鎖的，只一合，活鎖簧就鎖住了栓眼。

二春還不放心，又用點暗勁，將門推了兩下，果然絲毫不會閃動。手插在袋裡，緊緊地握住手槍柄，就繞出了夾道，奔到上樓的梯口來，抬步只上了三級梯子，一個聽差拿著掃帚竹箕由上面下來，老遠地看到二春，就閃在一邊，鞠著躬笑道：「二小姐，恭喜！」

二春這顆心突然猛跳，向後退著一步，呆望了他，聽差笑道：「楊先生睡著呢！」

二春定了一定神，強笑道：「誰管他，我上樓拿東西。八爺睡著了，你不要驚動他。」

聽差說是，站著不動，讓二春上樓。她覺得不能老站在梯口，就昂著胸脯走上樓去，走過了幾步，見屋外長廊空蕩蕩的，再輕輕放著步子，回到樓口向下一看，那聽差已去遠，這才擦了一把汗。心裡想著是時候了，手裡拿住衣袋裡的手槍，向楊育權房門口直奔了去。

二十二 報仇雪恨

這一次報仇雪恨，二春是計畫了很久時間的，當然在什麼地點，什麼時候下手，都擬定了在百發百中之內的。

她直奔到楊育權的房門，屋裡殘燈未熄，隔著玻璃窗，向窗紗縫裡張望，見鋼絲床放下了帳子，帳子下面，放著一雙男鞋和一雙女鞋。於是先用手將玻璃窗推了兩下，關得鐵緊的，沒有搖撼的希望，於是脫下腳上的皮鞋，手拿了鞋幫，對著大塊玻璃嗆啷啷兩下，把玻璃打得粉碎，窗戶上立刻透出兩個大窟窿。

楊育權在床上驚醒了，隔著紗窗問道：「什麼人，把窗子撞碎了！」

二春道：「你快起來，魏老八醉得要死了。」

楊育權道：「這值得大驚小怪嗎？」

二春道：「楊先生，你一定要起來看看，他快沒有氣了。」口裡說著，左手捏著皮鞋，伸到玻璃窟窿裡來，用鞋尖把窗子裡的窗紗挑開，右手伸到衣袋裡，將手槍柄揑住，由窟窿裡向屋裡張望。

見楊育權兩隻腳伸出了帳子底，正在踏他自己的拖鞋，二春是認定最好的機會了，將手槍拔出衣袋來，伸到玻璃窟窿眼裡，對準了楊育權站立的地方，食指勾著放射機扭帶勁一按，啪！一粒子彈射了出去。

窗口到床邊，不過兩三丈路，帳子鼓起很高的人影子，目標很大，絕沒有打不中的道理。果然隨著啪的一聲子彈響，就是咚的一聲，人隨了子彈倒地。

二春看準已中彩了，不怕仇人不死，看定了那個倒下去的人，又是一粒子彈放出去。然而，仇是報了，所打的仇人卻不是楊育權，帳子裡面伸出腳來踏拖鞋的人，是露斯小姐。

那露斯過於精細，聽到二春說話的聲音有點異乎平常，搶著起來穿衣服，打算看一看究竟，可是她又沒有踏著自己的鞋子，把兩隻赤腳踏在楊育權的拖鞋裡，於是她在帳子裡面，就成了楊育權的替身。二春的兩槍，都打在她身上。

楊育權睡在被裡，本還沒有起來，聽到了第一槍響聲，他就知道有變故，身子把被一捲，滾到了床前，趕快又向床底下一滾。同時，二春在窗子外面，也就看到了自己誤殺了別人，仇人已經逃到床底下去了。然而槍已經放過了，絕不能隨便中止，當然要繼續地進攻。

不過仇人已經逃到床底下去了，根本不知道他在哪裡，絕不能對了床下胡亂射擊著。而且手槍裡的子彈有限，應當把沒有放出去的子彈留以後用。因之在對床下跟著楊育權的影子放過一槍之後，就沒有再放。同時離開了窗子，身子向旁邊一閃，閃在牆壁下。

也就是這樣一閃之間，啪一粒子彈由屋子裡發射了出來，砰的一聲，打得玻璃發響。

分明是楊育權在屋子裡頭回擊了。二春兩腳在樓板上連連頓了兩下，大聲叫道：「楊育權，你這惡賊，今天算你造化，露斯做了你的替死鬼！你是有勇氣的，你把你平常那無法無天的本領拿出來，也不應當怕我一個秦淮河上的弱女子。」

她這樣說著，不覺身子向窗戶靠近了一點，在窗戶前面露出半邊人影子，這又是讓窗戶裡面人一個還擊的機會。唰！一粒子彈由耳旁穿了過去。

二春再閃到牆邊來，大聲叫道：「姓楊的賊子，你聽著，這是你的賊窩子，你姑奶奶有膽子找你，你難道在你窩裡不敢出來見我？你出來，和你姑奶奶比上兩槍。**你以為靠著你的狐群狗黨，靠著你的錢，靠著你的勢，什麼人都可以欺侮嗎，我告訴你，只有那些衣冠禽獸，貪生怕死，讓你欺侮了算了，像我這樣的人，要吃你的肉，要喝你的血的，那就多了。**你以為逃開了我這兩槍，你就逃出了命了嗎？像我這樣的人，正有整千整百的在那裡等著你，你……」

二春還要繼續向下說，偶然一轉頭，卻看到樓梯口上擁過來六七個男人，便把手槍一舉，喝道：「你們都站著，哪個動一下我先打死他。」

那些人聽到樓上各種響聲，又聽到二春大罵，以為是楊育權發了脾氣，又拿著手槍威嚇她，就匆匆地擁上樓來，要和楊育權助威，不想到了走廊上，卻遇著了二春的手槍口，只好呆呆地站著。

二春把手槍對準了，抬起左手臂，很快地看著手錶，已是十點半鐘了，因對那些人道：「我與你們無怨，你們與我無仇，我不難為你們，你們也不要多我的事，你們跟著楊育權胡作非為，也不過是沒有飯吃，走上這一條路，但是良心總是有的，你們想想，他這種欺壓良善的行為是對的嗎？」

那些人只望了她的手槍，誰來答覆她的話。

這麼相持著又有了十幾分鐘，忽聽得楊育權在樓下哈哈大笑一聲，叫道：「唐二春，你果然不錯，敢到太歲頭上來動土，但是，你那本事太不行，我由屋子裡後窗戶下樓來了，我樓下至少有十支手槍，說一聲放，立刻可以結果你的性命。你是知事的，把手槍丟下樓來，我們還有個商量，我認為你沒有這膽量敢做出這樣的事，一定有人在你後面主謀，你說出來，我就不難為你。」

二春高聲笑了一笑，向樓下叫道：「姓楊的，你不要騙我，我現時在太歲頭上動了土，我也不想活下去，但是我也不會死在你手上。你們打算捉我，還得拿幾條人命來拼。若是不然，想我把手槍放了，那是不行的。」

那走廊下面得著這個答覆，就沒有了聲音。接著卻有好幾粒手槍子彈，由走廊的樓下面射穿了過來，打得樓板撲撲有聲。

唐二春緊緊地靠了牆挺直站著，但她手上依然拿了那支小手槍，向面前站著的幾個人瞄準，倒是那幾個人聽到樓下開槍，他們怕中了流彈，動又不能動，比二春卻著急得多。

其中有個精明的聽差，就向二春哭喪著臉，告哀道：「二小姐，你說得不錯，我們和你無怨又無仇，你把我們逼得在這裡站著，你就不打死我們，樓底下的流彈，不定什麼時候都會射到我們的頭上，你可不可以放我們走下樓去？」

二春想了一想，點點頭道：「那也好，你們掉著身去，聽了，我數著一二三四，我數一下，你們走一步。」

他們聽說要掉過身去，槍口對了後腦，那危險性更大了，呆望了二春，不敢動。

二春道：「走不走由你，再不走，樓下又要開槍。」

這些人聽了這話，覺得也是，就依了她的話，掉轉身去。最後一個人最是不放心，嚇得周身抖顫，手扶了牆。二春道：「你們不要站得太稀鬆了，一個挨著一個，站成一串，最前面的一個不許動，後面的人緩緩向前擠著。」

自然，有些人總以為離著槍口遠一寸，就增加平安性多一寸，都擠了上前。二春看到他們擠成一串了，這就道：「現在可以走了，你們聽著，我叫一，你們就動一步。」說著，先數了一，大家移動一步，過了兩三分鐘叫聲二，大家再動一步。

但是她這個三，卻不叫了。自己挨緊了牆，只兩步路一跑，就跑得和那些人站在一處，因輕輕地道：「我先叫個一二三四，你們隨了我喊，叫一個字，你們先走一步，第二遍，我不作聲，你們抬一步叫一個字，記著。不然，我就開槍。」

這些人全不知道她是什麼意思，只得照了她的話辦。

二春高聲叫著：「一，二，三，四。」大家走了四步，隨後這幾個人也就一二三四胡嚷著，抬了七上八落的步子走，二春也不管他，緊緊貼住最後面一個人走。

那樓下的人聽到樓上人這些動作，也是莫名其妙。這幾個下樓的人，由走廊喊上樓梯，由樓梯喊到了樓下夾道，只聽到二春輕輕地在身後叫道：「還要喊，不許離開我，向左邊走，到門下為止。」

喊的這些人總怕手槍隨時在後腦放出了子彈，二春叫他們怎樣做，他們就怎樣做，一點也不敢違抗。走到要出這下層洋房的總門，就站住了。

楊育權已是找了別人一套西服穿上了，臉上氣得發紫，兩手握了兩支手槍，只在樓下屋簷徘徊走著。

他也怕二春會跑到欄桿邊來，對地面發槍，讓走廊掩蔽了身體。可是聽到在樓上的人同喊著一二三四向樓下走來，心裡很是奇怪，這種時候，唐二春這女孩子還有心開玩笑嗎？不過她敢在這地方行刺，這丫頭也的確有些膽量，她反正預備死，又怕什麼！不管她是幹些什麼，總得寸步留心，不要走上了她的槍口，因之在那些人喊著到了樓下的時候，他卻閃到牆角落裡去。

原來他有兩個保鏢，一個是魏老八，一個是吳麻子。吳麻子因魏老八昨天晚上結婚，一怒而進城找消遣去了，現在家裡出了事，就只好他自己出來應付。

他用的那些家奴，平常對人很凶，可是現在真發生了事故，他們看到行凶的人居高臨下，生命隨時可以發生危險，都找了掩蔽身體的所在，偷著向樓上張望。

有兩三個膽大些的，也只站在楊育權一處，各拿了一支手槍，毫無目的向樓上作射擊的樣子。

楊育權回頭看著，見這幾個人都是些無知識的工役，料著也做不了大事，就回頭向他們道：「你們不行，找一位先生來。」他說著，也就四處張望。卻見陸影縮手縮腳，順了樓下的牆基慢慢走過來，就向他勾勾頭道：「你來你來。」

陸影見他在樓廂下，那是絕對的平安區域，就貼近牆走了過來。

楊育權道：「你也不會想到的，唐二春發了瘋了，敢拿魏老八的手槍來打我，我沒有讓她打著，你的愛人露斯讓她打死了。」

陸影呆了一呆，直了眼道：「她真的敢打死人？」

楊育權道：「那她有什麼客氣呢！我是從樓房裡後窗戶裡跳下來的。她原來守了房門包圍著我，現在是我守著了樓下包圍著她了。樓上有幾個聽差，讓她拿手槍逼住了，現在已經下了樓，但在屋門口站著不動，不知他們搗什麼鬼？難道吃裡扒外，他們也打到二春一路去了。你是客人，與他們不發生關係，你可以過去問問他們，他們手上沒有槍，你可以放心過去問問。」

陸影道：「也許是他們不敢出來，怕樓上對他開槍。」

楊育權道：「你去問問他們去。」說著，將手上的手槍向他指揮著，瞪了兩眼望著。

陸影見他眼睛裡血管全漲得通紅，這只要他的食指一勾，那粒子彈就要發射出來，也不必楊育權再催了，乾脆自己就挨了牆，向屋子門口走去。為了慎重一點起見，走到了門邊，先探出半邊臉張望著了一下，見不過是這裡幾個工役一串地向外站著，都垂了兩隻空手，料著沒有什麼關係，便在門前露出了全身，問道：「你們這些人，有些瘋病吧？不進不退，站在這裡做什麼？」

聽差瞪了兩眼望著他，呆了臉不作聲。

陸影道：「你們為什麼不說話，楊先生專意叫我問你們的。」說著，近前兩步一腳跨進了門檻，就在這一霎間，心裡突然地狂跳一陣，卻看到二春手裡拿了手槍，把槍口對著自己，立刻腳一縮，就待轉身出來，二春睜了眼輕輕地喝道：「你打算要你條狗命，就不許動！」

陸影臉色青裡變白，抖顫著聲音道：「二……二……小姐，有話，好……好商量。」

二春冷笑道：「有話好商量，現在你也知道有話好商量了。」說著，把聲音低了一低道：「好，就依了你好商量，你設法把楊育權引到這裡來，我就饒你的命。」

陸影也低聲道：「那麼，我去叫他。」

二春低聲喝道：「不許動，大家都不許動！誰要動一動，我就開槍。姓陸的，你掉過臉去，背對著我。」

陸影見她說話時，把手槍又向自己舉了一舉，只得慢吞吞地掉過臉去站著。

二春道：「你叫楊育權到這裡來，你說這裡的人都中了毒，身子動不得了。」

陸影只得照了她的話，大聲喊叫了幾遍。

楊育權在遠處問道：「你怎麼不走開呢？」

陸影照了二春的話道：「我來扶他們，他們扯住我不放，你快來救救我。」

這話說出去了，總有十幾分鐘，卻換了一個人答道：「陸先生，你跑出來吧，楊先生他不肯走動，他也不肯說話，他怕樓上的人聽到他的聲音在那裡，會在樓上開槍的。」

陸影這就再向二春哀告著道：「你這是聽到的，他不肯來，你何必呢？我來向你們雙方面調停一下，和平了結吧。」

二春冷笑道：「和平了結，我要放一把火，把這賊窩子……」

這句話沒說完，啪，一粒子彈由身後射了過來，二春立刻覺得背上中了一槍，掣轉身來看時，楊育權卻在夾道的牆角裡伸出半邊身子來，向這裡啪啪亂放著手槍，只一抬手回過他一粒子彈，胸口連中兩粒子彈，就倒了下去。

在這時候，被她逼著站住的人一陣亂跑，就有三個人中了子彈，倒在二春身邊，其中一個，正是陸影。一粒子彈射中了他的腦袋，鮮血淋漓，流得滿頭滿臉，遍地都是紫漿。

二春雖然受著重傷，但是神志還是清楚的，抬起頭來，看到陸影的頭正橫倒在自己腳下，**雖沒有殺到正牌仇人楊育權，然而次等仇人陸影和露斯都了結了，在能笑的一剎那裡，她微微地一笑。**

她這一笑，還另有個感想。沒有中彈以前，她不斷地看著手錶，總算時間是熬煉過來了，已經到了十一點鐘，楊育權雖然派人追到城裡去找母親和妹妹，可是照著預定的計畫，她兩人是離開秦淮河很久了。

她為著家庭而犧牲，她安然休息了，她這個判斷是沒有錯的。

昨晚上，毛猴子得了她的開脫，在天亮的時候，離開了這座魔窟，一直走過了這道山崗子，才敢把懷裡揣著那張紙條掏了出來，見那字條上寫著：「母親！你們趕快走吧，明天早上十點鐘，我要報仇，不是我殺了楊賊，就是楊賊殺了我，你們應當在十一點鐘以前拿了一筆款子，遠走高飛！兒二春上。」

毛猴子看到，全身出了一陣冷汗。

另外有一張條子，也寫了幾個字：「毛兄！字條務必帶到，來生報你大恩，請代我告訴徐二哥一聲，我是很愛他的！二春上。」

毛猴子心裡想著，**想不到秦淮河上還出了這麼一位角色，許多男子漢大丈夫都要愧慚死了**！二春既是在報仇以前，從從容容有這樣的佈置，酒席筵前還是那樣態度自然，那實在可以佩服了！這樣的女人，不和她幫忙，替什麼人幫忙呢？主意打定了，拔開了腳步，就趕快地走。

不過在這裡還有十多里路到城門口，進得城來，已經是八點多鐘了。自己也是感到氣力不濟，雇了輛人力車子，直奔唐大嫂家來。

唐大嫂為著二春昨晚交代的話，正和小春在計議著，是不是依了她預定的時間逃走呢？毛猴子在天井裡只叫了一聲唐家媽！唐大嫂隔了窗戶，看到他臉色蒼白，喘氣在那裡站著，便道：「你進來說，你進來說！」

毛猴子走進屋子來，見屋子中間放了兩只敞開箱蓋的箱子，床上桌上都亂堆了衣服，毛猴子道：「很好，你老人家已經在撿行李了。」

唐大嫂怔怔地望了他道：「什麼事？你得著什麼不好的消息了嗎？」

手猴子伸手到衣袋裡去掏那張字條，卻很久沒有掏出來，唐大嫂道：「有什麼東西？快拿出來，快拿出來！」

毛猴子見小春口銜了一支煙捲，兩手環抱在胸前，站在桌子裡面，對了毛猴子呆望著。毛猴子便強笑道：「我帶了一張字條來，三小姐看看。」說著，把身上的字條遞給了她，低聲道：「三小姐，你先看看吧，看完了，有什麼話問我，我可以答覆你。」

小春看他瞪了兩眼望著，臉上逞著一種懇切的樣子，這就知道有很大的緣故，兩手接了字條子看著，也是一陣冷汗湧出來，重複地看了三四遍，才道：「你是怎麼接著字條的？」

她說話時，極力地鎮定著，臉上不透出一點驚恐的樣子。但是她那雙眼睛，可發出了一種呆象，鼻子孔裡也覺得呼吸急促。毛猴子就把昨晚上的情形略微說了一說。

唐大嫂道：「這也沒有什麼了不得，為什麼她要逼著我離開這老窩子？」小春已是看過了兩次手錶，現在九點多鐘了，因道：「娘，你不用害怕，事到如今，不對你說，也是不行了，我把字條念給你聽吧！」於是兩手捧了字條，向唐大嫂念了一遍。

可是當她念那字句的時候，周身就在發抖，念的句子也是斷斷續續，唐大嫂究竟是個秦淮老人，事情見過多了，聽了字條上的話，嘆了一口氣道：「二春這孩子，把事情太認真了。既然如此，毛猴子，你在家裡幫著我一點，唐家媽不會虧負你們青年人的，我要到銀行裡去一趟，弄點盤纏來。」說著拉小春到裡屋子去了，叮囑過幾句，就出門去了。

小春到了這時，既怕母親出去會遇到了什麼意外，又怕二春在城外已經發動了，楊育權的黨徒立刻會派人到家裡來報復，心房亂跳，兩腿癱軟走不動路。

毛猴子見她靠著桌子站了，手拿一支沒有點著的煙捲，只管在桌面上頓，這就在身上掏出火柴盒，擦著一根火柴，替她把煙點了，強笑道：「三小姐害怕嗎？」

小春手夾了煙捲，放在嘴唇裡深深的吸了兩口煙，皺了眉道：「你看，我姐姐太任性了，值得和楊育權這種人拼死拼活嗎？這樣一來，連累我母女兩人在秦淮河上也不能混了。」

毛猴子道：「不要緊的，我看二小姐在他們一處混著，非常的鎮定，她說了十點鐘動手，一定會拼到這時候。」

小春不作聲，只是抽煙，王媽卻奔進來了，望了小春道：「三小姐，你還不把要用的東西趕快歸併起來？」

小春經她一問，反是倒在椅子上坐下了，因道：「要用的東西，哪一樣的東西不是要用的呢？要帶走，除非連房子都搬走我才稱心，我真不知道帶哪樣放下哪樣是好？」

毛猴子道：「王嫂子，你替三小姐收拾收拾吧，唐家媽一回來，你們就可以離開這裡了。」

王媽道：「我離開這裡做什麼？這裡還有許多東西，小姐，老闆娘，待我都不錯，我要代她們守著的。」她口裡這樣說，兩隻手已是開始給小春檢點衣服物件。

毛猴子見小春站一會兒坐一會兒，十分不寧靜，因道：「這樣吧，三小姐，我到大門口望著，萬一有什麼事，我立刻進來替你報信。」

小春連連點頭道：「那好極了，那好極了！」

毛猴子看到她那番情願的樣子，還有什麼話說，就到大門口去等著。他的心裡是坦然的，自然在門口靜候著。

不到一小時，卻見唐大嫂坐著人力車子回來了，她見毛猴子站在門口，下車付了車錢，打發車夫走了，低聲問道：「有什麼事嗎？」

毛猴子道：「沒有什麼事，我替三小姐在這裡望著，我和唐家媽叫部汽車來吧？」

唐大嫂道：「還那樣鋪張嗎？難為你，還在這裡站站就好。」說著，她匆匆忙忙地進去了。

唐大嫂倒是有些辦法的人，也不過二三十分鐘，就和小春共提了三只箱子出來，毛猴子見她一手提了大箱子，便伸手接了過來，低聲道：「你送我到大街上叫好車子，你就走開。」說著，把小春手裡的一只手提小皮箱接過來。

小春穿了一件八成新青綢長袍子，沿邊的小紅條子都脫落了，燙捲著的長頭髮披到了肩上，沒有抹脂粉，鵝蛋臉兒黃黃的，高跟鞋也脫了，穿著平底青帆布鞋子，低了頭在唐大嫂後面跟著。

她回頭向大門口看看，見前重院子裡的一棵老柳樹，拖著那蒼老的黃葉條子，還在西風裡搖曳作態。花臺上幾叢菊花正開到半好，在淡黃的日光裡望著出門的人。**小春心裡想著什麼時候回來呢？回來的時候，菊花恐怕是沒有了？卻不知道這柳樹那時是在發芽，是已成蔭，或者又是黃葉飄零？**

她呆呆地出神，唐大嫂卻扯著她的衣襟，輕輕說了個走字。小春低頭跟了走，沒有作聲。

一個鄰居的老媽子，手挽菜籃走了來，迎笑道：「三小姐，不要忘了，今天晚上六點鐘在我家吃便飯，我們燒杭州小菜你吃。」

小春只微笑著點點頭，並沒有說什麼。一路看看鄰居，態度照常，有人叫著說：「三小姐吃早點心去。」

小春也還是笑笑。可是心裡頭包含著一股淒楚，兩行眼淚要由眼角裡搶了出來。好在出了巷子口，就遇到了兩輛人力車，坐著車子到馬路上找著汽車行，雇了一輛汽車，直奔下關江邊。

毛猴子直送到汽車行，看她們坐的汽車開走了，方才回身走去。

小春和母親坐在汽車上，不住地向車外兩邊張望，見一段段的街道由窗外過去，心裡覺得這每一段街道全和自己告別著。車出了挹江門，還回轉頭來，由座後車窗裡看了出去。那城牆上四角飛簷的一座箭樓，還是那樣兀立在半空，不覺看出了神。

唐大嫂道：「你看什麼？」

小春坐轉來，只搖搖頭嘆了一口氣。正是：

離腸寸斷江邊路，日慘寒空望白門。

二十三 離腸寸斷

唐氏母女在萬分凄慘之下，她們到底是離開了這座愁城了！

然而在她們去後，卻留下了許多未了之事。第一自然是她那個家，除了木器傢俱不算，便是細軟物件，也有幾箱子。這倒急壞了那個王媽，不在這裡看守著吧？主人家這麼些個東西，實在捨不得丟下！在這裡看守著吧？又怕楊育權那批人不會隨便饒人，一定要到家裡來刨根問底，自己不過是個中年婦人，假如他們來了，還是平常一樣，見女人就糟蹋，那可無味了。

她越想越害怕，又不忍立刻走開，只得藏在廚房裡，心裡也是這樣想著：萬一他們走來找人，我不承認是唐家的傭人，這就完了，唐家人待我不錯，我不能不和她們看守著東西。

可是主意儘管想得周到，而心裡頭害怕還是不減，坐立不定地鬧了一個多鐘頭。

她也走唐大嫂的老路子，在最沒有辦法的時候，就去請教秦淮河上的唯一老前輩汪老太。

汪老太總要到十一點鐘以後才起床的，這時，她正漱洗完畢，泡了一蓋碗好茶，放在桌上，自己卻捧了水煙袋坐在桌子邊，緩緩地抽煙，見王媽臉色蒼白，匆匆忙忙地走了進房來，立刻放下水煙袋，站起來問道：「甚麼事情？」

王媽向屋子外面張望了一下，隨後道：「鬧了這樣一大個早上了，難道你老人家還不曉得嗎？」

汪老太道：「我真不曉得什麼事？」

王媽看到她的門簾子是掛起來的，上前兩步，將門簾子放下來，然後再回走到汪老太面前，低著聲音，把過去發生的事情一五一十說著。

汪老太不覺坐了下來，手捧水煙袋吸著，一聲不響地聽她說話。直等她說完了，才沉著臉道：

「你們荒唐！老早怎不給我來一個信呢？這件事，分明是二春一個人做的，與小春娘兒兩個無關，現在一跑，倒是說明了是同謀的了。尤其不妙的，是兩千塊錢的支票，小春娘還有那個膽子跑到銀行裡去兌現，將來姓楊的調查清楚了，他肯說與家裡兩個人無關嗎？好在你和姓楊的人沒有見過面，你也究竟是個傭人，他們不至於找你為難；但是你居然在這裡看守老家，有意扛木梢，他們也許要找著你問問話。人心隔肚皮，哪個朋友是靠得住的？若是有熟人賣一點人情給姓楊的，說你和她母女很好，那你就是一場累。」

王媽臉色紅中變青，瞪了眼，望著汪老太說不出什麼來。

汪老太靜靜地抽了幾袋水煙，噴著煙道：「你的意思怎麼樣呢？」

王媽道：「唐家媽待我那一番情義，我是不能忘記的，我並不能和她們出什麼大力量，救她們一救；至於和她們看守看守東西，一點也不費力量，這一點事還不能做嗎？」

汪老太點點頭道：「你的良心不錯！不過這樣的事，也不必一定要你在這裡做，我和她們幾代的交情，唐嫂子差不多把我當老娘看待，我又不離開這裡的，她們就是這樣交一點東西讓我代她看守著，那還能推辭嗎？」

王媽聽說，情不自禁地向汪老太連鞠了幾個躬，笑道：「你老人家有這樣好的意思，那我太感謝了，我現在就……」

她的話沒有說完，忽聽到外面有人叫道：「王媽，你在這裡，快出來，我有話說。」

汪老太道：「是徐二哥嗎？請進來。」

徐亦進走了進來，臉紅紅的，滿額頭是汗珠子，手上拿著帽子，和汪老太鞠了一個躬。

汪老太道：「二春的事，你知道了嗎？」

徐亦進喘了氣道：「我回家去，遇到了毛猴子，提起這事來的，我想二小姐為人是很穩重的，性情也是很激烈的，既然寫了信回來，一定有她的成見，十之八九，這件事是已經做出來了的，我有點事要和王媽商量。汪老太肯出一點主意，那就更好。據我看來，這個時候，二小姐是不在人世了，她身後的事，我們怎麼辦呢？」說著，沉了臉，皺著眉頭。

汪老太淡笑道：「孩子話，縱然她有個三長兩短，楊育權手下的人還會讓我們去收屍嗎？」

徐亦進道：「假使他們不到這裡來找唐家媽，我們自然只好裝著馬虎，若是他們的人找得來了，自必要說個清楚明白，也許會要我們去看看的。再說，二小姐既下了決心，也許可以把姓楊的做倒，只要一傳說出來，那是翻江攪海的大風波，大概我們想裝馬虎也不行！這件事，那還放開一邊。還有一件事要商量的，就是唐家媽只帶了兩只小提箱子走，丟下了的東西，想是不少，我冒了很大的危險，要問王媽一句話，是不是趁了禍事沒有出頭，趕快移走一點？不過話要說明，我只是貢獻這一點意見，並不想攬這件事做。唐家媽不在這裡，銀錢也好，物件也好，我全不敢過手的。我再說明白一點，東西最好是由王媽你來負責，若是平常為人不大靠得住的，最好是廢了燒了，也不要拿出去。」

王媽聽他的話，卻是莫名其妙，十指交叉地放在懷裡站了，向徐亦進發呆。這兩句話可把汪老太說動了心，呼嚕呼嚕的低著頭，很長地吸了一口水煙，然後深深地點了兩下頭道：「你這話很有道理！唐小春在秦淮河上是數一數二的歌女，哪個不猜著她娘兒兩個手上有個相當的財產；而且越是這裡走熟了的人，越是知道這裡有些什麼值錢的東西，越是要在這裡打主意。」她一面說著，一面把右手撚動左手上煙袋下壓住的長紙煤。

王媽和徐亦進聽了這話，都不免呆上一呆，看汪老太臉上帶了淡淡的笑容，分明這裡面另含有一種可資玩味的意思，於是面面相覷，也在另打主意。

忽然聽得一陣雜亂的腳步聲，擁過了外面的堂屋，直走到後進屋子去。這後進屋子，就是唐家了，大家全是有心人，自然臉色一動。

汪老太很自然地捧了水煙袋坐著，看到王媽身子戰兢兢的，輕輕咳了一聲道：「你這個樣子，只有壞事，你跑是跑不了，就在我這裡，拿幾個茶碗在臉盆裡洗洗。」回頭見徐亦進坐著，手盤弄呢帽倒還鎮靜，就指著床後道：

「那裡有間套房，套房外面是個小天井，天井矮牆那邊是張家豆腐店，你就說小孩子玩的皮球落到他那裡去了，翻過牆去找皮球，我知道你讓他們抓去關過幾天的，你和他們見不得面。」

說著，她自己站起身來，在桌上帽筒裡又取了一根長紙煤，插在捧的水煙袋上，走到房門口的方凳子上架腿坐著，卻把門簾子掀起了半截，掛在鉤上。

徐亦進雖想到自己不要緊，立刻就順著她指的路走去，也不知哪裡來的力量，踏了窗戶格子，只輕輕一聳，就翻過牆頭。

那邊是豆腐店後一個大院子，在院子裡向店前看，是和唐家門口隔了一條橫巷子的所在，心裡就定一點，裝著尋東西的樣子，滿地張望，口裡還道：「這些孩子，把皮球丟了過來，哪裡去找？」

這就聽到隔牆有著劉麻子的聲音，他道：「早上我看到毛猴子來了的，魏八爺說放走一個玩鳥的，那一定就是這個傢伙來報的信，找到了毛猴子，就知道她母女到哪裡去了。」

徐亦進估量牆那邊，前半截是汪老太房，後半截就是唐小春天井裡，那邊牆角有一棵枇杷樹的樹梢伸出來，可以作目標。

這又聽到有人道：「看看這房間裡東西，一樣都沒有移動，分明她們匆匆忙忙走的，不會走遠，可以找這裡鄰居問問。一面派人去找毛猴子，趁著時候不久，總可以把她們找到。」

徐亦進聽到了這話，走出豆腐店，就向回家路上走。

這裡是夫子廟的東角，去阿金家裡不遠。心裡一轉念頭，搶回家去，定是和那去找毛猴子的人碰個正著，若不回去，恐怕毛猴子要吃虧，而且大狗的娘也受不住驚嚇，這只有找阿金幫忙了，但願阿金正在家裡就好，於是兩腳隨了這念頭，直奔向阿金家去。

恰好正在大門外巷子裡，就和阿金對面遇著，阿金見他慌裡慌張的樣子，就老遠地站住了腳，等他向前來，因道：「徐老闆，你們幾弟兄都忙呵，好幾天不看見，大狗呢？」

徐亦進前後看看，身邊沒有人，走近低聲道：「遇到你很好！有件為難的事，要煩你一趟了。」

阿金見他臉上通紅，兀自喘著氣，因正著臉色道：「徐老闆，你說吧，你們弟兄有事，就是到滾鍋裡去撈銅錢，我也不敢辭。」

徐亦進道：「我倒沒有什麼事要煩你，第一是大狗的娘。」

阿金搶了接嘴道：「這個倒不用你煩我，這幾天，我都是整天在你們那邊，老娘都是我伺候著，我是早上回來一趟，馬上就要去，現在去買點東西。」

徐亦進一抱拳頭道：「不用買東西了，趕快去吧，如看到毛猴子，你叫他趕快去逃命！」

阿金站著一呆，問道：「什麼事？」

徐亦進把二春、大狗和自己的事搶著說了幾句。

阿金也紅了臉，微微地喘了氣，向他身上看了一遍道：「這樣說，徐老闆也是千萬不能回去的了？」

徐亦進皺了眉道：「我自己無所謂，只是大狗的娘。」

阿金臉一揚，挺起了胸脯道：「這事你完全交給我了，若有一毫差錯，我把棺材見你！我一個無掛無礙的女人，什麼事都不含糊的。」

徐亦進站著望了她，怔怔地沒有話說。

阿金道：「事不宜遲，我立刻就要跑到你家去，你還有什麼話說嗎？」

徐亦進皺了眉道：「我要說的話很多，但是我一時又想不出來。」

阿金又怔怔地站了一會，因道：「不用想了，反正我明白。」說著，扭轉身來就跑。

但是只跑了十幾步，卻又回轉身來，連連地叫著徐老闆，徐亦進回轉身來向她望著，阿金跑到他身邊，低聲道：「你當然要知道我的消息，我也要知道你們的情形，這一分手，我們再在哪裡碰頭呢？」

徐亦進道：「你這話倒說得有理，我倒沒有打算到這個。你看我們應當在哪裡會面呢？」說著，抓耳摸腮的，皺了眉頭子出神。

阿金道：「這樣吧，我的鑰匙交給你，你今天晚上到我家來，開了房門……」

阿金口裡說話，伸手到懷裡去摸鑰匙，卻見徐亦進臉上飛起一團紅暈，阿金道：「喲，你還難為情啦，這是講難為情的時候嗎？」說著左手拖過他的右手，她右手把鑰匙向徐亦進手裡塞了過來。

徐亦進一時沒有了主張，也就把鑰匙接著。

阿金睜大了眼，向他點點頭道：「記得，記得，不是今晚，就是明天早上，在我家裡會面。」說畢一扭頭，就跑走了。

上了大街，看到一輛人力車，也不問錢多少，坐了車子直奔徐亦進家來。恰好毛猴子站在大門口，向兩頭張望著，阿金老早下了車，把兩角錢扔在車上，直奔到他面前，低聲喝道：「呔，你還站在這裡做什麼？你沒有想到今天做了一些什麼事嗎？」

毛猴子看她那種情形，分明已很知道今天的事。因抬手亂搔著頭髮道：「老娘今天又不大好過了，大狗不在家……」

阿金攔著道：「多話不用說了，你們三弟兄不要讓姓楊的狐群狗黨看見了；若是看見了，就不要想著活命。你身上有錢沒錢？沒有錢逃命是不行的！把我這個金戒指去換了，這還可以值個十來塊錢。」說著，她右手就向左手的指頭上取戒指。

毛猴子將手向外推著，笑道：「大狗送你的那一點東西，你也該留著，我身上有錢。」

阿金道：「有錢你就快走，這裡的事都交給我了。」說著，走向前就推了毛猴子一把。

毛猴子道：「我本來要躲開的，只是把老娘丟下來，不放心。」

阿金連頓兩下腳道：「你還囉嗦什麼？你以為姓楊的不知道你住在這裡？他們的消息靈通，已經有一大群人到唐家去找人了。徐二哥正碰著他們，翻了牆頭跑出來的，不就快到這裡了嗎？你還是挑那冷靜的路走，仔細在大街上碰到了他們。」

毛猴子毛骨悚然，匆匆地在屋子裡拿了一點零用東西，站在天井裡向阿金一拱手道：「諸事拜託！」沒說第五個字，就跑走了。

這裡是幢院落的老房子，前面一進，幾戶窮人家由大門進出，大狗住在後進，由後門進出。阿金站在天井裡，還不曾動腳，就聽到前進有人大聲叫：「毛猴子、王大狗在家嗎？」阿金且不理會，立刻走到屋子裡去。

大狗娘靠了一堆折疊的破棉被，半躺在床上，將藍布破褥子蓋了腿，垂了頭正在哼著。

阿金走到床邊，兩手按了床沿，低聲道：「老娘，一會子有人來尋大狗，你只說他好幾天沒有回來，什麼事你都推不曉得。」說著，將桌上一件破棉襖包圍著的瓦茶壺掏了出來，因道：「我留著的茶還是熱的，你老人家喝一口嗎？」

屋子外面倒有人接嘴道：「房間裡有人說話，有人有人！」

阿金伸頭向外看時，卻見趙胖子敞了青綢對襟短夾襖，挺了大肚子站在堂房裡，後面七長八短的站著一群人，便哦了一聲，點頭笑道：「是趙老闆，找徐二哥嗎？」

趙胖子見阿金穿了青布褲子，短藍布褂子，挽了兩隻袖口，頭髮紮了兩個小辮橫挽在腦後，前面的留海髮蓬亂著，臉上黃黃的，沒有一些脂粉，斜靠了房門框站住，態度很是自然，突然看到，還想不起來她是誰。

身後有人問著：「這婦人是哪家的？」

趙胖子才想起來，搖搖頭道：「不相干，她是王大狗的女朋友。」

阿金向眾人看看，故意裝個不知道，笑道：「趙老闆同了許多人找哪一個？」

趙胖子向天井前後一看，前進是木壁堵死了，後門口有來人攔住，有人在家裡，想逃出去是不可能的，便笑道：「阿金，看你這樣子，好像嫁了大狗了，你簡直在這裡當家。」

阿金心裡立刻轉了一個念頭，向趙胖子斜瞟了一眼笑道：「趙老闆和我做媒嗎？我們現在是無人要的了，大狗他要我。」

趙胖子臉色一沉道：「阿金，你大概不曉得他們的事，他們闖下大禍了！你站開點，我們要找他們說話。」

阿金笑道：「喲，夫子廟天天見面的朋友，山不轉路不轉，什麼事這樣厲害，帶了一大批朋友來。」

趙胖子回轉頭來，向眾人丟了一個眼色，頭一晃道：「不要理她。」大家隨了這話，就分頭向幾間房裡找了去。

趙胖子倒領了兩個粗人，直闖進大狗房裡來，把阿金推到一邊，三個人就站在屋子中間。

這種破爛屋子，自然也是一覽無餘，除了床上躺著個生病的老婆子，並沒有第三個人。趙胖子道：「喂，你是哪家的？」

大狗娘早是聽到他們和阿金一番話，便道：「是找大狗嗎？他好幾天沒回來了。」

趙胖子道：「我們不找大狗，我們有兩句話要問一問他，毛猴子哪裡去了？」

大狗娘道：「毛猴子整天在外頭做生意，白天哪裡會在家裡，有什麼話，你和我說是一樣。」

趙胖子冷笑一聲，回轉頭來，見阿金依然站在房門口，就向她點點頭道：「來，我們有話問你。」他拉了阿金一隻手，拖到堂屋裡站著，同來的人就擁在阿金前後，連找一條縫伸手出去也不可能。

阿金站在人中間，兩手環抱在胸前，提起一隻腳尖，在地面上顫動著，顛動得身體也一聳一聳，這就扛了肩膀，向趙胖子微笑道：「你的意思怎麼樣？也給我一點罪受嗎？」

趙胖子道：「不把你怎麼樣，只要你把毛猴子藏在什麼地方告訴我，就放了你。」

阿金笑道：「你交毛猴子給我了？」

趙胖子道：「沒有。」

阿金道：「我和毛猴子沾親帶故？」

趙胖子道：「也不沾親帶故。」

阿金臉一偏道：「那憑著什麼你問我毛猴子的消息？」

趙胖子脖子一昂，提高了聲音道：「我們的事，不談什麼理由，覺得要找什麼人便當的時候，就找什麼人。我們知道你曉得毛猴子的所在，就要你告訴我。」

跟著趙胖子來的人，都是紅著面孔的。隨了他這話，卻不覺哄然一陣笑出來。而趙胖子也就神氣十足，把兩手叉著腰，瞪了眼望著她。只看他胖腮上兩塊肥肉向下墜落著，就知道他生的氣不小。

阿金已拿準了主意，微笑道：「趙老闆，不是我和你抬槓，我們都生長在秦淮河邊上，不是鄉親，也算鄉親，我有什麼事得罪過你？要你這樣逼我。我現在雖不做生意了，若是你趙老闆看中了我，還有什麼話說。」

趙胖子大喝一聲道：「你扯什麼窮淡！唐二春在楊先生城外公館裡行凶，已經打死了。毛猴子昨夜也在那裡，是今天天亮進城的，他必定和二春同謀，一早告訴了唐嫂子，讓她們走了。二春已死了，楊先生本來也不去追究別人，但是唐嫂子在一大早把楊先生給的一張支票兌了現走了，這分明也是同謀，必得找了她母女問個底細。」

阿金心裡一跳，臉色也隨著一動，失聲道：「哦呀，楊先生並沒有受傷，二小姐倒不在了！唉！」

在趙胖子後面，一個歪戴呢帽子，身穿灰嗶嘰夾袍的人，挈了手杖，直指到阿金的臉上道：「聽她的口氣，就是幸災樂禍的人。」

趙胖子道：「她和王大狗受過唐家母女一點好處，王大狗也藏起來了，她也有點可疑。」

阿金道：「趙老闆，你怎麼說這種話？我們受過唐家一點好處，就有些可疑，你還有一大半靠著唐家吃飯呢！」

趙胖子道：「我有什麼可疑。我還帶了楊先生手下的人來找唐家母女呢！」

阿金冷笑著頭向後仰，打了一個哈哈，向他點點頭道：「哪個交朋友就得交你這種人，犯了罪，你會綁了他上公堂。」

趙胖子被她說著，臉上倒是一紅。

那個拿手杖的人，舉起了棍子來，向阿金瞪了眼道：「你明白點，我們是些什麼人，有得你多嘴多舌嗎？快說出毛猴子在哪裡？沒有毛猴子，王大狗、徐亦進兩個之中，你交出一個也可以。你若不說，我就帶了你走。」

阿金道：「我和他們非親非故，聽到大狗的娘病了，不過來看看她，就遇到了你們，你們要把我怎麼樣，那就把我怎麼樣吧！人，我是交不出來的。」

就在這時，大狗娘手扶壁子，戰戰兢兢地站在房門口道：「各位老闆，你們不要亂扯好人，阿金是可憐我，來伺候我的病的，怎麼能拉她去吃官司？」

趙胖子對那拿手杖的人道：「胡先生，這事我有點辦法了！這個老婆子，是王大狗的娘，王大狗假仁假義，是個有名的賊孝子，把他的娘帶了去，不怕他不出頭！他和徐亦進、毛猴子是把兄弟，他出了頭，又不怕找不著毛猴子！這女人從前當野雞的，和毛猴子果然沒有多大關係，帶她去沒用。」

拿手杖的人回轉頭向大家道：「叫一部東洋車來，把這老鬼拖了去。」說時，就有兩個同來的流氓，要向前拖大狗娘。

阿金側了身子向外一擠，擠出了包圍的人群，把兩手交叉住了腰，站在大狗娘面前瞪了眼道：「你們是什麼地獄裡放出來的惡鬼，六七十歲的老人家，病得站不住了，你們拖她去吃官司，你們不是娘肚子裡鑽出來的嗎？」

那個姓胡的喝一聲道：「你這爛貨，大爺們在這裡做事，有你從中打岔的位分嗎？」說著，將那手杖劈頭打來。

阿金見他來勢太凶，將頭向旁邊一閃，躲開棍子去，可是這棍子已經劈了下來，絕不能為了她已閃開而中止。那棍子由原處飛了過來，正好對了大狗娘的前額，老人家看到阿金一閃，也曾隨著一閃，可是她只偏動一點點，臉微側著，那棍子打中了她的太陽穴，她已經是只剩一口氣的人了，這一下重劈，劈得她身子向後一仰，咚的一聲，人倒在地板上。

阿金大叫一聲打死人了，回過身跳到屋子裡來攙扶大狗娘，只見她倒在破爛的地板上，臉貼了地，流了一灘紫血，一時慌了手腳，就拖著床上的破棉絮，扯下一塊黑棉花，將傷口按住，口裡喊著道：「老娘，老娘，你怎麼了？」

大狗娘閉了雙眼，呼吸微小，一點聲音沒有答覆。阿金跪在地上，兩手摟著大狗娘的肩膀又叫了幾聲，她還是不答應。阿金哇的一聲哭了出來，回頭看門外堂屋裡時，那些流氓已悄悄地向後退步。

阿金道：「你們打死了人，想逃走嗎？」說著，放下了大狗娘站了起來，跳了腳大叫道：「強盜打死人了！鄰居快來救命呀！」

隨著向堂屋裡奔了來，那個姓胡的依然很凶橫，將手杖指著大狗娘道：「你裝死，我們就放過你們嗎？我去叫警察來。」說著，他一扭身子，首先走了。

趙胖子跟著在他後面，也就走了。

阿金道：「你們逃走呀，逃不了的，我認定了趙胖子，不怕你們不吃官司。」說著，也向他們跟了去。

可是追出後門的時候，這一群人已經去遠了，阿金這一陣大哭大嚷，把前後鄰居都驚動了，大家擁進大狗屋裡來，見大狗娘臉躺在血泊裡，都吃上一驚。

好在鄰居全是窮人，窮人就愛打抱不平，看到這種情形，有的去報告警察的，有的去報告紅十字會的，有的親自動手將大狗娘搬上床去。然而由於流血太多，病裡的老年人究竟是無法挽救了。先來的兩批警察，倒也依了阿金和眾鄰居的報告，說是要去找凶手。

阿金知道大狗是絕不能出來收殮的，自己先收住眼淚，請了兩位鄰居看著屍身，就跑回家去，把自己的衣服首飾當當賣賣，湊了三四十元，二次又代大狗當孝子，向鄰居磕頭，請幫一個忙。大家受著感動，又湊了二三十元，忙了一天，到晚算是把大狗娘收殮起來。

最後，第三次警察又來了，把阿金扯到後門外說話，阿金出門看時，昏沉沉的星光下，見巷子兩頭有好些個人晃動。

那警察站在面前不等她開口，先就輕輕一喝道：「你們這一群人，全不是好東西，不是賊，就是扒手，你也是一個野雞，早就該罰你們了，念你是個女人，我們不為難你，你懂事一點，在今天晚上，你就遠走高飛，你要多事，先把你當強盜看待。」

阿金道：「我倒成了強盜。」

那巡警後面，走過來一個黑影子，接著道：「唐二春在楊公館裡拿手槍打人，還說不是強盜嗎？你們這班人都和她通氣，你還要強硬，先把你帶了去。」說著這話，一根木棍子的頭就按在阿金肩上。

阿金雖然站在這些凶煞面前說話，心裡卻是不住地在打著主意，那木棍子頭按在肩上的時候，便和軟了聲音道：「各位先生有這樣的好意待我，我是感激不盡；不過今天死的這位老太，真是可憐，棺材放在屋裡，還……」

警察不等她說完，攔阻了道：「這不關你事，反正不會把棺材擱在屋裡，你家在哪裡，回去。」說著就有一隻手伸了過來，挽住了阿金的手膀。

阿金噗嗤冷笑了一聲道：「你把我當三歲小孩子呢？要我到什麼地方去？你們只管明說。你們想掏出我的口供，還只有把我好好款待著，你若哄了我去關起來，我拼了不要這條命，什麼也不報告你。」

這就有個人在暗中道：「這也值不得你拼死拼活呀，你說一聲毛猴子在哪裡，就沒有你的事了。」

阿金站在巷子裡，把頭低著，默然了很久。

又有人道：「是呀，你想想看，你值得拼了性命，和毛猴子幫忙嗎？」

阿金道：「他們躲在什麼地方我不敢斷定，不過我心裡猜著，有一個地方，他們是必去的。」

立刻有人笑道：「你說，你說，在哪裡？」

阿金道：「地方我不願說，我帶你們去捉人就是了。」

那人道：「你倒怕說出來，走漏了消息。」

阿金也不多說，只呆站在黑暗裡，由巷子轉角所在，反射過來一些電燈光亮，可以看到許多人影子圍在前後，這些人也就不來逼她，交頭接耳，喁喁地計議了一陣，有人拍了阿金一下肩膀道：「去哪裡？我們走吧！」

阿金低聲說了一個走字，向巷子外移動了腳步，身後自然有幾個人跟著；就是前面，也有三個人緩緩地走。因在鼻子裡冷笑著哼了一聲道：「我不逃跑，你們倒用許多人圍住我一個女人。」

那些人也不睬她，只管在她前後包圍著走，於是她引了這些人，向她自己的家裡走了來。

二十四　苦盡甘來

夜色黑沉沉的，小巷子裡路燈稀少，走路的人本已另有一種不安的思想。阿金在這生死關頭，前後都有流氓惡棍包圍著，她怎能夠不害怕？

首先是這顆心不能鎮定統率著周身的血脈，在衣襟底下亂跳。她只睜了眼睛看到前面路的彎度，把頭低了下去。

流氓們押著她，也是默然的。有時彼此說幾句話，阿金也不加以理會。約莫走了二三十分鐘，阿金帶了他們，始終在冷街冷巷裡走著。在後面跟著的一個人，有點不耐煩了，便喝道：「你帶著我們巡街嗎？」阿金道：「快到了，轉過前面一截小巷子就是。」

大家依了她的話，轉過了那條小巷子，出了巷口看時，左邊是一道秦淮河的支流，斜坡相當的寬，上上下下堆了許多垃圾和煤渣。

在那裡倒有兩棵高大的柳樹，遮了半邊星斗的天空，越是顯著這面前陰暗。右邊是一帶人家，這裡全是古老的屋子，矮矮的磚牆和凌亂的屋脊，一片片的黑影子在星光下蹲伏著，就是所站著的地方，隔了那堵牆，卻聽到那邊的人談話聲，彷彿那裡是個窮民窟。

一幢屋子裡，倒住有好些人家。押解阿金的人都輕輕地問：「到了嗎？到了嗎？」

阿金向隔牆看去，有一片燈光射在屋簷下。這邊屋簷，正有一截白粉牆襯著，看得清楚。這就站定了腳，大聲道：「你們這多人圍著我，要把我當強盜看嗎？我不過是個可憐的年輕女人，不會鑽地洞，也不會飛簷走壁，你們有許多人，還怕什麼？」

她口裡說著，眼睛又望了那屋簷下的燈。

這押解人當中，有一個頭腦，便道：「我們並不圍著你，我們要帶人到案，人手少了，怕他會逃走。」

阿金道：「你們要捉的人，也會逃走嗎？他正點著燈，在屋子裡呆等著你們呢。」

那人道：「別的閒話不用多說了，你要帶我們到哪裡去？你就帶我們到哪裡去！」

阿金道：「你們要我捉人，你們算是交了差，得著功勞，我阿金賣了朋友，黑了良心，可得著什麼呢？」

那人道：「哦，原來你是要求條件的。告訴你，捉到了主犯，把你放了，這就是條件。」

那人也給阿金糾纏得火氣了，提高了聲音說話。

阿金更把聲音放大了，她道：「假如你所要捉的三個人，毛猴子、大狗、徐亦進，我全找不到，你們把我怎麼樣？」

她說這句話時，聲音是非常清楚，眼睛向隔牆屋簷下看去，接著道：「他們也不是那傻瓜，有個風吹草動，早就溜走了，能夠真坐著點了燈，等你們去捉嗎？」

她這句話是真的發生效力了，那牆上屋簷下的燈光一閃，突然熄滅了。

阿金在極悲憤的當中，卻又是一喜，情不自禁地昂頭笑了起來。原來那隔壁發出燈光的所在，正是她的家，在她上午回家取衣服當賣的時候，敲脫了鎖走進房去，想到下午或晚上，徐亦進若是來了，一定會疑心到門何以沒了鎖，於是在屋簷下冷爐子裡取來一塊黑炭，在牆上寫了幾個字：老娘人打死了，我回來拿錢，你千萬去不了。

她把腦子裡所知道的字，全使用出來了，還不能完成這三句話的意思。至於整個事情，更是沒有敘述出來。

阿金心裡也明白，這字寫在牆壁上，絕不能讓來人看出所以然，因之就帶了這批流氓，繞到自己家牆外邊來，向家裡張望。及至看到牆裡有燈光，由自己房間的窗戶裡射了出來，就斷定了是徐亦進赴約來等候消息的，故意幾聲大喊，把屋裡人提醒，燈一滅，阿金就知道是徐亦進放著信號，答覆了自己的話。

她把這些流氓全瞞過了，怎麼不笑呢！為首的看到阿金的態度可疑，就伸手在她肩上拍了一掌，道：「你到底弄的是什麼鬼？你不要以為這樣東拉西扯，就可以把事情混過去！就是到了半夜裡，你不把人交出來，也不能放過你。」

阿金猛可的把身子一扭，昂了頭向他道：「不放我怎樣？」

那人道：「不怎麼樣，把你拉了去抵罪。」

阿金道：「這樣說，各位就帶了我走吧！我混到半夜，也混不脫身，何苦把各位拖累一夜。」

那人大聲喝道：「什麼，你帶我們混了許久，全是騙人的話嗎？」

阿金和軟了聲音道：「實不相瞞，我並不知道他們藏在什麼地方，只因為你們逼得我太厲害了，我只好撒一個謊，說是知道他們的地方。其實他們這時候是不是在南京城裡，我全不能說定，哪裡還知道他……」

那個為首的流氓，一聲罵出來，隨了他一喝，就向阿金臀部一腳踢了過來。阿金猛不提防，身子向前一栽，只哎喲了一聲，就躺在地上不動。

一個年紀大些的流氓走近來，扯著她站起來，因道：「你也心裡放明白一點，我們這些人面前，你耍手段耍得過去嗎？」

阿金靠了牆站著，等他一鬆手，又蹲到地上，最後是背撐了牆坐著。一群流氓將她圍著，好說也好，歹說也好，她總不作聲。

這雖是冷靜的地方，也慢慢地驚動了左右住戶，圍攏來看，在黑暗中，有人聽出了阿金的聲音，雖看到情形尷尬，不敢向前，卻也在遠處輕輕地議論著。

流氓們看到有人，也不便動手打她，為首的道：「好了，你既然交不出人，我們也不能逼你交出他的靈魂來，你同我到一個地方去交代幾句話，就沒有你的事。」

阿金猛可地由地上站起來，因道：「什麼地方？要去就去，大概不會是閻羅殿吧。」

流氓見她站起來了，想著她是可以隨了大家去的，大家疏落地站著等候她。她猛可的把身子向後撲著，對河岸奔將過去。卻是跑得太快，在那煤渣堆上一滑一個仰跌，等起來時，流氓又圍上來了。

阿金先道：「你們看見沒有？不要太為難我，你要弄僵了我，我隨時隨地都可以撞死。除掉你們交不了卷，又是一場命案。」

她不怕死了，流氓倒好說話了，就陪著她走上大街，找了一輛人力車子讓她坐，隨後又到了一家汽車行裡，換了一輛汽車，由三個流氓押著同坐。

汽車是經過了很長的一截道路，到了一個圍著花園的洋式房子裡。阿金下了汽車，站在花園的水泥路上，抬頭一看，三層樓的玻璃窗戶全放出通亮的燈光，映著五色的窗紗，笑道：「我以為要我下地獄，倒把我帶上天宮了。」

那三個流氓到了這裡，規矩得多，迎著一個短衣人說話，把他引到阿金面前來。

阿金在樹底的電燈光下，看清了那人，穿一套粗呢西服，紅紅的扁臉，在那刺蝟似的兜腮鬍子上看來，大概有五十歲了，他遠遠地送過一陣酒氣來，張開缺牙的大嘴笑道：「是一個蠻漂亮的女人。」

阿金在他那雙見人不轉的眼珠上，就猜準了他是什麼樣人，故意裝成很害羞的樣子，把頭低著。

一個流氓道：「阿金，我打你一個招呼，這是趙四爺，你跟了他去，聽他的話，他可以幫你的忙。」

那人笑道：「這些小碌的，又和俺開玩笑。」

阿金聽他說的是一口淮北話，料著又是一路人物。

那姓趙的說了一句隨我來。帶著阿金穿過了那西式樓房的下面一層，又過了一個小院子，後面另外又是兩層小樓，看那情形，彷彿是些傭人住的。

阿金看到屋前這小院子沒有人，便站住了腳低聲道：「喲，把我帶到什麼地方去？」

她所站的地方，是高樓圍牆轉角的所在，牆縫裡伸出了一個鐵抓，嵌著一只電燈，倒照著這裡很光亮。阿金故意抬起頭來，四面打量著。

那姓趙的站住腳向她看時，她眼睛向他一溜，微微地一笑。姓趙的見她笑了，也隨著肩膀一抬，笑了起來。阿金不說什麼，又把頭低了。

姓趙的道：「本來呢？應當把你關在廚房隔壁的一間煤炭房裡，我想你這年紀輕輕的女人，恐怕受不了。」

阿金低聲央告著道：「你先生既然知道，就幫幫忙吧。」說著，又把眼睛向他一溜，然後把頭低了下去。

那人回轉身來向她望著，不由得伸起手來，直搔短樁鬍子，笑道：「你叫我先生，我不敢當，你看我周身上下，有哪一絲像先生呢？這裡無上無下，都叫我趙老四。」

阿金低頭道：「四爺，那我怎麼敢？」

趙老四彎了腰，將手拍了大腿笑道：「對了，我最歡喜人家叫我一聲四爺，女人叫我更是愛聽。」

阿金低聲道：「我們一個年輕女人，隨便關在哪裡，我們還逃跑得了嗎？」

趙老四笑道：「你有多大年紀？」

阿金和他說話時，已不必要他引路，只管向前走了去，這裡上樓的梯子，卻在屋外窄廊簷下，阿金徑直就向那裡走，笑向他道：「你問我多大年紀嗎？你猜猜看。」說著，向他點了點頭。

趙老四笑道：「讓我猜嗎？你站著讓我看看相。」

阿金上了幾層樓梯，正手扶梯欄，扭轉身來和趙老四說話，等他說到讓他看看相這句話時，阿金反而透著不好意思，微笑著把頭低了。

趙老四將兩手一拍，笑道：「我猜著了，你十八歲。」

他這話說得重一點，卻驚動了樓下屋子裡的人，有幾個跑出來看。阿金好像是更不好意思，低了頭徑直走上樓去。

五分鐘後，趙老四才回想過來，這是要被看管的一個女人，就跟著追上樓來。

阿金先走進了一個樓夾道，見兩面都有房門對向著，就站在夾道中間，打量要向哪一間屋子走裡去，趙老四上來了，笑道：「你倒爽快，自己就上來了，你打算向哪裡走？」

阿金笑道：「我曉得向哪裡走好呢？樓下許多人望著我，窘得我怪難為情。」

趙老四笑道：「這樣說起來，你倒是規規矩矩的人家人呢，他們怎麼倒說……」他一伸脖子，把那下半句話吞了下去了，只是向阿金瞇了眼睛一笑。

阿金道：「我現在是你們手上的犯人了，還不是要怎樣說我，就怎樣說我嗎？」

趙老四走到一間房門口，將手搭在門鎖扭上，輕輕地把門推開了。

阿金搶上前一步，就要進去，趙老四等她走到門口，抓住她的衣袖笑道：「這是我的房，你到哪裡去？」

阿金道：「你的房要什麼緊！你做我的老子都做得過去，怕什麼？與其在別的屋子裡關著，就不如在你四爺屋子裡。」

她說著，由趙老四身邊擠了進去。

這房間小小的，裡面有一張小鐵床，一張小長桌，占了半邊。另半邊卻亂堆了一些大小布捆和竹簍子，像是一間堆物件的屋子。

那趙老四隨著走了進來，立刻將門掩上，笑道：「你到我這屋子裡來，簡直是坐優待室了。這樓上都是三四個人一間屋子，只有我在這堆東西的屋子裡住，憑了趙四爺這塊招牌，沒有人能進來。我要是出去了，你把這房門一鎖，哪個能來麻煩你。」

阿金對他微笑著，緩緩地向窗子前面走了去，見這外面，緊貼著圍了一道矮院牆，院牆外面，就是菜園和小竹林子，心裡就是一喜。忽然一陣酒氣由後面熏來，肩上早讓趙老四拍了一掌。阿金身子一閃，鼓了嘴低聲道：「你這是做什麼？」

趙老四瞇了兩隻酒眼，向她笑道：「他們說，你在馬路上做過生意，是嗎？」

阿金臉一沉道：「四爺，你怎麼也跟他們一樣糟蹋人？你眼睛是亮的，你看看我。」

趙老四笑道：「這是他們的話，我拿來轉告訴你。」

阿金道：「我一進門，看到了你，心裡頭就是一陣歡喜，以為遇到你這樣的老實人，就有救了，我想你不會和他們一樣的。」

趙四笑著將手一拍桌子道：「不錯，你有眼力，只要我肯幫你的忙，大事化小，小事化了，包你沒有什麼了不得。楊先生根本沒有要找你這麼一個事外之人；不過是他們拖了你來抵數的，總要讓楊先生問你兩句話。」

阿金笑道：「你們楊先生有什麼權力，可以光天化日之下，這樣霸道？」

趙老四聽了她這句話，似乎已吃上一驚，向她呆著看了一下，伸著舌頭道：「你膽子不小，在這地方，你敢問出這句話來。告訴你說，十年之後，也許你懂得這是怎麼回事了。」

阿金道：「哼，十年之後，現在我就明白，這都是你們拿了雞毛當令箭，自己嚇自己，嚇成這個樣子的！**一個人只要不怕死，什麼勢力也壓不倒他的。**」

趙老四臉色變得莊重了，瞪開兩隻酒眼，由阿金頭上看到她腳下。

阿金心裡一跳，也就立刻明白過來，向他噗嗤一笑道：「喲，為什麼嚇成這個樣子？我也不過和你鬧著好玩的！你關著門的，屋子裡也沒有第三個人，說兩句玩話，要什麼緊！」

趙老四搖搖頭道：「你倒說得好，說句玩話不要緊，你要是懂點事的，就小心些！要不，我做四爺的也不能替你做主，你還是下樓去到煤炭房裡去蹲著。」

阿金低了頭不作聲，鼻子窸窣兩聲，就流下淚來，因道：「我這可憐的女孩子，受了冤枉，以為遇到了四爺，命中就有救了，不想說了兩句玩話，你就要我坐地牢。」說畢，更是嗚嗚咽咽地細聲哭著。

趙老四立刻上前一步，左手握住她的手，右手輕輕拍了她的肩膀，安慰著道：「傻孩子，你和我說著玩，我就不能和你說著玩嗎？你放心，你投靠了我，我一定幫你的忙。今天楊先生在這裡大請其客，我知道，這裡面有幾個酒罈子，那還不是把他灌醉了算事。現在客人沒有到齊，他還閒著，只要挨過個把鐘頭，他就沒有工夫問你這件事了。過了一天，他的氣就更要平些，我再和你想法子。」

阿金故意微微退了一步，靠貼著趙老四的胸脯低了頭，鼓起了腮幫子，輕輕地道：「四爺，我就靠著你了！就是這兩個鐘頭熬不過去，你一定替我想法遮蓋過去的，將來我會重重謝你的，好四爺！」

趙老四被她這兩句溫存話說著，剛醒過來的酒意卻又加深了。一個上了五十歲的人，怎禁得他認為十八歲的女孩子來溫存，因之他倒安慰了阿金一頓，把房門反鎖著，去給她佈置一切。

不到一小時，提了一個食盒子走進房來，笑道：「你餓了吧，我替你在大廚房裡找了一些吃的來了。」說著，揭開盒子蓋來，端出一大碗紅燒全家福，一碗湯麵，兩雙杯筷，他一齊在桌子上放下，對了阿金笑道：「我怕你一個人吃得無聊，我陪你喝兩杯吧。」

說時，端了方凳子靠住桌子，讓阿金正中坐了。他打桌子橫頭，坐在床沿上，一反手，卻在床底下掏出一隻酒瓶子來。他將酒瓶子舉起，映著電燈看了一會，笑道：「我今天下午喝得不少，這大半瓶酒，我們兩個人喝了吧，秦淮河上來的女人，不至於不會喝酒。」

阿金只是一笑，沒有說什麼。

趙老四笑道：「你不作聲，更可以證明你是會喝的，來來來。」他說著，拿過兩個酒杯，滿滿地把酒斟上。

阿金笑道：「四爺，你不要為了陪我，把酒多喝了，晚上還有你的公事呢。」

趙老四先端起杯子來，乾了一杯，同她照著杯道：「憑你這句話，我就該喝三杯。為了你，我已經在楊先生面前請了半夜假，說是我老娘由徐州來了，要去看看。有事，他也不好意思不准。」

阿金把嘴向門外一努，笑道：「你這些同事呢？」

趙老四道：「唔，他們敢多我的事嗎？圓腦袋打成他扁腦袋。」

阿金聽了，心裡十分高興，情不自禁地端起杯子來，就喝了一杯。

趙老四見她能喝，更是對勁，拿了酒瓶子不住地向兩只杯子裡斟下去。後來空瓶子放在桌上，陪著兩只空碗，盛了半盤子香煙灰，五六個香煙頭。

雖然阿金手指上還夾了半截香煙，斜靠住桌沿，側了身子坐著，另一隻手托住頭，眼望了床上，那趙老四擁了棉被睡著，呼聲大作，緊閉了眼睛，睡得像死狗一樣。

阿金對著他，淡笑了一笑，自言自語地道：「老狗，便宜了你！」

這床頭邊，也掛了一面小鏡子在牆上，她把鏡子摘下來，背了燈光照上一照面孔，又摸了兩摸頭髮，放下鏡子斜支在桌子上茶壺邊。回過頭來看看，牽扯了一陣衣襟，向床上笑著點了個頭道：「趙老爺，我再見了！」於是在枕頭下悄悄地掏出一把鑰匙，輕步走到門邊，開門走了出去。

在走廊上，回頭看那大樓上的燈火，已經有一半的窗戶滅去了。這小樓上，各房門都緊緊地閉著。沿了各門口聽著，全有鼾呼聲，由門縫裡傳了出來。

阿金站著凝神了一會，隨手把走廊口上的電燈滅了。下樓轉過了牆角，在人家屋子窗下的燈光射映著，可以看到屋外一道矮牆，開了一扇小門對外，阿金回頭看看，並沒有什麼人影，於是手扶了牆角，大跨著步子，走近那矮牆。在門上摸摸，正有一道鐵門，橫攔著門，向門框的鐵扣環裡插了進去。

在鐵門中間，正有一把大鎖，將下面的扣環鎖著。於是一手托了鎖，將一串鑰匙上的每一把都插進鎖眼去試上一試。

昏暗中，摩擦得門與鎖簧都喀嚓有聲，這在心裡雖很急，可是也不能因為有了聲音就不開這門。儘管心裡不安，自己卻咬住了牙齒，把撲撲亂跳的心房鎮定著，最後將滿串鑰匙都試過了，而鎖還是不能打開，急得滿頭出汗，腳跟用力在地上站住。心想，也許另有一把鑰匙呢？便扭轉身打算再上樓去尋找，可是剛一扭身子，自己醒悟過來，手掌心裡還握住一把較大的鑰匙呢，於是復回身過去，把鑰匙向鎖眼裡一插，咯的一響，鎖就開了。

鎖落在地上，也無心去管它，將門輕輕向裡拉開，側過身子，就由門縫裡擠將出去。老遠看到菜園裡一片昏沉沉的，微微覺著地面中間有兩道白影子，正是人行路。心裡想著：這一下子出了鳥籠了。順手拉了門環，將門向外帶住，人是輕輕地走出，站在牆腳下，也就打量著要向哪裡走去，但是立刻覺得身子後面有點異乎尋常的樣子，空氣裡彷彿有著什麼。剛一回身，有一條明亮的東西在眼前一晃，接著有個人影子站在面前。

她雖然心裡亂跳，曉得是跑不了的。輕輕啊呀一聲，暫且站住。那人也輕輕喝道：「不許作聲，作聲我就把你先殺死了！」

阿金先看得清楚了，一個穿青色短衣服的人，拿了一把殺豬尖刀，在這門口先等著的。

但是那人一說話，就更覺著奇怪了，因問道：「你是……」

那人走近了一步，也咦了一聲，低聲道：「你是阿金，怎麼會讓你逃出來了？」

阿金拉住他的手道：「大狗，聽說你受了傷，你怎麼也來了？」

大狗道：「這賊子殺了我的娘，我能放過他?!」

阿金道：「這事你知道了，那幾個人不在這裡。」

大狗道：「我知道，他們就在這樓上，閒話少說，現在是三點半鐘，正好動手，我要闖下滔天大禍，你快去逃命。」

說話時，在屋邊小竹林子裡，又鑽出兩個人影子，一個影子向前，對阿金作了兩個揖，他低聲道：「阿金姐，你好機警，上半夜我到你家去，正在房裡等你，你在牆外打我的招呼，我就逃走了。」

阿金道：「徐二哥和毛猴子也來了，你們難道也要報仇？」

徐亦進道：「阿金姐，你是女流，你走。」

阿金身子一閃，昂了頭道：「什麼話？我走，我和大狗交情不錯，要死，我們四個人死在一處，我身上有鑰匙，我和你們引路。」

大狗道：「那也好，我們先找姓楊的，回頭再找打死我娘的那小子。阿金，你不用做別事，你就替我們看守好這條出路。」

阿金將手輕輕扯了大狗一下，自己先側身推門走了進去，把後門大大地打開著，先站在樓下看了一看。可是大狗已不必她打招呼，緊跟她後面走進來了。

在窗戶燈光影下，阿金看到徐亦進和毛猴子短衣外面緊緊捆了腰帶，在腰帶縫裡各插了兩把刀，大狗向阿金作個手勢，指指那後門，又回轉身來，向徐亦進、毛猴子兩人招著手，阿金會意，就在那後門口站住。

徐亦進緊隨了大狗走去，穿過這小樓面前的一條窄院子，就到了那大樓的下層左側走廊。

左廊屋脊，本有兩盞電燈兀自亮著，大狗眼明手快，只見他奔向一根直柱邊，猛可地一抬手，那燈隨著就熄了。

他等後面兩人走近了，低聲道：「你看，這三層樓有幾十間房，我們知道哪一間屋子是姓楊的住著？不忙，我們得學一學《施公案》上的玩意，先在這裡等一下。」

徐亦進明白了，毛猴子只說了一個「那」字，大狗輕輕喝著道：「莫作聲。」

三個人在走廊黑影子裡，貼牆站住。約莫有十分鐘，也沒有什麼動靜。大狗就叮囑兩人別動，他繞著牆角一踅，走回了小樓下去。徐亦進雖不明白他什麼用意，卻按住毛猴子不許動，竭力地忍耐著。

又是二十分鐘的光景，只看到小樓一個窗戶，熄了電燈，隨後有兩個人向大樓正門走了來，後面一個就是大狗，他一手抬起來，手舉了尖刀，放在那人的脖子上，一手抬起來，向這裡招了兩招。徐亦進會意，扯了毛猴子走過去，那樓下屋簷上的電燈正亮著，照見大狗尖刀逼住的一個人，滿臉酒暈，一腮的短樁鬍子，手裡拿了一封信，走路已是有些歪歪要倒。

大狗喝道：「老狗，你看看，我們又來了兩位朋友，這樣的同道，今晚上就來了一百多，你若不聽我的話，把你用刀剁碎了。」

那人道：「是是是，我引你們去。」

大狗輕輕喝道：「低聲些，一路你把電燈都扭熄了。」

那人立刻不作聲，把牆上的燈鈕一撥，熄了簷下的燈，於是徐亦進和毛猴子也拔出刀來，一邊一個，夾了那人左右走。

那人趺撞著走上樓梯，在他身後，可以聽到呼嗤呼嗤的，他鼻孔裡發出急促的呼吸聲。他還是不用大狗說第二次，一路走著，遇到電燈，就把它熄了，因之四人同走著，前面是光亮的，後面總是黑漆漆的。

到了二層樓，轉過一個橫夾道，在一扇門邊，那人停下了腳步。門外垂著白綢印花邊的門簾子，相當可以想到這屋子是最精緻的屋子。

那人掀開門簾子，將手敲著門，三擊一次，連敲了三次，卻聽到裡面問道：「誰？什麼事？」

那人從容地道：「楊先生，我是趙四，湯公館派人送了一封要緊的信來；來人還說有要緊的機密事，當面報告。」

裡面人沒說話，但聽到拖鞋踏著樓板響，大狗右手緊握了刀，左手將身後兩人各扯了一下，徐亦進機警些，便緊一步，抓住趙四的衣服，拖鞋聲近了門，有人問道：「趙四，你不是請假的嗎？」

趙老四道：「一點鐘我就回來了。」隨著這話聲，那房門向裡開了。

在門簾子縫裡，大狗就看到楊育權穿了一件條子花呢睡衣，頭髮微蓬著，他的態度，是相當悠閒，兩手舉著，打了一個呵欠。接著，他就走近橫在窗戶邊的寫字檯上，由香煙聽子裡取出一支煙捲子，口裡很隨便地道：「進來。」

大狗知道徐亦進和毛猴子緊逼著趙老四了，在他手上奪過那封信，身子半隱在門簾子裡，向前半步，趙老四是按了以先的叮囑做，這時就說：「這就是楊先生，你把信呈上去。」

大狗左手舉著信，沒有再走，那楊育權回轉身來，正按了打火機，將嘴角上銜的煙捲點著，見大狗不敢見闊人，便向前兩步，伸手接那信。

他看到信封上雖寫著他的名字，似乎是拆看過的了，正想發問，可是他的眼皮不曾抬起來，大狗右手拿的那柄尖刀，已隨他半側的身子向前一正，伸了出來。就在楊育權微低頭看信封的幾秒時間裡，屋梁下百燭光的電光，映著一條秋水，飛奔了他的頸脖，大狗已沒有抽回刀來的工夫，向前一跳，人送著刀，刀扎著人，轟咚一聲，倒在樓板上。

在門簾子外隱著的徐亦進，早就料到必有此著，跟了跳將進去。門外站著的毛猴子，周身都麻酥了，手裡揑住的一把尖刀撲篤落下，而被他監視著的趙老四，酒色消耗之餘，更是受不得驚嚇，兩腳軟癱著，人就蹲了下去。

毛猴子耳朵裡雖聽到門簾子裡面哄咚哄咚幾下，但是既不敢走進房去幫忙，也不曉得退後溜走，就是這樣站在趙老四身後，直到徐亦進走了出來，手拉著趙四道：「走，我們下樓去。」

那趙老四索性躺在樓板上不會動，大狗隨著電燈一熄，走出來了，接著還悄悄地將這裡房門帶上。徐亦進低聲道：「這膿包嚇昏過去了，丟開他，我們走吧。」

大狗道：「不，我們還要借重他。」就向地面踢了一腳道：「你再不動，我就殺了你。」

趙老四哼著一聲，爬了起來，卻又跌下去，大狗道：「二哥，我們攙著他吧。」於是兩個各挾住他一隻手膀，把他挾下樓去。

這屋子裡的人，荒淫了大半夜，這時已睡死了過去，外面平常的一種腳步聲，誰也不會介意。四人到了那大樓外的小樓前，星光下見一個人影子靠了門，阿金在那裡低聲道：「恭喜你們平安回來了，我們快走！」

大狗道：「快走，還有一個仇人在這樓上。再說，明天早上這案子一現了，我們怎樣混出城。」於是低聲喝道：「呔，趙老四，汽油在哪裡？你說，還有一個姓胡的小子，在樓上哪間房？」

趙老四到了這裡，神志清楚了些，因道：「這樓下左邊屋裡就是，他一人住著，汽油在隔壁，汽車在大門口，讓我上樓去拿鑰匙。」

阿金道：「不用費事，我這裡有。」說著，就把鑰匙塞在大狗手上，大狗四人一路向左邊屋子去了。

阿金還在這裡看守後門，但是他們再出來，卻只有三人，一個人肩上扛著一只汽油箱，由面前經過。那個楊育權的奴才趙老四卻沒有出來，阿金在暗中笑了一笑，約莫有二十分鐘，一陣雜亂腳步聲，由大樓下奔著向前來，阿金倒嚇了一跳，但人到了面前，依然是大狗三人，他道：「快走。」挽了阿金一隻手，拉了向門外跑。

門外原是菜園，大狗就拖著她，由菜葉子上踏了過去，一路窸窸窣窣地響。阿金不分高低地跑著，讓一根菜藤絆住，就摔倒在菜地裡。

大狗把她拉起來，她拍了身上的塵土道：「怕什麼？鐵門檻也闖過來了，滿眼全是大小的路，只要我們不糊塗，向哪裡走也是通的。」說著，有一陣涼颼颼的風由臉上拂過去，抬頭看天上時，一片片的魚鱗雲把天變著灰白色，兩三點星在雲縫裡閃動，一鉤殘月，像鍍金的鐮刀一般，在東邊竹林角上掛了。雲片移動著，彷彿這鐮刀在天上飛奔的割著雲片。在這朦朧月光下，看見遠近一群高低不齊的屋脊，靜沉沉地，立在寒空裡。剛才那一番拿性命在手裡玩的工作，沒有驚動這大地上睡熟的任何一個人，阿金也覺得這件事沒有一點影響，心裡有點奇怪。

忽然眼前一亮，一陣白光在大樓裡反射出來，那光閃閃不定，火也就變得逐漸強烈，這就有三四個黑頭煙直飛入天空，有千百顆火星，帶了很大的火焰，由屋脊裡向外伸吐。

徐亦進笑道：「這一個魔窟給我們掃蕩了，**不要看我們是些下等社會人，做出來的事，上等社會的人，一百年也不會有！**」

大狗道：「殺不死的那些鬼，逃不出來了，我們走吧！」說著，就向竹林子裡走去。

那高大樓房上發出來的火光，照得大地通紅，在紅光裡，把這四個人影子，向遙遠的大地上消失了。

他們留下來的一場大火，足足燒了三、四小時。

那屋子裡的人，有一半在醉夢中消滅。那座華麗的大樓，也就只剩幾堵禿立的牆，和架了幾根焦黑的木柱，牆下是堆著無數的斷磚殘瓦，燒不盡的東西，還在土裡向外冒著焦糊的煙臭味。

這煙臭味，也許有些楊育權的血肉的成分。在平常，他身上出一次汗，也有人跑來問候。現在是煙臭味散在半空裡，有熟人經過，也掩著鼻子跑到老遠去了。

不過是城市裡，都有這樣一句話，越燒越發，不到半年，這個廢墟上，又建築洋樓起來了。這地皮是楊育權好友錢伯能的，所以這所新房子，還是他投資建築。

這一天夕陽將下的時候，他坐了自己的汽車來看房子，因為自袁久騰家來，又同去赴一個約會，所以同坐在車子上，看完了房子，就到秦淮河邊的復興酒家去赴約。

路過一家清唱茶社，見門口搭著小小的彩牌坊，牌坊邊和立柱上都裝有電燈泡，這時已是大放光明，映著牌坊中間的匾額，有「唐小春」三個金泥大字。在汽車裡只是一瞥就過去了，看不清其餘的字。

到了酒家，主人翁尚里仁早和原班老朋友在雅座談笑多時了，他握著錢伯能的手，首先笑道：「看到鳴鳳社的彩牌坊沒有？」

錢伯能微笑了笑。

袁久騰道：「小春這次回來，風頭比以前還足，到底名不虛傳！拿條子來，拿條子來。」他說著，便捲了兩捲袖子。

王妙軒由旁邊迎向前道：「尚翁早已代寫了。」

錢伯能躺在旁邊沙發上，口銜了雪茄，架起腿來顫動著，笑道：「她未必來。」

尚里仁道：「笑話，在秦淮河上的人，混一天就一天離不開我們。」

袁久騰笑道：「這話又說回來了，我們要混一天，就一天離不開秦淮河。」說畢，大家呵呵大笑。

在笑聲中，主人翁請大家入席，而所叫的歌女，也陸續跟著來了。酒菜吃過了一大半，尚里仁在主席上回轉頭向一旁的茶房道：「催一催唐小春的條子。」這句話沒說完，門簾子一掀，唐小春隨了這句話走進雅座。

正是暮春天氣，小春穿了一件白綢長衫，上帶小小的櫻桃點子，半蓬著的頭髮垂在腦後，並沒有平常少女擦著那樣烏亮亮的，在鬢髮下，僅僅斜插了一朵海棠花。那白淨的鵝蛋臉上，僅有兩個淺淺的胭脂暈，更顯著出落得風流。

她在門下一站，只向各人微微瞟了一眼，全場早是鼓掌相迎。尚里仁站起身來點著頭招待，小春見他那身短裝，又換了最細的青嗶嘰的了，口袋上圓的方的，又多掛了幾塊金質裝飾品，先笑道：「尚先生，你好？我今天有七八處應酬，晚到一步，請原諒！」

尚里仁只是呵呵笑著，沒話說。小春看到錢伯能的好朋友都在座，袁久騰、柴正普自是穿了直挺的西服，而王妙軒這位漂亮的少年，也換了一套青色學生裝，倒只有錢伯能服裝沒多大更換，依然是一件藍綢長衫。幾個月不見，大家的外表總算有進步。

尚里仁笑道：「唐小姐，你這一進門，為什麼眼光四射？」

小春笑道：「幾個月不會面，我覺得各位先生都發福了！」

袁久騰笑道：「唐小姐，你這話，我不歡迎，我原來胖得可以，現在又發了胖，可成了大象了。」

小春笑道：「憑袁先生這大象兩個字，就該賀三杯酒。幾個月不見，袁先生更會說話了。」

她說著話，已是挨著圓桌子，和在座的人一一地握著手，最後握著錢伯能的手，笑道：「由漢口一回來，我就該來看你的，只是我又不敢到公館裡來，錢經理請原諒！」

錢伯能沒有回言，尚里仁已滿斟一杯酒，高高舉起來，齊著鼻子尖笑道：「唐小姐大有進步，敬賀一杯。」

小春說了聲不敢當，尚里仁離席一步，打開樓窗，放進一陣管弦之聲，因指著外面道：「你看，多熱鬧呵！秦淮河為了你回來，又增加不少光彩了！」

那窗外的大街，紅綠的霓虹燈，照耀著夜空是一種迷戀而醉人的顏色。遠遠看到鳴鳳社，座燈彩牌坊，正放著光亮。小春想到苦盡甘來，又開始看秦淮河上的另一頁新史，也就眉飛色舞，舉杯把那酒乾了。

自然，大家不免跟著鬧下酒去，秦淮河上無非是這一套，不必贅述了。窗戶正對面，是木架高支著電影院的霓虹廣告，紅光射出四個大字：「**如此江山**。」光一閃一閃的，隱現不定，**那正象徵著秦淮河的盛會，一瞥一瞥地變換著。**

全書完

*書中字詞考釋

1 紕漏：說人不務正經。

2 拆白黨：二〇至四〇年代的上海俚語。「拆白」是「拆梢」與「白食」的簡語。「拆」即朋友之間瓜分，「梢」即梢板，當時的上海流氓稱錢財為梢板，他們會把騙來搶來的錢財瓜分。當時流氓索取酒席白吃白喝也相當盛行，所以在「拆梢」外也加上「白食」，一般人便稱這幫流氓為拆白黨。

3 會鈔：付帳。如本書第一回中，「正待會鈔要走」。

4 開味：開心，有趣。《官場現形記》第三一回：「制臺聽他說的話開味，便也不覺勞乏，反催他說道：『第一條我已懂的了，你說第二條。』」

5 猛可：指突然，猛然間。多見於早期白話。

6 喞筒：水泵。

7 本等：本分，恰如其身分地位。如本書第十三回中，「花錢受氣，那倒是我們的本等。」

秦淮世家【典藏新版】

作者：張恨水
發行人：陳曉林
出版所：風雲時代出版股份有限公司
地址：10576台北市民生東路五段178號7樓之3
電話：(02) 2756-0949
傳真：(02) 2765-3799
執行主編：朱墨菲
美術設計：許惠芳
業務總監：張瑋鳳

初版日期：2023年11月
ISBN ：978-626-7369-04-3
風雲書網：http://www.eastbooks.com.tw
官方部落格：http://eastbooks.pixnet.net/blog
Facebook：http://www.facebook.com/h7560949
E-mail：h7560949@ms15.hinet.net
劃撥帳號：12043291
戶名：風雲時代出版股份有限公司

風雲發行所：33373桃園市龜山區公西村2鄰復興街304巷96號
電話：(03) 318-1378
傳真：(03) 318-1378
法律顧問：永然法律事務所 李永然律師
北辰著作權事務所 蕭雄淋律師

行政院新聞局局版台業字第3595號 營利事業統一編號22759935

國家圖書館出版品預行編目資料

秦淮世家／張恨水 著. -- 初版 -- -- 臺北市：風雲時代出版股份有限公司，2023.09- 面；公分

ISBN 978-626-7369-04-3（平裝）

857.7 112013083